चारु रत्न

चारु रत्न

स्वाति गौतम

प्रभात प्रकाशन, दिल्ली
ISO 9001:2015 प्रकाशक

प्रकाशक • **प्रभात प्रकाशन**
4/19 आसफ अली रोड,
नई दिल्ली-110002

संस्करण • प्रथम, 2019
मूल्य • चार सौ रुपए
मुद्रक • आर-टेक ऑफसेट प्रिंटर्स, दिल्ली

CHARU RATNA *novel* by Swati Gautam ₹ 400.00
Published by Prabhat Prakashan, 4/19 Asaf Ali Road, New Delhi-2
e-mail: prabhatbooks@gmail.com ISBN 978-93-5322-269-7

उन सभी लड़कियों के लिए,
जो उड़ना नहीं चाहतीं,
चलना चाहती हैं।

भूमिका

वृंदा मुझे बहुत याद आती है, जबकि कभी मेरा उससे कोई संबंध नहीं रहा, न ही स्कूल में, न ही कॉलेज के दिनों में, लंबे काले घने बाल, दो चोटी बनानेवाली वृंदा, वह स्कूल सूट पहनकर आती थी, लेकिन मजाल है, जो उसकी क्रीज कभी खराब हो जाए, उसकी सिर्फ एक ही सहेली हुआ करती थी—दीपा। दोनों स्कूल साथ जातीं, साथ आतीं, घंटों स्कूल की छत पर बैठकर बातें करतीं, फिर उसकी बेस्ट फ्रेंड का साथ कॉलेज में आते ही छूट गया, क्योंकि दीपा के पापा का ट्रांसफर कहीं और हो गया। वृंदा की मोटी-मोटी आँखें थीं, देखने में वह साधारण ही थी, पर उसका व्यक्तित्व प्रभावित करता था। कई लड़कियाँ बतातीं कि उसके घर में उसी के बराबर का टैडी बियर है, तो मेरा भी दिल करता कि उसकी जगह मैं होती! जहाँ मेरे पास, खेलने के लिए पड़ोसवाली आंटी के तख्त पर पड़ी हुई, छुपाकर लाई गई गुड़िया थी, जिसके लिए मैंने आज तक कभी नहीं स्वीकारा कि वह मैंने चोरी की थी, हमेशा यही कहा—लावारिस पड़ी हुई थी, मैंने उठा ली। उस गुड़िया को मैंने कभी अपनी बहन को भी नहीं दिखाया और भाई से तो हमेशा छुपाकर रखा, लेकिन एक दिन भाई की उस पर नजर पड़ी और उसने मुझसे बदला लेने के लिए मेरी गुड़िया की गरदन तोड़ दी।

वृंदा के तीन भाई थे और वह सबसे छोटी और लाड़ली, बड़े बिजनेसमैन की बेटी। सच कहूँ तो, वह बहुत अमीर थी, जहाँ मेरे पास हाथ का सिला हुआ बैग था, वहीं उसके पास उस समय पिट्ठू बैग हुआ करता था। लड़कियाँ उसकी चर्चा करतीं। मेरे लिए ही नहीं, क्लास की अधिकतर लड़कियों के लिए वह और उसका परिवार एक आदर्श की तरह था, मन-ही-मन जिसकी इच्छा सभी रखती थीं। जब नाराज होती, तो उसकी तीनों भाभियाँ उसे मनातीं, उसकी पसंद का खाना बनाया जाता, हम सबको तो इतना ही पता था। जब भी वे दोनों सहेलियाँ बात करतीं तो

मुझे हमेशा लगा कि इनके पास लड़कों का ही टॉपिक होता है, हालाँकि मैंने कभी कानों से नहीं सुना, पर न जाने क्यों मुझे यह बात पता थी। कॉलेज में आते ही यह बात सत्यता में बदल गई, जहाँ मैं कॉलेज में किसी लड़के से नजर नहीं मिला पाती थी, वहीं वृंदा ने कॉलेज में भी कीर्तिमान स्थापित किया, उसे किससे प्यार हो गया, जो हमारी ही क्लास में पढ़ता था। वह कॉलेज में वृंदा के लिए खरगोश ले आता, तो वह उसे दूर से देखकर कूदती, प्यार हुआ, परवान चढ़ा, कॉलेज में कई किस्से सुनने को मिले और यह भी सुनने को मिला, जिस ब्वॉयज स्कूल में रात को अधिकतर लड़के-लड़कियाँ मिलते हैं, वे अकसर वहाँ मिलते थे। एक दिन हमारे छोटे-से शहर में यह बात आग की तरह फैल गई कि उसकी करंट लगने से मौत हो गई, आनन-फानन में, सुबह सात बजे तक, उसका अंतिम संस्कार कर दिया गया। दोष करंट को दिया गया, लेकिन खबरों का बाजार गर्म था कि उसने फाँसी लगाकर आत्महत्या की थी। जब ब्वॉयज स्कूल में मिलनेवाली रातों के परिणाम के बाद भी, शादी से घरवालों ने इनकार किया, तो उसने खुद को खत्म कर लिया। लोग कहते हैं कि आत्महत्या बुजदिल लोग करते हैं, लेकिन उसके लिए हिम्मत चाहिए। मैं बुदजिल थी, इसलिए खयाल कई बार आया, पर कर नहीं पाई, शायद मैं खुद की इच्छाओं से इतना प्यार नहीं कर पाई, जितना उसने किया। जब मैं खुद के बारे में सोचती हूँ, तो पाती हूँ कि मेरा जीवन समझौते के अलावा कुछ है ही नहीं। मायूस, उदास, हताश, हारे हुए इनसान की तरह, जिसने अपना आधा जीवन यह साबित करने में निकाला है, वह ऐसा नहीं है, जैसा सब सोचते हैं, पर वह किसी की धारणा और अपनी छवि नहीं बदल पाया।

मायूसी और उदासी का दुःख नहीं है मुझे, यह तो मेरे जीवन का हिस्सा बन चुकी है। ग्यारह साल बाद मिला और उसने वही पुराने तार छेड़ दिए, जिसका तानपूरा कब का मैं किसी अलमारी में बंद कर चुकी हूँ। उसका-मेरा रिश्ता चाहे कुछ समय का ही हो, मेरे जीवन के सबसे खूबसूरत रिश्तों में से एक था। मैंने कभी नहीं सोचा था, जीवन में कभी उससे दोबारा मुलाकात होगी। सोशल मीडिया ने दूरियों को कितना कम कर दिया। आज उसने कुछ ऐसा कहा कि बहुत दर्द हुआ और बहुत दुःख भी, "कैसी हो, तुम तो भूल ही गईं। अभी भी लिखती हो? तुम्हें कुछ मेल करना है, अपना मेल आईडी दो।"

"मेल आईडी? वह तो नहीं है, आज तक कभी जरूरत ही नहीं पड़ी। आजकल कहाँ हो? दो साल पहले मौसी के यहाँ गई थी, पता चला तुम्हारा घर बिक चुका है।"

"बैंगलोर में हूँ। तुम कहाँ हो आजकल? नंबर दो, फोन करता हूँ।"

"बात नहीं कर सकती। अभी बाहर हूँ।" मैंने उसे नहीं बताया, मैं उसे अपना नंबर नहीं देना चाहती। किस-किस को सफाई देती फिरूँगी, गिने-चुने नंबरों के बीच ये किस लड़के का नंबर है?

"गायब ही हो गईं तुम, शादी के बाद कभी मौसी के यहाँ भी नहीं देखा? तुम जो डायरी मेरे पास छोड़ गई थीं, मैंने उसकी किताब निकलवाई थी। सालों तक न जाने कितने मेल मेरी आईडी पर आए और कुछ चिट्ठियाँ भीं। कभी-कभी आज भी आते हैं। तुम्हारी परमीशन के बिना तुम्हारा नाम ही नहीं दे पाया।"

"समय ही कहाँ है लिखने का? दो बच्चे हैं, अच्छा पति है, मैं बहुत खुश हूँ।"

"मुझे बहुत दुःख होता है तुम्हारे लिए कुंदन।" और फिर टाइपिंग रुकने की खामोशी। लिखकर बात करने की भी अपनी ही खामोशी है, "अच्छा, अपना पता तो दो। तुम्हारी किताब और जो चिट्ठी आई हैं, तुम्हें भिजवा देता हूँ, सोचा था कभी मिलोगी तो तुम्हें जरूर दूँगा।"

"पता, पता तो नहीं दे पाऊँगी। मेरी एक दोस्त है, कल उसका पता तुम्हें देती हूँ। वहाँ भेज देना।" तुम्हें क्यों दुःख होता है सिद्धार्थ? नहीं समझोगे मध्यवर्गीय परिवार की लड़कियों के न जाने कितने हुनर ऐसे ही छुपे रह जाते हैं, कुछ अधूरे कढ़ाही किए हुए रुमाल, क्रोशिए से बने हुए मेजपोश, अधूरी बनी पेंटिंग, दबी हुई आवाज में गाया जाता संगीत, जंग लगती डिग्रियाँ, कितने ही वजीफे, कहीं-कहीं हॉकी और क्रिकेट के बल्ले। रह जाती है तो बस एक मुसकराहट पति और बच्चों की हँसी में ढूँढ़ती, अपने अधूरे ख्वाब।

"हैलो, कुंदन तुम्हारा कुछ सामान आया है।" फोन के दूसरी तरफ श्रुति थी।

"हाँ, अभी आती हूँ।" हाथों में पसीने आ रहे हैं, घबराहट और बेचैनी, जान नहीं पा रही कि खुशी की है या दुःख की; मेरी किताब? मेरी खुद की लिखी गई किताब और लोगों ने मेरे लिए चिट्ठियाँ लिखी हैं, जाने क्या-क्या लिखा होगा? ऐसे ही पसीने कभी रिजल्ट आने से पहले आया करते थे, जब हर बार पापा की आशाओं पर खरी नहीं उतर पाती थी। भाग्य जाने कौन सी घड़ी में लिखा था, कभी कोई अच्छा इत्तिफाक ही नहीं हुआ। आज आने दो अर्णव को, उन्हें हमेशा ऐसा लगता है कि मैं एक हाउसवाइफ के अलावा कुछ नहीं, कहीं अर्णव हँसेंगे तो नहीं?

आज हाथ इस रैपर को खोलते हुए, दुगुनी गति पकड़ रहे हैं। किताब, इतनी सारी चिट्ठियाँ क्या लोगों ने मेरे लिए लिखी हैं? मैं किताब के हर पन्ने को छूकर देख रही हूँ, किताब के पन्नों को सहलाना आराध्या के सिर पर हाथ फेरने जैसा लगता

है। दस, बीस, तीस कितनी चिट्ठियाँ? क्या लिखा होगा इनमें, किताब से ज्यादा जल्दी मुझे चिट्ठियों में झाँकने की है। मेरी किताब पढ़कर कोई मुझे चिट्ठी लिखने के लिए मजबूर हो गया!

नमस्कार मैम,

"जीवन में पहली बार पत्र लिख रहा हूँ। टेक्नोलॉजी के चलते कभी किसी को पत्र नहीं लिख पाया। यह पत्र लिखने से पहले भी कितनी बार लिखा और लिखकर फेंका गया है, इसी से जान पाया हूँ, कितना मुश्किल है अपने शब्दों को कागज पर उतारना, लेकिन आप तक अपनी भावनाएँ पहुँचाने का बस यही एक माध्यम मुझे नजर आया। आप बहुत अच्छा लिखती हैं। आपके एक-एक शब्द में जादू है, हर भाव इतनी खूबसूरती से पकड़ना आपने कहाँ से सीखा है? आपकी किताब को मैं दो बार पढ़ चुका हूँ और हर बार उसमें से कुछ ऐसा निकलकर आता है, जो पहली बार मैंने नहीं पढ़ा था। आपके शब्दों में इतनी गहराई होती है, मानो समंदर के सीप में मोती। कभी-कभी मैं सोचता हूँ कि जो लिखती इतना खूबसूरत हैं, दिखने में कैसी होंगी? अपने शब्दों की तरह धुली हुई चाँदनी-सी, या अपनी किताब की नायिका-सी, जो रोज सर्दी की धूप में छत पर बैठकर रंगीन सपने बुनती है। क्या आपकी नायिका जैसी लड़की सचमुच दुनिया में है, या काल्पनिक किरदार है या आप खुद ही हैं? आपकी किताब को पढ़कर, आपसे जाने कैसा लगाव महसूस होता है कि आपको बहुत करीब से जानता हूँ। सभी अपने नाम और परिचय के साथ किताब छपवाते हैं, आज तक ऐसे ही लेखकों को पढ़ता आया। अनामिका नाम से छपी आपकी किताब न जाने क्यों आपके नाम की अदृश्यता को दिखाती है, आप इतनी गुमनाम अँधेरे में हैं कि आप तक पहुँचना आसान नहीं। निश्चित रूप से मेरा पत्र पहला नहीं होगा, जो आपके पास पहुँचेगा, जरूर ही, जाने कितने प्रशंसकों के पत्र आपके दरवाजे पर रोज ही आते होंगे! क्या नायिका का अधूरा सपना कभी सच हो पाएगा? अगर संभव हो तो इस बात का उत्तर अवश्य दें। आपकी दूसरी किताब का बेचैनी से इंतजार रहेगा। आशा है, वह किताब आपके पूरे परिचय के साथ होगी।"

आपके उत्तर की अभिलाषा लिये,

—अभय श्रीवास्तव

लेखकीय

बात बहुत पुरानी नहीं है, बस उससे कुछ दिन पहले की, जब मैंने चारु रत्न लिखनी शुरू की। किसी साहित्यकार की तरह मैंने अपनी किताब को नहीं लिखा है, जो देखा वही लिखने की कोशिश की है, इससे पहले मेरा लिखना मैगजीन और अखबार तक ही सीमित रहा। कभी नहीं सोचा था कि किताब लिखूँगी। इसके पीछे जो वजह थी, वह उसे लिखने के लिए काफी है। मेरा किसी न्यूज पोर्टल में अपना एक आर्टिकल भेजना, आर्टिकल में एक लड़की, जो चाहती है, वह चौराहे पर खड़ी होकर सीटी बजाए। उसके लिए कोई रोक-टोक न हो। जो पिता के प्यार और दादी के लाड के लिए न तरसे। वह उस हर रिश्ते को निभाए, जिससे वह निभाना चाहती हो। ऐसी ही छोटी ख्वाहिशों के लिए वह लड़का हो जाना चाहती है। कितनी छोटी सी ख्वाइश थी उसकी? उसकी मेल का मुझे जवाब आया, यह तो आप अब भी कर सकती हैं! उसके लिए लड़का होने की क्या जरूरत है?

अगर मैं उस लड़की से न मिली होती तो शायद इतनी बेचैन न हो जाती। उसकी इन छोटी ख्वाहिशों को बताने पर उसकी आँखों में जो चमक थी, वह आजादी की चमक से कहीं ज्यादा थी, जिसने मुझे जवाब लिखने के लिए मजबूर कर दिया 'नहीं वो नहीं कर सकी' और एक लंबी सी चिट्ठी लिख मैंने मेल कर दी, लेकिन उसका कभी कोई रिप्लाई नहीं आया। कई दिनों मैंने रिप्लाई का इंतजार किया, फिर कई दिनों के इंतजार के बाद चारु रत्न का जन्म। पहला अक्षर जब लिखा तो नहीं लगा था पूरा लिख दूँगी और इतना लिख दूँगी कि प्रकाशक को छोटा करवाना पड़ेगा। आसपास जो देखा है, जिस माहौल में बड़ी हुई हूँ, ऐसे ही किरदारों को समेटकर उन किरदारों को जुबान देने की कोशिश की है, जो समाज का हमेशा आदर्श बनीं, लेकिन कभी खुलकर साँस न ले सकीं। वे कौन सी लड़कियाँ होती हैं, जो अपनी छोटी-छोटी ख्वाहिशों के लिए लड़का हो जाना चाहती हैं।

आज सशक्तीकरण की दौड़ में, जब औरत को दूर आसमान तक उड़ने की आजादी की लड़ाइयाँ लड़ी जा रही हैं, वहीं कुछ लड़कियाँ ऐसी भी हैं, जो चलना चाहती हैं, क्योंकि उनके पास अभी पैर ही नहीं। ऐसी ही, चलने की इच्छा रखनेवाली लड़कियों की कहानी है 'चारु रत्न'।

1

मैंने जल्दी से पलटकर चिट्ठी पर डेट देखी और उदास हो गई, दस साल गुजर गए, क्या आज भी किसी अभय को मेरी दूसरी किताब का इंतजार होगा? क्या आज भी वह जानना चाहता होगा कि नायिका का सपना पूरा हुआ या नहीं, भूल भी गया होगा वह तो किसी अनामिका की किताब को। मेरी पहचान, मेरा परिचय, सपनों का नाम सुनते ही, बहुत सी चीजें आँखों के सामने तैरती नजर आती हैं। कोई पूछ ले क्या बनना चाहती थी। इस सवाल का जवाब नहीं होता मेरे पास। माँ की साड़ी पहनकर, शीशे में अपने आपको देखना, पूरा सोलह-शृंगार करके, शायद यही बनना चाहती थी। यही सपना सबसे सस्ता और बिना किसी परेशानी के पूरा होनेवाला था। जब श्रुति कहती है, वह डॉक्टर बनना चाहती थी, लेकिन जिस कॉलेज से वह पढ़ी, वहाँ बायलॉजी नहीं थी, पापा कभी बाहर भेजने के लिए राजी नहीं हुए, तो मैं चुपचाप प्लेट में से एक बिस्कुट उठाकर हँसते हुए कह देती हूँ, मुझे तो हाउसवाइफ ही बनना था। तब मन का कोई कोना जाने कहाँ संतुष्ट हो जाता है।

डोर बेल के बजते ही नजर घड़ी पर गई, मैं तो लेट हो गई, बच्चे आने वाले होंगे। क्या पता आ भी गए हों! आराध्या का इंतजार करता हुआ चेहरा! दरवाजा खोलते ही सामने वैनवाले ने कहा, "बहनजी! आप आज आईं नहीं लेने, आप तो जानती हैं कि आजकल का माहौल कितना खराब है? कल ही एक बच्चा उठा लिया, इसलिए खुद छोड़ने आ गया।"

आराध्या साड़ी पकड़कर खींच रही है, "मम्मा, आप लेने क्यों नहीं आए?" रुद्र तो आँखों में आँसू लिये रो ही दिया, "मम्मा! अंबर भैया कह रहे थे, तेरी मम्मी तुझे छोड़कर चली गई।"

"थैंक यू भैया! मुझे टाइम का ध्यान नहीं रहा।"

रुद्र को गोद में लिये मैं अंदर आ गई। कितनी लापरवाह हूँ मैं, मुझे अपने

बच्चों के आने का समय ही याद नहीं रहा। अगर आज वैनवाला छोड़ने न आता तो? रोटी सेंकते हुए, कल्पना ने जन्म लिया, बस स्टॉप पर रुद्र का हाथ पकड़े खड़ी आराध्या रो रही है। दिन-रात होने वाले केस से भरा हुआ अखबार। आराध्या की चीख ने मुझे डरा दिया, "मम्मा, जल्दी आओ।"

"क्या हुआ?"

"ये पेपर्स आपके काम के हैं? देखो रुद्र ने सारे पेपर्स एरोप्लेन बनाकर उड़ा दिए।" मेरे चाँटे की गूँज पूरे घर में बिखर गई। मैं बदहवास-सी बाहर दौड़ी, कुछ चिट्ठियाँ तो उड़कर दूसरों की छत तक पहुँच गईं। अंदर आते ही, ध्यान रुद्र के गाल पर छपी पाँचों उँगलियों की तरफ गया, कोने में खड़े रुद्र ने रोते हुए कहा, "गंदी मम्मी! पापा से आपकी शिकायत करूँगा, आपने मुझे मारा।" सोफे के कोने-से चिपककर बैठी आराध्या, मेरा चेहरा पढ़ने की कोशिश कर रही है; क्या एरोप्लेन बनाना इतनी बड़ी गलती है? सुबकते हुए रुद्र बेड पर बिना खाना खाए ही सो गया। आधे घंटे तक मेरी उँगलियाँ और मेरे चुंबन उसके गाल के निशान पर मरहम लगाते रहे।

"देखो, अर्णव मेरी किताब।"

"हाँ, ठीक है, रख लो, तुम्हें कब से किताब पढ़ने का शौक चढ़ गया?"

"अरे, यह मैंने लिखी है। शादी से पहले मेरी एक डायरी हुआ करती थी। वह डायरी मैंने अपनी एक दोस्त के पास छोड़ी थी, उसने इसकी किताब निकलवाई। मुझे तो जब पता चला, सालों बाद उसने मुझे फेसबुक पर ढूँढ़कर मैसेज किया। किताब और सारी चिट्ठियाँ उसने मुझे भेजी हैं, जरा देखो, लोगों ने मेरे लिए लिखी हैं। मैडम, आप बहुत अच्छा लिखती हैं। आपकी दूसरी किताब कब आ रही है? मुझे तो यकीन ही नहीं हो रहा।" मैं वही उत्सुकता अर्णव की आँखों में देखकर गर्व करना चाहती थी।

"अच्छा।" अर्णव ने एक बार किताब को उलट-पलटकर देखा और मेरे हाथ में रख कहा, "बहुत थक गया हूँ यार, चाय पिला दो।" उस दिन के बाद, मैंने कभी चिट्ठियाँ और किताब दुबारा नहीं देखीं, पर अलमारी के जरूरी सामानों वाली दराज में, सबसे पीछे कहीं अनामिका की किताब और पाठकों की चिट्ठियाँ आज भी पड़ी हैं।

"कुंदन, कल फीस जमा करने की लास्ट डेट है। तुम चली जाना।"

"तुम्हें पता है न अर्णव, फिर भी तुम टाइम से फीस जमा नहीं करते।"

"तुम जानती तो हो, इस बार सटरडे में भी मुझे ऑफिस जाना पड़ा है, प्लीज चली जाओ।"

"नहीं, मैं नहीं जाऊँगी।"

"अरे, पढ़ी-लिखी हो, इतना काम तो कर सकती हो। मैंने चेक साइन कर दिया है, अमाउंट काउंटर पर पूछकर भर देना।" स्कूल का नाम सुनते ही रिसेप्शनिस्ट का चेहरा आँखों के सामने दौड़ जाता है, गहरी लिपस्टिक, लाइनर, मस्कारा, बड़े-बड़े ईयररिंग्स, हाथों के बड़े नाखूनों पर सुंदर नेलपेंट, खुले हुए बाल और सबसे ज्यादा डरावनी चीज, उसकी अंग्रेजी। कैसे उसने पिछली बार एप्लीकेशन लिखवाई थी। स्कूल में न जाने कितनी बार लिखी गई एप्लीकेशन में ओबेडिएंट की स्पेलिंग, मैंने गलत लिख दी। गलती दिखाकर रिसेप्शनिस्ट ने इशारे से कहा था, "आपने स्पेलिंग गलत लिखी है।" जरूर बाद में हँसी होगी। पूरे रास्ते भर मैं ओबेडिएंट की स्पेलिंग दोहराती रही, लेकिन वह रिसेप्शन पर क्यों नहीं याद आई थी? एक आखिरी कोशिश, "अर्णव प्लीज।"

"हद है यार, इतना तो कर सकती हो। ऑटो कर लेना; बाय।"

पेन, चेक, ऑटो के लिए पैसे, चश्मा, मोबाइल सब हो गया। कुछ भूली तो नहीं हूँ? नहीं, सब ठीक है। हाथों में पसीने आ रहे हैं। सीधा फीसवाले काउंटर पर ही जाऊँगी, रिसेप्शन पर जाने की क्या जरूरत है, कहीं वह मुझे पहचान तो नहीं लेगी, मैं वही औरत हूँ? नहीं, वह तो अंदर बैठी होती है, मुझे तो बाहर से निकलना है। गेट पर काफी भीड़ है। तीन लाइन बनी हैं। एक चेक की, एक कैश की और तीसरी लाइन कार्ड की। अमाउंट क्लर्क खुद नहीं भर रही। पहला, दूसरा, तीसरा, चौथा, पाँचवाँ नंबर मेरा है। मैं खुद को अमाउंट भरने के लिए तैयार कर चुकी हूँ। धीरे-धीरे कम होती लाइन बेचैनी बढ़ा देती है। मैंने 'आराध्या और रुद्र' चेक आगे करते हुए क्लर्क से कहा, "फोर्थ और प्रेप क्लास।" काउंट करके उसने मुझे चेक वापस पकड़ा दिए, "मैम, 10000 ...420 आराध्या की और 8560 रुपए रुद्र के।"

"आप भर लीजिए।" मैंने खुद को सामान्य दिखाते हुए कहा।

"नहीं मैम, आप साइड में जाकर भर दीजिए। पीछे बहुत लंबी लाइन है, प्लीज।" इंग्लिश में लिखना होगा? मेरे हाथों ने काँपना शुरू कर दिया है, क्या मैं सही स्पेलिंग लिख पाऊँगी, किसी से पूछ लूँ? नहीं क्या सोचेंगे सब कि मुझे छोटी सी स्पेलिंग तक लिखनी नहीं आती। मन में स्पेलिंग कई बार दोहराने के बाद, मैंने दोनों चेक भरकर क्लर्क के सामने सरका दिए। मैं अपने दोनों हाथ की मुट्ठी बनाए

खड़ी हूँ, बस एक बार यह कह दे, फीस जमा हो गई, लेकिन ऐसा नहीं हुआ। एक चेक रखकर दूसरा उसने मुझे वापस करते हुए कहा, "मैम, आप इसमें फोर हंड्रेड लिखना भूल गईं, अगर आपके पास कैश हो तो आप कैश जमा करा दीजिए।"

"नहीं, मैं कैश नहीं लाई।"

"सॉरी मैम, फिर आप कल जमा करा दीजिए।"

मेरा हर दुःख श्रुति के दरवाजे पर जाकर कम हो जाता है। उसने हँसते हुए गेट खोला, "ओह हो; नया सूट!" मैं उसको साइड करके उसके घर के अंदर सोफे पर जाकर बैठ गई। मेरी चुप्पी को उसने भाँप लिया, "क्या हुआ?"

"श्रुति, मैं ऐसी क्यों हूँ?"

"कैसी?"

"यही कि मैं छोटी-छोटी स्पेलिंग गलत कर देती हूँ, मुझे आती हैं, तब भी। भीड़ में जाने से डरती हूँ, कहीं कोई मुझे जज न करे। ज्यादा स्टैंडर्डवाले लोगों से डरती हूँ।" भर्राया हुआ गला और कुछ बोल नहीं पाया, आँसुओं के जरिए निकल गया। श्रुति ने अपने दोनों हाथ मेरे गाल पर लगाते हुए कहा, "क्या हुआ? किसी ने कुछ कहा, क्या बात हो गई?"

"नहीं, किसी ने कुछ नहीं कहा।"

"फिर, क्यों रो रही हो, कुछ तो हुआ है?"

"हमेशा मेरे साथ ऐसा ही होता है। उस दिन रिसेप्शन पर और आज फीस काउंटर पर चेक भरते हुए। मैंने कहा भी अर्णव से मुझसे नहीं होगा, वे समझते ही नहीं हैं।"

"इंग्लिश बस एक लैंग्वेज है, जैसे हिंदी। अगर चेक भरने के लिए दिया था, तो तुम हिंदी में लिखती और एप्लीकेशन भी तुम हिंदी में लिख सकती हो।"

"बात हिंदी और इंग्लिश की नहीं है श्रुति, मेरा डर कब खत्म होगा?" मैंने उसके दोनों हाथ पकड़ लिये।

"होगा, बिल्कुल होगा, लेकिन उसके लिए तुम्हें खुद को तैयार करना होगा। जब तुम दूसरों से खुद को कम समझना बंद कर दोगी। इतना सबकुछ अपने अंदर छुपाए हो, उसे लिख दो।"

"पर सब जान जाएँगे, मैं अंदर से कितनी कमजोर हूँ, मैं डरती हूँ, कहीं न कहीं उसका कारण भी बताना पड़ेगा।"

"जानने दो, दूसरों से ज्यादा तुम्हें खुद को जानना जरूरी है।"

"पर अर्णव और घरवाले?"

"अर्णव को क्या प्रॉब्लम हो सकती है? तुम किसी को ब्लेम नहीं करोगी, बस सच को आईना दिखाओगी। हर व्यक्ति अपनी कमी और गलतियाँ जानता है, चाहे वह उन्हें स्वीकार न करे।"

"मैं सबको दुःखी कर दूँगी। मेरी किताब के बारे में जब अर्णव ने सुना, तो उन्हें कोई खुशी नहीं हुई थी।"

"दस साल पहले छपी किताब और अपनी पत्नी के नाम के साथ छपी किताब, दोनों में बहुत अंतर है, कुंदन।"

चिट्ठी और किताब मिलने के पूरे एक साल बाद आज मैं अलमारी के सामने खड़ी हूँ, जब भी वह दराज खोलती हूँ तो शब्द मेरे कान में गूँजने लगते हैं, 'आप बहुत अच्छा लिखती हैं। आपकी दूसरी किताब का इंतजार रहेगा।' मैं इन शब्दों को सुनकर भी, हमेशा अलमारी में ताला लगाती आई हूँ, लेकिन कभी इन चिट्ठियों को भूल नहीं सकी। 'क्या इस किताब की नायिका आप हैं?' नहीं, मैंने आज तक अपने बारे में कुछ नहीं लिखा, मैं अपनी किताब के किसी भी पन्ने पर नहीं झलकती, लेकिन आज एक साल बाद मैं वह लिखूँगी, जो मैं हूँ। उस लड़की का सफर, जो हमेशा अपने घरवालों की नजर में गलत साबित होती आई है, जिसका यह विश्वास कभी पनप नहीं सका कि वह भी कुछ कर सकती है। उसे पसंद है अकेलापन, जहाँ कोई उसकी कमियाँ न गिनाता हो। वह आज तक डरती आई है, कहीं भीड़ में कोई उससे कुछ ऐसा न पूछ ले, जिसका जवाब उसके पास न हो और जवाब न देने पर, वह किसी की हँसी का कारण बने। जब भी अलमारी खोलती हूँ, चिट्ठियों की आवाज के साथ और भी आवाजें आती हैं, अर्णव की आवाज, "तुम्हारी किस्मत खुल गई, तुम्हें मैं मिल गया।" माँ की आवाज, "और क्या चाहिए, दो बच्चे हैं। दिल्ली जैसे शहर में अपना घर है। पति की अच्छी कमाई है।" पापा की आवाज, "मैं कुंदन की तरफ से संतुष्ट हूँ।" इतने सारे लोग एक साथ झूठ तो नहीं बोल सकते? शायद ये चिट्ठियाँ मुझे नहीं पढ़नी चाहिए, मुझे दुःखी कर जाती हैं, इसलिए दूर से बस निहार लेती हूँ, पर श्रुति ने जो बोला, कब से उसे सुनना चाहती थी, हमेशा मुझे किसी ऐसे इनसान की तलाश रही है, जो कह दे, तुम कर सकती हो, मुझे विश्वास है।

कुछ भी तो नहीं बदला इतने सालों में, कुछ समय पहले तक मेरी माँ, अपनी अलमारी के सामने खड़ी नजर आती थी। उसकी चमकती आँखें, कैसे अपने बच्चों

को आज तक, दो बार आया हुआ अपना ऑफर लेटर दिखाती आई हैं, "देखो, दो ऑफर लेटर आए थे जॉब के लिए, पर मैं नहीं गई, क्योंकि मुझे अपने बच्चों पर ध्यान देना था। तुम ही मेरी कमाई हो।" कितना झूठ बोलती आई है माँ, आज समझती हूँ ऑफर लेटर के पीछे छुपा उनका दर्द। ऐसा कौन है, जो अपने सपनों को पूरा होते हुए नहीं देखना चाहता? तुम भी मेरे जैसे किसी दोराहे पर खड़ी होंगी। जहाँ दु:खी रहने को कोई कारण तुम्हारे पास नहीं होगा। सपनों के पीछे कहीं न कहीं, एक अच्छी माँ, अच्छी पत्नी का किरदार सफर करता, इसलिए तुमने यह फैसला लिया होगा? कोशिश तो तुमने की थी, जब अपनी पाँच महीने की बेटी को छोड़कर तुम चली गई थीं सपनों के पीछे।

2

लगभग तीस साल पहले गाँव बिलासपुर

माँ की कहानी के साथ मेरी कहानी इतनी जुड़ी है, जिसे मैं चाहकर भी अलग नहीं कर सकती। पूरा कमरा लालटेन की रोशनी से जगमगा रहा है। एक मेज पर गरम पानी काफी देर से रखा ठंडा होने को आया, सुधा दर्द में तड़प रही है। अंगूरी देवी बीच-बीच में सुधा और अपनी, कल रात हुई लड़ाई को भूलकर उसके सिर पर हाथ फेर रही हैं। सुधा दर्द में भी सोच रही है; मात्र चार-पाँच सालों में कितना कुछ बदल गया, उसके सपने की बात हो या उसके जीवन की, कोई कह सकता है, यह वही सुधा है, जिसने कभी समझौता नहीं किया। निर्भीक, साहसी, भावुकता की डोर पकड़कर न बैठनेवाली सुधा, आज जाने क्यों डर रही है, कहीं तीसरा बच्चा बेटी न हो? कहीं ऐसा तो नहीं वह अपनी माँ पर गई हो? उसके भी अपनी माँ की तरह चार बेटियाँ हों, अगर ऐसा हुआ तो दिन रोज उस पर दबाव बढ़ता जाएगा दूसरे बेटे का, जो सिर्फ दो बच्चे चाहती थी, तीन साल के अंदर तीसरे बच्चे को जन्म देने जा रही है। कितना लड़ी है वह खुद से हर रोज? उसने अपनी पाँच महीने की बेटी को भी छोड़ दिया था नौकरी के लालच में, वह आज तक वह दिन नहीं भूलती, जब उसकी कुंदन उसकी गोद में बेहोश हो गई थी। कौन जान पाया था उसके दु:ख को? शायद विजय भी नहीं। कितने मुश्किल थे वे कदम, जो विजय को दूसरे घर से बुलाने के लिए दौड़ गए थे। कितना अपराधबोध था उसके मन में और उसकी वे दलीलें, जिनसे खुद को संतुष्ट

करने के लिए वह मजबूर हो गई थी, आज रह-रहकर याद आ रहा है।

दलील, पर किस बात की दलील, मैंने क्या दी है? मैं स्वार्थी हो गई हूँ, मैं अपने और अपने सपने के बीच में कुंदन को नहीं आने देना चाहती। कितना अच्छा होता वह हुई न होती। वह मुझ पर बोझ है, तरक्की में बाधा, जब मैं सपना देखती हूँ पर्स टाँगे, ऊँची सैंडल, स्लीवलेस ब्लाउज, आँखों पर काला चश्मा। इस सपने में कुंदन कहाँ है, कहाँ है उसकी माँ, क्या मैं ऐसा सोचने लगी हूँ, अपने लिए थोड़ा सा चाहना, इसमें गलत ही क्या है? इस गलती में कहीं भी कोई और भागीदार नहीं। विजय भी नहीं, जब मुझे और कुंदन को लेने के लिए मेरे घर गए थे और नर्स की ट्रेनिंग की बात इतनी खुश होकर बताई थी, "सरकारी नौकरी होगी।"

मैंने कहा भी था, "पर कुंदन?"

"तुम चिंता मत करो। कुंदन को माँ रख लेगी।" विजय को उस समय दो लोगों की कमाई दिख रही थी, विजय की माँ इसलिए मना नहीं पाई, क्योंकि ट्रेनिंग के लिए दिए जाने वाले तीन हजार रुपए बहुत ज्यादा थे। न मेरे पिताजी, जिन्होंने शादी के बाद मुझे आठ महीने अपने पास रखकर, शॉर्टहैंड सिखाई और एंप्लॉयमेंट एक्सचेंज में मेरा नाम इस उद्देश्य से लिखवाया कि उनकी बेटी की सरकारी नौकरी के लग जाने पर दोनों जमाई और बेटी, किसी शहर में सेटल हो जाएँगे, क्या वे नहीं जानते थे, वे कहीं न कहीं अपनी बेटी के सपने को आकार दे रहे हैं? कोई नहीं, सिर्फ मैं; कुंदन को छोड़ने के लिए जिम्मेदार। क्या गलत चाहा है, अगर मैं कुंदन को बेहतर जिंदगी देना चाहती हूँ, मैं नहीं चाहती वह भी गाँव के और बच्चों की तरह कपड़े की गुड़ियों से बाहर निकल ही न पाए। मैं भी चाहती हूँ कि वह किसी अच्छे से स्कूल में पढ़े और अपने जीवन में किसी अच्छे मुकाम पर पहुँचे, लेकिन यह सिर्फ चाहने से नहीं होगा, अगर मेरे पास नौकरी होगी तो शायद मैं उसे एक अच्छा भविष्य दे पाऊँगी। विरोध कर पाऊँगी किसी गलत बात के लिए विजय का, विजय की माँ का। मैं खुद उसके साथ हँसना चाहती हूँ। जो मैं चाहती हूँ, वह सब गलत है, उस दिन भी तो यही हुआ था, जब कुंदन के बीमार होने पर, मैंने चाहा कि उसे किसी अच्छे अस्पताल में दिखा दो। तो कितनी जल्दी विजय की माँ ने यह बोल दिया, "अगर बड़े अस्पताल में ठीक नहीं हुई तो कहाँ ले जाएँगे?" वह हमेशा ऐसा ही करती आई हैं। क्या मैं नहीं जानती, मेरी कुंदन के पैदा होने पर किसी को खुशी नहीं हुई थी। कैसे कह दिया था विजय की माँ ने, "मैं खड़ी नहीं हो पाऊँगी, लड़की का नाम सुन के मेरे पैर टूट गए।"

हर औरत मुझे एक कठोर माँ जरूर समझती होगी, लेकिन यही मौका उन्हें दिया जाता, तो क्या वे ऐसा न करतीं, जैसा मैंने किया! क्या वे किसी अच्छे शहर में अपने बच्चों की अच्छी परवरिश नहीं करना चाहतीं, नहीं करना चाहतीं वे कोई सरकारी नौकरी, अगर किसी ने झेला है तो वह सिर्फ कुंदन और मैंने। कुंदन के जितने आँसू निकलते हैं, उससे कहीं ज्यादा मेरा पल्ला गीला होता है। हर बार जब उसे छोड़कर जाती हूँ, जभी कुछ टूट जाता है अंदर तक। फिर खुद को समझाती हूँ, बस कुछ दिनों की बात है, फिर हम दोनों हमेशा साथ होंगे। कितना मुश्किल था अपने होने के बाद भी, अपने कलेजे के टुकड़े को खुद से दूर करके, पूरी तरह से किसी और के हवाले कर देना। उसके कपड़ों से उठती गंदी बदबू, उसका कमजोर शरीर, उसका कम बोलना, कम खेलना क्या मुझे अंदर तक भेदता नहीं है! कोई ऐसा दिन नहीं है, जब मैंने सपना न देखा हो, मेरी कुंदन रो रही है। जब विजय की माँ ने कहा तो मैं नजरें नहीं मिला पाई थी अपने आपसे, "जिस दिन तू गई थी, उस दिन बहुत खेली थी, उस दिन के बाद आज तक वैसे नहीं खेली। लड़की हँसना ही भूल गई।"

कभी-कभी तो लोगों के सामने भी अपने आँसू नहीं रोक पाती। उस दिन क्लास में सभी लड़कियाँ अपने नोट्स बनाने में व्यस्त थीं। मैडम नॉन स्टॉप छोटे बच्चों के विकास और माँ के दूध पर जानकारी दे रही थीं, 'जिन बच्चों को बचपन में पर्याप्त माँ का दूध नहीं मिलता, उनमें बचपन से ही शुरू होनेवाली बीमारियाँ डायबिटीज, संक्रमण, निमोनिया, दस्त और श्वसन तंत्र में इन्फेक्शन होने का खतरा अधिक होता है।" कॉपी-पेन हाथ में लिये मेरी धुँधली आँखों के सामने गुलाबी फ्रॉक पहने कुंदन दौड़ गई और भावात्मक रूप से कमजोर बच्चे, उसने अपनी पाँच महीने की मजबूत डोर से मुझे जकड़ लिया था, पर मेरे मन में इस बात की तसल्ली थी कि विजय की माँ के अनुसार, वहीं हॉस्टल के पास एक कमरा ले लिया जाएगा और क्लास खत्म होते ही, चाहे दिन में एक बार सही, मैं कुंदन से मिलने आ जाया करूँगी। भविष्य की प्लानिंग सब फेल हो गई, जब पता चला कि हॉस्टल से बाहर जाने की परमीशन किसी को नहीं है। शनिवार और रविवार आप बाहर निकल सकते हैं, लेकिन सोमवार को आपको हॉस्टल में वापस आना होगा। मेरी बेटी का चेहरा देखकर काश कोई कह देता, तीन हजार की परवाह मत करो, लेकिन तीन सौ कमाने वाले विजय, कभी न कह सके। न ही मैं यह बात कभी अपनी जुबान से निकाल पाई। लोभ भी तो था, शहर की जीवन-शैली का।

मैं अपने चेहरे को अपने हाथ की ओट में छुपा, अपनी कॉपी पर पेन चलाने का नाटक करती रही। क्लास खत्म होते ही, अपने रूम में जब आई, आँखों के साथ-साथ ब्लाउज भी गीला हो चुका था। कितनी बदकिस्मत है मेरी बेटी, जिसको अपनी माँ का दूध नहीं मिला? विमला, सर्वेश, नूपुर सभी लड़कियाँ ऐसे परिवेश से आती हैं, जो बहुत संघर्षों के बाद, किसी सरकारी नौकरी के लिए चयनित हुई हैं। उनके लिए बड़ी बात थी, एक सरकारी नर्स बन जाना, लेकिन मेरे बारे में सभी पीठ पीछे कहते, 'इसका यहाँ आने का कारण सिर्फ गाँव में न रहने की इच्छा ही है।' अगर ऐसी कोई इच्छा है तो क्या वह गलत है! दिल्ली जैसे शहर से आकर यूपी के छोटे-से गाँव में खुशी ढूँढ़ना, आसान तो नहीं। जब दिन निकलते ही शौच सबसे बड़ी समस्या बन जाए, कभी तेज बारिश और कभी रात का सन्नाटा, हाथ पकड़कर रोक दे खाने से और दो-दो दिन तक भूखा रहना पड़े, जब दिल्ली के सरकारी मकान की आठ-बाई-आठ की लैट्रिन सबसे ज्यादा याद आती है, जब हँसना ही एक गर्म विषय बन जाए पूरे मोहल्ले का, 'आज जेठजी कह रहे थे, सुधा तो फिल्मों की हिरोइन की तरह हँसती है।' और गुलकंदी की हँसी खी-खी-खी। समझौता कर भी लिया जाता, अगर सामने कोई विकल्प न होता, विकल्प होने के बाद भी कोई समझौता करूँ, बाद में ऐसे ही लोग मूर्ख साबित कर देते हैं। आज जब मैं जरा-सी साँस लेना चाहती हूँ, तो मेरे माँ होने पर लाखों प्रश्नचिह्न हैं, माँ होने का अर्थ बस दूध पिलाना और चिपकाकर सुलाना ही है? बच्चे के लिए अच्छे भविष्य के सपने पिता का धर्म है, औरत सोचेगी तो हँसी का पात्र बनेगी। कितना समय सिर्फ डेढ़ साल ही तो चाहिए। जिस दिन छोड़कर जा रही थी, पूरी रात छत को ताकती मेरी बहती आँखें, उन पर सुबह उठने के बाद विजय की नजर नहीं पड़ी होगी। उन्होंने कंधों पर हाथ रख कितने आराम से कह दिया, "तुम चिंता मत करो।"

"विजय, कुंदन?"

"अरे, धीरे-धीरे आदत हो जाएगी।"

"बोतल का दूध नहीं पीती, बहुत रोती है। वह मेरे बिना रह नहीं पाएगी, विजय।"

"थोड़ा समय देना पड़ेगा।"

"विजय-विजय, कुंदन...विजय, कुंदन कुछ बोल नहीं रही, वह बेहोश हो गई। विजय, घर चलो।" कितने भारी थे ये शब्द और उतने ही ग्लानि भरे, एक बार मन में खयाल आया छोड़ दूँ सबकुछ, पर इतना फँस चुकी थी कि लौट नहीं पाई।

शायद मैं अपनी बेटी की कसूरवार हूँ? पर जो मैंने सहा, वहाँ क्या विकल्प था, जहाँ मुझे कोई समझ ही नहीं रहा था। क्या मेरे और विजय के प्रेम में दिखावा ही जीवित था? अपने पति से बँधीं आशाएँ टूटें, तब आप पूरी दुनिया को आग लगा देना चाहते हैं। तब रिश्ते आपके लिए गौण हो जाते हैं। खतरनाक होते हैं वे लोग, जो अच्छा बनने का नाटक करते हैं। विजय बहुत अच्छे हैं और जब आपको यह पता चले आपका विश्वास तोड़ दिया गया है। उन्होंने मेरे और अपने बीच की बात अपनी माँ को बता दी तो जैसे पहाड़ टूट पड़ा। पति-पत्नी के बीच तो बहुत सी बातें होती हैं, नोक-झोंक, लड़ाई, कमियाँ कभी अपने माँ-बाप की, कभी दूसरे के माँ-बाप की, लड़ना-झगड़ना, शिकायतें करना, लेकिन वही जब कमरे से बाहर आ जाए, तो राजनीति का हिस्सा बन जाती है। हाँ, मैंने विरोध किया था, जब विजय ने मुझ पर हाथ उठाया, मेरे बिना बताए दिल्ली जाने पर, "मैं हर शनिवार गाँव आने के लिए मजबूर नहीं हूँ। मेरी अपने माँ-बाप से मिलने की इच्छा थी और मैं तुमसे बिना पूछे चली गई, तो क्या अपराध कर दिया? नहीं पसंद मुझे गाँव जाना। पूरे हफ्ते हॉस्टल में रहो, फिर गाँव आओ।" कभी किसी के साथ बाहर घूमने नहीं जा सकती, सहेलियों के साथ भी नहीं। अपनी मर्जी से कपड़े नहीं पहन सकती। उस दिन हॉस्टल में देखकर इतनी जोर से दाँत पीसे थे, कौन नहीं पहनती स्लीवलेस ब्लाउज और हॉस्टल में ही तो पहना था। क्या देखा नहीं था, उसने आसपास किसी औरत को? चुपचाप बिना बताए बीच-बीच में मुझसे मिलने आते रहते, मैं सब समझती थी कि मुझ पर निगरानी रखी जा रही है। जब इतना भी विश्वास नहीं था, क्यों भेजा था मुझे ट्रेनिंग के लिए? मैं भी अपनी इच्छा दबाकर रह जाती, जैसे और चीजों के लिए मैंने आज तक अपनी इच्छाओं को दबाया है।

पति का घर स्वर्ग होता है, लोग कहते हैं तो कहते रहें, मैं नहीं मानती, स्वर्ग में देवता पाए जाते हैं, लेकिन दुनिया में सामान्य आदमी, जिनका जब तक अहं संतुष्ट होता रहे तो सब अच्छा है, जरा-सी ठेस लगते ही वह तिलमिला जाता है। संतुष्टि? ...हूँ...। शादी होकर आई, तब पूरे मोहल्ले को मिली थी, विजय के मुकाबले मेरे रूप-रंग को नंबर देने में, जब उससे भी नहीं मिली, तो पकड़कर मेरा जूड़ा हिला दिया, हँसते हुए, "यह क्या है?" कितने सीधे और सच्चे लोग हैं न गाँव के? जूड़ा भी नहीं जानते और पूरे कमरे में खिल्ली उड़ाती हँसी दौड़ गई। नहीं भूलूँगी मैं पुरानी बातें। क्यों भूलूँ? जब सारे मोहल्ले के बच्चों ने मिलकर मेरी चुन्नी के साथ-साथ मेरे ब्लाउज के हुक तक तोड़ डाले थे। तभी मुझे गाँव का मतलब समझ आ गया

था। जब कोई अपने बुरे अनुभव भूलने के लिए तैयार नहीं, मेरी गलतियों को वे याद रख सकते हैं, चाहे मैंने अनजाने में ही की हों, फिर मैं क्यों भूलूँ, विजय ने हाथ उठाया, मैं जानती थी उसके पीछे किसका हाथ था? दोनों माँ-बेटी मुझसे बात तक नहीं करतीं, हाँ, मैंने घर से बाहर का काम नहीं किया, वह विजय की माँ और कम्मो ही करती आई हैं, रिंकू आनेवाला था, मेरा खाना बनाते-बनाते लेट जाना कम्मो को नजर तक नहीं आया, उसने एक बार भी नहीं पूछा, 'भाभी क्या परेशानी है?' पूरा शरीर अंदर तक जलन से जल रहा था, लेकिन अपनी गर्भवती भाभी का यूँ लेट जाना, उसे नाटक ही लगा। छोटी होकर भी वह मेरी किसी बात का जवाब तक नहीं देती, देखकर भी अनदेखा कर देती है, सुनकर भी अनसुना कर देती है। विजय ने हॉस्टल के कमरे में हाथ उठाया, उसे मैं भूल भी गई थी, वही बात जब उसकी माँ के मुँह से सुनी, तब समझ आया कितने दोगले हैं विजय। अपनी माँ को यह साबित करने के लिए, मैं कितने कंट्रोल में रखता हूँ, उन्होंने सारी बात अपनी माँ को बता दी। मुझे दुःख नहीं होगा? जब वह कहेंगी, "उस दिन जब विजय ने तुझ पर हाथ उठाया था। तुझे तब भी बात समझ में नहीं आई?"

हाँ, तो मैंने भी बोल दिया। जब विजय मेरे और अपने बीच की बात बाहर ला सकते हैं, तो मैं ही क्यों पर्दा रखूँ? मैं ही क्यों उसकी लाज बचाती फिरूँ, "मुझे कोई कुछ नहीं समझा सकता। मैं अगर यहाँ हूँ तो अपनी मर्जी से हूँ वरना सारी कोर्ट-कचहरी के रास्ते मैंने भी देखे हैं।" क्या गलत कह दिया? गुस्से में विजय हाथ उठा सकते हैं। उनकी माँ मुझे नीचा दिखा सकती हैं, लेकिन मैं गुस्से में कुछ बोल नहीं सकती? खुश हुई होंगी वे जब विजय मेरे ऊपर जोर-जोर से चिल्ला रहा था। सब खुश हुए होंगे, खुश हो जाओ सब। मैं भी वही करूँगी, जो मेरा दिल करेगा। एक बार नौकरी लग जाए, तो मैं यहाँ से चली जाऊँगी अपनी बेटी को लेकर। ये पुरानी बातें हुईं, लेकिन कुछ न हो सका, डेढ़ साल बाद ट्रेनिंग से अपने अनचाहे गर्भ को लेकर वापस आ गई। कुछ महीने बाद रिंकू का आना और एक दिन अपनी अलमारी के दराज में कॉल लेटर मिल जाना, सपने टूटकर बिखर गए और जवाब सुनकर कुछ, कभी न जुड़ने के लिए हमेशा के लिए टूट गया।

"तुमने मुझे क्यों नहीं बताया?"

"मैं बताना जरूरी नहीं समझता। जब नौकरी करानी ही नहीं तो क्या फर्क पड़ता है? दो बच्चे हैं, तुम्हारा उन पर ध्यान देना जरूरी है।"

"तुम यह क्यों नहीं कहते, तुम्हारी माँ को पोते का लोभ है; अगर मैं उसको

छोड़कर चली गई तो क्या होगा, उसको दूध भी तो मिलना चाहिए, मरती या जीती, मेरी कन्नू की तो किसी को चिंता नहीं थी?"

"घर-परिवार बहुत जरूरी है सुधा, अगर तुम्हें कमाना इतना ही पसंद है, तो मैं काम छोड़ देता हूँ, तुम कमा लेना, वैसे भी इस नर्स की नौकरी में रखा ही क्या है, बच्चे अगर बिगड़ जाएँगे तो नौकरी करके क्या करोगी?"

"मुझे एक साल हो गया ट्रेनिंग किए और दो ऑफर लेटर आने के बाद भी तुमने मुझे बताना जरूरी नहीं समझा? नौकरी नहीं करानी थी, तो ट्रेनिंग क्यों करवाई? मुझे नौकरी करनी है।"

"जाओ कर लो। ज्यादा सुनना चाहती हो तो बता दूँ, लेटर छह महीने पहले ही आ गया था, लेकिन जब तुम हॉस्टल से बिना बताए अपने घर चली गई थीं, तो मैंने फैसला कर लिया था, मैं नौकरी नहीं करवाऊँगा।"

"पर विजय…।"

"मैं कुछ नहीं सुनना चाहता। सो जाओ, सुबह मुझे दफ्तर जाना है।"

"पर?" धीरे से कहा गया पर, विजय ने सुनकर भी नहीं सुना। उनके पास हर सवाल का एक ही जवाब होता है, चुप्पी; वे चुप रहकर ही कितना कुछ कह जाते हैं, चाहे मैं बोल-बोलकर थक जाऊँ। वे वही करते हैं, जो उनका दिल होता है। आज तक वैसा ही तो करते आए हैं। मैं ही शायद मूर्ख हूँ? बुआ की कही गई बात मुझे याद आ जाती है, "विजय बहुत तेज लड़का है, दिल्ली की लड़की को उसने गाँव में रखकर दिखा दिया और सारा काम भी सिखा दिया।"

फैसला? तुमने फैसला कर लिया। हर फैसला तुम ही करते आए हो। पहले पिताजी, जिन्होंने फैसला कर लिया, सरकारी नौकरीवाला लड़का है, जीवन भर की दाल-रोटी का इंतजाम। संघर्ष तो चलता रहता है। कभी गाँव में, कभी शहर में, सभी जगह एक जैसी होती हैं, अंतर ही क्या है, जब कोई अंतर नहीं है तो पिताजी ने शहर में नौकरी करने का निर्णय क्यों लिया? क्यों वे अपने गाँव वापस नहीं जा पाए। आज मैं बोलूँगी तो मेरी आवाज को डाँटकर दबा देंगे, क्यों नहीं है गाँव और शहर के लोगों में अंतर? अगर गाँव में शादी करनी थी, तो क्यों नहीं बनाया मुझे वैसा, जैसी आसपास औरतें देखती हूँ। किशोरी; रोज अपने घर में बाल फैलाकर बैठ जाती है। सास तो क्या, बड़ी-बड़ी उम्र की औरतें उसके पैर छूती हैं, जब बड़ी दादी की आत्मा उस पर कब्जा कर लेती है, तो उसे दो-दो दिन तक नहीं छोड़ती। गालियाँ और अपने मन की सारी भड़ास, वह सभी बड़ों पर निकालने के बाद भी,

बेकसूर साबित होती है। उसी चक्की पर जाने पर मुझे तो कभी आत्मा नहीं मिली, जो हमेशा पेड़ पर बैठी, सिर्फ किशोरी का इंतजार करती है।

राधा! जिसने घर में घी न होने पर भी पराँठे ही खाए हैं, चाहे घी के लिए पैसे किसी से उधार माँगे गए हों। सास की नजर बचते ही वह पाँच किलो अनाज बनिया की दुकान पर डाल आती है, कितनी चीजें उसने ऐसे ही छुप-छुपाकर खाई हैं। संजना; जो परिवारवालों से लड़ाई हो जाने पर अपनी साड़ी उतार, दराँती हाथ में लेकर खड़ी हो गई थी, कोई हाथ लगाकर दिखाओ अब, हाथ काट दूँगी। गालियाँ ऐसी, औरतें क्या पुरुष भी शरमा जाएँ, बेहया औरत कहकर सब उससे पीछा छुड़ा लेते हैं। मैं चाहकर भी कोई विकल्प नहीं चुन सकती, संस्कार; क्या होते हैं संस्कार? ऐसी मान्यता, जो कूट-कूटकर भर दी जाती है, जो मरने तक पीछा नहीं छोड़ती। पिताजी, गाँव के संस्कार अलग होते हैं, वहाँ का संघर्ष अलग होता है।

इतने दिन मैंने अपनी बेटी को खुद से दूर रखा, इसलिए उसका यह परिणाम होगा, समझौता, इसके अलावा विकल्प ही क्या है, कर क्या सकती हूँ, विरोध भी करूँगी, तो कौन सुनेगा? मैं घर की चारदीवारी में बैठकर रो लूँगी और धीरे-धीरे इक्कीस साल का अनुभव खत्म कर दूँगी। अब कोई भविष्य नजर नहीं आता, थक गई हूँ मैं चार साल से दौड़ते-दौड़ते, कभी दिल्ली के सपने, कभी नौकरी के सपने, अब बस मेरा एक ही सपना है, बिलासपुर। चारों तरफ से बिलासपुर से घिरी मैं, यही सोचकर मैंने संतोष कर लिया था। अब यही मेरी दुनिया है, मेरे बच्चे एक बेटा एक बेटी, संपूर्ण मैं। एक माँ और केवल एक माँ।

फिर अचानक आई कमजोरी, इतना खाने के बाद भी? वही सास, जो कुंदन के होने पर एक किलो दूध इसलिए नहीं देना चाहती थी, क्योंकि उनका मानना था, एक किलो दूध पहलवानों पर भी नहीं पचता। रिंकू के होने पर वही सास किलो दूध के साथ साथ घी भी देती है। मान्यता के अनुसार मैं लंबी लगती हूँ। लड़कों का जन्म होने से माँ की लंबाई बढ़ जाती है, मुझे भी अपने सलवार-सूट थोड़े छोटे लगने लगे हैं। चक्कर और जी मचल रहा है, उलटी का जी, लगातार दो बार उलटी, और महीना भी नहीं आया। यह नहीं होना चाहिए था, पर हुआ, कुंदन भी तो छोटी ही है और रिंकू सिर्फ आठ महीने का और तीसरा बच्चा? एक पश्चात्ताप, जो पीछा नहीं छोड़ता, मेरा कुंदन को छोड़कर जाना और उसका मुझसे दूर भागना वह पास नहीं आती, डरी-डरी सी कन्नू विजय की माँ की गोद में सिमट जाती है, मेरे डाँटने से कभी तो खड़े-खड़े बाथरूम भी कर जाती है। उसको मेरा लाख

बुलाने के बाद भी न बोलना और दरवाजे के पीछे बैठकर प्याज छीलते रहना मुझे खटकता है। उसका अपने भाई की बजाय भूरा (पिल्ला) को गले लगाए घूमना और अकेले में उसके साथ बड़बड़ाना। वह न खुलकर हँसती है, न खुलकर रोती है। उससे सिर्फ दो महीने बड़ी किरण कितना बोलती है, गलत ही सही, पर कभी चूकती नहीं। मजाल है उसके भाई से कोई कुछ कह जाए। आज यह चिंता और गहरा गई अगर दूसरी भी बेटी हुई तो?

मैंने विरोध भी किया था, "विजय मैं तीसरा बच्चा नहीं चाहती।"

"आजकल तो सभी तीन-चार बच्चे करते ही हैं।"

"भले करते हों, मैं नहीं करूँगी।"

"माँ को पता चलेगा तो गुस्सा करेगी और तुम्हें क्या दिक्कत है? मैं हूँ अपने बच्चों के लिए, अच्छी शिक्षा, अच्छी परवरिश होगी हमारे बच्चों की।"

"विजय, तुम माँ से इतना डरते क्यों हो?"

"डरता नहीं हूँ, मैं उनका विरोध करके उनको दु:ख नहीं पहुँचाना चाहता।"

3

आज जब मैं लिख रही हूँ तो पाती हूँ, चार-पाँच साल की होते-होते चीजें समझ आने लगी थीं, इतनी कि आज तक वे मेरी यादों से धुँधली नहीं हो पाईं, आज भी चलचित्र की तरह वे मेरी आँखों के सामने आ जाती हैं, तब मैं चाहकर भी उनसे दूर नहीं जा पाती। पुराने वक्त में डूबकर निकलना उन सभी कारणों को, जो उन परिस्थितियों के जिम्मेदार थे, आज मेरे लिए आसान है, जहाँ कोई दोषी नहीं। आज उसी उम्र में जाकर लिखना मेरी जरूरत ही नहीं इच्छा भी है। खुद को और अपनी कमियों को समझने का शायद एक और मौका मिल जाए अगर ऐसा होता तो शायद ऐसा न रहा होता।

घर में एक शांति है। माँ अपने कमरे में लेटी है, रिंकू मुझसे पहले उठकर माँ के सिरहाने पर खड़ा है, मुझे देखते ही उसने मुझे हाथ के इशारे से बुलाया, "आ जा।" मैं आँखें मलती उसके पास पहुँची, तो मेरी खुशी का ठिकाना नहीं रहा। मेरा एक और भाई, छोटे-छोटे हाथ छोटे-छोटे पैर। बुआ ने बताया—भाई नहीं है, बहन है। एक, दो, तीन, मैं कमरे से निकलकर भागी कमरा, चौक, बैठक और गेट, दाईं तरफ मुड़कर, नाली भूरा की तरह कूदकर पार कर ली, किरण, किरण।" किरण

को बताना होगा। किरण की माँ ने बताया वह अभी सो रही है। बहुत देर तक मैंने उसके गेट पर बैठकर इंतजार किया, पर वह नहीं उठी। फिर मुझे अपनी बहन के छोटे-छोटे हाथ याद आए, मैं भागकर घर आ गई। माँ ने अपने पास बुलाया और पूछा, "कहाँ गई थीं?" मैं घूरकर माँ को देख रही हूँ, लेकिन मैंने उनको कुछ नहीं बताया, न ही उनके पास गई। दादी हँसती है, पर जोर-जोर से नहीं हँसती। माँ अकेले में कभी-कभी छत की तरफ परेशान होकर देखती है। रिंकू पर अब ज्यादा गुस्सा आता है, पहले तो वह कभी-कभी दादी से चिपककर सोता था, लेकिन अब तो वह रोज मेरी जगह पर दादी से चिपककर सोता है और मैं दादी के पलंग पर कोने में। दादी बोलती है, हमारे घर में एक ही जीव है, यानी रिंकू और जब मर्जी मन्नू को गाली देने लगती है। कहती है उसने रिंकू को माँ का दूध नहीं पीने नहीं दिया। मैं दादी से चिपककर सोना चाहती हूँ। जब दादी रिंकू को सुलाती है, तो मैं पलंग के पासवाली खिड़की में से ऊपर आसमान में चमकते तारों को देखती हूँ, माँ चौक के उस तरफ रसोई में बैठी खाना बनाती है तो उसकी शक्ल, उस रानी-सी लगती है, जिसकी सात बेटियाँ थीं और उसकी सबसे बड़ी बेटी जंगल में उससे बिछड़ गई।

मेरा दिमाग चकराने लगा है। मुझे नहीं पता चलता कब सच बोलना है, कब झूठ? दादी जब मुझे लेकर भवानी के घर गई, तो उन्होंने मुझसे पूछा, "खाना खाएगी?" दादी ने कहा, "नहीं, यह खाकर आई है।" पर दादी इतनी बड़ी होकर झूठ बोलती है, मुझे याद आ गया, "झूठ बोलना पाप है, उसके घर में साँप है।" अब हमारे घर में साँप आ जाएगा, मैंने सच बता दिया, "नहीं, मैंने खाना नहीं खाया।" दादी ने माँ से शिकायत लगा दी। कम दिमाग, कम दिमाग शब्द मेरे आस-पास घूम गए। कम दिमाग? अब मैं अपने दिमाग का ज्यादा इस्तेमाल करूँगी, बहुत ज्यादा। मुझे अपना हर काम और सोच-समझकर करना है, ज्यादा दिमाग लगाकर।

अपशकुन! पता नहीं क्या होता है अपशकुन? कोई बहुत बेकार चीज। जब भी मैं खाना खाती हूँ, तभी अपशकुन याद आ जाता है। मुझे माँ के सामने खाना खाना अच्छा नहीं लगता। मैं चाहती हूँ, वह मुझे एक रोटी के बीच में सब्जी रखकर, गुनगुडी बनाकर दे दें और मैं उनसे छुपकर खा लूँ। माँ जब खाना बनाती है, तो अपने सामने बैठाकर खाना खिलाती है। प्लेट में रोटी और कटोरी में सब्जी। माँ कहती है कि मैं जिस हाथ से खाती हूँ, उस हाथ में अपशकुन है। मुझे दूसरे हाथ से खाना चाहिए। दूसरे हाथ से टुकड़ा तोड़ती हूँ, पर वह टूटता ही नहीं। माँ ने कंगन, धागा, सबकुछ मेरे हाथ में बाँधा है। प्यार से और फिर मारकर

भी माँ बताती है, पर मुझे याद नहीं रहता, वही हाथ आगे बढ़ता है, जिससे मुझे नहीं खाना चाहिए। वह बार-बार मुझे बताती है और मैं बार-बार भूल जाती हूँ, पर माँ जिद करती है कि उसी हाथ से खाना खाऊँ, इसलिए मैं आधी रोटी खाकर ही उठ जाती हूँ।

सामनेवाले घर में नई दुल्हन है, मैं देख आऊँ, आसपास माँ तो नहीं, गेट से झाँक लेती हूँ, शायद दुल्हन दिख जाए, ताई ने अंदर बुला लिया, "आ जा।" चाची पूए बना रही है, "पूए खाएगी?" मैं जब भी सवाल सुनती हूँ, तो सोचने लगती हूँ, इसका क्या जवाब देना चाहिए? जो बिल्कुल सही हो। मुझे तेज दिमाग बनना है। इतना मैं सोचती, ताई ने पूए झोली में डाल दिए, "जा घर खा लेना।" क्या करूँ, घर ले जाऊँ? माँ डाँटेगी तो नहीं। बाहर फेंक देती हूँ। मैं पीछे मुड़ी, ताई गेट पर खड़ी थी, "जा गिर मत जाना, ध्यान से।" अब अंदर जाना पड़ेगा। माँ चोटी बना रही है, रिंकू और मन्नू सो रहे हैं। बुआ छत पर है, "क्या है झोली में?" माँ ने पूछा। हाथ काँप रहे हैं, पसीने आ रहे हैं। माँ ने झोली में झाँककर देखा, "कहाँ से लाई, बोल?" माँ ने दोनों कंधे पकड़कर हिला दिए, "किसके घर से लाई है?"

"गुलकंदी ताई के घर से।" मैंने धीरे से कहा और माँ का चाँटा, "जानती है ना, हमारी लड़ाई है उनसे।" एक, दो, तीन, मैंने गिने नहीं, माँ ने कितने चाँटे मारे। माँ मारती ही जा रही है, एक और, एक और। बुआ भागकर आई और गोद में उठा लिया, "मार डालोगी क्या इसे?"

"इसमें कब अक्ल आएगी? पाँच साल की होने वाली है।" माँ बहुत रोई, मुझे प्यार नहीं करती तो रोती क्यों है? अब कुछ भी पूछेगी तो मैं कभी नहीं बताऊँगी, कभी भी नहीं। कम-अक्ल, कम-दिमाग, अपशकुन जैसे शब्द चारों तरफ नाचने लगे।

आज मैं बहुत खुश हूँ, आज मैं और रिंकू स्कूल जाएँगे। मैंने चाचा की उँगली बहुत कसकर पकड़ी है। एकदम नई जगह, यह तो कभी नहीं देखी। एक बड़ा-सा चबूतरा, क्या यही है स्कूल, इसके लिए माँ शोर मचाती रहती है, "स्कूल में एडमीशन करा दो, बच्चे बड़े हो गए, स्कूल में एडमीशन करा दो।" इसी को स्कूल कहते हैं, एक, दो, तीन, चार, इतनी सारी सीढ़ी, स्कूल इतने ऊपर होते हैं क्या? मास्टरजी ऐनक लगाए एक बड़ी-सी कुरसी पर बैठे हैं और सामने एक बड़ी-सी टेबल है। नीचे बहुत सारे बच्चे लाइन लगाकर बैठे हैं। मैं तो कभी नहीं बैठूँगी लाइन में। बच्चों के बीच में एक जाना-पहचाना सा चेहरा, राजेंद्र? भग्गू

का बेटा, यह भी स्कूल आता है, कितना काला है, छिह, सारी बत्तीसी निकालकर वह मुझे देखकर हँस रहा है, "कन्नू, कन्नू, कन्नू!" पागल-सा मुझे क्यों बुला रहा है? "आजा मेरे पास बैठ जा।" मैं क्यों बैठूँ उसके पास, मैंने अपनी गरदन फेरकर चाचा की उँगली कसकर पकड़ ली। चश्मेवाले मास्टर जी ने मुझसे मेरा नाम पूछा, "क्या नाम है बेटा; बेटा नाम क्या है?" चाचा ने मेरी तरफ देखकर कहा, "कन्नू, नाम बताओ, मास्टरजी को।" मैं क्यों बताऊँ, मैं नहीं बताऊँगी। वह जोर से हँसे और चाचाजी से बोले, "शरमा रही है।" मास्टरजी ने रिंकू से पूछा, "क्या नाम है बेटा, नाम बताओ?" इसको बड़ा अपना नाम बोलना आता है। बड़ी तो मैं हूँ, मुझे अपना नाम पूरा बोलना आता है, कुंदन, कुंदन शर्मा हूँ···।

"कितने साल की है कुंदन?" अपनी गरदन को मेरे पास लाकर, मास्टरजी ने मुसकराते हुए पूछा। बहुत बड़ी, पापा ने जो कल सुनाई थी, लाल बुझक्कड़वाली कहानी की लड़की की तरह बड़ी, अंधेर नगरी, चौपट राजा। अंधेर नगरी में क्या अँधेरा होता है, बिल्कुल अँधेरा? अगर लड़की के हाथ राजा कटवा देता तो? मास्टरजी कितने साल की, ऐसे पूछते हैं, जैसे लाल बुझक्कड़ ने पूछा था, लड़की की क्या उम्र है, हा-हा-हा?

"छह साल की।" मुझसे पहले ही चाचाजी ने बता दिया।

अब तो बहुत बड़ी हो गई हूँ, एकदम बहुत बड़ी। एक से पच्चीस तक पूरी गिनती लिखनी आती है और abcd भी आती है, पर राजेंद्र को चालीस तक गिनती आती है। वह जब मेरे साथ चलता है तो मैं उसके कंधे पर आती हूँ, कितनी छोटी हूँ इससे, तभी तो इतराता है···। दादी एक लकड़ी की तख्ती खाती से बनवाकर लाई है, रात को मैं और रिंकू तवे के नीचे पड़े हुए कालिख से उसे काला रँग देते हैं और सुबह तक वो सूख जाता है। हम स्कूल जाकर उस पर खड़िया से लिखते हैं। थोड़े दिन के बाद माँ ने पापा से कहकर हमारे लिए दो स्लेट मँगवा दीं और स्लेटवाली पेंसिल (स्लेटी)। वह खाने में बहुत अच्छी होती है, मैं रोज एक स्लेटी लेकर जाती हूँ, आधी घिसने के बाद आधी को मैं खा जाती हूँ।

राजेंद्र रास्ते में मुझे समझाता है, "कन्नू, पढ़ा कर, नहीं तो फेल हो जाएगी।" फेल होना क्या होता है? पागल-सा जाने क्या-क्या बोलता है, पढ़ती तो हूँ रोज, मास्टरजी से भी और माँ से भी। माँ रोज रात को मुझे पढ़ाती है। मुझे पढ़ना बिल्कुल अच्छा नहीं लगता। राजेंद्र के घर में बहुत सारे गधे हैं, जब हम उसके घर के सामने से निकलते हैं, तब मैंने देखे हैं। वह एक गधे का पैर दूसरे गधे से बाँधकर रखता

है, पर मुझे आज तक समझ नहीं आया, क्यों? जब भी कोई ट्रैक्टर, गाँव के टीले के नीचे, किसी के घर की ईंट, बदरपुर, क्रेशर डालकर जाता है, तो राजेंद्र के पापा अपने गधों के दोनों तरफ लटकी, रस्सी की बनी टोकरियों में भरकर, सबके घर तक पहुँचाते हैं।

जब मैं उस दिन छत पर किरण के साथ खेल रही थी, "सात समंदर मोती चंदर, बोल मेरी मछली कितना पानी।"

"इतना पानी।" मैंने अपने दोनों पंजों को उठाकर बताया, लंबा होते ही मुझे अपनी माँ के साथ राजेंद्र दिखा। मैं उसे देखकर छुप गई, पर उसकी बात ध्यान से सुन रही थी, कहीं वह माँ को न बता दे कि मुझे बस पच्चीस तक गिनती आती है। वही हुआ, "चाची, मुझे ऐसा लगता है, कन्नू पढ़ेगी नहीं। यह पीछे बैठकर किंठू खेलती रहती है। मास्टरजी जब पढ़ाते हैं, तो लिखती ही नहीं।" माँ ने इस बात पर गुस्सा नहीं किया, वह बस थोड़ा-सा मुसकराई। माँ कभी-कभी मेरी समझ में नहीं आती, कभी तो वह बहुत गुस्सा करती है। कभी वह बिल्कुल गुस्सा नहीं करती, ज्यादातर तो वो गुस्सा ही करती है।

आज माँ गिनती सिखा रही है। माँ पढ़ाती है तो मैं सब भूल जाती हूँ। हमेशा मुझे ही क्यों पढ़ाती है, रिंकू और मन्नू को क्यों नहीं? एक से पचास तक गिनती 1, 2, 3, 10, 15, 19 और 18 मैं भूल गई। माँ ने एक बार फिर बताया, "17 के बाद 18 आता है, इस बार 18 लिखना।" मैंने दोबारा गिनती लिखी और मैं फिर 18 भूल गई। माँ का गुस्सा बढ़ता जा रहा है, जैसे उनके सिर पर सींग हों और मुझे बहुत डर लग रहा है। माँ ने एक बार फिर कहा, "गिनती बोलकर दिखाओ।" मैंने गिनती बोली, "16, 17⋯19, मैं 18 फिर से भूल गई। माँ ने एक डंडी अपने पास रखी है। माँ ने एक बार गिनती बुलवाई। मैंने उनके पीछे-पीछे बोली। उन्होंने कहा दोबारा सुनाओ, "16, 17⋯19।" मैं 18 फिर भूल गई। मैं जानती हूँ वे चाहे कितनी बार भी बुलवाएँ, मैं बोल नहीं पाऊँगी, हमेशा भूल जाऊँगी। चटाक; माँ की पाँचों उँगलियाँ मेरे गाल पर छप गईं। माँ ने मेरी कॉपी मेरे हाथ से छीनकर, खाना बनाते-बनाते अपने चूल्हे में जला दी। मेरे हाथ काँप रहे हैं। उन्होंने दो और थप्पड़ मारकर मुझे वहाँ से भगा दिया, "तुझे कभी पढ़ना नहीं आएगा, भाग यहाँ से।" थोड़ी देर रसोई के बाहर खड़े होकर, मैं दादी के पास आ गई। दादी ने थोड़ा पुचकारा, फिर मैंने सुबकते हुए खिड़की से बाहर तारों को देखा, तारों की माँ होती है, वह पढ़ाती होगी और मारती भी होगी? ध्रुव तारे की माँ भी; साँय-साँय तूफान,

तूफान में फँसी कुंदन और ध्रुव तारा, रात बिल्कुल रात, आँखें बंद होने लगीं और मैं सो गई।

सुबह माँ ने स्कूल जाने से पहले, गले लगाकर प्यार किया, जैसे कुछ न हुआ हो, याद नहीं कल कितना मारा था, कभी बात नहीं करूँगी; रिंकू को प्यार करो, मन्नू को प्यार करो, वह तो अच्छी बेटी है, समझदार। मुझे क्यों प्यार करती हो? पर माँ जब गले लगाती है तो मैं भूल जाती हूँ मैं तो गुस्सा थी।

सावन मुझे बहुत पसंद है, सावन में गाँव के बाहर नीम पर झूला लगता है, टायरवाला, पर माँ जाने नहीं देती, माँ रसोई में काम कर रही है। मैंने अपनी चप्पल हाथ में उठाई, एक, दो, तीन पीछे मुड़कर नहीं देखा, भागकर सीधा नीम के पास। बड़ी लड़कियाँ झूला झूल रही हैं और गाना गा रही हैं, वह कभी छोटे बच्चों को झूला झूलने नहीं देती, कहती है, पहले गाना सुनाओ—

"कच्चे नीम की निबोरी, सामन जल्दी अइयो रे।
भैया दूर मत दीजो, भाभी ने बुलावैगी।।
बीबी रेल की सवारी खटमट फट बुलालूँगौ।"

मैंने रात में ही सोने से पहले याद कर लिया था। किरण अपने भाई का हाथ पकड़े पहले ही खड़ी है, उसकी बारी पहले आएगी। दूसरी बारी मेरी, मैंने अपने मन में पाँच बार राम का नाम लेकर हाथ की मुट्ठी बना चूम लिया, ऐसे करने से ज्यादातर काम बन जाते हैं। वहाँ से होकर निकलकर जाती, बुआ को देखकर मैंने अपनी सिफारिश की, "बुआ, झूला झूलना है।" बुआ ने कहा, "क्या करेगी झूला झूलकर, नाच देखने चलेगी?"

"नाच देखने, हाँ।" किरण ने बताया था, चाँवड़ मइया पर सारे गाँव की लड़कियाँ आती हैं और नाचती हैं। कितने सारे गोल-गोल घेरे, हर घेरे में कम से कम दस लड़कियाँ, नए-नए कपड़े पहने, भर-भर हाथ चूड़ियाँ, मोटी पायल, गले में हार, कढ़े गोटा लगे ओन्ना, तरह-तरह की बेल से कढ़े बारह-बारह कली के पेटीकोट और पूरी बाजू की कमीज लड़कियाँ ताली बजा-बजाकर नाच रही हैं।

मैं बागन बागन जाई, बागन में मोर बीर मिल्यौ
बीर मोह लै जइयौ।
सावन कौ मस्त महीना, झूल रही सब छोरी बागन में,
बीर मोह लै जइयौ।।

आसमान में धूल उड़ रही है। सब एक साथ ताली बजाती हैं और सभी साथ

घूमती हैं। घेरदार घागरा चारों तरफ फैल जाता है। बुआ कहती है, एक महीने पहले से नाच की तालीम शुरू होती है, हरियाली तीज से लेकर जन्माष्टमी तक रोज नाच होता है। नाच में बस क्षत्रिय लड़कियाँ ही शामिल होती हैं। पंडितों की लड़कियाँ सिर्फ दूर से देखती हैं। अगर कोई पंडित की लड़की नाचना भी चाहे तो कोई भी क्षत्रिय लड़की उसे यह कहकर हटा देती है, "बनियों और बामन की लड़कियों के बस की नाचना न है," नाच कई तालियों का होता है, दो ताली, चार ताली और छह ताली, हर ठुमके के साथ घूमना और तालीम के अनुसार एक जैसा नाचना। हर थोक की लड़कियों की एक प्रतियोगिता होती है कि कौन-सा थोक आज सबसे अच्छा नाचा? क्षत्रियों की पढ़ी बुजुर्ग औरतें गीत की किताबों में से देखकर, हर गीत पर लय और ताल बैठाकर उस पर नाच तैयार करवाती हैं। बुआ जल्दी से जल्दी वह सारा काम करके दादी को मनाने में लग जाती है कि वह एक बार जाने दें।

"कन्नू देर हो गई, माँ डाँटेगी।"

"बुआ, इन सबने नए कपड़े और नए गहने क्यों पहने हैं?"

"क्योंकि, उनकी शादी हो गई है।"

"शादी के बाद नए कपड़े और नए गहने पहन सकते हैं?"

"हाँ, शादी के बाद, बहुत सारे नए गहने और कपड़े मिलते हैं।" अब मुझे भी शादी करनी है, कितना अच्छा होगा, शादी हो जाएगी, नए कपड़े, नए गहने, पढ़ना भी नहीं पड़ेगा और शादी हो जाती होगी तो क्या माँ डाँटती होगी? नए कपड़े पहनकर खूब नाचो। दादी बुआ को डाँट रही है। बुआ इतनी बड़ी होकर डाँट खाती है? किरण ने बताया था, नीम के पेड़ पर चुड़ैल रहती है, कैसी होती होगी चुड़ैल? बाहर निकले दो दाँत, मैं अपने दोनों दाँत बाहर निकालकर सोच रही हूँ, शायद ऐसी ही होती होगी। तभी, "कन्नू!" माँ की आवाज, "होंठ बाहर निकाल।" सारी माँ डाँटती क्यों हैं?

तारे चमक रहे हैं, मैं खिड़की से देखती हूँ, कैसे नाचते हैं सारे, कल तो यहाँ था, आज यहाँ आ गया, तारों के पैर होते हैं, क्या तारों की शादी होती है, शादी; शादी कैसे होगी? किरण से पूछना पड़ेगा, उसको जरूर पता होगा, उसकी तो बुआ की शादी हुई थी, "किरण, तुझे पता है शादी क्या होती है?"

"हाँ, क्यों?"

"मुझे करनी है।"

"तेरी शादी, जब तू बड़ी हो जाएगी, तब होगी।"

"मतलब कितने साल की, बिना बड़े हुए शादी नहीं हो सकती?"

"कम-से-कम उन्नीस साल का तो होना पड़ेगा। मेरी बुआ उन्नीस साल की थी, जब उसकी शादी हुई।"

"उन्नीस, सात; आठ, नौ, दस।" अब कहाँ गिनूँ सारी उँगली खत्म हो गईं? हाँ, पैर की उँगलियाँ, "अठारह, उन्नीस।" ग्यारह साल और बड़ा होना है। "किरण, तुझे पता है शादी में नए कपड़े मिलते हैं, गहने मिलते हैं। आज हम शादी, शादी खेलेंगे। मैं दुल्हन बनूँगी, तू दूल्हा बन जाना और रिंकू को हलवाई बना देंगे। तेरा भाई पत्तल बिछानेवाला और मन्नू बराती।"

"न, मैं पत्तल बिछानेवाला नहीं बनूँगा। मैं दुल्हन बनूँगा।" मैं माँ की चुन्नी ओढ़कर दुल्हन बनी बैठी थी, मुझे गुस्सा आ गया, "किरण, तेरा भाई हमेशा ऐसे ही खेल बिगाड़ता है। लड़के दुल्हन थोड़ी बनते हैं?"

"न, मुझे दुल्हन बनना है।"

"पागल है क्या, हम तुझे नहीं खिलाएँगे।"

"मैं जा रहा हूँ।"

मैंने भी बोल दिया 'जा' धौंस किसे दिखाता है।

उसने किरण की तरफ देखते हुए पूछा, "किरण, चल रही है?"

मैंने किरण का हाथ पकड़ लिया, "इसे जाने दे, तू मत जा।"

"नहीं चलेगी तो मैं माँ से तेरी शिकायत कर दूँगा।"

"मत जा किरण।" वह मेरी छत से उतरकर नीचे चौक तक आ गई, "देख मत जा ना।" मैं बार-बार उसे रोककर खड़ी हो जाती हूँ, पर वह मान नहीं रही, "माँ, देखो किरण जा रही है।" चौक में खड़ी माँ से मैंने कहा।

"जाने दे बेटा उसे।"

"इसे रोक लो न माँ, यह खेल नहीं रही।"

"नहीं, जाने दे बेटा उसे।" माँ ने घूरती नजरों से मेरी तरफ देखा। माँ को जब कोई बात पसंद नहीं आती, वह ऐसे ही देखती है। मैंने किरण का हाथ छोड़ दिया। माँ का ऐसे देखना मुझे पसंद नहीं है। जब भी वे ऐसे देखती हैं, तो हम भाई-बहनों को मार पड़ती है। रिंकू धीरे-धीरे छत से उतर रहा है और मन्नू पीछे है। हमें खेलते देख रही गुलकंदी ताई माँ को कुछ बता गई है। माँ का गुस्सा चरम पर है। घर पर कोई बचानेवाला नहीं, न दादी, न बुआ। माँ ने मुझसे पूछा, "कौन-सा खेल खेला

जा रहा था?" मैं चुप, मन्नू और रिंकू भागकर कमरे में छुप गए। जब माँ गुस्से में होती है, तो मुझे पता नहीं चलता, बोलना है या नहीं। मैं बोलना चाहती हूँ, पर बोल नहीं पाती। माँ ने थप्पड़ मारकर पूछा, "शादी, शादी? बच्चों वाले खेल नहीं खेलती?" जब मैं नहीं बोलती हूँ, तो माँ को और गुस्सा आता है। मन्नू की जब भी पिटाई होती है, रोते-रोते सारे सवालों के जवाब दे देती है। मुझे माँ से इतना डर लगता है, मैं सबकुछ भूल जाती हूँ, मुझे क्या बोलना है। मन्नू जबाव देकर साफ बच निकलती है, पर मैं हमेशा मार खाती हूँ। जब माँ का गुस्सा शांत होता है और प्यार से पूछती है, तब मुझे याद आता है, मैं कहाँ गई थी, क्या कर रही थी? माँ बोलती है, मन्नू होशियार है, बहुत होशियार।

"कन्नू-कन्नू, भूरा मर गया।" विष्णु (किरण का भाई) ने मुझे बताया।

"तुझे किसने बताया?"

"हमारे घर के बाहर पड़ा है। उसके मुँह से झाग निकल रहे हैं।" मैं भागकर उसके पास पहुँची। उसके मुँह से सफेद झाग निकल रहे थे। मैं भूरा को गले लगाना चाहती हूँ, बहुत रोना चाहती हूँ। मैंने नीचे बैठकर उसका पंजा अपने हाथ में ले लिया। उसके छह नाखून थे। दादी ने कहा था, "छह नाखूनवाले पिल्ले बहुत होशियार होते हैं।" मत जाओ, कहाँ चले गए मुझे छोड़कर? पास में खड़ी फूलवती ताई कुछ बता रही है, "शायद, पीतल के बरतन में किसी ने छाछ पिला दी, जहर बन गया होगा। हटो बच्चो! मैं जमीन में गाड़ दूँ वरना तो बदबू आएगी।" जमीन में क्यों? मैं भूरा को कहीं नहीं जाने दूँगी, पर मैं हिल नहीं पाई। पीतल का बरतन; मैं घर से सारे पीतल के बरतन फेंक दूँगी। कहाँ गई कटोरी; दादी की पीतल की कटोरी? मैंने ढूँढ़कर मिट्टी में दबा दी। मैं दादी की बगल में लेटी हूँ, "दादी, भूरा मर गया।"

"बेटा, और कितना जीता। कभी न कभी तो मरना ही होता है, अमर तो कोई नहीं आया! बढ़िया है, अच्छी योनि मिली होगी।"

"अच्छी योनि मतलब?"

"दूसरा जन्म। अब उसका दूसरा जन्म हो जाएगा।"

"मैं भी मर जाऊँगी?"

"चल पागल...।" दादी ने मुझे डाँट दिया। दूसरा जन्म, भूरा का दूसरा जन्म कहाँ हुआ होगा, कैसा होता है दूसरा जन्म?

"दादी, क्या वह दुबारा पिल्ला बन जाएगा?"

"कुछ भी बन सकता है—हाथी, बंदर, घोड़ा, चिड़िया और आदमी भी।"

अब स्कूल आते, जाते, खेलते मैं सब जगह छोटा बच्चा देखना चाहती हूँ।

"कन्नू, हमारी छत पर देख सफेद कबूतर।" मैं चौक में खड़ी थी, किरण ने अपनी छत से मुझे आवाज लगाई।

"दिखा।" मैं भागकर छत पर गई, उसकी छत पर देखकर मैंने अपने चौबारे की छत पर देखा, "मेरी छत पर भी हैं दो कबूतर।" मैं भागकर नीचे आई, माँ सुई-धागे से कुछ सिल रही है, "माँ, माँ।" उन्होंने बिना अपनी नजर उठाए बोला, "हम्म?"

"माँ, दूसरे जन्म में कबूतर बन सकते हैं? बताओ न माँ।"

"हाँ, बन सकते हैं।" भूरा कबूतर बन गया।

"पानी कहाँ ले जा रही है?" माँ को बिना देखे कैसे पता चल जाता है, "ऊपर छत पर क्या करेगी पानी का?" मैं बिना सुने ही कटोरी लेकर ऊपर भाग गई।

नए बरतन, नए कपड़े, "दादी मुझे भी नए कपड़े मिलेंगे?"

"हाँ, सबको मिलेंगे।" दादी कहती है, बुआ की शादी होगी। बुआ पूरे दिन शीशा देखती है। चुन्नी सिर पर डालकर मुझसे पूछती है, कैसी लग रही हूँ? कितनी बार बताया है, बहुत सुंदर। बुआ के पास कितने सारे नए कपड़े हैं। बुआ गोरी-गोरी लगती है। अब तो वह ज्यादा देर तक पत्थर पर अपने हाथ-पैर घिसती है। जब मैं देखती हूँ, तो कहती है, "चल भाग यहाँ से," कभी-कभी तो खड़ी-खड़ी हँसने लगती है। जब मैं पूछती हूँ, हँस क्यों रही हो? तो मेरा मुँह दबा देती है और कहती है, "किसी को बताना मत। बनिया की दुकान से बिस्कुट दिलाऊँगी।" शादी क्या ऐसी होती है, सब पागल हो जाते हैं? चौपाल पर जो बुड्ढे बाबा बैठे रहते हैं, वे बिल्कुल बुआ की तरह बड़बड़ाते हैं। सब उन्हें पागल बोलते हैं, उनकी भी शादी होनेवाली है?

"पापा आ गए।" मेरे बोलते ही बुआ के हाथ से शीशा गिर गया और मैं अपने दोनों हाथ मुँह पर रखे हँस पड़ी। कितना डरती है बुआ पापा से? डरपोक। मैं तो बिल्कुल नहीं डरती, घूँसा भी मार देती हूँ कभी तो।

4

बुआ चली गई, दादी कहती है, ससुराल। जिस ससुराल के नाम से बुआ इतनी खुश होती थी, चौपालवाले बाबा की तरह, पागल हो जाती थी, क्या

चौपालवाले बाबा भी ससुराल गए थे? पर जब मैं पूछती हूँ, "बुआ ससुराल से कब आएगी? क्या ससुराल जाने के बाद कभी वापस नहीं आते?" तो दादी रोती है, कभी रजाई में मुँह छुपाकर, कभी दरवाजे के पीछे, कभी भगवान्-देवी के घर जाकर। अब माँ और बदलने लगी है, अब जब उसे गुस्सा आता है, वह तभी बात करती है। रोनेवाली दादी, पागल बुआ, गुस्सेवाली माँ तीनों से घिरी मैं। किरण अब मेरे साथ नहीं खेलती, हमेशा कुछ-न-कुछ काम करती रहती है। बरतन माँजना से लेकर आटा लगाना तक उसे सब आता है। एक दिन रस्सी टप्पा खेलते हुए फूलवती चाची ने उसे तड़ातड़ डंडी बजाना शुरू कर दी, "कलमुई, यहाँ खेल रही है? तेरा बाप आनेवाला होगा, चौका नहीं लगाया, गोबर कब का लेकर आई हूँ, पानी लेने जा रही हूँ, जब तक आटा लगाकर रखना," मैं कभी-कभी उसके घर जाती हूँ, उसके पास कभी टाइम नहीं होता, वह रोटी बनाती है, चूल्हे पर गोल-गोल फूली-फूली रोटी, हाथ से ही रोटी को बाहर निकाल लेती है, बिना चिमटे के। मुझे बहुत हैरानी होती है।

मैंने एक दिन फूलवती चाची से पूछा कि वह मेरे स्कूल में क्यों नहीं पढ़ती, तो इस बात का जवाब उन्होंने बहुत गुस्से में दिया, पढ़-लिखकर का कलेक्टर बनेगी, कलेक्टर कौन होता है, जो पढ़ने के बाद बना जाता है?

मैंने माँ को जवाब देना बंद कर दिया है, क्योंकि मुझे पता नहीं चलता कि कब उन्हें कौन-सी बात पसंद आएगी, वह मारती हैं, तो मैं मार खा लेती हूँ। मन्नू बहुत होशियार है, ऐसा सब कहते हैं। जब दादी ने उससे कहा, "जा निकल जा हमारे घर से।" तो उसने रोते हुए जवाब दिया, "मैं क्यों जाऊँ, तुम जाओ, मेरे पापा का घर है।" सब बहुत हँसे और सबने कहा—वह बहुत होशियार है। दादी जैसे मेरी कम दिमागवाली बात सबको बताती है, ऐसे ही मन्नू की होशियारीवाली बात सबको बता दी। मैं भी जानती हूँ, यह बात कि घर पापा का है, तो वह होशियार कैसे हुई? कम-दिमाग कम-अक्ल कन्नू और होशियार मन्नू।

चाचाजी की शादी मौसी से होगी। क्या शादी किसी से भी कर सकते हैं? बड़ा मजा आएगा। नानाजी सगाई करने आए हैं। मैं उनके साथ दिल्ली जाना चाहती हूँ। वहाँ का पार्क, नानी का घर ऊपरवाली मंजिल पर है, जिसकी सीढ़ियों पर भागते हुए मैं रिंकू के कभी हाथ नहीं आती। सीढ़ियाँ, फिर एक लंबी-सी गैलरी, फिर सीढ़ियाँ, फिर एक लंबी-सी गैलरी और नानाजी की खिड़की से दिखता हवाई जहाज; बहुत नीचे साफ-साफ, उसके आसपास लाइट चमकती है। हमारे गाँव में

तो हम धुएँ से बनी लाइन से पता लगा लेते हैं कि हवाई जहाज निकलकर गया है। मौसी बोलती है, वह रनवे है, जिस पर हवाई जहाज दौड़ता है, क्या हवाई जहाज जमीन पर भी दौड़ता है और क्या पता नानी गुड़िया के लिए सामान भी डलवा दें, क्योंकि वहाँ तो बहुत सारा सामान मिलता है। नानी के घर के सामने डॉली रहती है, उसके पास प्लास्टिक की बहुत सुंदर-सुंदर गुड़ियाँ हैं। डॉली बहुत सुंदर फ्रॉक पहनती है। उसकी मम्मी हमेशा हमारी डॉली, हमारी डोली कहती है।

"माँ, मैं दिल्ली जाऊँगी नानाजी के साथ।" कहते हुए मैंने अपने फ्रॉक में उँगली से चार-पाँच बल लगा लिये।

"नहीं बेटा रोएगी, फिर मन नहीं लगेगा।"

"नहीं मुझे जाना है।"

"भेज दो सुधा, अब बड़ी हो गई, मन लग जाएगा। बस सात दिन की ही तो बात है, फिर तुम बरात में आओगी ही।" नानाजी ऐसे बोलते कितने अच्छे लगते हैं।

नानी का घर एकदम चकाचक शहर, तीन बड़े-बड़े कमरे और नानाजी की बैठक की खिड़की से दिखते हवाई जहाज को, खिड़की पर ठोड़ी लगाए देखना, मुझे अच्छा लगता है, मैं रोज शाम से रात तक उसे देखती हूँ। उसकी चमकती लाइट मुझे बहुत पसंद है। उस दिन नानाजी के दोस्त आए। नानाजी ने मुझसे चार बार कहा, "कन्नू बेटा, इधर आओ।" लेकिन मैं एकदम चुप पत्थर-सी खड़ी, चाहकर भी आगे नहीं जा पाई। उन्होंने पूछा, "नाम क्या है बेटा, कौन-सी क्लास में पढ़ती हो?" मैंने नहीं बताया। कहीं ऐसा न हो वे मुझसे कोई और सवाल पूछ लें, दो और दो कितने होते हैं, दस में से आठ घटाएँ, तो कितना आएगा, गांधीजी का पूरा नाम बताओ, हमारे प्रधानमंत्री का नाम बताओ? नानाजी ने हँसते हुए कहा, थर्ड में पढ़ती है। मैं अपनी आँखें ऊपर किए उन्हें घूर-घूरकर देख रही थी। नानाजी उनके जाने के बाद रसोई में जाकर नानी से कुछ कहते हुए, मेरी तरफ इशारा कर रहे हैं। कहीं मुझे डाँटेंगे तो नहीं? मैं भागकर बालकनी में आ गई, वहाँ बहुत सारे पेड़ हैं। एक लंबा-सा पेड़, जिसमें सफेद रंग का फूल आता है, अंदर से हल्का गुलाबी, मुझे उसके पत्ते और फूल छूना पसंद है। मैं उसके पास खड़ी होकर बालकनी से देखती हूँ। थोड़ी-थोड़ी माँ की याद आती है, मन्नू और रिंकू की भी। जब रात में सोती हूँ, तो तारे नहीं दिखते, लेकिन मौसी और मामा जब टॉफी लाते हैं, तो लगता है, अच्छा है, रिंकू नहीं आया, सारी टॉफी मैं अकेले ही खाऊँगी। मौसी अपनी सहेली के घर लेकर गई, उसने मुँह पर उँगली रखकर कहा,

"बोलना मत और प्लेट से कुछ उठाना मत।" मैंने वैसा ही किया।

बड़ी-बड़ी, ऊँची-ऊँची बिल्डिंग और उसके सामने एक बड़ा-सा पार्क। नानी के कहने पर, शाम को डॉली मुझे खेलने के लिए बुलाने आती है, वह दूसरे बच्चों के साथ खेलने लगती है। बच्चे एक मोटी-सी बॉल से पैर मारकर खेलते हैं। वे बच्चे मुझे अपने साथ नहीं खिलाते। मैं बस दूर से खड़ी उनको खेलते हुए देखती हूँ।

नानाजी मुझे और नानी को स्कूटर पर बिठाकर घुमा रहे हैं। एक-से-एक सुंदर चीज है, कहीं गुब्बारे, सुंदर हेयरबैंड, सुंदर-सुंदर गुड़िया, गुड़िया के घर का सारा सामान, सुंदर सैंडल, सुंदर-सुंदर फ्रॉक, बड़ा; बहुत बड़ा बाजार, चारों तरफ चमकती रंग-बिरंगी चीजें, क्या लूँ, क्या लूँ, गुड़िया और उसका घर का सारा सामान? नानी से बोल दूँ, दुकान के बाहर साड़ी पहनकर खड़ी बहुत गोरी औरतें, जब हम अंदर घुसे तो मैंने उसे हाथ लगाकर देखा, तो नानी ने हँसते हुए मेरा हाथ पकड़कर कहा कि वह स्टैचू है, हूबहू औरत जैसा पुतला। नाना और नानी मुझे कपड़े दिला रहे हैं, एक गुलाबी फ्रॉक, लेकिन सामने टँगा हरे रंग का गोटेवाला लहँगा, मुझे बहुत पसंद है। मुझे शादी में वही पहनना है। नानाजी बार-बार पूछते हैं, "कन्नू, बेटा फ्रॉक पहनोगी?" पर मैं बोल नहीं पाती, उनसे मुझे डर लगता है। नानी ने प्यार से पूछा, "कन्नू बेटा, कौन सा फ्रॉक पहनोगी, यह ठीक है, अच्छा है, पसंद है?" मैंने अपनी गरदन नहीं हिलाई, न हाँ में, न ना में। मेरी नजर बार-बार लहँगे पर जाकर टिक जाती है। नानाजी एक नजर लहँगे को देखते हैं, फिर अपने पर्स की तरफ जाते हैं। फिर दोनों में से एक भी चीज न लेकर वे बरतनवाले की दुकान पर पहुँच गए। मेरा दिल कर रहा है, मैं रो दूँ। खूब, बहुत खूब, क्योंकि वह लहँगा बहुत सुंदर था। इससे अच्छा तो फ्रॉक ही डलवा देते। बरतन खरीदते-खरीदते नानी का चेहरा मेरे चेहरे पर अटक गया। उन्होंने मुझे अपने पास खींचकर मेरे गालों पर प्यार किया, "लहँगा लेगी?" नानाजी ने एक नजर मेरी तरफ देखा और कहा, "चलो, अपनी कन्नू को लहँगा दिलवाते हैं।" नानी लहँगा मेरे ऊपर लगाकर देख रही है और मुझे बहुत शरम आ रही है, मैं गरदन नीचे करके मुसकरा रही हूँ।

घर में बहुत भीड़ है। मौसी अपनी सलवार को थोड़ा ऊपर किए पट्टे पर अपना पैर रखकर मेहँदी लगवा रही है। बहुत सुंदर मेहँदी; मुझे भी मेहँदी लगवानी है, इतनी ही सुंदर, पूरे हाथ भरके, घर में आज बहुत सारी लड़कियाँ आई हैं, पर्स

टाँगे, चश्मा लगाए, सुंदर-सुंदर कपड़े पहने, सुंदर-सुंदर लड़कियाँ, वे बार-बार मेरा गाल खींचकर कहती हैं, "बड़ी प्यारी है, कन्नू। एकदम डॉल जैसी लगती है। दीदी की बेटी है? किस पर गई है दीदी पर तो नहीं गई, जीजाजी से चेहरा मिलता है। अरे, यह तो बिल्कुल भी शैतान नहीं है। मेरे भाई का बेटा···।" पता नहीं कौन से भाई के बेटे की बात कर रही हैं, जो बहुत ज्यादा शैतान है।

मुझे बहुत जोर की भूख लगी है, घर में पूए, कढ़ी-चावल बने हैं, पर मुझे रोटी खानी है। मैंने नानी से बोला भी, मुझे रोटी खानी है, लेकिन नानी इधर-से-उधर, उधर-से-इधर बस काम ही कर रही हैं, उन्होंने रोटी भी नहीं बनाई, रात निकल गई, सुबह हो गई, पर मेरे किसी ने मेहँदी नहीं लगवाई। सब जोर-जोर से बातें कर रहे हैं, हँस रहे हैं। डॉली के घर का गेट बंद है। मैंने बालकनी से बाहर थोड़ी देर देखा, मुझे नींद आ रही है। फोल्डिंग पर मेरा लहँगा पड़ा है, नानी कहती हैं, "शाम को पहनेंगे, शाम को बरात आएगी।" बरात में रिंकू और मन्नू भी आएँगे, फिर मैं घर जाऊँगी। अगर यहाँ रिंकू होता तो कितना मजा आता। लहँगे की चुन्नी पहनकर देखूँ, मैंने चुन्नी सिर पर डाली और शीशे में देखा, बिल्कुल मम्मी जैसे लगती हूँ, सुंदर। मुझे रोना आ रहा है, पर अब मैं बड़ी भी तो हो गई हूँ, सबको पता चल जाएगा, कन्नू बड़ी होकर रोती है, "कन्नू बेटा, लहँगा खराब हो जाएगा ना। रात में पहनाऊँगी।" छोटी मौसी ने चुन्नी लेकर दुबारा डब्बे में रख दी। दिन में हवाई जहाज इतने कम क्यों जाते हैं? मैं उनका इंतजार कर रही हूँ, शायद कोई निकले? आँखें भारी हो रही हैं, एक, दो, तीन, चार हवाई जहाज उनके पीछे भागती कन्नू, कन्नू की चुन्नी, लहँगा, नानाजी का स्कूटर, "कन्नू, बेटी बैठी-बैठी सो गई?" नानी की अवाज, वे यहाँ कैसे आ गईं, मैं तो नहीं लेकर आई? हवाई जहाज की लाइट ऊपर चमकती, ऊपर बैठी चिड़िया, सफेद कबूतर, आइसक्रीम खाती कन्नू। "कन्नू बेटा, लहँगा नहीं पहनना, उठो?" मौसी ने मुझे लहँगा पहना दिया।

बरात आनेवाली है, इतनी सुंदर शादी? बड़ा-सा चबूतरा, जिस पर मौसी चाचा बैठे हैं। नानाजी बहुत गुस्से में इधर-उधर घूम रहे हैं, सब मौसी के साथ फोटो खिंचा रहे हैं। मैंने भी स्टेज पर जाकर मौसी की गोदी में बैठकर फोटो खिंचाई। रिंकू आएगा तो उसे अपना लहँगा दिखाऊँगी, ऐसा लहँगा तो उसने देखा भी नहीं होगा, देखो, कन्नू कितनी सुंदर लग रही है! धीरे-धीरे रिश्तेदार जाने लगे। नानी कहती थी, मन्नू आएगी, रिंकू आएगा, कोई भी नहीं आया। अब मैं गाँव किसके साथ जाऊँगी?

पापा, माँ, रिंकू, मन्नू सब आ गए। माँ बहुत सुंदर लग रही है, मैं भागकर

उसके गले से लगना चाहती हूँ, पर मैं नहीं गई, उनका चेहरा अभी भी गुस्से में लग रहा है। जब मैंने अपना लहँगा माँ को दिखाया तो उन्होंने कोई जवाब नहीं दिया, "हाँ, ठीक है।" और प्यार भी नहीं किया। मैंने और रिंकू ने भाग-भागकर टेंट के चक्कर लगाए, मैं उसे सबकुछ खिला दूँगी, आइसक्रीम भी, मिठाई भी, पर मुझे भूख लगी है, "माँ, मुझे रोटी खानी है।"

"इतनी सारी चीजें हैं। कुछ भी खा ले, पूरा टेंट भरा हुआ है।" माँ की आँखें लाल हैं।

"नहीं माँ, मुझे रोटी खानी है। रोटी बना दो।"

"पागल हो गई है क्या? इतनी सारी चीजों में तुझे कुछ भी नहीं खाना!"

"नहीं, मुझे रोटी खानी है। बहुत दिन से नहीं खाई।" मैंने माँ की साड़ी पकड़कर खींच ली और माँ का एक जोरदार चाँटा। माँ ने मुझे चाँटा मारा। मैं उनसे कभी बात नहीं करूँगी। मैं तो कब से इंतजार कर रही थी। वे मुझे बिल्कुल प्यार नहीं करतीं। मैं ऊपर आ गई। अब जब मनाने आएँगी, तब भी नहीं मानूँगी। जब आकर रोटी बनाकर खिलाओगी तो नहीं खाऊँगी, कभी भी नहीं खाऊँगी, आज भी नहीं, कल भी नहीं। चप्पलों की आवाज, लगता है आ गई। मैं नहीं मानूँगी। मैं क्यों मानूँ, क्यों मारा मुझे? मैंने बेड से अपना एक हाथ ऊपर उठाकर देखा, नहीं यह तो मामाजी हैं। हर आहट पर मैं सोच रही हूँ, माँ आएगी और मुझे मनाएगी, लेकिन माँ नहीं आई।

हम गाँव आ गए और फिर से वही स्कूल। शादी के बाद मौसी हमारे घर आई थी, कुछ दिन यहीं रही, फिर चली गई। अब कभी-कभी चाचाजी के साथ आती है। 15 अगस्त को हमारे स्कूल में प्रोग्राम है, मौसी ने मुझे एक गाना सिखाया, देशभक्ति गीत। पूरे स्कूल के सामने मैंने माइक पर खड़े होकर देशभक्ति गीत गाया, तो सरपंचजी ने मुझे अपनी गोद में उठाकर दस रुपए दिए। पूरे स्कूल में मेरी धाक बन गई, देखो कितना अच्छा गाती है। अब मैं कुछ भी गा सकती हूँ, रेडियो में जो पापा भजन सुनते हैं, वह भी।

दोनों आँखें चिपककर खुल नहीं रहीं, पूरे शरीर पर छोटे-छोटे दाने हैं, जिनमें बहुत खुजली होती है। दादी कहती है, यह माता है, पर किसकी? तीन दिन से मैंने कुछ भी नहीं देखा, माँ बोरीकेसर से आँख धुलवाती है और एक सफेद रंग का कैप्सूल आँखों में लगाती है। हाथों-पैरों के कुछ दाने बड़े हो गए हैं, माँ मेरे पैरों पर एक पत्थर पर छाछ डालकर, उस पर एक पीतल के सिक्के को घिसती है और मेरी

फुंसियों पर लगाती है। माँ और दादी की बहुत लड़ाई हुई, "मेरी लड़की की आँखें खराब हो गईं तो क्या होगा? किसी पर कोई फर्क नहीं पड़ेगा, मरती है तो मरे।"

"तेरी बेटी के साथ क्या अलग हो रहा है! माता में कभी डॉक्टर को नहीं दिखाते। अपने आप ठीक हो जाएगी। हमने ऐसे चिलत्तर (नखरे) कहीं नहीं देखे।"

"मैं लड़की को दिखाने जाऊँगी।" माँ ने मुझे कंबल के अंदर लपेटा, गोद में उठाया और वह चलती हुई सीधा गाँव से बाहर आ गई, हम टैंपो में बैठे, मैं चाहती हूँ, मैं माँ की गोदी में ऐसे ही बैठी रहूँ और हमेशा बीमार रहूँ। दादी कहती है, "मेरी माँ हमेशा सबसे लड़ती आई है।" क्या सच में माँ लड़ाकू है? नहीं, ऐसी तो नहीं है बस गुस्सा करती है, कभी-कभी।

माँ दिल्ली गई है, बहुत सारे दिन के लिए, दादी ने बताया, भैया लेकर आएगी। माँ जब भी दिल्ली जाती है तो बड़ा मजा आता है। जब कोई पूछता है कि स्कूल का काम हो गया? मैं झूठ बोल देती हूँ, हाँ; जितनी देर स्कूल का काम करने में खराब करूँगी, इतनी देर में तो जाने कितनी देर खेल लूँगी। दादी कहती है—वह बुढ़िया हो गई, उससे काम नहीं होता, शाम को माला लेकर बैठी रहती है और उसे घुमाती रहती है। कहती है भगवान् का नाम ले रही है। उस दिन तो जब भगवान् का नाम ले रही थी, तो एक कुत्ते ने आकर दूध की हँडिया से प्लेट हटा दी। उन्होंने उसे इतनी जोर से डंडा मारा; उसका एक पैर टूट गया और दादी फिर से नाम लेने लगी। क्या भगवान्जी उसे पाप नहीं चढ़ाएँगे? बुआ आ गई, एक साथ बहुत सारे दिनों के लिए। वह बदली-बदली सी लगती है। सब उसे देखकर कहते हैं—कमजोर हो गई है, अकसर वह दादी से बातें करते-करते रोने लगती है, पर वह तो ससुराल गई थी, ससुराल जाना तो अच्छी बात होती है, फिर वह रोती क्यों है?

उस दिन जब मैं स्कूल की छुट्टी होते ही सबसे आगे भागकर आई, रिंकू मुझसे बहुत पीछे रह गया था। जैसे ही दरवाजे में घुसी, सामने माँ थी। माँ को मैंने बहुत दिन के बाद देखा, वह बहुत सुंदर लगती है। गोरी-गोरी। माँ छोटा भैया लेकर आई है, सुंदर-सा और प्यारा-सा। भागकर माँ के गले लगना दुनिया का सबसे मुश्किल काम है।

कभी-कभी माँ का व्यवहार अलग होता है, बहुत अलग। वह अलमारी से जल्दी-जल्दी कपड़े निकाल रही है। मेरे और रिंकू के कपड़े उतारकर, नए कपड़े पहना दिए और सैंडल भी। "हम कहीं जा रहे हैं माँ?" लेकिन उसने कोई जवाब नहीं दिया। हम दोनों के बालों में तेल लगाया, बाल काढ़े और एक-एक चुंबन

हम दोनों के गाल और माथे पर सजा दिया। मैंने फिर माँ से पूछा, "माँ हम कहीं जा रहे हैं?"

"हाँ, तुम लोग फरीदाबाद जा रहे हो। छोटे चाचाजी के साथ।"

"क्यों?"

"अब तुम लोग वहीं रहोगे।"

"आप नहीं चलोगी?"

"नहीं, मैं नहीं जाऊँगी, तुम वहीं रहोगे और ध्यान से रहना, शैतानी मत करना और मौसी की बात मानना।"

"क्या हम हमेशा वहीं रहेंगे?" माँ ने मुझे घूरकर देखा और कहा, "जुबान थोड़ी कम चलाया कर।" रिंकू रो रहा है, वह नहीं जाएगा, पर मेरे दिमाग में वहाँ के पार्क के झूले दौड़ रहे हैं। पागल-सा, कितना मजा आता है, इसे तो कुछ पता ही नहीं है, कहीं ऐसा न हो, इसके चक्कर में मैं भी न जा पाऊँ?

5

मेरे मन की बेचैनी और मेरी खुद से रोज होती लड़ाई ने मजबूर कर दिया कि मैं अपने बच्चों को खुद से दूर कर दूँ, खुद के लिए नहीं, उनके भविष्य के लिए, विजय, विजय का परिवार, चाहे विजय की माँ ही क्यों न हो? देखती हूँ, कौन कुछ कहता है? सही बात के लिए मैं किसी से नहीं डरती। जब विजय की माँ, अपने बच्चों के बेहतर भविष्य के लिए हमें गाँव में रहने के लिए मजबूर कर सकती हैं, तो मैं क्यों नहीं? यही तो वजह है कि वे हमें गाँव से बाहर नहीं जाने देना चाहतीं, कहीं हमारे बाहर जाते ही उनके बच्चों की जिम्मेदारी से, विजय मुँह मोड़कर अपने बच्चों पर ध्यान देना शुरू न कर दें। अपनी आशाओं और अपनी उम्मीदों को अगर मैं अपने बच्चों से लगाकर रखती हूँ तो इसमें क्या गलत है? अपने जीवन में नाकामयाब होने पर वही बच्चे क्या मेरी तरफ उँगली नहीं उठाएँगे, अगर आप सामर्थ्य रखती थीं, अपने लिए फैसले ले सकती थीं, तो क्यों नहीं आपने हमारे हक के लिए फैसले लिये? क्यों नहीं लड़ पाईं आप हमारे लिए?

जहाँ तक है, मेरे देवर अपनी नई शादी में मेरे बच्चों का व्यवधान कभी बर्दाश्त नहीं करेंगे। जरूर ही उन्हें वापस मेरे पास भेज देंगे। तब मेरे पास एक अच्छा विकल्प होगा, यह कहने का कि मुझे अपने बच्चों को पढ़ाना है, उसके

लिए मुझे गाँव छोड़ना ही है। मैं विजय से कह सकती हूँ, जिस भाई के लिए तुम आज तक सबकुछ करते आए हो, क्या वह भाई तुम्हारे दो बच्चों को नहीं रख सकता? अब चाहे जो हो, मैं अपने बच्चों को इस गाँव से निकालकर रहूँगी। उसके लिए मुझे अकेले ही क्यों न किसी शहर में रहना पड़े।

कुंदन को देखती हूँ, तो मन में विचार आते हैं, क्या वह सच में मंदबुद्धि है? नहीं, मेरी बेटी जरूर भावुक है, मुझसे डर जाती है और फिर कुछ बोल नहीं पाती। मैं अच्छे से जानती हूँ, वह क्या चाहती है कि मैं हर समय सिर्फ उसे और सिर्फ उसे ही प्यार करूँ, हॉस्टल से लौटने के बाद मैं सारी कमी पूरी कर देना चाहती थी, जो ज्यादती मैंने उसके साथ की, उसका कोई परिणाम भी न निकला। उसकी मालिश से लेकर नहलाना, धुलाना, सबकुछ और ज्यादा लाड़ कर सारा रिक्त स्थान भर देना चाहती थी, मगर सिर्फ छह महीने में ही रिंकू, खत्म होती ट्रेनिंग के साथ लापरवाही भी बढ़ती चली गई, गाँव वापस आने से पहले ही रिंकू का आना तय हो चुका था और उसके डेढ़ साल बाद मन्नू, दो बच्चे और आ गए। मैं अभी भी उसे वह प्यार देना चाहती हूँ, लेकिन ऐसा कैसे संभव है? कम्मो की शादी के बाद तो काम का इतना दबाव बढ़ गया कि मैं चाहकर भी अपने बच्चों को समय नहीं दे सकती। काम का बढ़ता दबाव और तनाव, झुँझलाहट बनकर बच्चों पर निकल जाता है। वहीं जब मेरी किसी बात का कुंदन जवाब नहीं दे पाती, तो गुस्सा आता है। क्यों नहीं समझती है वह सारी बातें, जो मैं चाहती हूँ, वह समझे? उसकी जब दो प्यारी-प्यारी आँखें लाल देखती हूँ, तो दिल कहीं न कहीं बैठ जाता है। ऐसी तो नहीं चाही थी मैंने अपनी बेटी, जो हर किसी से डरती हो। निर्भीक, निडर और साहसी, मैं हमेशा कुंदन को ऐसे ही देखना चाहती हूँ, लेकिन वह एकदम इसके विपरीत है। कुंदन तो बच्ची है, लेकिन जब उसके व्यवहार और उसके कम बोलने का मजाक उड़ा-उड़ाकर, मेरे सामने हँसा जाता है तो मैं एक ही दिन में उसे सबकुछ सिखाने के लिए मजबूर हो जाती हूँ, चाहे उसके लिए मुझे हाथ ही क्यों न उठाना पड़े।

कुंदन के लिए जाने कितनी चिंताएँ मुझे खाए जाती हैं, उसका उलटे हाथ से काम करना? जब भी वह किसी के सामने उलटा हाथ खाने के लिए बढ़ाती है, तो गाँव की चार औरतें टोकती हैं, "सीधे हाथ से खाना नहीं सिखाया," जैसे कह रही हों, यह तो अपशगुन होता है। काश, मेरी बेटी भी किसी शहर में जनमी होती तो डॉली की माँ की तरह मैं सभी से यही सुनती, "सुधा उलटे हाथ से काम

करनेवाले बच्चे किस्मतवाले होते हैं। क्या तुमने नहीं सुना? मैंने तो कई जगह पढ़ा है।" पढ़ी-लिखी बातों पर गाँववाले विश्वास नहीं करते, वे अपनी मान्यताओं और परंपराओं पर विश्वास करते हैं। जहाँ मेरी बेटी का उलटे हाथ से खाना अपशगुन माना जाएगा, आज वह सिर्फ मेरे कठोर व्यवहार का शिकार होती है, भविष्य में जाने ऐसे कितने मौके आएँगे, जब उसे अपनी इसी बात के लिए शर्मिंदा होना पड़ेगा। समाज में बेटी पैदा करने के लिए औरत को जिम्मेदार ठहराया जाता है, उस समाज में क्या कभी कुंदन के व्यवहार के लिए मुझे दोषी नहीं ठहराया जाएगा? मैं उसे वैसा नहीं बना पाई, उसके सीधेपन और भोलेपन को चालाकी और निडरता में नहीं बदल पाई।

वह यह तक नहीं जानती, जब चार दिन पहले उसकी दादी की लड़ाई पड़ोसी से हुई थी, तो उन्होंने कितनी गालियाँ दी थीं। उसका फ्रॉक में पूए भरकर लाना, समझो मेरे गाल पर तमाचा था, जैसे गुलकंदी यह कह रही थी, तुम पर अपने बच्चे भी नहीं रोके जाते और पूए देना, वह भी उस दिन, जिस दिन ससुरजी चले गए, तो यह त्योहार हम कभी नहीं मनाते। मेरी कुंदन चार दिन दिल्ली रह आती है तो उसकी शहरी भाषा का ही मजाक बनाया जाता है। क्या मैं नहीं समझती विजय की माँ मुझे नीचा दिखाने के लिए ऐसा कर रही हैं।

किरण, विष्णु, राखी जैसे उसके दोस्त, उनसे मैं उसे बचाकर रखना चाहती हूँ। किरण की माँ उसे सुघड़ गृहिणी के गुण देकर, उसके लिए 15 साल में ही, कोई योग्य, दो बीघे खेतवाला लड़का देखकर, उसके हाथ पीले कर देना चाहती है। मैंने अपनी बेटी के लिए ऐसे सपने नहीं देखे, उन सपनों के लिए उसे पढ़ना पड़ेगा। मैं नहीं चाहती उसके लिए भी कभी उसके पिता को अपनी बहन की तरह, किसी झूठ का सहारा लेना पड़े। मेरे सपने और फूलवती के सपने में बहुत अंतर है, क्यों वह सिखाया हुआ हमेशा भूल जाती है, क्यों उसे शादी-शादी खेलना है? कपड़े की गुड़िया से खेलती मेरी कन्नू अभी जीवन की वास्तविकता नहीं जानती। उसका पूरे गाँव भर में किरण के साथ घूमना, मुझे लाकर फूलवती की कैटेगरी में खड़ा कर देता है। मैं क्या कर पाई हूँ, पढ़ी-लिखी होकर भी, अपने बच्चों के लिए कुछ भी तो नहीं?

चौथा बच्चा पैदा करने का बढ़ता दबाव, मुझे मजबूर कर गया कि मुझे कोई विकल्प चुनना होगा, कुछ न मिलने पर मैंने पाँचवें महीने में गर्भ निरोधक दस गोलियाँ खा लीं, गाँव का वह कंपाउंडर, जो डॉक्टर कहलाता है, छुपकर उससे

भी दवाई ली थी, पर उसका कोई परिणाम नहीं निकला। बात विजय को पता चल गई, विजय ने आठवें महीने में मुझे मेरे घर छोड़ दिया कि दिल्ली में अच्छे अस्पताल हैं कहीं ऐसा न हो, बच्चे को लेकर कोई परेशानी हो जाए। विजय क्यों इतना डरते हैं अपनी माँ से या फिर डरने भर का नाटक करते हैं। असलियत में वे भी खुद वही चाहते हैं, जो उनकी माँ चाहती है। दो लड़के तो होने ही चाहिए। मैं तीसरी संतान भी नहीं चाहती थी। मैं भी डरती रही, कहीं मेरी वजह से मेरे आनेवाली संतान को कुछ परेशानी न हो, लेकिन सबकुछ ठीक ही रहा। ऑपरेशन से हुआ सोनू, उसके बाद साथ के साथ मैंने ऑपरेशन करा लिया। तीन महीने बाद, जब सोनू को लेकर घर लौटी, सोनू को गोदी में लिये मैं आँगन में खड़ी थी, जब मेरे दोनों बच्चे स्कूल से लौटे, पैरों में बड़े-बड़े जूते, दोनों बच्चों का गंजा सिर, जो गरमी की वजह से मुझसे पीछे से करा दिया गया था। नाप से बड़े जूते, आगे आने वाले सालों तक का इंतजाम थे। मुझे देखते ही अपना बस्ता फेंककर बोलना, 'माँ' यह क्या हो गया मेरे बच्चों को, आँखों से बाहर फैलता काजल, दोनों पागल दिखते हैं। अचानक मेरे दिमाग में शहर के लड़के-लड़कियाँ दौड़ गए। ये क्या बन गए हैं मेरे बच्चे? बस अब और नहीं, विजय चाहे जितनी भी जिद करें, गाँव में रहने की, पर मैं अपने बच्चों को गाँव में नहीं रहने दूँगी। विजय वह क्यों नहीं देख पाते, जो मैं देखती हूँ, अपने शहर में रहनेवाले भाई-बहनों के बच्चे, जो पूरी तरह से शहरीकरण को अपना चुके हैं। उनके सामने जब मेरे बच्चों को खड़ा किया जाएगा, तो मेरे बच्चे सिर्फ गँवार बनकर रह जाएँगे, वे कभी उनका मुकाबला नहीं कर पाएँगे, जैसे मैं अपने भाई-बहनों में सबसे अलग। गाँव से जब भी शहर जाती हूँ, तो अपने हाथों की लकीरें ही छुपाती हूँ, जो राख और गोबर की बदबू के साथ काली हो चुकी हैं।

उस दिन शादी में कन्नू पर मेरा हाथ उठा देना, उसकी बेचैन नजरें मुझे देख रही थीं, माँ मुझे लपककर गोदी में ले लेगी। मैं भर लेना चाहती थी, लेकिन बरात की बस का बीच में खराब हो जाना और बरात के पहुँचते-पहुँचते बारह बज जाना। उसका सारा गुस्सा, पिताजी ने मेरे ऊपर निकाल दिया। जैसे मैं ही दोषी थी, मेरी वजह से ही बरात लेट हुई। कितना कंट्रोल किया था मैंने अपने ऊपर, इतना सारा सामान बना है, बेटा खा लो। नहीं, पर उसे रोटी ही खानी थी। जब तक मैं उसे मनाने के लिए ऊपर पहुँचती, वह सुबकती-सुबकती सो चुकी थी।

मैं आज तक खुद को दोषी मानती आई हूँ, कुंदन के व्यवहार के लिए और

उस दिन पिताजी का बोल देना, "कुंदन का ऐसा व्यवहार सिर्फ इसलिए है कि तुम उसे छोड़कर चली गईं।" हाँ, मैं दोषी हूँ, मैं अपनी बेटी को छोड़कर चली गई और इस बात के लिए अब फिर से दोषी हूँ कि मैंने अपने दोनों बच्चों को खुद से दूर कर दिया। अपने जीवन में वह सफल बने, कुंदन वह सबकुछ सीखे, जो उसे नहीं आता।

मेरे भाई-बहनों का, मेरे बच्चों को घुमाने ले जाने से पहले, मुँह पर उँगली रखकर हाथ से इशारा करना, कहीं उनके बोलते ही सामनेवाला जान न जाए कि वे कोई शहरी नहीं, किसी गाँव की भाषा बोलते हैं। क्या बड़ा होते-होते वह हलकी-सी दरार गहरी खाई नहीं बन जाएगी। यह मैंने महसूस किया है, बिल्कुल इतनी गहरी, जो अब भविष्य में मेरे और मेरे भाई-बहनों के बीच बनने वाली है। कल जब विजय के सारे भाई-बहन, किसी शहर में अपना बसेरा बसाए शहरीकरण में खुद को और अपने बच्चों को ढाल चुके होंगे, तो क्या विजय इसी छोटे-से गाँव में स्कूटर पर बैठे, अपने बच्चों को लहलहाते खेत दिखाएँगे? क्या पढ़ पाएँगे मेरे बच्चे इस गाँव के माहौल में, शहर के अंग्रेजी बोलते बच्चों के सामने, क्या वे टिक पाएँगे? जैसे आज मैं शहर से आकर गाँव में अब तक संघर्ष कर रही हूँ, वे भी किसी दिन गाँव से जाकर किसी शहर में संघर्ष न करें इसलिए उसके लिए जरूरी है, खुद से दूर करके उन्हें ऐसी जगह भेज देना, जहाँ वह शहर को अपने तरीके से समझें, पढ़ें, वहाँ के बच्चों के सामने खुद को कभी छोटा महसूस न करें। अब मुझसे अगर कोई कुछ भी कहेगा, मैं नहीं मानूँगी, मैं जानती हूँ विजय की माँ चालाक हैं, कुछ नहीं कहेंगी। वे अच्छे से जानती हैं, कहाँ कितनी ढील देनी है। मैंने भेज दिया ऐसे समय, जब घर पर कोई नहीं था, बिना किसी से पूछे।

"सुधा, दोनों बच्चे कहाँ हैं?"

"मम्मी, बच्चों को मैंने छोटे देवरजी के साथ फरीदाबाद भेज दिया, बड़े देवरजी के पास।"

"किसलिए?"

"पढ़ने के लिए, अब वे वहीं पढ़ेंगे।"

"विजय?"

"उनसे मैंने बात कर ली है। यहाँ पर पढ़ने की कोई सुविधा नहीं है। यहाँ रहेंगे तो कभी पढ़ नहीं पाएँगे, गाँव के बच्चों के साथ बिगड़ जाएँगे। अब तो

अपना घर है और घर सँभालनेवाली भी है। वह अच्छे से देखभाल कर लेगी और किसी अच्छे स्कूल में एडमीशन करा देगी। हम तो शायद जाने कब तक गाँव से निकल पाएँ।"

6

ट्रेन के साथ दौड़ते खेत, साथ-साथ चलता सूरज, सड़क पर खड़ी गाय, सबसे आगे दौड़ती कन्नू। रिंकू ने मुझे चिकोटी काटी तो मैंने भी एक लात उसके पैर पर मार दी। खिड़की पर बैठना था, तो दौड़ में फर्स्ट आता। बहुत सारे लोग, पर मुझे खिड़की से बाहर देखना है। कानों में पड़ती एक के बाद एक आवाज, चायवाला-चायवाला, खट्टी-मीठी गोलीवाला, खट्टी-मीठी गोली आवाज सुनकर, मेरी नजर गोली पर अटक गई, मैंने खट्टी-मीठी गोली को देखकर चाचाजी की तरफ देखा, उन्होंने तो सुना ही नहीं। ट्रेन से उतरने के बाद मैंने चाचाजी का हाथ कसकर पकड़ा है, "बेटा, शहरों में बच्चे उठानेवाले घूमते हैं। चाचा के साथ रहना।" स्टेशन पर दूर तक दिखाई देते काले बालों वाले सिर।

"चाचाजी, यहाँ से घर कितनी दूर है ?"

"बस बेटा, ट्रेन से उतरेंगे, फिर रिक्शे में बैठेंगे और घर ?" पुल, दालमोठ, चटर-मटर, पुल के नीचे मटके को बोरी से ढँके खड़ा एक आदमी, 'जलजीरा, जलजीरा' चिल्लाता। जलजीरा क्या होता है ? मुझे भी पीना है, मैंने चाचा की तरफ देखा, पर वे तो कुछ ढूँढ़ रहे हैं। टिकट की लंबी-सी लाइन और फिर रिक्शा; तीन पहिएवाला। ऊपर लगी छतरी, छतरी के बीच में बना एक तिरपाल का झरोखा, चाचाजी ने मुझे पीछे बिठा दिया। झरोखे में से झाँकती कन्नू, किसी महारानी से कम नहीं लगती। नीचे चलते लोग। रिक्शे में सब इतना खुला-खुला, अब से यही मेरी पसंदीदा सवारी। पीछे बैठी, स्कूटर साइकिल और मोटरसाइकिल से रेस लगाती कन्नू। पटरी के साथ चलती सड़क, सड़क पर चलती कन्नू की सवारी अचानक रुक गई, "फाटक खुलेगा।" धड़क, धड़क, धड़क ट्रेन निकल गई, अब कहाँ जाएगी, यहाँ कितनी चौड़ी-चौड़ी सड़क है, आस-पास धूल भी नहीं। सभी शहर ऐसे ही होते हैं, बिल्कुल दिल्ली जैसे ? घंटी बजाता रिक्शेवाला, उसे सारे मकान नंबर पता हैं, बस उसे बता दो कि कहाँ जाना है ? वह फटाक से उसी पते पर पहुँचा देता है। क्या यह सबका घर जानता है ?

एक औरत गेट के अंदर बैठकर पानी को खींचते हुए, झाड़ू लगा रही है। चाचाजी ने पहले रिंकू को उतारा फिर मुझे। रिक्शेवाले को पैसे दिए, औरत मुसकराती हुई उठी, उसकी मुसकराहट में अजीब-सी खुशी थी। मौसी, "अरे, ये कौन-कौन आ गया?" उसने मुझे और रिंकू को अपने गले से लगा लिया। मौसी ने खाना बनाया, गरम-गरम रोटी, रिंकू ने तो चार खा लीं और मैंने छह। गरम रोटी इतनी स्वाद लगती है कि खाते चले जाओ और फिर भूख भी तो लगी थी, चाचाजी ने तो ट्रेन में मूँगफली का पैकेट भी नहीं दिलवाया।

मौसी का घर इतना सुंदर है—टीवी, फ्रिज, ठंडा पानी पियो, बाथरूम में लगा नल खोलो, तभी पानी, घर के पीछे बड़ा-सा पार्क, आसपास मेहँदी के पेड़, सबके अपने पक्के मकान और खेलने के लिए सड़क। पड़ोसी के घर से आती अमरूद के पेड़ की छाँव। सबसे अच्छी चीज, रात में चलनेवाले कूलर की एकदम ठंडी-ठंडी हवा, मेरी और रिंकू की लड़ाई हमेशा आगे सोने के लिए होती है। यहाँ हमेशा बिजली रहती है, मौसी को कभी लालटेन नहीं जलानी पड़ती। जाने कितने दिन निकल गए, मुझे माँ की याद नहीं आती, यहाँ सबकुछ इतना अच्छा है। बड़े चाचाजी से डर लगता है, वे बहुत गुस्सेवाले हैं, बिल्कुल माँ जैसे, लेकिन वे तो सुबह जाते हैं, शाम को आते हैं। बस तभी थोड़ी देर चुप रहना होता है। उनके सामने मौसी चुप--चुप रहती है, धीरे-धीरे समझाती है, धीरे-धीरे बोलती है।

मौसी ने सुबह जल्दी उठा दिया, "चलो, स्कूल जाना है। तुम्हें तुम्हारा स्कूल दिखाकर लाती हूँ।" मौसी का हाथ पकड़े, ये कितना बड़ा स्कूल है? मुझे मेरा स्कूल याद आ गया और मेरे गाँव का स्कूल, एक चौपाल पर दो कमरे, यहाँ कमरे ही कमरे, ऊपर भी नीचे भी। स्कूल बहुत सुंदर है, बड़ा-सा ग्राउंड, लाइन से खड़ी साइकिल और स्कूल के अंदर छोटी-सी दुकान, स्कूल के अंदर दुकानें भी होती हैं? "मैडम, प्रिंसिपल का कमरा सामने है।" एक आदमी ने मौसी को बताया। प्रिंसिपल के कमरे के बाहर, दोनों तरफ लगे पौधे और कुरसी पर बैठा एक आदमी। प्रिंसिपल कौन होता है, जो इतने बड़े कमरे में रहता है? बड़ी सीट पर चश्मा लगाए बैठी औरत, मोटी-मोटी आँखों से घूरती, मैंने मौसी का हाथ और कसकर पकड़ लिया। उन्होंने अपने हाथ से मेरा हाथ छुड़ाया और मुझे कुरसी पर बिठा दिया। "वाट इज योअर नेम?" मौसी ने धीरे से मेरे कान में कहा, "अपना नाम बताओ कन्नू।" मैं नीचे नजर गड़ाए फर्श देख रही हूँ, इतनी सारी किताबों की अलमारी, ऊपर भी किताबें होंगी? टेबल के नीचे लगा डंडा, डंडे पर रखे उस

औरत के पैर। मौसी ने मेरी पीठ पर हाथ रखकर कहा, "बेटा, नाम बताओ।" मास्टरजी कौन-सा पहाड़ सिखा रहे होंगे आठ का, "आठ एकम आठ, आठ दूनी सोलह, आठ तीया चौबीस, आठ चौक बत्तीस, आठ पंजे चालीस," "शाबाश कुंदन, बैठे जाओ। कल सब बच्चे पहाड़े याद करके आएँगे।"

"अभी कुछ दिन पहले ही, गाँव से आई है तो शरमा रही है। वैसे पढ़ने में अच्छी है। इसकी मार्कशीट।" मौसी ने एक कागज औरत की तरफ बढ़ा दिया, मैंने बिना गरदन उठाए घूरकर देखा।

"हमें कुछ लिखकर दिखाओगी, काउंटिंग लिखकर दिखाओ। वन से फिफ्टी तक और कुछ जमा, घटा, गुणा, भाग के सवाल।" कॉपी और पेंसिल, उसने मेरे आगे सरका दी, पसीने आ रहे हैं और हाथ काँप रहे हैं।

"कितनी लिखी, अरे, अभी बस बीस तक लिखी हैं। कोई बात नहीं सुना सकती हो, सुनाओ।" उसने कॉपी मेरे हाथ से ले ली।

"123456···।

"थोड़ा तेज बोलो बेटा।" आवाज नहीं निकल रही, जैसे किसी ने गला दबा दिया, खेत वाली चुडैल; जो उस टूटे हुए घर में रहती है, उसके घर के पास जाकर किसी की आवाज नहीं निकलती, चुपचाप सारे बच्चों को अंदर ले जाती है और खा जाती है। मैंने नजर उठाकर उस मोटी औरत को देखा, क्या इसकी शक्ल चुड़ैल से मिलती है?

"कोई बात नहीं, थोड़ी नर्वस लग रही है और बच्चों के साथ रहेगी, तो अपने आप नॉर्मल हो जाएगी। मुझे लगता है, इसके लिए सबकुछ नया है। आप ड्रेस और किताबें बाहर से ले लीजिए।" उसने एक गोल बॉल पर हाथ मारा और घंटी बजी, कमरे के बाहर बैठा आदमी अंदर आ गया। कुंदन शर्मा फोर्थ-ए।

मौसी चाचा से बात कर रही हैं, "कुछ बोल ही नहीं पाई, घबरा गई थी। वह तो राकेश की मम्मी की जान-पहचान है प्रिंसिपल से, कल से स्कूल भेज दूँगी।" नई किताबें, इतनी मोटी-मोटी, इतनी सारी किताबें, बाप रे, अंग्रेजी की किताब कितनी मोटी है? इसमें से तो मुझे कुछ भी नहीं आता। बस्ता और एक छोटा-सा बक्सा, जिसमें पेंसिल, रबर, शार्पनर रखे जाएँगे, मौसी इसे जुमैटरी बॉक्स कहती है। स्कूल के जूते दो जोड़ी, काले और सफेद। स्कूल की ड्रेस, स्कर्ट नहीं, उसके साथ जुड़ी शर्ट टूयूनिक, "चलो कन्नू, तुम्हारे बाल कटवा लाऊँ।"

"नाई के पास जा रहे हैं?" मैंने हाथ पकड़कर चलती मौसी से पूछा।

"नहीं, नाई के पास नहीं, पार्लर।" पार्लर एक बड़ा-सा कमरा, इसमें चारों तरफ शीशे लगे हैं और गुदगुदी कुरसी। हाय राम! यहाँ नाई भी औरत है, बाल कटवाकर मैंने कमरे से बाहर निकलकर देखा, अरे वाह! कितनी सुंदर लग रही मैं? और गोल-गोल घूम गई। कन्नू के बाल देखो, किरण, विष्णु, राखी तो पहचान ही नहीं पाएँगे। सुंदर शहरी कन्नू बिल्कुल डॉली जैसी।

"राकेश भैया के साथ जाना है। ये तुझे क्लास में बिठा देंगे, ठीक है।" मैंने गरदन हिला दी। राकेश भैया मकान मालिक के बेटे, नौवीं क्लास में पढ़ते हैं। इतने बड़े होकर भी स्कूल में पढ़ते हैं? मैं राकेश भैया के साथ चल रही हूँ, उन्होंने मुझसे कहा, "कन्नू, देखो गाँव की भाषा यहाँ नहीं चलेगी। सबसे अच्छे से बात करना, ठीक है।" मैंने गरदन हिला दी। अलग-अलग तरह की वरदी पहने बच्चे कोई इधर जा रहा है कोई उधर।" यहाँ बहुत सारे स्कूल हैं?"

"हाँ और क्या, एक स्कूल तो सामने ही है, सरदार का स्कूल।" राकेश भैया ने बताया। फिर वही बड़ा-सा गेट और स्कूल। भैया मुझे सीढ़ियों से ऊपर ले गए और बाहर लिखे हुए नंबर देखकर मुझे मेरी क्लास में बैठा दिया। कोई भी नहीं आया, बस चार-पाँच बच्चे, "ध्यान से रहना, ठीक है। मैं लंच में आऊँगा और छुट्टी में साथ चलेंगे।"

"यहाँ कौन बैठा है?" एक लड़के ने मेरे बस्ते को उठाकर पूछा।

"मेरा बस्ता है।" मेरे बोलते ही एक लड़की ने, जो उसके पास खड़ी थी, लड़के के कान में कुछ कहा और वो दोनों जोर से हँसे। स्कूल की घंटी बजी, सारे बच्चे नीचे दौड़ लगाने लगे।

"प्रेयर में नहीं चलोगी? बस्ता नहीं बोलते बैग बोलते हैं।" गोरी-चिट्टी कटे बाल वाली लड़की ने पूछा, "न्यू एडमीशन है?"

"हाँ।"

"कौन से स्कूल से आई है?"

"चौपालवाले से।"

"चौपालवाले, ये कौन-सा स्कूल है?"

"हमारे गाँव में है।"

"तभी ऐसे बोलती है।" भैया रोज मेरा बस्ता आगे वाली बेंच पर रखकर जाते हैं और मैं रोज अपना बस्ता पीछेवाली बेंच पर रख लेती हूँ। सबसे आगे बैठना मुझे पसंद नहीं। ऐसा लगता है, जैसे मैडम बस मेरी कॉपी में ही देख रही है। कन्नू की

गंदी राइटिंग, कन्नू का रफ काम, कन्नू का थूक से मिटाना, कन्नू का कॉपी के पीछे जीरो कट्टा खेलना, सबकुछ। पीछे वाली बेंच पर बैठकर अगर खिड़की से बाहर देखो, तो मैडम को पता भी नहीं चलता। पर उस दिन मैडम ने मुझे खड़ा कर दिया, "कहाँ देख रही हो, क्या नाम है? न्यू एडमीशन हो?" अब सब मुझसे यही पूछते हैं, "न्यू एडमीशन, न्यू एडमीशन।" मैंने गरदन हिला दी, "बताओ 43–7 कितना होगा?" मैं अपनी उँगलियों पर गिन रही हूँ, अगर 43 में से 7 घटाएँगे तो कितना आएगा? "आगे आओ, बोर्ड पर करके बताओ?" मैं चल नहीं पा रही, एकदम पैर जम गए हैं। मैडम ने बेंच पर डंडा मारा, "बताओ 43 में से 7 गए तो?" हाथ में चॉक पूरा गीला हो गया और बोर्ड की वह जगह, जहाँ हथेली रखी थी, "खड़ी हो जाओ, साइड में जाकर।" कोने में खड़ी मैं बाहर तार पर बैठी चिड़िया को देख रही हूँ। चिड़िया कहीं भी जा सकती है, गाँव भी, उड़कर गाँव के स्कूल भी। किरण क्या कर रही होगी? अपने स्कूल में बेर खा रही होगी और राखी हिल-हिलकर आठ का पहाड़ा याद कर रही होगी, आठ एकम आठ, आठ दूनी सोलह। मैथ, इंग्लिश, हिंदी और चौथा घंटा, संस्कृत का घंटा।

"कन्नू बेटा, ध्यान से पेपर करना।" इंग्लिश का पेपर इतना मुश्किल, कुछ याद ही नहीं आ रहा; याद तो किया था, सारे बच्चे जाने क्या लिख रहे हैं? सबको सबकुछ आता है क्या? Cow has four legs. It has two ears and one tail. It is useful animal. It gives us milk. Full fee concession. I beg to say that My father is a poor man··· आगे की एप्लीकेशन याद नहीं आती। कई बार इधर-उधर देखा, सबकुछ कई बार देख लिया, सबके चेहरे, सबकी जुमेटरी, पेंसिल, रबड़, पंखा, ब्लैकबोर्ड पर लिखी तारीख, तारीख को तीन बार मिटाकर लिख लिया, पेपर पर सुंदर-सा फूल भी बना लिया, मैं मैडम का चेहरा देख रही हूँ, अचानक मैडम की नाक बड़ी होती जा रही है और बड़ी और बड़ी, प्यास लगी है, बहुत तेज, कहीं मैडम मना तो नहीं कर देगी, दूसरे बच्चे भी तो जा रहे हैं, "मैडम, पानी पीने जाना है।"

"क्या?"

"पानी पीने जाना है?"

"थोड़ा तेज नहीं बोल सकती, जाओ और पानी क्या होता है? मे आई गो टू ड्रिंक वाटर, ऐसे बोला करो।" सीढ़ियों पर इतने ऊपर हाथ किसने बनाए होंगे? मेरा तो इतनी ऊपर हाथ ही नहीं जाएगा? क्या नाम लिखा है सु··धी··र, सुधीर किसका

नाम है, मैं अपना नाम लिख दूँ, पत्थर कहाँ है? "क्या कर रही हो, कौन-सी क्लास में हो, जवाब क्यों नहीं देतीं, कौन-सी क्लास में हो? जाओ अपनी क्लास में; जाओ?" एक काली पतली-सी मैडम ने मुझे डाँटा। बाहर से आती सब्जीवाले की आवाज और सड़क पर खेलते दो बच्चे। माँ क्या कर रही होगी? जरूर खाना बना रही होगी। पेपर दे देती हूँ, अब तो बहुत देर हो गई, "इतनी जल्दी कर लिया?" बेंच पर बैठी मैडम ने घूरकर पूछा। मैंने अपनी गरदन हिला दी।

"कुंदन, कल तेरे जाने के बाद, मैडम ने तेरी कॉपी पढ़कर सुनाई थी—हा-हा-हा-हा। तुझे एप्लीकेशन लिखनी नहीं आती?" रॉबिन मुझे बिल्कुल अच्छा नहीं लगता। मेरे घर के सामने रहता है। वे तीन भाई-बहन हैं, वह और उसके दो मामा के बच्चे, वे तीनों मुझे बहुत चिढ़ाते हैं। उस दिन घर पर भी उसने मुझे चिढ़ाया था, मैंने बोला—बारिस आ गई, तो उसने मुझे बारिस-बारिस बोलकर बहुत चिढ़ाया, गाँव के लोग बारिस बोलते हैं। मैंने रॉबिन के बाल पकड़कर खींच लिये, मैंने और रिंकू ने उसे बहुत मारा, अगर रिंकू मेरे स्कूल में होता तो हम उसे रोज मारते। जब हमने उसे मारा, रॉबिन की माँ मौसी से बहुत लड़ी थी; चुड़ैल हुँह, "कहाँ से उठाकर ले आई है इन गँवारों को? तमीज नहीं है। लड़के को कितना मारा है!" माँ होती न तो बता देती, लेकिन मौसी ने कुछ नहीं कहा। मजा चखा दिया था, पर अब अकेले में ज्यादा चिढ़ाता है।

पेपर खत्म होने के बाद आज कॉपी मिलेंगी, मैथ कन्नू 30 फेल, इंग्लिश कन्नू 25 फेल, साइंस कन्नू 33 नंबर, हिंदी कन्नू 40 नंबर। सारे बच्चे अपना पेपर चेक कर रहे हैं, मैं चार बार कॉपी चेक कर चुकी हूँ, लेकिन एक भी नंबर नहीं बढ़ा। मौसी मारेगी तो नहीं? नहीं, कभी मारती तो नहीं है।

"कन्नू पेपर मिले?" मौसी ने पूछा।

"नहीं।"

"रिजल्ट कब मिलेगा?"

"पता नहीं।"

"ठीक है, मैं राकेश से पूछ लूँगी।"

"देखिए ममताजी, ये तो हाफ ईयरली एग्जाम थे, आपको कुंदन पर बहुत ध्यान देना पड़ेगा। मैं जानती हूँ कि उसको एडजस्ट करने में प्रॉब्लम हो रही है। यहाँ की पढ़ाई गाँव की पढ़ाई से एकदम अलग है। लैंग्वेज प्रॉब्लम है और बच्चों के साथ खेलती नहीं है। मैं देखती हूँ, लंच टाइम में क्लास में बैठी रहती है। कभी

बाहर नहीं जाती। किसी भी बच्चे से बात नहीं करती।" बड़ी आईं, जब सारे बच्चे बातें करते हैं तो कहती है बातें मत करो, बातें मत करो। मैं बात नहीं करती तो कहती है बात नहीं करती। सारी शिकायत बस मेरी ही? सात बेटियोंवाली रानी, जिसकी सबसे बड़ी बेटी जंगल में खो गई और पहुँच गई एक ऐसे किले में, जहाँ मरा हुआ राजकुमार था। राजकुमार के शरीर पर छोटे-छोटे पेड़ थे। वह रोज एक पेड़ उखाड़ती और अपनी गुड़िया को गाना सुनाती और एक दिन बंजारों की टोली।

"आज से तुम लोग ट्यूशन जाओगे। सोनिया दीदी के घर।" कहते हुए मौसी ने मेरा और रिंकू का बस्ता जमा दिया। सोनिया दीदी का पूरा कमरा बच्चों से भरा रहता है। याद न होने पर वे बहुत मारती हैं। जिस दिन मुझे याद नहीं होता, वे रात तक मुझे अपने घर में बिठाकर रखती हैं और रिंकू को घर भेज देती हैं। रिंकू के घर जाने के बाद तो मुझे बिल्कुल भी याद नहीं होता। रिंकू जब घर जाता है तो बस्ता टाँगते हुए मुझे देखकर मुसकराता है, जाने क्या कर रहा होगा, जरूर पार्क गया होगा बंटी के साथ, कितना अच्छा होता ट्यूशन न पढ़ना पड़ता! सोनिया दीदी को बिल्कुल माँ की तरह गुस्सा आता है, पर एक दिन मैंने सोनिया दीदी को भी रोते हुए देखा था, जब उनके घर में नया भाई आया और नाचनेवाले उनसे ग्यारह सौ रुपए माँग रहे थे और वे रो-रोकर कह रही थीं कि उनके पास पैसे नहीं हैं।

"ओए कुंदन, इधर आ, कुंदन है न तेरा नाम?" स्मृति ने पूछा।

"हाँ, क्या हुआ?"

"तू अपनी मौसी के पास रहती है? तेरी मौसी तुझे प्यार करती है?"

"हाँ, मेरी मौसी मुझे बहुत प्यार करती है?"

"चल झूठी।"

"सच में।"

"मैं भी अपनी बुआ के पास रहती हूँ। मेरी बुआ तो मुझे प्यार नहीं करती और इसकी चाची भी इसको प्यार नहीं करती। इसका नाम मनोरमा है। इसके घर में एक कुत्ता है और तोते भी हैं। तेरी मौसी तुझे कभी नहीं मारती?" स्मृति बार-बार पूछ रही है।

"नहीं।"

"थोड़े दिन के बाद हर बात पर मारेगी। पहले मेरी बुआ भी नहीं मारती थी। जब मेरे घर बहुत सारा सामान लेकर आती थी, मेरी मम्मी से कहती, मेरे बेटी नहीं है, मैं स्मृति को अपने घर ले जाऊँगी और तुझसे भी ज्यादा अच्छे से रखूँगी। मम्मी

जब मेरा सामान लगा रही थी, तो बहुत रो रही थी और बोल रही थी, "नाटक करती है, नाटक, अच्छी बनने का।" वह मुझे भेजना नहीं चाहती थी, पर मेरी दादी और पापा ने बोला, "जा, जा।" अब मुझे मेरे घर लेकर भी नहीं जाती, न ही किसी से बात करने देती है। जब मम्मी छोटी बुआ के घर मिली थी, तो मुझे देखकर रो रही थी, लेकिन बुआ ने मुझे उसके पास नहीं जाने दिया। तुझे अपनी मम्मी की याद नहीं आती?"

"नहीं।"

"मुझे तो बहुत आती है, मैं किसी दिन अपनी मम्मी के पास चली जाऊँगी।"

"तुझे पता है; तेरे घर का रास्ता?" मैंने हैरानी से पूछा।

"हाँ, मुझे पता है, बस में बैठो और सीधा अलीगढ़। मेरा घर अलीगढ़ में है, हम चार बहन हैं। तू कहाँ रहती है?" अचानक उसे ध्यान आया।

"मेहँदीवाले पार्क के पीछेवाली गली में।"

"अरे, मैं भी वहीं रहती हूँ। मैं पार्क के सामने रहती हूँ।"

"तू किसके साथ घर जाती है?"

"राकेश भैया के साथ। हमारे मकान मालिक के बेटे।"

"आज मैं भी तेरे साथ चलूँगी, तुझे अपना घर दिखाऊँगी, फिर तू शाम को आएगी खेलने?"

"ठीक है।"

"तेरी मौसी तुझे भेज देगी?"

"हाँ!" मौसी खेलने के लिए मना थोड़ी करती है, उस दिन तो पायल से भी बोल रही थी कि स्कूल में हमारी कन्नू को अपने साथ खिला लिया करो।

"मौसी, मैं स्मृति के घर जाऊँ?"

"कौन स्मृति?"

"मेरी क्लास में पढ़ती है, मेरी सहेली, पीछे रहती है।"

"जल्दी आ जाना।"

"ठीक है।" मैं दौड़ लगाते हुए उसके घर तक पहुँची, जिसे छुट्टी के टाइम देखकर जा चुकी थी, "स्मृति है?" एक छोटी-सी गोरी सी औरत जरूर स्मृति की बुआ होगी। कितनी बेकार औरत है, बिल्कुल बंजारे की बेटी जैसी? वह मुझे घूरकर देख रही है, मैंने अपनी नजर नीचे कर ली। अच्छा हुआ स्मृति आ गई।

"बुआ, ये मेरी सहेली है, कुंदन।"

"बेटा, अंदर जाकर बैठो।" अच्छा बनने का नाटक कर रही है, हुँह··· । कितना सुंदर घर है, गुदगुदा सोफा, बड़ा टीवी, गाड़ी भी, स्मृति की बुआ तो बहुत पैसे वाली है, "पानी पिएगी तू?" वह पकड़कर मुझे रसोई में ले गई, इतनी बड़ी रसोई, काँच का गिलास, "तुम काँच के गिलास में पानी पीते हो?" मैंने हैरानी से पूछा।

"नहीं, जब कोई आता है, तो उसे काँच के गिलास में पानी देते हैं।"

"स्मृति, काँच का गिलास मत निकालो। टूट जाएगा।" स्मृति की बुआ की आवाज आई।

"देखा, कितनी गंदी है मेरी बुआ। काँच का गिलास भी नहीं लेने देती, उस दिन जब मैंने कटोरी में चीनी ली, तब भी डाँटा।" स्मृति ने जानबूझकर गिलास हाथ से गिरा दिया, "लो अब क्या करोगी?" उसकी बुआ भागकर रसोई में आई, "क्या किया, तोड़ दिया ना? स्टील के गिलास में पानी क्यों नहीं लिया? इसीलिए मना करती हूँ।"

"मारोगी न तुम मुझे, मारो, मारो, मैं ऐसे ही गिराऊँगी।" स्मृति जोर-जोर से चिल्लाने लगी। मेरी समझ नहीं आता, मैं क्या करूँ? मैं धीरे-से उसके घर से निकल, भागकर अपने घर आ गई। तुझे तेरी मौसी कभी नहीं मारती, डाँटती भी नहीं? मैं याद करने की कोशिश कर रही हूँ कि मौसी ने मुझे कब डाँटा, डाँटने और मारने के नाम पर बस माँ याद आती है।

फाइनल पेपर, सोनिया दीदी, मुझे तीन घंटे बिठाकर पढ़ाती है। जब तक याद नहीं होता, तब तक घर नहीं आने देती और मौसी कभी ये नहीं कहती कि कन्नू को इतनी देर क्यों बिठाकर रखती हो? मेरे ही पेपर थोड़ी हैं, रिंकू के भी तो पेपर हैं, उसे क्यों नहीं पढ़ाती? जब भी मैं कोई जवाब भूल जाती हूँ, सोनिया दीदी तभी डंडा मारती है, उन्होंने पेपर के लिए एक मोटा डंडा मँगाया है, ट्यूशन में सबसे ज्यादा पिटाई मेरी ही होती है। हरित क्रांति किसे कहते हैं, पौधों का रंग हरा क्यों होता है, दो बैलों की कथा कहानी के लेखक का नाम बताइए, पृथ्वी के सबसे निकट कौन-सा ग्रह है, पृथ्वी से सबसे दूर कौन सा ग्रह है, भारत में कितने द्वीप समूह हैं, गिरधारी के पास 400 रुपए हैं? उसने 50 रुपए के केले खरीदे और 55 रुपए के अंगूर तो उसके पास कितने पैसे बचे? एक के बाद एक बहुत सारे सवाल, सवालों के लंबे बड़े पहाड़।

पेपर, पेपर, पेपर जैसे कोई भूतनी, चुड़ैल। रात को नींद नहीं आती, कभी सपने में टीपू सुल्तान आता है, कभी हरित क्रांति और कभी सारे ग्रह। नीलम

मैडम, सिम्मी मैडम, रजनी मैडम। अब जब मैं स्कूल जाती हूँ, तो मुझे कुछ भी बदला-बदला सा नहीं लगता, ऐसा लगता है, जैसे पूरा दिन तो स्कूल में ही रहती हूँ, सोती-जागती कन्नू स्कूल, स्कूल। मैं पेपर करती हूँ, मैडम चक्कर लगाती है, मैं अपनी कॉपी पर ज्यादा झुक जाती हूँ, कहीं मैडम को न पता चल जाए कि मैं क्या लिख रही हूँ। मैं सबसे लास्ट में पेपर देती हूँ, जिससे वह मेरा पेपर पढ़कर सुना न पाए।

पेपर खत्म होने के बाद, रिजल्ट वाला दिन सबसे बुरा होता है, "आज रिजल्ट मिलेगा, कन्नू जल्दी तैयार हो जाओ?" मैं बाथरूम में बैठी नहा रही हूँ, पानी खोलकर पट्टे पर बैठी, पानी चलता है, चलता है, पानी कहाँ जाता है, नाली से गटर में और गटर से पानी कहाँ जाता है? उस दिन जब गटर साफ करनेवाले आए थे, तो मैं डर गई थी, कहीं ऐसा न हो वॉशबेसिन में डाली गई सारी सब्जी मिल जाए। बहुत देर तक मैं खिड़की पर खड़ी जमादार को देखती रही, जब तक वह चला नहीं गया, डर बना रहा। "कन्नू जल्दी निकलो, लेट हो जाएँगे।" मैं बाथरूम से बाहर आ गई, "बाल नहीं धोए, ला बालों में तेल लगा दूँ, सोनिया दीदी को भी साथ ले चलें, क्या हुआ, उदास क्यों है? आते टाइम आइसक्रीम खिलाऊँगी, ठीक है।" मैंने गरदन हिला दी।

"देखिए ममताजी, कन्नू की इंग्लिश में कंपार्टमेंट है। बाकी सारे सब्जेक्ट्स में वह पास है। किसी भी सब्जेक्ट में चालीस से ऊपर नंबर नहीं हैं, अगर आप चाहेंगी तो इंग्लिश का पेपर दुबारा दिलाकर, उसे अगली क्लास में बिठा देंगे। दो और बच्चे भी हैं, जो पेपर देंगे।"

"आपका क्या डिसीजन होगा, अगर मैं एक ही क्लास दोबारा कराना चाहूँ तो?"

"उसमें कोई प्रॉब्लम नहीं है। देखिए, वह बच्चे के लिए अच्छा होगा, क्योंकि वह बहुत वीक है। उसको पिकअप करने में टाइम लगेगा। छह साल बाद, बोर्ड एग्जाम होंगे, अगर इसी तरह से चलती रही, तो तब भी इसकी कंपार्टमेंट आ सकती है।"

"मैं चाहती हूँ, इसे फोर्थ दुबारा करा दूँ।"

"यह बिल्कुल सही डिसीजन है। क्लास में मैं भी इस पर प्रॉपर ध्यान दूँगी।" आँखें धुँधली हो रही हैं, बहुत धुँधली। दिल कर रहा है मैं चिल्लाऊँ, बहुत जोर से चल्लाऊँ, चिल्ला-चिल्लाकर सबको बता दूँ, मुझे दूसरी क्लास में जाना है। गंदी

बहुत गंदी मौसी, मैं फेल नहीं थी, फिर भी मुझे फेल करवा दिया। स्मृति, मनोरमा, रॉबिन, सब दूसरी क्लास में चले जाएँगे। रॉबिन मुझे चिढ़ाएगा, बहुत चिढ़ाएगा। बुरी औरत बहुत बुरी औरत, तेरी मौसी तुझे मारती है, तेरी मौसी तुझे डाँटती है, तेरी मौसी थोड़े दिन बाद तुझे मारने लगेगी? मौसी मुझसे बिल्कुल प्यार नहीं करती।

रिंकू पास हो गया, फर्स्ट में आ गया। उसकी नई किताबें आई हैं और मेरी वही पुरानी। उसकी नई किताबों की खुशबू, वह अपनी किताबें छूने नहीं देता। मेरी किताबें फटी हुईं और गंदी। मैं इस साल भी इन्हीं किताबों से पढ़ूँगी, "कन्नू उठो, स्कूल जाना है।" नहीं, मैं नहीं जाऊँगी स्कूल। मुझे गाँव जाना है, "कन्नू, लेट हो जाओगी।" मुझे स्कूल नहीं जाना, मैं भाग जाऊँ यहाँ से, पर भागकर कहाँ जाऊँगी, मुझे तो रास्ता भी नहीं पता, किसी और स्कूल में जहाँ कोई न जानता हो, कन्नू चौथी में फेल हो गई। गेट, ग्राउंड, साइकिल, कैंटीन, क्लास, सीढ़ियाँ, सारे बच्चों को पता चल गया। सब मुझे देख रहे हैं, सारी मैडम भी। सब चिल्ला रहे हैं, फेल, फेल, फेल।

"कुंदन, चल मेरे साथ बैठ, नई क्लास में पता है थोड़ी नीची बेंच हैं, फोर्थ में क्यों जा रही है? हमारी क्लास फिफ्थ है।"

"नहीं, स्मृति यही मेरी क्लास है।" मैं भागकर फिफ्थ में बैठ जाना चाहती हूँ।

"तू फेल हो गई कुंदन?" उसने जब हैरानी से पूछा, मैं कुछ बोल नहीं पाई। वही ब्लैकबोर्ड, वही बेंच, लेकिन बच्चे वे नहीं हैं। कुछ जाने-पहचाने से, कुछ अनजान से मुझे घूर रहे हैं, "न्यू एडमीशन हो, अरे, तुम तो पहलीवाली क्लास में थीं, फेल हो गई क्या?" फेलियर एक और नाम जुड़ गया, मुझे पुराने नाम याद आने लगे, नासमझ, कम-अक्ल कन्नू। मुझे कहीं भी कुछ भी अच्छा नहीं लगता, न स्कूल, न घर, न ही किसी से बात करना। स्मृति ठीक कहती है, तेरी मौसी तुझे प्यार नहीं करती, अगर प्यार करती तो पेपर नहीं दिलवा देती, चिंतन ने भी तो पेपर दिया है।" यह देख मेरे हाथ पर निशान।" स्मृति ने लंच टाइम में मेरी क्लास में आकर बताया।

"किस चीज का निशान है?"

"कल मेरी बुआ ने मेरा हाथ पकड़ा और मुझे थप्पड़ भी मारा। अब मैं यहाँ नहीं रहूँगी।"

"तो फिर कहाँ जाएगी?"

"अपने घर, मम्मी के पास, वहाँ शानू है, कोयल है, माधवी है, हम बहुत मजा करेंगे। मेरी मम्मी मुझे बहुत प्यार करती है, वे कभी नहीं मारतीं।"

"कैसे जाएगी, तुझे रास्ता पता है?"

"हाँ, मैंने बहुत सारे पैसे इकट्ठे कर लिये हैं।"

"तुम तो फिफ्थ में थी ना?" सिम्मी मैडम हर बार भूल जाती हैं, मैं फिफ्थ में नहीं हूँ।

छुट्टी हो गई, सारे बच्चे दौड़कर घर जा रहे हैं, अब मुझे घर अच्छा नहीं लगता, घर, फिर ट्यूशन, सोनिया दीदी। मैं अकेली चलती जा रही हूँ, आज मैं बहुत चलूँगी, बहुत और चलते-चलते बहुत दूर चली जाऊँगी। अमरूद का पेड़; हमारे गाँव में भी थे अमरूद के पेड़। सब क्या कर रहे होंगे? विष्णु पेड़ पर चढ़कर अमरूद तोड़ रहा होगा और कन्नू, कन्नू फोर्थ दुबारा कर रही है, अगर गाँव में सबको पता चल गया कन्नू फेल हो गई तो? रात को जब पंखा घूमता है तो कहता है कन्नू फेल हो गई, मैं सबको बताकर थक चुकी हूँ, मैं फेल नहीं हुई हूँ, मौसी भी माँ जैसी निकली, माँ का चेहरा मौसी का चेहरा एक। अगर मैं भाग जाऊँगी, तो कहाँ जाऊँगी, माँ के पास? माँ तो हमेशा मारती है, फिर कहाँ जाऊँगी? कहीं भी चली जाऊँगी, कहीं भी, जहाँ सिम्मी मैडम नहीं होगी, रॉबिन नहीं होगा, क्लास का कोई बच्चा नहीं होगा, न सोनिया दीदी होगी, कोई भी नहीं।

"कन्नू, कन्नू।" मैं अंदर थी मौसी ने मुझे आवाज लगाई।

"हाँ मौसी।"

"इधर आ बेटा।" मौसी ने मुझे बुलाकर अपनी गोद में बिठा लिया। सामने मोटी और गोरी औरत बैठी है, स्मृति की बुआ। आँखों में मोटे-मोटे आँसू, उसने मेरे गाल पर हाथ रखकर पूछा, "बेटा स्मृति ने कुछ बताया, कहाँ जा रही है?" मैंने गरदन हिला दी, नहीं।

"तुम्हारे साथ तो खेलती थी ना?" कितना नाटक कर रही है, कितना तो मारा था उसे। अच्छा हुआ, भाग गई। मैं नहीं बताऊँगी कहाँ गई है?

"क्या बताऊँ, सब जगह ढूँढ़ लिया, रेलवे स्टेशन, बस स्टैंड, तीन घंटे हो गए ढूँढ़ते-ढूँढ़ते। किसी और की बच्ची है, मैं तो इसलिए ले आई थी कि मेरी कोई बेटी नहीं है। खूब लाड़-प्यार से रखती हूँ, फिर भी जाने ऐसा क्या हो गया? कहकर गई थी अभी पार्क में खेलकर आ रही हूँ। गलत लोगों के हाथ न पड़ जाए। पार्क से कहाँ गायब हो गई जाने?" उसकी आँखों में मोटे-मोटे आँसू हैं, मैं उसे घूरकर देख रही हूँ। अब तो बस में बैठकर अपने घर पहुँचनेवाली होगी, उसकी मम्मी उसको बहुत प्यार करती है।

"आप चिंता मत कीजिए बहनजी, मिल जाएगी।" मौसी ने कहा।

टप-टप-टप कैसे आँसू गिरा रही है, जैसे बहुत प्यार करती है? स्मृति की मम्मी ने कहा था—नाटक करती है। नाटक में आँसू भी गिरा सकते हैं? "चलो," साथ आए आदमी ने उस मोटी औरत का हाथ पकड़ा और कहा, "एक सहेली और है उसकी गली में, उधर पूछते हैं," वह रोती हुई घर से बाहर निकल गई। मैंने अपनी नजर नीची कर रखी हैं, लेकिन मुझे पता है, मौसी मेरी तरफ देख रही हैं। कहीं मुझसे वे मुझसे पूछेंगी तो नहीं, पर मेरे सिर पर हाथ फिराकर वे चली गईं। रात भर मेरे दिमाग में स्मृति का घर, स्मृति की मम्मी, उसकी चार बहनें, उसके पापा, दादी घूमते रहे। अब क्या कर रही होगी? जरूर अपनी माँ को गले लगाकर सो गई होगी। उसने अपनी माँ को निशान दिखाया होगा, उसने बता दिया होगा कि काँच के गिलास में पानी भी नहीं पीने देती, चीनी भी नहीं खाने देती, पूरा दिन कहती है, स्मृति यह मत करो, स्मृति वह मत करो। स्मृति उड़ रही है आसमान में अपनी मम्मी के साथ, उसकी मम्मी परी-सी।

7

स्कूल से आते-जाते, हर जगह रॉबिन चिढ़ाता है। जब लंच होता है, तो हमारी क्लास में झाँककर, फेलियर बोल जाता है। मैं रोज मना करना चाहती हूँ, मैं स्कूल नहीं जाऊँगी, मुझे स्कूल मत भेजो। मैंने एक दिन मौसी के गले चिपककर भी कहा, "मौसी, मुझे स्कूल मत भेजो।"

"बेटा, स्कूल तो जाना पड़ेगा, अगर पढ़ोगे नहीं तो अच्छी लड़की कैसे बनोगी, अच्छा बच्चा बनने के लिए तो पढ़ना पड़ता है।" तभी पीछे से चाचाजी की आवाज आई, "क्या कह रही है?"

"नहीं, कुछ नहीं, जाओ," उन्होंने मुझे धीरे से कहा, "नहीं तो चाचाजी गुस्सा करेंगे।" आज राकेश भैया स्कूल नहीं गए। आज घर से निकलते ही रॉबिन और उसके भाई-बहन मिल गए, मैं सड़क की जिस तरफ चलती हूँ, वह उसी तरफ आकर बोलता है, "फेलियर बच्चे, इस सड़क पर चल रहे हैं, हम दूसरी तरफ चलेंगे। गाँव के फेलियर।" आँखें धुँधली हो रही हैं, अगर रिंकू होता तो कितना अच्छा होता।

"चल, चलेगी, नीचे खेलेंगे।" अलका ने कहा। रॉबिन का छोटा भाई मेरी

क्लास में पढ़ता है, सब बच्चे खोखो खेल रहे हैं। मुझे खोखो खेलना पसंद है, मैं भी खेलूँगी, तभी रॉबिन के भाई ने उठकर कहा, "ये नहीं खेलेगी।"

"नहीं, मैं खेलूँगी।"

"नहीं खेलेगी।"

"मैं खेलूँगी।" मैंने उसको पीछे किया और वह गलती से गिर गया। उसने रॉबिन को बुला लिया, रॉबिन ने मुझे जोर से धक्का दिया, मेरा सिर दीवार से टकरा गया, "हम फेलियर बच्चों के साथ नहीं खेलते। कौन मेरे साथ है?" सारे बच्चे उसकी तरफ चले गए। माँ की याद आ रही है, मुझे नहीं रहना यहाँ, मुझे गाँव जाना है। माँ ने मुझे यहाँ क्यों भेज दिया? मुझे सोनिया दीदी भी नहीं अच्छी लगती। मैं कभी घर नहीं जाऊँगी, मैं भी स्मृति की तरह अपने घर चली जाऊँगी और कभी भी नहीं आऊँगी, "कन्नू बेटा, खाना नहीं खाया, क्या हुआ इतनी उदास क्यों है, किसी ने कुछ कहा?" मैंने न में गरदन हिला दी।

"फिर पूरा दिन ऐसी रोई-रोई सी क्यों रहती है, कुछ समझ नहीं आ रहा?" मैंने फिर से गरदन हिला दी। मुझे कोई बात नहीं करनी, जो मैं कहना चाहती हूँ, वह तो सुनती नहीं हो। मुझे फेल करवा दिया, रोज स्कूल भेजती हो। मुझे स्कूल नहीं जाना और मुझे यहाँ भी नहीं रहना। रॉबिन मुझे बहुत चिढ़ाता है। आज उसने मुझे मारा भी, पर मैं किसी को नहीं बताऊँगी, रिंकू को भी नहीं। मैं अकेली ही घर चली जाऊँगी वापस।

"कन्नू, रिंकू आज ट्यूशन नहीं जाएगा, उसे बुखार है।" इसको तो बड़ी जल्दी बुखार आ जाता है। स्कूल की भी छुट्टी कर लेता है, ट्यूशन की भी छुट्टी कर लेता है। मुझे तो कभी बुखार भी नहीं आता, "अरे, आज तो बड़ी जल्दी ट्यूशन जा रही है?" मौसी ने पूछा।

"हाँ, आज दीदी ने जल्दी बुलाया है।" स्मृति ने कहा था, सीधे चलते जाओ तो बस स्टैंड आ जाता है और बस में बैठकर सीधा घर। मैं भी सीधी चलती जाऊँगी और अब कभी वापस नहीं आऊँगी, कभी भी नहीं, फिर रॉबिन मुझे कभी नहीं चिढ़ा पाएगा। मुझे दौड़ना चाहिए, हाँ, मैं दौड़ लगाऊँगी, बहुत तेज दौड़ जैसे गाँव में फर्स्ट आ जाती थी, ऐसे ही दौड़ लगाकर फर्स्ट आ जाऊँगी और बस में बैठ जाऊँगी। प्यास लगी है, मुझे पानी पीना है। मैं कितनी देर से दौड़ रही हूँ, पर बस स्टैंड तो आया ही नहीं, अब तो सड़क भी खत्म हो गई। इतनी लंबी सड़क इस पर तो बहुत बड़ी-बड़ी बस चल रही हैं, लेकिन कोई बस रुकती क्यों नहीं,

अब मैं कैसे जाऊँगी? किसी से पूछ लूँ, पर उसको पता चल गया तो मैं घर पर बताकर नहीं आई हूँ। धीरे-धीरे शाम होती जा रही है, मुझे डर लगने लगा है। मुझे नीम के पेड़ वाली चुड़ैल याद आने लगी है। पेड़ से पानी टपक रहा है। थोड़ी देर में अँधेरा हो जाएगा फिर कन्नू कहाँ जाएगी, कैसे जाऊँगी अपने घर? उस दिनवाला पागल बुड्ढा आ गया तो, बाल पकड़कर खींच लेगा।

मुझे मौसी के पास जाना है, कन्नू बेटा, आइसक्रीम खाएगी? कन्नू बेटा, उठो। मौसी गले से लगा रही है, मुझे उनकी याद आ रही है, पर मैं घर कैसे जाऊँगी, मुझे तो घर का रास्ता भी नहीं मालूम। पापा का स्कूटर, माँ, दादी, रिंकू, सब याद आ रहे हैं। अगर माँ को पता चलेगा तो माँ बहुत मारेगी और डाँटेगी भी। अब मैं क्या करूँगी? चाचाजी का स्कूटर यहाँ से निकलेगा, तो मैं उनको बुला लूँगी। सामने बैठा कुत्ता मुझे घूरकर देख रहा है, क्या रात में यह चुड़ैल बन जाता है? शाम के बाद अँधेरा हो जाएगा, मुझे तो अँधेरे से डर लगता है। बस तो अभी तक नहीं आई। क्या स्मृति को अँधेरे से डर नहीं लगता था? वह मुझसे ज्यादा बहादुर थी। नहीं, मुझे अँधेरा नहीं देखना। मैं बैग गोदी में रखे अपनी दोनों आँखों पर हथेली रखकर बैठी हूँ। हे भगवानजी मुझे घर जाना है, मैंने कितनी बार मुट्ठी बनाकर चूम ली है। मुझे भूख लगी है। रिंकू शाम का दूध पी रहा होगा, सोनिया दीदी छुट्टी करनेवाली होंगी, मौसी सब्जी काट रही होगी। किसी ने मेरे कंधे पर हाथ रखा, सामने एक गोरा पतला-सा लड़का, "तुम तो कुंदन हो ना? 4ए में पढ़ती हो, यहाँ क्या कर रही हो?"

"तुम मुझे जानते हो?"

"हाँ, मैं सिद्धू हूँ तुम्हारी क्लास में पढ़ता हूँ और तुम्हारे सामनेवाले घर में रहता हूँ, हम अभी-अभी किराए पर रहने आए हैं। तुम यहाँ क्या कर रही हो?"

"तुम जानते हो मेरा घर कहाँ है?"

"हाँ मैं जानता हूँ, मेरे पापा की सामने दुकान है, मेरे पापा डॉक्टर हैं। मैं उनकी दुकान पर हरिकिशन भैया के साथ अकसर आता हूँ। तुम यहाँ क्या कर रही हो?"

"कुछ नहीं।" क्या भगवानजी को पता चल गया होगा कन्नू को घर जाना है, हाँ और क्या, मैंने उनका नाम लेकर मुट्ठी बंद तो की थी। मैंने फिर एक बार अपनी मुट्ठी को चूम लिया।

"यहाँ क्यों बैठी हो, किसके साथ आईं?"

"मैं अपने घर जा रही थी, पर बस नहीं आई।"

"कहाँ है तुम्हारा घर? जहाँ तुम रहती हो, वो तुम्हारा घर नहीं है?"

"गाँव में।"

"तुम अकेले घर जाओगी, तुम्हें पता नहीं अकेले कहीं नहीं जाते।"

"पता है, पर मुझे रॉबिन बहुत चिढ़ाता है।"

"अकेले जाते हैं तो खो जाते हैं।"

"आज उसने मुझे मारा भी," मैंने उसे अपनी कोहनी की चोट दिखाई, "मैं स्कूल नहीं जाना चाहती, पर मौसी मुझे रोज स्कूल भेजती है।"

"मतलब वे तेरी मम्मी नहीं हैं; मेरे साथ घर चलोगी? हरिकिशन भैया स्कूटर पर लेकर चलेंगे।"

"नहीं, वे मेरी मौसी हैं। तुम किसी को बताओगे तो नहीं कि मैं गाँव जा रही थी?''

"नहीं बताऊँगा।"

"कसम खाओ भगवानजी की अगर तोड़ी तो पाप चढ़ेगा।"

"भगवान् की कसम; मम्मी कहती है अगर कोई चिढ़ाता है, तो उसे चिढ़ाने दो, वह खुद ही थक जाएगा। तुम्हें पता है, मेरे दो अँगूठे हैं, पहले मुझे सब बहुत चिढ़ाते थे। अब मैं नहीं चिढ़ता तो सबने बंद कर दिया।" मुझे डर लग रहा है, कहीं मौसी को सबकुछ पता चल गया तो? चाचा, माँ को बता दिया तो, माँ तो फिर से हाथ बाँधकर मारेगी। अब मैं घर छोड़कर नहीं जाऊँगी। स्कूटर सिद्धू के घर के सामने रुका और मैं भागकर अपने घर में घुस गई, सारा घर कितना सुंदर है, जैसे मैंने बहुत दिनों बाद देखा हो, मौसी सामने खड़ी हैं, मुझे रोना आ रहा है। हिचकी एक के बाद एक हिचकी। मौसी मेरा चेहरा देखकर जाने कैसे जान गईं, उन्होंने मुझे पुचकारा, मौसी मुझे पुचकारकर कुछ कह रही हैं, पर मुझे कुछ नहीं सुनना, "क्या हुआ बेटा, बताओ, कन्नू; मुँह क्यों उतरा है, दीदी ने कुछ कहा, माँ की बहुत याद आती है? अब बस थोड़े दिनों की बात है, गरमी की छुट्टी हो जाएगी, कन्नू मम्मी के पास जाएगी।" मुझे उस पागल आदमी का चेहरा, कुत्ता, अँधेरा और पेड़ से टपकता पानी याद आ गया। मैंने अपनी आँखें बंद कर लीं और मौसी को कस के पकड़ लिया। नहीं, मुझे कहीं नहीं जाना। मुझे बस आपके पास रहना है। मौसी के चेहरे पर चिंता और प्यार की लकीरें हैं।

आज सुबह कुछ बदली-बदली सी है, सुंदर-सुंदर सबकुछ बहुत अच्छा और सबसे सुंदर कन्नू, मौसी जब भी गेट की तरफ मुड़ती है, तो मुझे बहुत डर

लगता है। मौसी ने चुन्नी डाली और गेट खोला, ये कहाँ जा रही हैं। नहीं-नहीं, सिद्धू के घर नहीं और मौसी सिद्धू के घर पहुँच गईं और मैं सिद्धू की खिड़की के आसपास चक्कर लगा रही हूँ, कुछ सुन सकूँ, कुछ बातें कर रही हैं, पर बहुत धीरे-धीरे सिद्धू की मम्मी कुछ कह रही है, "ममता जी, आपको समझाना होगा।" किसको समझाने की कह रही है, मेरी बात; कहीं सिद्धू ने बता तो नहीं दिया, अगर बता दिया हो तो उसने कसम तोड़ दी, हो सकता है उसने कसम-कसम चूल्हे में भसम, बोल लिया हो? मौसी के होंठ चलते दिखते हैं, लेकिन वे क्या बोल रही हैं, मुझे समझ नहीं आता। जैसे ही वे सिद्धू का गेट खोलकर बाहर निकलीं, मैं भागकर दीवार के पीछे छुप गई, अब मुझे बुलाएँगी और मारेंगी। पसीने आ रहे हैं, डर लग रहा है, मैं अपने दाँतों से अपने सारे नाखून काट दूँगी, तभी रिंकू ने मुझसे कहा, "मौसी बुला रही है।" पैर चलने का नाम भी नहीं ले रहे, जमीन के अंदर किसी ने पैरों को पकड़ रखा हो। उसने मेरा हाथ पकड़कर खींचा, "चल," मैंने कसकर रेलिंग को पकड़ लिया, वह जोर लगाकर मुझे खींच रहा है, मौसी खुद ही बाहर निकल आईं, उन्होंने मेरी तरफ इशारा करके कहा, "इधर आओ।" मौसी के चहरे पर गुस्सा नहीं है, पर वे घूर रही हैं, जरूर, सिद्धू की मम्मी ने मौसी को बताया होगा। मौसी ने पास आकर मेरा हाथ पकड़ा, शरीर में जान नहीं है, मैं एक कदम आगे नहीं बढ़ाना चाहती, पर खुद-ब-खुद पूरा शरीर खिंचा चल रहा है। मौसी कुरसी पर बैठी, मुझे अपने पास खड़ा कर लिया, मैं नीचे नजर किए मौसी के पैर देख रही हूँ, लेकिन मैं जानती हूँ, वे मुझे घूर-घूरकर देख रही हैं, उन्होंने मेरा हाथ पकड़कर कहा, "अगर रॉबिन चिढ़ाता था, तो तूने मुझे क्यों नहीं बताया? बेटा, ऐसे अकेले कहीं नहीं जाते, अगर खो जाती, तो मैं कहाँ ढूँढ़ती, पता है न कितने गंदे-गंदे लोग होते हैं, पकड़कर ले जाते हैं, हाथ-पैर काट देते हैं, फिर भीख मँगवाते हैं। स्मृति भागकर गई थी, एक महीना होने को आया, पुलिस भी उसको ढूँढ़ नहीं पाई।" मैंने अपनी नजर उठाकर एक बार मौसी के चेहरे की तरफ देखा, क्या वह सच बोल रही हैं, स्मृति खो गई? पर वह तो अपने घर का पता जानती थी? "अब कन्नू को कोई नहीं चिढ़ाएगा, हमारा नया घर बन जाएगा, जब कन्नू गरमी की छुट्टियों से वापस आएगी, तो हम नए घर में जाएँगे, वहाँ रॉबिन भी नहीं होगा और सोनिया दीदी के पास ट्यूशन पढ़ने भी नहीं भेजूँगी, अब कन्नू मन लगाकर पढ़ेगी, पढ़ेगी ना?" उन्होंने मेरी ठोड़ी पर हाथ लगाकर कहा, मैंने गरदन हिला दी। "कन्नू सबसे अच्छी लड़की बन जाएगी, क्लास में सब उसके

फ्रेंड बन जाएँगे।" मौसी ने मुझे बहुत सारा प्यार किया, वे मुझे बहुत प्यार करती हैं, माँ की तसवीर धुँधली होने लगी है, अब बस एक ही तसवीर है मौसी की।

8

मेरा अचानक इंटरेस्ट भूतों में बढ़ता जा रहा है, जिस दिन से अनीता ने क्लास में वीसीआर पर देखी हुई, 'वीराना' पिक्चर की स्टोरी सुनाई है, तब से मेरी भूत देखने की इच्छा और भी बढ़ गई है।

"सिद्धू, भूत कैसे होते हैं?"

"हरि किशन भैया के बेटे ने देखे हैं। वह जब घर आता है तो बताता है, उसकी झुग्गी के पास जो गोदाम है, वहाँ एक भूत रहता है। दो दिन बाद मैं वहाँ जाऊँगा, तू चलेगी?"

"हाँ।"

"तू डरेगी तो नहीं? चार बजे चलेंगे तब मम्मी सो जाती है।"

"हम्म!" दो दिन भूत का चेहरा सोचते हुए निकल गए, लैट्रिन में, बाथरूम में, क्लास में, स्कूल जाते-आते, सोने से पहले, मुझे बस यही सोचना था कि वह कैसा दिखता होगा? सफेद कपड़े पहने, दो दाँत बाहर निकाले, लंबा-सा भूत। चार बजे सबके सोते ही, मैंने अपनी चप्पल हाथ में उठाई, धीरे से दरवाजा खोला, चर्र···, जरा से खुले गेट से मैंने अपना एक पैर बाहर निकाला और फिर अपना पेट पिचकाकर पूरी बाहर निकल गई। सिद्धू अपने गेट पर इंतजार कर रहा है। हम दोनों तय कर रहे थे कि पीछेवाली गली से जाएँ या आगेवाली गली से। तभी रिंकू ने पीछे से आकर कहा, "कहाँ जा रहे हो?" रिंकू के चेहरे पर प्रश्नचिह्न था।

"हम···हम अलका के घर होमवर्क लेने जा रहे हैं।" मैं थोड़ा-सा हकलाई।

"मैं मौसी को बता दूँगा, सही-सही बताओ, कहाँ जा रहे हो?"

"देख, रिंकू तू अभी छोटा है। हम तुझे नहीं बता सकते।" सिद्धू ने रिंकू को समझाया।

"नहीं मुझे बताओ।"

"हम भूत देखने जा रहे हैं, अगर तू भूत को देख लेगा तो फिर रात में डरेगा।" मैंने उसकी सूसूवाली बात उसे याद दिलाई।

"नहीं डरूँगा।" मैंने सिद्धू की तरफ ऐसे देखा अगर इसे नहीं ले जाएँगे तो जरूर घर पर बता देगा। मेरा क्या है, मरना है तो मर। "चल," हम एक घर के

सामने आकर रुक गए।

"तुम दोनों यहीं रुको, मैं गोलू को बुलाकर लाता हूँ।" सिद्धू ने धीरे से दरवाजा खोला और बहुत धीरे आवाज लगाई, "गोलू!" वह एक ही आवाज में बाहर निकल आया, काला पतला-सा लड़का। मुझे और रिंकू को घूरते हुए उसने पूछा, "ये दोनों कौन हैं?"

"मेरे दोस्त।"

"डरेंगे तो नहीं ना?" उसने मेरी आँखों में आँखें डालकर पूछा, मैंने अपनी गरदन 'न' में हिला दी। उसने हाथ का इशारा किया और हम तीनों दबे पाँव गोलू के पीछे चलने लगे, दूर से देखा, एक टूटा हुआ टीन का गोदाम था, उसके ऊपर की आधी टीन उड़ चुकी थी, उसमें लगे खंभों की पपड़ी उछलकर गिरने से ईंटें दिखाई दे रही थीं, एक खंभा टूटकर वहीं घास पर पड़ा था, झुग्गियों के पीछेवाले रास्ते से हम वहाँ पहुँचे, आसपास कोई नहीं था। चारों तरफ लंबी-लंबी घास। चलने के लिए एक छोटी-सी पगडंडी, कोई पुरानी रेल की लाइन बिछी थी, पीछे मुड़ते हुए गोलू ने धीरे से कहा, "ध्यान से आना, कहीं टट्टी पर पैर न पड़ जाए?" तभी कुछ मेरे कान के पास से होकर गुजरा और मैं बहुत जोर से चीखी। मेरी तरफ घूरकर देखते हुए गोलू ने उँगली अपने मुँह पर रखकर कहा, "चुप रहो, चमगादड़ था।" सिद्धू ने मेरी तरफ गुस्से से देखा, जैसे कह रहा हो, तू तो कह रही थी, तू किसी से नहीं डरती? मैं अपने मन में हनुमानजी का नाम लेती हुई चल रही थी। मुझे पता था, भूत हनुमानजी के नाम से डरते हैं। मैंने दूसरे हाथ में पकड़े हनुमानजी के लॉकेट को, जो बड़ी मुश्किल से ड्रोअर से ढूँढ़ निकाला था, माथे से लगा लिया। हम बहुत धीरे-धीरे दबे पाँव अंदर बढ़ रहे थे। अजीब-सी बदबू थी वहाँ, बहुत गंदी; मैंने अपना एक हाथ अपनी नाक पर रख लिया। अंदर बढ़ते हुए हमारे धीमे पैरों की आहट भी सुनी जा सकती थी। पैरे बढ़ाते ही नीचे पड़े पीपल के सूखे पत्ते चटर-चटर करने लगते। गोदाम के बाहर लगे पेड़ के पत्ते फर्र-फर्र की आवाज करते नीचे गिर रहे थे, मैंने आँख उठाकर ऊपर पेड़ को देखा, इतना ऊँचा? मुझे गाँव की नीमवाली चुड़ैल याद आ गई, मैंने पेड़ से नजर हटा ली। तभी एक काली परछाईं सामने आई, एकदम काली, नग्न परछाईं, बढ़े हुए बाल और पीले दाँत; हो न हो यह वही भूत था। उसने जोर से चिल्लाते हुए अपने हाथ फेंककर कहा, "यहाँ क्यों आए हो, भागो यहाँ से।" मैं भागी और रिंकू के ऊपर गिर गई, सिद्धू बाहर की तरफ भागा, लेकिन उसकी चप्पल वहीं गोदाम में छूट गई। झट से उठ, मैं रिंकू को वहीं लेटा हुआ छोड़कर

बाहर भाग आई। गोलू ने रिंकू को हाथ पकड़कर उठाया और 'जा रहे हैं बाबा' बोलते हुए वह बड़े आराम से वहाँ से बाहर आ गया। डर की वजह से पेट में दर्द होने लगा था, बड़ी मुश्किल से मैंने अपने थूक को सटकते हुए गोलू से पूछा, "क्या यही था वह भूत?"

उसने सिद्धू की तरफ ऐसे देखा, जैसे कह रहा हो, कहाँ से लाया है इस पागल को? और मुझ पर एहसान करते हुए बोला, "यह तो पागल साधु है, यहीं रहता है।" रिंकू ने मेरे कान में कहा कि उसे टट्टी आई है। इसे टट्टी की पड़ी है; पागल। मैं डर के मारे कुछ कहने की हालत में नहीं थी, दिल तो था, अभी यहाँ से भाग जाऊँ लेकिन भूत? गोलू ने हम सबका चेहरा देखकर गंभीर होते हुए कहा, "डर गए ना? भूत दूसरे गोदाम में रहता है; चलो।"

मैंने धीमे कदमों को और धीरे कर दिया, उसने हाथ में पकड़ी हुई डंडी से आगे आनेवाली घास को हिलाते हुए कहा, "हो सकता है, वहाँ नहीं था तो यहाँ हो। मैं उससे बात कर सकता हूँ, कई बार इशारे से उसने मेरे कई सवालों के जवाब दिए हैं, पिंटू अंकल इतने बुरे भी नहीं हैं।" दूसरा गोदाम और भी ज्यादा डरावना था।

"तुम लोग तो सच में डरपोक हो; अच्छा बताओ, तुम्हें जानना है, यहाँ पर भूत है या नहीं?" अपनी घिग्घी बाँधती हुई आवाज में सिद्धू ने पूछा, "ऐसे पता चल जाता है क्या?" उसने अपनी गरदन में एक झटका मारा और कहा, "और क्या नहीं तो? सब पता चल जाता है।" मेरे खून का पानी हो चुका था। मेरे पैर काँप रहे थे। तभी मैंने देखा, रिंकू कहीं नहीं दिख रहा, कहीं भूत तो…अब तक तो उसे पूरा खा गया होगा? थोड़ी दूर नजर दौड़ाई तो रिंकू अपना निक्कर उतारकर वहीं झाड़ी के पास बैठा था। मैंने झाड़ियों में हल्की-सी सरसराहट सुनी, "गोलू, गोलू…गोलू वहाँ कोई है, देखो वहाँ कोई है।" मैंने झाड़ियों की तरफ इशारा किया। उसने अपने मुँह पर उँगली रखते हुए कहा, "चुप रहो; पिंटू अंकल सो रहे हैं।"

सिद्धू ने गोलू से पूछा, "क्या यहाँ भूत ने किसी को मारा है?"

"हाँ, हमारे साथ डब्बू रहता था। एक दिन कड़ाके की ठंड थी, वैसे तो वह स्टेशन पर सोता था, लेकिन उस दिन उसने कहा—गोदाम में जाकर सोएगा, हमने मना किया वहाँ मत जा। सुबह जब देखा, उसके मुँह से झाग निकल रहा था और पूरा शरीर अकड़ा हुआ था। शांति चाची तो रोज यहाँ भूत के लिए रात को खाना रख जाती है, सुबह तक सफाचट।" तभी मुझे लगा मेरा हाथ किसी ने पकड़ लिया, मैंने चौंकते हुए पीछे देखा, रिंकू? छिह, मैंने झट से उसका हाथ

झटक दिया, "अब मैं सब लोगों को जो दिखाऊँगा, सबको वही देखना है।" उसने इशारा किया, सफेद बिल्कुल सफेद लंबा-सा कुछ था। मुझे बैकग्राउंड में छन-छन और कुत्ते के रोने की आवाज सुनाई दे रही थी। तभी गोदाम की टीन का एक टुकड़ा नीचे गिरा 'धड़ाम' सिद्धू चिल्लाया, 'भागो' हम भागे। इतनी तेज मैं आज तक नहीं भागी थी, समझो, जो सबसे आगे, उसके लिए खतरा भी उतना ही कम, बहुत तेज हाँफते-हाँफते हम सीधा गोलू के घर पर आकर रुके।

गोलू ने हाँफते हुए अपने दोनों हाथ कमर पर रखते हुए कहा, "देखा? उनको तुम्हारा जाना पसंद नहीं आया, तभी तो टीन का टुकड़ा उठाकर फेंका," जब गोलू ने कहा, "देखा, तो हम कैसे इनकार कर सकते थे कि हमने नहीं देखा? कुछ तो देखा था। हमने उस दिन के बाद कभी नहीं कहा कि हमने भूत नहीं देखा।" हम अभी भूत की कल्पना से बाहर नहीं निकले थे कि उसने एक और राज से पर्दा उठाया, "तुमने डब्बू को देखा; डब्बू, वहीं तो बैठा था। दरवाजे के पास।" अब ऐसा लगा, मानो साँस नाम के लिए आ-जा रही हो।

रात का सन्नाटा और बढ़ता चला जाता है, खट-खट घर की सारी लाइट बंद, बस बाहर गली में एक स्ट्रीट लाइट जली है, उसकी थोड़ी-थोड़ी रोशनी खिड़की से होकर दीवार पर पड़ती है, तो दीवार पर अजीब तरीके के आकार उभरने लगे हैं सफेद-काले भूत, दाँतोंवाले बिना दाँतोंवाले और डब्बू; मैंने अपनी आँखें बंद कर लीं। मैं चिल्लाना चाहती हूँ, किसी ने मेरा गला जोर से दबा दिया है, आवाज नहीं निकल रही और तभी पानी ही पानी, गीला; मैं पानी में लेटी हूँ। मेरी आँख खुल गई, रिंकू ने सू-सू कर दिया, मैं जोर से चिल्लाई 'सू-सू', फोल्डिंग पर सोए, छोटे चाचाजी ने लाइट जला दी। सारे भूत भागकर कोने में छुप गए। सुबह मैंने आँखें मलते हुए बाहर जाकर स्ट्रीट लाइट को ध्यान से देखा, "अच्छा! रात को इस पर भूत आ जाते हैं?"

9

"मैं और रिंकू छुट्टियों में छोटे चाचाजी के साथ गाँव जा रहे हैं।"

"मैं तो हिल स्टेशन जाऊँगा। पता है, वहाँ ठंड होती है और सुंदर पहाड़।" सिद्धू के कहने पर मैं याद कर रही हूँ, हाँ, बुआ की शादी के बाद, जौ बोने हम हरिद्वार गए थे, वहाँ बहुत सारे पहाड़ थे।

चाचीजी का हाथ पकड़े एक तरफ रिंकू एक तरफ मैं, मुश्किल से लोगों

को इधर-उधर करते बस के अंदर घुस गए। पहली, दूसरी, तीसरी लाइन में सिर्फ एक सीट खाली, वह भी खिड़कीवाली। सीट पर बैठने से पहले एक नजर मैंने कोने पर बैठे बुड्ढे को देखा, लंबी सफेद दाढ़ी, सफेद कुर्ता-पाजामा, लाल रंग के बाल और पैरों में प्लास्टिक की जूती। चाचाजी ने उससे इशारा करके हम दोनों के लिए जगह बनाने को कहा। मैं उसका चेहरा देख रही थी, इतने में रिंकू भागकर खिड़कीवाली सीट पर बैठ गया और मुझे देखकर मुसकराया, मुझे पता है चिढ़ा रहा है। कोई बात नहीं, अगली बार देखना, मैं खिड़कीवाली सीट पर बैठूँगी। मैं बुड्ढे की बगल में बैठ गई, चाचाजी कंधे पर बैग टाँगे बस का डंडा पकड़कर खड़े हैं। बस धीरे-धीरे बाहर की चीजों से तेज दौड़ने लगी, सबकुछ पीछे छूटता हुआ, कन्नू, बस कन्नू; आगे दौड़ती जा रही है। मूँगफलीवाला, फलों की दुकान, पानीवाला, दूसरी खड़ी बस, सबकुछ पीछे दौड़ रहा है। दौड़ती-दौड़ती बस खेतों तक आ पहुँची। कहीं बिल्कुल हरे-हरे खेत, कहीं बिल्कुल सपाट, मुझे लगा कि मेरे पैर पर कुछ चल रहा है, अजीब सी कंपन हुई, उस बुड्ढे का हाथ मेरे पैर पर; मैंने झट से बिना उसकी तरफ देखे उसका हाथ हटा दिया, दो मिनट बाद उसका हाथ फिर वहीं था। मैं रिंकू को धकेल रही हूँ कि मुझे खिड़कीवाली सीट बैठना है, लेकिन उसने अपना कंधा मटका दिया। मैं बुड्ढे के चहरे की तरफ नहीं देख पा रही, वह बार-बार मेरी फ्रॉक के अंदर हाथ डालता है, मैं बार-बार उसका हाथ झटक देती हूँ, हिम्मत करके मैंने चाचाजी की तरफ देखा, वे दूसरी सीट पकड़े किसी से बात कर रहे हैं, मैं चाचाजी को आवाज लगाकर, उस आदमी की शिकायत करना चाहती हूँ। मुझे उसका छूना अच्छा नहीं लग रहा, मैं कुछ बोल नहीं पा रही, बस में सब पूछेंगे, क्या हुआ, क्या हुआ? सबको पता चल जाएगा, उसने मेरे फ्रॉक के अंदर हाथ डाला, तीसरी बार उसने मुझे छुआ, तो मैं अपनी सीट से खड़ी हो गई, "क्या हुआ, बैठ जा बेटा।" चाचाजी ने कहा।

"नहीं चाचाजी, मुझे खड़े होना है।"

"क्यों, अभी बहुत दूर है।"

"मैं बैठे-बैठे थक गई।" मैं चाचाजी के पैर से चिपककर खड़ी हूँ, पर मेरा ध्यान उस बुड्ढे पर है, कहीं वह उठकर आ गया तो? मैंने चाचाजी की शर्ट के पीछे से झाँककर उस बुड्ढे की तरफ देखा, वह मेरी तरफ देख रहा था। मैंने अपनी नजर दूसरी तरफ फेर ली, हाथों-पैरों में पसीने आ रहे हैं। मेरे पैर को फिर किसी ने छुआ मेरे पैर काँपने लगे, पूरे शरीर में कंपन दौड़ गया और घबराहट।

मैंने हिम्मत करके, नजरें बचाकर नीचे की तरफ देखा, तो किसी का बैग था। पूरे रास्ते मुझे बुड्ढा और उसका हाथ ही याद आता रहा। गाँव पहुँचकर माँ ने कहा, "चलो, हाथ-पैर धो लो।" मैं बार-बार गिलास से पानी भरकर अपने पैर पर डाल रही हूँ, घिस-घिसकर मैं उसके हाथ के निशान मिटा दूँगी, साबुन, साबुन और साबुन, "कुंदन कितना पानी फैलाएगी, सारा साबुन खत्म कर दिया।" माँ ने सामने से बाल्टी उठाकर दूर रख दी।

रात भर मैं उसके बारे में सोचती रही, मेरा हाथ बार-बार अपने पैर पर जाता, फिर मुझे घिन आने लगती है, क्या किरण को कभी किसी ने और अलका को? सुबह तक मैंने सोच लिया किसी को तो बताना है, दादी को बता दूँ, उस आदमी को गाली दे, दादी ने कहा, "अच्छा किया तूने चाचा को नहीं बताया, ऐसी बातें किसी को नहीं बताते हैं, गर्म खून, लड़ाई हो जाती तो?" मेरे लिए इतनी बड़ी बात दादी के लिए कितनी छोटी है? थोड़ी देर बाद, "कुंदन अब समझदार हो गई है," माँ से मेरे लिए बोले जाने वाले दादी के शब्द थे।

गाँव के खेल शहरों के खेल से कितने अलग हैं, ऊँची मुंडेरी पर चढ़कर कूदना, टायर चलाना, कंचे खेलना, गुल्ली-डंडा और कोर्रा, कोर्रा (एक स्वापी या किसी पतले कपड़े को बाँधकर एक गाँठ लगा दी जाती है) हाथ से गोल-गोल घुमाया जाता है, सारे बच्चे एक लाइन में खो-खो की तरह बैठ जाते हैं, जिसकी बारी होती है, वह उसको घुमाता हुआ लाइन में बैठे-बैठे बच्चों के चारों तरफ घूमता है, वह उसे किसी के भी पीछे रख सकता है, जिसके पीछे कोर्रा रखा जाता है, उसे रखनेवाले के पीछे भागना होता है, अगर किसी ने पीछे मुड़कर देखा; उसकी कमर पर जोर से कोर्रा से वार किया जाता है, कोर्रा को लेकर चारों तरफ चक्कर लगानेवाला बच्चा बोलता जाता है; कोर्रा राई पाई, पीछे मुड़कर देखे तो मार लगाई, मार लगाई। कीकड़ पर मिलनेवाली एक तरह की मक्खी, जो उड़ नहीं सकती, जिसके सिर पर जो दो छोटे-छोटे नुकीले सींग होते हैं, हम सारे बच्चे उन्हें बैल बोलते हैं, उनकी आपस में लड़ाई कराते हैं। दीयों में सुए से छेद करके तराजू बनाकर घंटों कतीरा बेचा जाता है, कतीरेवाला गरमी की छुट्टियों में साइकिल पर एक कनस्तर लेकर आता है, एक कटोरी नाज के बदले, वह कागज के टुकड़े में कतीरा देता है, टीन के एक डिब्बे में बर्फवाला आता है। उसकी साइकिल में एक भोंपू होता है और एक बड़ा-सा चम्मच उससे खुरचकर वह पचास पैसे या एक कटोरी अनाज में बर्फ देता है, जिससे पूरे दिन का खेल चलता

है। कभी-कभी बबूल के पेड़ के फूल शहसूत का काम करते हैं और हर शनिवार होता बंदर-बंदरिया और साँप का खेल। इस बार गरमी की छुट्टियों में झोला लिये एक आदमी आया, उसने कपड़े के झोले से चार कुल्फी जैसे लोहे के गिलास निकाले। उसने दावा किया, अगर उसके गिलास उसने किसी की एड़ी पर लगा दिए, कभी उसके पैरों में दर्द नहीं होगा, न ही उनमें दरार पड़ेगी। माँ की एड़ियाँ अकसर फटी रहती हैं, माँ ने उसे बुला लिया। उसने 4-5 कुल्फी जैसे गिलास फूँक मारकर माँ के पैर पर चिपका दिए और एक परात में राख भरवाकर रख ली, एक के बाद एक उसने एड़ियों से गिलास भर-भरकर सफेद, गाढ़ा, बदबूदार पस निकाला, जैसे अंदर कोई चीज सड़ी हो। माँ को और आस-पास लगी भीड़ को इस बात का अंदाजा हो चुका था, आज के बाद कभी पैर नहीं फटेंगे। क्या माँ के पैरों में इतना सारा पस था? इतना पस निकलने के बाद भी आज तक माँ को मैंने दरारों से इतना ही परेशान देखा है।

जब विष्णु के चाचा ने कहा, "कन्नू शहर में पढ़ रही है, देखें कितनी होशियार हुई है?" वे मेरे लिए सवाल लिख रहे हैं और मेरे हाथ फिर से गीले, पर उनके दिए समीकरण को मैंने झट से हल कर दिया। अब जब भी कोई मेरी बात करता है, तो होशियार ही बोलता है।

स्कूल खुलने में तीन दिन हैं, दादी हमारे साथ आई है। जब भी मौसी सुबह स्कूल जाने से पहले दूध और पराँठा देती है, तो दादी सामने बैठकर मुझे घूरती है, कभी-कभी तो मौसी रसोई में बुलाकर मुझे दूध देती है। दादी बहुत अजीब बातें करती है, उस दिन मैं स्कूल के लिए तैयार थी, राकेश भैया बाहर खड़े थे, तो रिंकू से दादी ने कह दिया, "बोल दे वह बाद में जाएगी।" और मेरी तरफ आँखें निकालकर कहा, "आज के बाद राकेश के साथ स्कूल नहीं जाना। क्या भैया-भैया लगाकर रखती है!" मौसी दादी के सामने छुपकर प्यार करती है।

हम दूसरे घर में आ गए और अब मैं सोनिया दीदी के पास ट्यूशन पढ़ने भी नहीं जाती। मौसी कहती है कि मैं अब खुद पढ़ सकती हूँ। आजकल जब मैं पेपर की कॉपी चेक करती हूँ, तो मेरे भी नंबर बढ़ जाते हैं। उन्हें ठीक कराने के लिए जब बड़ी क्लास में कविता मैडम के पास गई, तो मैडम ने सारे बच्चों के सामने मेरे लिए ताली बजवाईं, देखो कितनी इंटेलिजेंट लड़की है, संस्कृत में पूरे नंबर आए हैं। अब मुझे सबकुछ बहुत अच्छा लगता है सुंदर पार्क, सुंदर घर, दोस्त, ग्राउंड, चिड़िया, साइकिल स्टैंड, कैंटीन, सिद्धू, रिंकू, कविता मैडम, सब और

सबसे अच्छी मौसी। कविता मैम का घर मेरे घर के पास है, जब भी मैं उनके घर के सामने से निकलती हूँ तो मेरी बहुत इच्छा होती है कि मैं उनके गेट से अंदर झाँककर देखूँ वे क्या कर रही हैं? मैं उनके बारे में सबकुछ जानना चाहती हूँ। उनके पीछे बँधा मोटा-सा जूड़ा, बड़ी-सी बिंदी और उनकी मुसकराहट, सबकुछ।

"कन्नू, तुम्हारे घर कोई आया है?" मैं सिद्धू के घर से भागकर अपने घर आई, सामने खड़ी माँ, मुझे बहुत अच्छी लगती है, लेकिन मेरे कदम और धीरे होते चले जाते हैं। माँ ने मुझे अपने गले से लगा लिया और प्यार भी किया।

"मौसी, कहाँ है?"

"डॉक्टर!" मैं माँ को सबकुछ दिखाना चाहती हूँ, अपनी नई किताबें, अपना नया सूट, जो मौसी ने मुझे दिलवाया, गुड़िया के किचन का सामान, अपनी कॉपी जिसमें मुझे पूरे नंबर मिले हैं, सबकुछ, लेकिन माँ पूरे घर को बहुत अजीब तरीके से देख रही है, कभी गद्दों पर बैठकर देखती है, कभी फ्रिज खोलकर, उसमें क्या-क्या सामान है? कभी अलमारी छूकर उसे बजाती है, उसके अंदर रखे चाचाजी के कपड़ों को भी माँ ने निकालकर देखा और कभी रसोई में जाकर सारा समान देखती है। उसने ड्रेसिंग टेबल के सामने खड़े होकर, खुद को एक बार देखा। वह सारी डिब्बियाँ खोलकर सूँघ रही है। नेल पॉलिश, लिपस्टिक, गालों पर लगानेवाला पॉउडर, कभी पर्दे को छूती है तो कभी चद्दर का कपड़ा। माँ को मैंने ऐसे कभी नहीं देखा, वह हर चीज को हैरानी के साथ उठा-उठाकर देख रही है और फिर अचानक से उदास होकर सोफे पर बैठ गई। मैं उसे प्यार करना चाहती हूँ, पर मेरे पैर बेड के किनारे से आगे नहीं बढ़ पाते।

10

कितनी सुख-सुविधाएँ, कितना सबकुछ, एक माता-पिता की संतानें होकर भी कितना अंतर है हम दोनों की किस्मत में? एक तरफ सुख-सुविधाओं से लैस यह मकान और दूसरी तरफ गाँव का वह पुराना पुश्तैनी मकान। मैं भी किसी ऐसे ही शहर में रहने की लालसा आज तक रखती आई थी, लेकिन अब छोड़ चुकी हूँ। जहाँ राघव भैया के पास अनगिनत जोड़ी कपड़े हैं, वहीं विजय सालों तक एक ही कपड़ा रगड़ते हैं, कभी वे चाहते ही नहीं कि उनके पास भी रोज बदलने के लिए कपड़े होने चाहिए। शादी के बाद, ममता गाँव में दो दिन नहीं रही और मैं

चाहकर भी कभी शहर में नहीं रह पाई। क्या मैं अपनी ही बहन से ईर्ष्या करती हूँ? पर इच्छा जरूर थी कि मैं भी कहीं ऐसे ही सिर्फ अपने पति के साथ रहूँ, "अरे! दीदी आप कब आईं?"

"क्या हुआ तबीयत ठीक नहीं थी?"

"हाँ, थोड़ी खराब थी तो सोचा दवाई ले आऊँ।"

"हाँ, औरत के बीमार होने से घर की सारी व्यवस्था रुक जाती है। मैंने सोचा बच्चों को कपड़े दिलवा आऊँ। बहुत दिन हो गए।"

"हाँ, यह आपने अच्छा किया।"

"तेरे कितने मजे हैं यहाँ! ऊपर चलता पंखा, नल में आता पानी, रसोई में रखा गैस चूल्हा, झाड़ू-पोंछे और कपड़ों के लिए आती कामवाली। तुझे तो कोई परेशानी ही नहीं।"

"पर शहर ही सारी समस्याओं का समाधान नहीं होता। सुख की परिभाषा केवल शहर और काम करने आते लोग ही नहीं हैं दीदी और बहुत सी चीजें होती हैं, जो सुख में शामिल होती हैं। शायद आपने अपने जीवन में शहर को ही सबसे ऊपर रखा है, तो आपको उन चीजों का अंदाजा नहीं, जो आपको अनायास ही मिली हैं। विजय, जीजाजी, उनके जैसा इनसान किस्मतवालों को मिलता है, जिसने हर परिस्थिति में हर बार आपका साथ निभाया है। आपकी हर पसंद को अपनी पसंद माना है। हाँ, वे कभी गाँव नहीं छोड़ सके, उनकी अपनी अलग मजबूरियाँ हैं। अब तो अगले साल आपका शहर में भी मकान बन ही जाएगा। जब आपकी तबीयत ठीक न हो और आपका पति आपके लिए सेब लाने पर रेट बताते हुए, फेंककर मारे कि लो खा लो; आप सास का ताना तो बर्दाशत कर सकती हैं, लेकिन पति के ऐसे शब्द चुभते हैं। वह आपकी बनी हुई सब्जी उठाकर फेंक दे, हर बार बोलने से पहले आपको सोचना पड़े, आपका सड़क पर चक्कर खाकर गिर जाना उसको नाटक लगे, उसको लगे कि आप बेवजह दूसरों की सहानुभूति पाने के लिए सड़क पर गिर गईं तो आपको कैसा लगेगा?"

"उनके व्यवहार को मैं अच्छे से जानती हूँ ममता।"

"फिर आप अपना और मेरा कंपेयर करती हैं, तो इस पक्ष को क्यों नहीं सोचतीं?"

"शायद तुम ठीक कहती हो। मैं सच कह रही हूँ, अब मेरे अंदर शहर वाली इच्छा ने दम तोड़ दिया है। अब मैं जैसी भी हूँ, जहाँ भी हूँ, हर परिस्थिति में खुश

हूँ। बच्चों को पढ़ाना, एक उद्‌देश्य था शहर में रहने का, अब तो तुम हो तो मुझे बच्चों की चिंता नहीं होती। अगले साल तक घर बन जाएगा तो कुंदन और रिंकू को वहीं बुला लेंगे। इतना बड़ा शहर तो नहीं है, फिर भी स्कूल, कॉलेज, हॉस्पिटल सब तरह की सुविधा है। कुंदन अब तो पढ़ने में भी अच्छी हो गई है, तुम्हारी ही मेहनत का परिणाम है।"

"नहीं, मेहनत नहीं, मैं तो ऐसे ही रखती हूँ, जैसे मैं सूरज को प्यार करती हूँ, पर जब मम्मी आ जाती हैं तो उनका स्वभाव न चाहते हुए भी मुझे कचोटता है, जब मैं दोनों बच्चों को बराबर चीजें देती हूँ, तो वे चाहती हैं मैं कुंदन को दूध न देकर सिर्फ रिंकू को दूध दूँ, अगर मैं फल दे रही हूँ तो रिंकू को ज्यादा और कुंदन को कम दूँ, लेकिन मैं ऐसा नहीं कर सकती। लड़का हो या लड़की, मेरे लिए दोनों बच्चे बराबर हैं। दीदी, आप ऐसा कर सकती हैं?"

"कुछ बातें ऐसे पूछी नहीं जातीं, आप चाहो न चाहो, वह करना ही पड़ता है। मैंने कभी अपने घर में बेटा-बेटी के बीच फर्क नहीं देखा, लेकिन जब तुम एक ऐसे माहौल में आ जाते हो, जहाँ तुम्हारे ऊपर दबाव हो, तो तुम सभी परिस्थितियों के लिए लड़ नहीं सकती। हर बात का विरोध नहीं कर सकती। जिस माहौल में मैं रहती हूँ, शायद उसी माहौल में कभी मेरी बेटी जाएगी तो उसको उसकी आदत होनी चाहिए। उसे पता होना चाहिए कि समाज की क्या वास्तविकता है। तुम मानो न मानो, अधिकतर जरूरत से ज्यादा प्यार दिखावा होता है। ऐसे लोगों की अधिकता बहुत है, जो प्यारी बेटी बोल उसे ठगते रहते हैं। अगर विश्वास न हो तो किसी अस्पताल में जाकर, लड़की होने की खबर के तुरंत बाद परिवारवालों के चहेरे पढ़ लेना। हम दोनों के साथ कभी ऐसा व्यवहार नहीं हुआ, लेकिन जो मम्मी और विजय चाहते हैं, पूरी तरह गलत भी नहीं। मैं अपनी बेटी को कितने भी अच्छे घर और कितनी भी अच्छी परवरिश क्यों न दूँ, लेकिन एक अच्छा जीवनसाथी और अच्छा परिवार उसकी किस्मत पर ही छोड़ा जाएगा। हर परिस्थिति के लिए उसे तैयार कर देना यही हमारा फर्ज है।"

"लेकिन परिस्थितियों के लिए तैयार करते-करते कुंदन अपना बचपन खो देगी, कितना कम हँसती है, आगे की चिंता के लिए आप उसका आज खराब नहीं कर सकतीं। आप नहीं जानतीं शायद बदलते-बदलते आप इतनी बदल गई हैं कि आप भी मम्मी जैसी मानसिकता से घिर गई हैं।"

"आसपास जो माहौल है, उसके अनुसार अपनी बेटी को तैयार भी तो करना है ममता।"

"मम्मी ने अपनी बेटी के साथ भी तो ऐसा ही किया है। उन्हें हमेशा दबाते-दबाते इतना दबा दिया कि वह अपने लिए कभी कुछ बोल नहीं पाई और आत्महत्या की कोशिश की। घर वापस आने से अच्छा विकल्प उसे जान दे देना लगा। कहीं ऐसा न हो, कुंदन के ऊपर बोल्ड और समझदार बनने का इतना दबाव हो, जो उसके पास है वह, वह आत्मविश्वास भी खो दे। आपने कभी उसे खुलकर हँसते हुए देखा है? धीरे से हँसते हुए वह दोनों हाथ-मुँह पर रख लेती है।"

"कुंदन और कम्मो में अंतर है, बोलती कैसे, जिसका पिता नहीं है। वह लड़-झगड़कर भाभी के घर तो नहीं आ सकती, चाहे मैं कितनी भी अच्छी हूँ, तुम कितनी भी अच्छी हो, लेकिन वह यह सच्चाई जानती है। यहाँ कितने दिन रह पाएगी? और माँ जिसका दिन-पर-दिन घर से अपना अधिकार छूटता जा रहा है, वह क्या उसको आश्रय दे पाएगी? वहीं मैं कुंदन को आत्महत्या जैसे विकल्पों से अलग साहसी बनाना चाहती हूँ, जो कम-से-कम अपने लिए तो बोल पाए, वह किसी ऐसे दोराहे पर न हो कि परिस्थिति से हार मान ले।"

"क्या कुंदन के लिए सब सीखना जरूरी है?"

"उसके चरित्र का निर्माण तो धीरे-धीरे ही होगा। उसे वह सबकुछ सीखना होगा, जो उसके लिए जरूरी है, तरीके जरूर अलग-अलग हो सकते हैं, लेकिन सीखना तो है ही। वह चीजों को जल्दी नहीं पकड़ती, जल्दी नहीं समझती है। उसके स्वभाव और मन्नू के स्वभाव में बहुत अंतर है।"

"यह अंतर उसे नासमझ साबित नहीं करता।"

"बात नासमझ की नहीं है।"

"अगर आप ही ऐसा सोचेंगी, तो क्या वह कभी खुद को साबित कर पाएगी?"

"यहाँ तुम गलत हो ममता, मैंने हमेशा उसे सपोर्ट किया है, उसकी पढ़ाई से लेकर हर चीज का मैंने ध्यान रखा है। अपने माँ होने के सारे फर्ज निभाए हैं।"

"कुछ चीजें नहीं बदलतीं दीदी, स्वभाव उनमें से एक है। आप नहीं बदल पाईं, मैं नहीं बदल सकती।"

"वक्त हमेशा एक जैसा नहीं होता, बुरा भी हो सकता है, उसके लिए हमें हमेशा तैयार रहना चाहिए। एक परिवार और एक जैसे माहौल में रहने के बाद भी हम दोनों की परिस्थितियों में कितना अंतर है। कुंदन अगर आज यहाँ पढ़ रही है, तो तुम समझ सकती हो; उसके पीछे किसका संघर्ष है, उसको यहाँ तक लानेवाला

कौन है? तुम अभी नहीं समझोगी, कहाँ क्या घटाना है, कहाँ क्या बढ़ाना, ऐसी घटनाएँ सामने आती हैं, चिंता खाए जाती है, अब कुंदन 14-15 साल की हो गई। उसे और भी बहुत कुछ सिखाना है, दिन-रोज होती घटनाएँ रातों की नींद उड़ा देती हैं, पूरी रात पानी पीकर और बाथरूम जाकर गुजर जाती है, ऐसे मैं अगर मम्मी की पैनी नजर भी कन्नू पर रहेगी, तो मेरी बहुत सी जिम्मेदारियाँ कम हो जाएँगी। जब वह कहीं नाकामयाब होगी तो मेरा ही नाम आएगा। कुंदन को सबकुछ अपने व्यवहार में लाना होगा। मेरे, तुम्हारे या आज के लिए नहीं, अपने लिए, अपने भविष्य के लिए, जहाँ मैं और तुम नहीं होंगे, होगा एक खुला समाज, जहाँ उसे हर समय खुद को साबित करना होगा। हर जगह वह रोकर काम नहीं चला सकती। ऐसे लोग भी कम नहीं, जो आँसुओं को भी नाटक बताते हैं।"

"अरे! भाभी कब आईं।" चाचाजी के आते ही विषय ऐसे बदल गया, जैसे उस पर कभी चर्चा ही नहीं हुई।

"अभी थोड़ी देर हुई, भैया।"

"भाभी के लिए कुछ चाय-नाश्ता बनाया या नहीं?"

"हाँ, अभी बना रही हूँ।" मौसी उठकर रसोई में चली गईं ।

"भाभी, बच्चे देखे आपने, कुंदन को देखा; कुंदन।" चाचाजी ने मुझे आवाज लगाकर बुलाया।

"हाँ चाचाजी।" चाचाजी मेरा हाथ पकड़कर, मुसकराकर मुझे खींच रहे हैं, "हाथ देखो उसका कितना मोटा हो गया है, जब आई थी, तब कैसी थी?" माँ बिस्तर पर बैठी मुसकरा रही है, अजीब-सी हँसी के साथ, जैसे वह जबरदस्ती हँसने की कोशिश कर रही है और मैं चौखट को पकड़े खड़ी हूँ। "रिंकू को देखा, कितना शैतान हो गया है? अब आपके साथ रहेंगे, तब आपको पता चलेगा। आगे-आगे देखते जाओ, तेल की धार।" माँ की बनावटी हँसी भी गायब हो गई। वह तुरंत बेड से उठी और रसोई की तरफ मुड़ गई।

11

"ओए, तेरी स्कर्ट तो बिल्कुल जूही चावला जैसी है।" सिद्धू की एक बात ने मेरे चेहरे पर खुशी ला दी।

"सच में?"

"हाँ, ऐसे ही चह उस पिक्चर में पहने थी, क्या हुआ, इससे क्या हुआ? गाने में। हम हॉल में पिक्चर देखने गए थे। है न मम्मी?" सिद्धू अपनी मम्मी से पूछ रहा था और मैं आंटी के मुँह की तरफ ताक रही थी।

"हाँ, कुंदन तुम्हारी स्कर्ट बहुत अच्छी है, कहाँ से ली?"

"जब माँ आई थी, तो माँ ने दिलवाई थी, एक नंबर से।" जब से सिद्धू ने बताया, मैं पाँच बार घूम-घूमकर अपनी स्कर्ट देख चुकी हूँ।" क्या सच में मेरी स्कर्ट जूही चावला जैसी है, अच्छा, सिद्धू हॉल कैसा होता है?" मैंने घूमते हुए पूछा।

"हॉल बहुत बड़ा होता है, जैसे सौ टीवी एक साथ लगा दो, इतना बड़ा, उसमें सब बहुत बड़े-बड़े दिखते हैं, वहाँ बिल्कुल अँधेरा होता है। मैं मम्मी-पापा को भी नहीं देख पाता, एक बड़े से कमरे को चारों तरफ से बंद कर देते हैं।" बड़ा-सा कमरा, चारों तरफ से बंद और अँधेरा, सच में हॉल ऐसा होता है? आज रात मैं भी हॉल में पिक्चर देखूँगी। न चाहते हुए मुझे अपने हर मिशन में रिंकू को शामिल करना पड़ता है। अँधेरे में टीवी देखते हुए एक साइड लगे स्पीकर पर जब मैं आवाज सुनती हूँ तो रिंकू टीवी देखता है, जब मैं टीवी देखती हूँ तो रिंकू आवाज सुनता है। तभी मौसी आ गईं और रिंकू ने पार्टी बदल ली।

"मौसी ये बोल रही थी कि अब ये कमरा नहीं है, हॉल बन गया है। जब सारी खिड़की-दरवाजे बंद हो जाते हैं और अँधेरे में टीवी चलता है तो उसे हॉल बोलते हैं।"

"कन्नू बेटा, इधर आ, तुझसे किसने कहा कि हॉल ऐसा होता है?" मैं नीचे नजर झुकाए खड़ी हूँ। मौसी ने मेरे दोनों हाथ पकड़कर मेरी ठोड़ी को ऊपर करते हुए पूछा, ठोड़ी ऊपर करने के बाद भी मेरी आँखें उनके पैर पर ही हैं, "बोलो बेटा, किसने कहा आपसे, बताओ, बाप रे इतने सारा पसीना?" उन्होंने मेरे हाथ अपनी चुन्नी से पोंछ दिए, "अगर तू मुझे बताएगी, तो मैं सच्ची-मुच्ची के हॉल में पिक्चर दिखाने ले जाऊँगी, बता?" मैंने गरदन नीची करके जवाब दिया, "सिद्धू ने।"

"मैं तुम दोनों को हॉल में पिक्चर दिखाकर लाऊँगी।" मौसी के शब्द कान में गूँज गए, हॉल में पिक्चर देखने जाऊँगी, गोल-गोल लोई बना सकती हूँ, बेल सकती हूँ और चिमटे से रोटी को सेंकना, मौसी को देखकर ही सीख लिया है। झाड़ू लगा लेती हूँ और जब जूही चावलावाली स्कर्ट पहनती हूँ, तो बिल्कुल होली चाइल्ड के बच्चों के जैसी लगती हूँ और तो और बाजार से भी कुछ भी सामान ला सकती हूँ। मैं केमिस्ट की दुकान पर खड़े उस बच्चे को देख रही हूँ, जिसने

इंग्लिश में बोलकर केमिस्ट से दवाई माँगी, जरूर होली चाइड में पढ़ता होगा? आज मैं भी इंग्लिश में बोलूँगी, मैंने पीछे मुड़कर शोभा के घर की तरफ देखा, कहीं वह मुझे इंग्लिश बोलते हुए देख न ले, उसे पता चल जाए और फिर वह मजाक बनाए और केमिस्ट को बता दे, इसको अंग्रेजी बोलनी नहीं आती? कहीं केमिस्ट को पता तो नहीं चल जाएगा कि हमेशा तो मैं हिंदी में बोलकर ही दवाई माँगती हूँ, आज अंग्रेजी में क्यों? "वन डिस्प्रिन प्लीज," मैंने केमिस्ट की आँखों में आँखें डालकर बोला। उसने एक गोली कैची से काटकर मुझे दे दी, "फिफ्टी पैसे," उसको बिल्कुल भी हैरानी नहीं हुई कि कुंदन ने इंग्लिश बोली।

चार दिन हॉल का रूप अपने मन में सोचते हुए निकल गए, कितना बड़ा होगा, कैसा होगा। मैंने क्लास में भी सबको बता दिया है, अलका, जिम्मी और पूनम। सिद्धू को नहीं बताया, क्या समझता है, उसने ही हॉल देखा है और चौथे दिन जब मैं तैयार हुई, मैंने दो-तीन बार तो अपनी स्कर्ट को अपने हाथ से ही ऊपर से लेकर नीचे तक प्रेस कर लिया, चार बार मैं अपने बाल शीशे में देखकर बना चुकी थी, जाने मौसी कितनी देर लगाएगी, पिक्चर निकल गई तो? इतनी देर से शीशे के सामने खड़ी हैं, कभी कोई शीशी खोलती हैं, कभी कोई, कितनी तो अच्छी दिख रही हैं, इतना तैयार होने की क्या जरूरत है, सामने से रिक्शेवाला भी निकल गया, अब पता नहीं कितनी देर में चलेंगी? चौक पर जाकर रिक्शा लेना पड़ेगा, कितना अच्छा होता यहीं से बैठ जाते तो? मौसी ने अपना पर्स निकाला, हम जानेवाले हैं, रिंकू ने भागकर मौसी का हाथ पकड़ लिया, वह मुझे पकड़ना था, पागल-सा। ताला लगाने के बाद इतनी सारी तितलियाँ मेरे मन में दौड़ने लगीं, कोई पार्क तक घूमकर वापस आ जाती, कोई गली के कोने तक, कोई चौक तक। मैंने एक बार गोल घूमकर देखा, मेरी स्कर्ट में कितना घेर है।

तभी मेरी नजर सिद्धू पर पड़ी, यह कहाँ जा रहा है। उसके बाद उसकी मम्मी निकली, कंधे पर पर्स टाँगे और मौसी से कहा, "चलें?" यह भी, कहीं हमारे साथ··· ? यह तो पहले ही देख चुका है, मुझे नहीं जाना इसके साथ, सिद्धू ने मेरी तरफ मुसकराते हुए देखा और कहा, "हम भी चल रहे हैं।" मैंने उसकी बात को न सुनकर, उसकी तरफ से मुँह फेर लिया। जा, मुझे क्यों बताता है, चौक तक पहुँचे, मैंने सिद्धू से एक बार भी बात नहीं की, मैंने उसकी तरफ देखा भी नहीं। मैं जो काम करूँगी, इसे भी वही काम करना है, जब यह पिक्चर देखने गया था, तो मैं तो नहीं गई थी इसके साथ, हूँ···।

अब क्या यह रिक्शे में भी हमारे साथ बैठेगी, मैं जल्दी से कूदकर आगेवाली सीट पर बैठ गई, मौसी ने मेरा हाथ पकड़कर कहा, "कन्नू बेटा, पीछे बैठ," मैंने अपनी गरदन हिलाकर, अपने पैर रिक्शे पर जमा दिए, "बेटा, पीछे जाओ," मैं अपने दोनों पैरों को रिक्शे पर मसलते हुए, पीछे जाकर बैठ गई, साथ में सिद्धू की मम्मी ने उसे भी पीछे बिठा दिया। वह इशारे से बोल-बोलकर सारी जगह बता रहा है, पर मुझे कुछ नहीं सुनना। मैंने रिक्शे से उतरकर ऊपर की तरफ देखा, इतनी ऊँची बिल्डिंग, उसमें कोई मंजिल नहीं थी और उसमें लगे हुए बड़े-बड़े पंखे, छोटा सा गेट, इतनी बड़ी बिल्डिंग में बस एक ही गेट होता है, इतनी सारी लाइन से लगी हुईं कुरसियाँ? भागकर मैं सबसे पहले वाली कुरसी पर बैठ गई, मौसी ने मुझे वहाँ से उठाया और कहा, "ये हमारी सीट नहीं है," क्या सीट पर भी नंबर लिखे होते हैं? अचानक इतना अँधेरा, सारी लाइट बंद, कुछ दिखाई नहीं दे रहा, पिक्चर कैसे दिखेगी? थोड़ी देर बाद बड़े से टीवी पर कुछ दिखाई देने लगा और कमरे में रोशनी हो गई, मैं पूरी पिक्चर में यही सोचती रही, क्या शाहरुख खान सच में इतना बड़ा है, इतना बड़ा है, तो छोटे से टीवी में कैसे आ जाता है।

आज मैं बहुत खुश हूँ, अब कोई ऐसा काम नहीं, जिसे मैं नहीं कर सकती, सबकुछ कर सकती हूँ, जब स्कूल में सबकी आवाज चेक करने के लिए म्यूजिक टीचर आए थे, तो उसमें मैं भी सलेक्ट हो गई। सिद्धू तो पहले ही राउंड में फेल। मैंने मौसी को बताया, "मौसी, सिद्धू गाने में फेल हो गया। उसने बस सा रे गा मा बोला और सर ने बोला, उधर खड़े हो जाओ। अब मैं माइक पर प्रेयर गाया करूँगी।"

"अच्छा, वेरी गुड!" मौसी ने मेरे सिर पर हाथ रखकर, उसे हिला दिया। अब मैं दिन में एक बार मौसी को जरूर बता देती हूँ, सिद्धू फेल हो गया, कहीं वे भूल न जाएँ। जब मैं उस दिन मौसी को बता रही थी कि सिद्धू फेल हो गया तो उन्होंने मुझसे कहा, "बेटा, किसी की कमी को बार-बार नहीं बताते।" जाने मौसी ऐसा क्यों बोलती हैं! कभी-कभी उनकी बातें समझ नहीं आतीं।

कुछ दिन के लिए दादी आई है, दादी के आते ही मौसी अजीब हो गई, जब पहले मैं मँजे हुए बरतन रैक में लगाने के लिए बोलती थी, तो वे एकदम खुश हो जाती थीं, कहतीं कन्नू मेरा कितना काम करती है, लेकिन अब जब मैंने उनकी मदद करने की सोची, उन्होंने बरतन मेरे हाथ में से लेकर कहा, "बाहर जाकर खेलो, मैं कर लूँगी," मुझे क्या है, कर लो खुद। मैं तो मोर बनाऊँगी, पता भी है, मैडम ने मोर बनाने के लिए कहा है और इतना सुंदर मोर बनाऊँगी, आपको दिखाऊँगी

भी नहीं। हरे रंग की गरदन, नीले रंग के पंख में काले रंग की बिंदी और लंबी-सी गरदन, मैंने अपने मोर को खिड़की के पास ले जाकर देखा, बेड पर लिटाकर देखा, मेज पर रखकर देखा, कहीं से भी देखो, वह बहुत सुंदर लग रहा है, जैसे अभी अपने पंख फैलाकर नाचने लगेगा। मैंने अपने मोर को अपनी पीठ के पीछे छुपाया और धीरे से गेट से बाहर निकल गई, अगर मौसी ने काम करवाया होता, तो मैं जरूर उनको दिखाती, सीधा सिद्धू के घर, सिद्धू अपनी घर की बाउंड्री पर बैठकर बॉल को सामने वाली दीवार पर मारकर खेल रहा है, "देख, कितना सुंदर मोर बनाया मैंने।" वह दीवार से कूदा। मैंने अपनी पीठ के पीछे से निकालकर उसे दिखाया, वह हैरान ही रह गया, "अरे, जो मैडम ने बोला था, वही है न, पर मैडम ने तो आरती से बोला था, तूने क्यों बनाया?"

"मोर बनाना क्या उसी को आता है?"

"लेकिन तेरा मोर मैडम नहीं लेंगी।"

"क्यों?"

"आरती से बोला है, वह मॉनिटर भी तो है।"

"तो क्या हुआ, मेरा मोर क्लास के ब्लैक बोर्ड के ऊपर लगेगा, उसके नीचे मैं अपना नाम लिख दूँगी, सबको पता चल जाएगा कि मेरी ड्राइंग कितनी सुंदर है।"

आरती और विभा मैडम को अपना मोर दिखा रही हैं, धीरे-से अपने बैग में रखी फाइल से मैंने अपना मोर निकाला और एक बार सिद्धू की तरफ देखा, उसने अपनी गरदन के इशारे से कहा, "जा दिखा दे," मेरे हाथों में अजीब सा कंपन हो रहा है, कहीं मैडम ने मना कर दिया तो, कहीं सारी क्लास को दिखाकर हँसने लगी तो? मैं विभा, आरती के पीछे खड़ी अपनी बारी का इंतजार कर रही हूँ, मेरे हाथ में पसीने आ रहे हैं, अजीब-सी बेचैनी और घबराहट है। अपना नंबर आते ही मैंने अपना मोर मैडम की टेबल पर रख दिया, उन्होंने एक नजर मोर को देखा; फिर मेरी तरफ देखा, "तुमने बनाया है?" मैंने गरदन हिला दी, "लगता तो नहीं?" मैडम ने फिर मेरी तरफ घूरकर देखा, मैंने अपनी नजरें झुका दीं। अच्छा बनाया है, बोलकर उन्होंने मेरा मोर मुझे पकड़ा दिया, "इसमें नाम और सेक्शन क्यों लिखा, कितनी गंदी राइटिंग है।"

बेंच की तरफ मुड़ते हुए फर्श गीला-गीला दिखता है, जैसे चारों तरफ अँधेरा हो। बेंच पर बैठकर, मैंने पीछे मुड़कर नहीं देखा, पर सिद्धू मुझे देख रहा था। मैडम का पीरियड खत्म होते ही, वह मेरे पास आया, "मुँह क्यों सड़ाया है, मैडम ने तो

बहुत सुंदर बताया, कहाँ है?" उसने मेरा बैग खोलना शुरू कर दिया, मैंने अपने दोनों हाथ अपने बैग पर रख दिए। उसने जबरदस्ती मेरे हाथ हटाए और अंदर से मोर निकाल लिया, "ये क्या किया, सारा पेज फोल्ड कर दिया। पागल-सी।" और पेज को ले गया, "इसे मैं रखूँगा।" चार दिन बाद, जब मैं मौसी का बनाया हुआ बरगर उसके घर देने गई, उसके पापा मेज पर बैठकर अखबार पढ़ रहे थे और दूसरी तरफ मेरा मोर गत्ते पर चिपका हुआ धागे में बँधा लटक रहा था। मैंने रसोई में आंटी को बरगर देते हुए, दो बार झाँककर अपने मोर को देखा, फिर बहुत दिनों तक, मैं बस उसे देखने के लिए उसके घर जाती रही।

12

रिंकू आड़ी-टेढ़ी लाइन खींचकर कुछ बना रहा है, "ये क्या है?"

"ये हमारे कल्पनगरवाले घर का नक्शा है। मौसी बता रही थी, अब हम अपने घर जाएँगे, देख मैंने अपना कमरा बनाया है।" हम अपने घर जाएँगे, शब्द अंदर तक चुभ गए, रिंकू ने मेरी तरफ नक्शा बढ़ाते हुए कहा, "तू भी अपना कमरा बना ले।"

बहुत सोचने के बाद भी मैं अपना कोई कमरा उस नक्शे में नहीं बना पाई, घर की याद आते ही सारी चीजें सुनसान, बेजान, कमियाँ निकालती नजर आती हैं। अब कम बोलनेवाली अपने काम में लगी रहनेवाली मौसी मेरी तरह उदास लगती है। फाइनल पेपर होने के बाद घर, क्या वे मुझे यहाँ रोक नहीं सकतीं, मैं उनके साथ रहना चाहती हूँ, अब मैं टेबल को कपड़े से साफ कर देती हूँ, कभी-कभी टीवी भी, अब मैं कभी शैतानी नहीं करती, हमेशा सारी बात एक बारी में मान लेती हूँ, मैं उन्हें बता देना चाहती हूँ कि मैं कितनी समझदार और बड़ी हो गई हूँ, अगर वे मुझे अपने पास रखेंगी तो मैं उन्हें बिल्कुल परेशान नहीं करूँगी और उनका काम भी कर दूँगी। मुझे कुछ भी अच्छा नहीं लगता, कुछ करने का दिल भी नहीं करता, सिद्धू ने एक दिन पूछा, "तू जा रही है, हमेशा के लिए अपने घर, कभी नहीं आएगी? तू अपने मम्मी-पापा से मना कर दे, मुझे नहीं आना, तू तो कहती थी तेरी मौसी तुझे तेरी मम्मी से भी ज्यादा प्यार करती है?" लेकिन मैंने उसकी बात का कोई जवाब नहीं दिया। मौसी भी तो खुद रोकना नहीं चाहती। चाहती है कि मैं चली जाऊँ, एक बार भी नहीं कहा कि कन्नू तू छोड़कर मत जा, मुझे तेरी

याद आएगी, क्यों नहीं कहती, मैं तेरी माँ से बात कर लूँगी। जब वह मुसकराकर मेरी तरफ देखते हुए कहती है, "अब कन्नू समझदार हो गई, तो अपनी मौसी को छोड़कर चली जाएगी।" मैं रोकर उनके गले लगना चाहती हूँ, मैं कहीं नहीं जाना चाहती, पर मेरे गले के अंदर काँटे खड़े हो जाते हैं।

मैं चाहती हूँ, पेपर कभी खत्म ही न हों, हमेशा चलते रहें, पर पेपर खत्म हो गए और छोटे चाचाजी हमें ले जाने के लिए तैयार भी, "बच्चो, कल हम नए घर चलेंगे, वहीं रिंकू और कन्नू का एडमीशन होगा। भाभी, सामान रख दिया बच्चों का?" चाचाजी ने मौसी की तरफ देखते हुए पूछा।

"हाँ, आज रात को लगा दूँगी।" रात को खाना बनाने के बाद मौसी अलमारी से हमारे सारे कपड़े निकालकर बैग में जमा रही हैं, मैं बेड पर लेटी अपनी अलमारी को देख रही हूँ, अंदर से कुछ टूटा-टूटा लगता है, बहुत जोर से रोने का दिल है। मैं सारे कपड़े निकालकर फेंक देना चाहती हूँ, मुझे कहीं नहीं जाना, क्या मुझे रोक नहीं सकती? आपकी बात तो माँ भी मान जाती है। सुबह जब मैं नहाने के बाद, अपने कपड़े अलमारी से निकालने के लिए, स्टोर में गई तो खाली अलमारी देखकर मुझे बहुत रोना आया। अकेले-अकेले रोकर, मैंने अपने आँसू पोंछ लिये, मौसी के सामने पड़ते ही मैं नीची नजर करके उनसे बचकर निकलना चाहती थी, मैं उनसे कोई बात नहीं करना चाहती। भेजना चाहती हो, भेज दो, मुझे नहीं कहना, मुझे अपने पास रख लो। वे मेरे दोनों हाथ पकड़कर खुद कुरसी पर बैठ गईं, "मौसी को याद करेगी न, भूल तो नहीं जाएगी, खूब अच्छे से पढ़ना, मन लगाकर, सबकी बात मानना, अच्छी लड़की बनना है, ठीक है?" मुश्किल से रोके गए आँसू, जो मुझे मौसी को नहीं दिखाने थे, आँखें, पलकें छोड़कर फर्श पर टपक गए। मौसी ने मुझे अपनी गोद में बैठाया, कान के बाल पीछे करते हुए बहुत सारा प्यार किया। जैसा प्यार मौसी करती है, कोई नहीं करता। मैं उनकी तरफ नहीं देखूँगी, पर मुझे पता है, वे रो रही हैं, उनकी आवाज बिल्कुल ऐसी लगती है, जैसे जब रोते हैं, तब लगती है। मौसी ने एक नई डायरी और पेन हाथ में थमा दिया, "इसमें अच्छी-अच्छी चीजें लिखना ठीक है।" मैंने गरदन हिला दी, "तुम दोनों को कौन-सी वाली टॉफी पसंद है? वही पैकेट ला दूँगी।" रिंकू अपना सामान जमा रहा है, अपने टूटे खिलौने, लूडो, ट्रंप कार्ड, मौसी ने टॉफी का एक पैकेट मँगाकर, हम दोनों की तरफ बढ़ाया, रिंकू ने मौसी के हाथ से छीनकर अपने बैग में रख लिया और मुझे चिढ़ाया, पर मैं जाने क्यों टॉफी लेना नहीं चाहती, न ही मुझे उससे चिढ़ हो रही है। मेरे हाथ सोफा,

अलमारी, बेड, टेबल सब पर जाकर अटक रहे हैं, सीढ़ियों से उतरते हुए लगता है, जैसे सबकुछ रुक गया है, बर्फ की तरह, मेरे पैर इतने भारी उठ नहीं पाते। मैं अजनबी नजरों से सबकुछ देखकर, अपने अंदर तक सबकुछ बसा लेना चाहती हूँ।

रिंकू और मैं दोनों अपने बैग हाथ में लिये, चाचाजी का चौक से रिक्शा लाने का इंतजार कर रहे हैं। मौसी हमारे पीछे सूरज को गोदी में लिये खड़ी हैं, यह दिन कितना बड़ा है और उदास-उदास। वह साइकिलवाला भी रोज घंटी बजाता निकलता है, आज बिना घंटी बजाए ही निकल गया। मौसी पर्स लेने अंदर गई, तो सिद्धू ने अपने गेट से झाँककर मेरे चेहरे की तरफ देखा, "तू जा रही है, रुक; मैं कुछ लेकर आता हूँ।" वह भागकर घर के अंदर गया और आकर एक छोटी-सी पर्ची उसने मेरे हाथ में थमा दी, "देख, तू मुझे इस नंबर पर फोन करना।" मैंने पर्ची लेकर चुपचाप अपनी मुट्ठी में दबा ली। आज बिना किसी के कहे ही मुझे रिक्शे की पीछे वाली सीट पर बैठना था, सबकुछ धुँधला-धुँधला, कुछ साफ नजर नहीं आता, मौसी रो रही है या मैं? रिक्शा कितनी जल्दी पार्क का कोना पार कर मार्केट तक आ गया। कविता मैडम का घर, क्या कभी वे सिद्धू से पूछेंगी, कुंदन क्यों नहीं आई? केमिस्ट की दुकान, मिठाईवाले की दुकान, स्टेशनरी, सेक्टर का गेट सबकुछ हाथ हिलाकर चिढ़ा रहा है।

ट्रेन में बैठते ही, बैग गोदी में रख, मैंने अपने दोनों हाथों के ऊपर सिर टिका दिया और भारी होती पलकें और भारी होती चली गईं। कन्नू कहीं बैठी रो रही है, आसपास उड़ती कई सारी तितलियाँ, खींचकर अपने पास बुला लेना चाहती है, पर मुझे कहीं नहीं जाना, वे मेरा कंधा पकड़कर हिलाती हैं, मेरी आँख खुल गई, "चलो बेटा घर आ गया।" बोगी से उतरकर मैंने प्लेटफॉर्म पर लगे पीले बोर्ड पर काले अक्षरों से लिखे कल्पनगर को देखा, यही है हमारा नया घर? रिक्शे पर, मेरे साथ साथ चलता सूरज और तेज होता जाता है। कुछ भी जाना-पहचाना नहीं, सबकुछ अनजान। हम किसी टैंपू में बैठकर गाँव तक नहीं गए। ठहर गए किसी अनजान शहर में। रिक्शा एक घर के सामने रुका, एक मंजिल बना सुंदर-सा घर, नई-नई दीवारों से आती नए पेंट की खुशबू।

चाचाजी ने बेल बजाई, दो मिनट बाद गेट के खुलते ही बड़ी सी मुसकराहट लिये 'माँ' कितनी अच्छी दिखती है, बहुत प्यारी, उसने हम दोनों को गले से लगा लिया, धीरे-धीरे कसते उसके बाजुओं में, कुछ अच्छा और गरम-गरम सा लगता है।

13

माँ के चेहरे पर कितनी खुशी है, अब वह हमेशा खुश रहती है। वह बार-बार अपनी प्लेट बनाकर पहनी हुई, हल्की गुलाबी रंग की साड़ी का पल्ला ठीक करती है, प्लेट बनाती है, बिगाड़ती है। लिपस्टिक वह कम ही लगाती है, गहरे लाल रंग की लिपस्टिक लगाकर उसने एक बार खुद को शीशे में देखा, फिर पास में पड़े अपने सूट से लिपस्टिक को पोंछ दिया। शिल्पा की एक मीडियम साइज बिंदी अपने माथे पर सजा ली, फिर छोटा-सा पापा का शेविंगवाला शीशा हाथ में पकड़कर, उसने कमरे से बाहर रोशनी में जाकर खुद को देखा। उसने मेरे लिए स्कर्ट-टॉप निकाला और कहा, "हम स्कूल जा रहे हैं," माँ मेरा हाथ पकड़े अनजान गलियों से निकलती अनजान चेहरों को पार करती, बाजार के बीचोबीच एक गेट के सामने रुक गई, जंग लगा एक लोहे का गेट, जो नीचे से टूटा है, गेट के दोनों तरफ अजीब-सी बदबू है, जैसी किसी सुलभ शौचालय के पास से निकलते हुए आती है, लोहे के गेट के ऊपर गोल घुमावदार लोहे का बॉर्डर है, जिस पर हलके-हलके अक्षरों में कहीं से मिटा, कहीं से उभरता नाम, मैंने शब्द जोड़कर पढ़ा, नगरपालिका बालिका इंटर कॉलेज, कॉलेज, मैं कॉलेज में पढ़ूँगी ? बड़े से गेट में एक छोटा-सा गेट खुला है, उसे पार करते ही माँ एक बड़े से ग्राउंड में पहुँच गई, ग्राउंड के चारों तरफ पीले रंग की बनी एक मंजिला इमारत में ऊपर शायद एक-दो ही कमरे हैं। लगातार बने हुए कमरे, हर कमरे में दो खिड़कियाँ और दो गेट। हर इमारत में ऊपरी मंजिल तक पहुँचती कई जगह से टूटी-फूटी सीढ़ियाँ, बिल्डिंग पर बरसात के पानी से बने हुए नीचे तक पानी के निशान, नपे-तुले कदमों से माँ सामनेवाली बिल्डिंग तक पहुँची, वह बिल्डिंग औरों के मुकाबले में ज्यादा अच्छी स्थिति में है, कमरे के बाहर, सूती साड़ी, पल्ला सिर पर रखे, अपने साड़ी के घूमों को दोनों पैरों में दबाए, एक औरत बैठी है और बिल्कुल उस कमरे की बगल में अधमरी हालत में साँस लेती एक जंगली फूलों की बेल। उस औरत को देखते ही माँ की आँखों में दिल्लीवाला गर्व झलकने लगा, बेझिझक माँ ने उससे प्रिंसिपल से मिलने की बात की। दूसरे ही मिनट हम प्रिंसिपल के कमरे में थे, साँवली-सी हरे रंग की जरीवाली साड़ी, माथे पर चौड़ी बिंदी और दूर तक जाती लंबी माँग, माँ से बात करती हुई मोटे चश्मेवाली प्रिंसिपल बीच-बीच में मेरा चेहरा देखकर मुसकरा जाती, वह मेरे कटे बाल और मेरी छोटी-सी स्कर्ट और शर्ट को बहुत गौर से देख

रही है। माँ ने मेरा नाम बताया तो उसने अपना चश्मा थोड़ा-सा ऊपर करते हुए मुसकराकर कहा, "बहुत प्यारा नाम है, बिल्कुल इसकी तरह, कुंदन।" टीसी को देखते हुए बोली, "मुझे लगा ही था आपकी बेटी को देखकर कि वह कहीं बाहर से पढ़ी है।" और हो गया एडमीशन 8th ए।

माँ साथ के साथ ही गहरे नीले रंग का कपड़ा खरीद लाई, जल्दी से नाप, काटकर वह मेरे लिए स्कूल की स्कर्ट बना देना चाहती है। मानो वह अपना सारा हुनर उस स्कर्ट पर ही निकाल देगी। सिलती हुई वह बीच-बीच में नजर उठाकर बाथरूम में रखी अपनी बड़ी-सी बाल्टी की तरफ देखती है, जिसमें ऊपर तक कपड़े भरे हैं। बनने के बाद उसने मुझे पहनाकर पूछा, "बिल्कुल रेडीमेड जैसी है ना?" मैंने मुसकराते हुए गरदन हिला दी। उसने दो बार कपड़े को नीचे से फोल्ड किया है, आगे आनेवाले सालों के इंतजाम के लिए। स्कर्ट के अंदर बनी एक छोटी-सी जेब, उसने मुझसे कहा, हाथ डालकर दिखा और मैंने अपनी जेब में हाथ डाला, मेरे और माँ के चेहरे पर एक बड़ी सी मुसकराहट खिल गई।

स्कूल के लिए जाती, गली की अनगिनत लड़कियों में से एक विश्वासपात्र लड़की को माँ ने मेरे लिए ढूँढ़ लिया, ऊपर झाड़ू लगाती माँ-दीदी के आते ही नीचे भागकर आई और हिदायत देकर कहा, "दीदी के साथ जाना है और दीदी के साथ ही आना है।" यही हिदायत एक बार गेट के बाहर बैठी हुई दादी ने अपनी कड़क आवाज में दोहराई। दीदी का रंग साँवले से भी ज्यादा साँवला है, जब हँसती है तो उसके चेहरे पर बस उसके मोती जैसे दाँत दिखते हैं, उसके चेहरे पर छोटे-छोटे दाने हैं और मोटी-मोटी आँखें, वह ग्यारहवीं में पढ़ती है। दादी उसे किच्चन बोलती है, किच्चन का जाने क्या मतलब है? पर इससे भी अजीब बात दीदी ने मुझे रास्ते में बताई। उनके घर में सब बोलते हैं कि उसे पंडित के घर में जन्म लेना चाहिए था, क्योंकि वह पड्डे का मीट नहीं खाती, जो पड्डा नहीं खाते, पंडित के घर में जन्म लेते हैं? ऐसी बहुत सी बातें, जिनके जवाब में चाहती हूँ, पर पूछती नहीं। कुछ अनजान गलियों से गुजरते हुए, हम उसी स्कूल तक पहुँच गए और वही लोहे का गेट। ग्राउंड उस दिन की बजाय छोटा लगता है, चारों तरफ नीले-सफेद रंग के स्कर्ट और सूट पहने बहुत सारी लड़कियाँ, कोई दो चोटी बनाए, कोई खुले बाल, कोई काली, कोई छोटी, कोई मोटी, लड़कियाँ ही लड़कियाँ। इतनी सारी लड़कियाँ एक साथ मैंने आज तक कभी नहीं देखी थीं।

दीदी ने सीढ़ियों के ऊपर बनी एक क्लास के सामने मुझे छोड़ दिया। छत

के एक ऊपरी कोने में बना एक कमरा, जिसके दोनों तरफ गेट नहीं है और उसके सामने एक लंबी-सी, बिना बाउंड्री की छत, क्लास में बैठने के लिए कोई दरी भी नहीं है, तभी दो लड़कियाँ भागती हुईं, दूसरी क्लास से दो टाट-पट्टी उठा लाईं, सावधान खड़ी हुई सारी लड़कियाँ कूदकर उन पर बैठ गईं, एक-दूसरे को धक्का देते हुए ज्यादातरों ने अपने लिए जगह बना ली, कुछ ने बैठने के बाद टाट-पट्टी सीधी की, जो लड़कियाँ पहले से जानती थीं, उनमें से किसी ने अपने बैग से अखबार और किसी ने कट्टा निकाला और बिछाकर उस पर बैठ गईं। जैसे-तैसे मैंने भी अपने लिए बिना टाट-पट्टी और बिना अखबार की एक जगह तलाश ली और साथ में यह भी जान लिया कि टाट-पट्टी बराबरवाले कमरे से लाकर बिछानी होती है, छत पर घूमते बंदरों के चलते कमरे में कोई सामान नहीं छोड़ा जाता, क्योंकि उसमें रुकावट के लिए कोई दरवाजा नहीं है, मैडम की पढ़ाते हुए एक नजर, गेट पर रखे डंडे की तरफ होती है, जरा-सी हरकत करते ही बंदरों को, कुछ खतरों की खिलाड़ी लड़कियों के द्वारा डंडे से भगा दिया जाता है, लेकिन कभी-कभी दबंग गुस्साए बंदर अंदर तक आ जाते हैं, तब सारी लड़कियों को भागकर उस रूम में छुप जाना पड़ता है, जिसमें टाट-पट्टी रखी होती हैं, उसमें दो पल्लेवाला दरवाजा लगा है। आगे बैठना इसलिए भी जरूरी है, क्योंकि आगे बैठनेवाली लड़की भागते समय सुरक्षित होती है, मैडम के बाद दूसरा नंबर उसी का होता है।

बेल के बजते ही सारी लड़कियों में इधर-उधर हलचल होने लगी, सभी, जो कुछ देर पहले उस टाट-पट्टी पर बैठने के लिए लड़ी जा रही थीं, अपना बैग उठा-उठाकर दूसरे कमरे में जाने लगीं और अपनी जगह एक पत्थर रखकर रिजर्व कर दी, यह भी सुरक्षा की दृष्टि से उठाया गया कदम था, कहीं प्रेयर के लिए नीचे जाते ही बंदर बैग में रखे भोजन से अपना पेट न भर लें और किताबों से अपनी आधी बची-खुची अधूरी पढ़ाई भी पूरी कर लें। बड़ी धक्का-मुक्की से एक क्लास के लिए बनाई गई, केवल एक ही लाइन में अपने आपको मैं बहुत मुश्किल से एडजस्ट कर पाई थी। आगे लगीं लड़कियाँ बिना किसी व्यवधान के बोल रही थीं, "कौन सी हारी हुई बाजी का दाँव आज चला जाएगा?" तभी क्लास टीचर द्वारा बनाई गई मॉनिटर ने आकर डंडी को लड़की की कमर पर बजा दिया। निधि, वही लड़की थी, जो क्लास की मॉनिटर थी, बंदर भगाने से लेकर चोटी पकड़कर टक्कर मारने तक...। उसका ग्रुप क्लास का सबसे खतरनाक गिरोह था, हमारी क्लास

में थी, लेकिन लगती, जैसे कि ग्यारहवीं में हो। लड़कियों के बीच में लगी मुझे, उसने बहुत गौर से देखा, ऊपर से लेकर नीचे तक मुझे देखकर, वह आगे बढ़ गई। सारी भेड़-बकरियों जैसी लड़कियों को बड़ी क्लास की लड़कियों ने करीने से सीढ़ियों पर चढ़ा दिया और उसके बाद एक-दूसरे से आगे निकलने की होड़ लगाती लड़कियाँ भागकर क्लास में बैठ गईं, फिर दौर शुरू हुआ हारी हुई बाजियों का, तरह-तरह के रंग-बिरंगे कपड़ों के बने बैगों से निकलते किंटू और राजा, मंत्री, चोर, सिपाही और सोलह पर्ची। ठप से सुबह की शुरुआत हुई।

लगभग पंद्रह मिनट बाद, पूरी क्लास में शोर दौड़ गया, गेट पर खड़ी दो लड़कियों ने क्लास टीचर को आते हुए देख लिया था, "श्रीमती, श्रीमती," क्लास टीचर का नाम ही श्रीमती था। श्रीमती रिटायर होने के कगार पर सफेद बाल लिये और अपनी पतली-सी चोटी को बालों को छोर तक बाँधे, बिना प्लेट लगाए, बिना बाधा के पड़ा हुआ उनके कंधे पर उनका पल्ला, हाथ में पकड़ी थैली से एक-एक मूँगफली निकालकर चबाती, वे मस्त हाथी की तरह हमारी क्लास की तरफ बढ़ रही थीं। बीच-बीच में रुककर बिना बाउंड्री की छत से नीचे झाँककर मैदान का मुआयना भी बखूबी कर लेती थीं। घूमती हुईं जब क्लास के अंदर पहुँचतीं, तो मॉनिटर की उनके लिए एक बढ़िया सी टेबल और कुरसी ढूँढ़ने की तलाश शुरू हुई, अकसर वे अपना अटेंडेंस रजिस्टर स्टाफ रूम में ही भूल आतीं। बीस मिनट के लंबे इंतजार के बाद हाजिरी की शुरुआत होती, एक-के-बाद एक खड़ी होती लड़कियाँ स्कूल में अपनी उपस्थिति दर्ज करवा देतीं। श्रीमती मैडम गणित की अध्यापिका, वहीं निधि गणित में चुप चोर। जैसे ही मैडम अटेंडेंस लेकर निबटती, वैसे ही निधि को लघुशंका की शिकायत होने लगती, अपनी क्लास की कर्ताधर्ता निधि के कहे को श्रीमतीजी टाल कैसे सकती थीं? परमीशन मिलते ही निधि निकल जाती छोर पर बने शौचालय की सैर करने, कभी उसने बताया था, दूर से ही वह देख लेती है कि कब आंटी घंटा उठानेवाली है, उससे पहले ही वह अपनी क्लास के दरवाजे पर खड़ी हो अंदर आने के लिए पूछ लेती। गणित की किताब खुलवा क्लास की मेधावी छात्रा को खड़ी कर, श्रीमती मैडम एक सवाल ढूँढ़ दिन-पर-दिन सफेद पड़ते काले ब्लैकबोर्ड पर उतरवा देतीं, जिस पर सफेद चॉक से लिखे अक्षर, दरवाजे से आती रोशनी में पढ़ने नामुमकिन होते, जो सवाल अगले कई दिनों तक बेजान पड़े ब्लैकबोर्ड की शोभा बढ़ाता और दो-चार रोज बाद किसी दूसरे सवाल को स्थान देने के लिए, उस मेधावी छात्रा के बैग में रखे पुराने सूट के टुकड़े से

मिटा दिया जाता। रोज ही चॉक लेने के लिए भी एक छात्रा को नीचे भेजा जाता, ब्लैकबोर्ड पर चॉक चलाती लड़की को निहारते हुए, सुबह से थकी हुई मैडम भी, बीच-बीच में झपकियाँ लेकर अपनी थकान मिटा लिया करतीं। सर्दियों के मौसम में नीले रंग के तरह-तरह के बने हुए स्कॉर्फ और स्वेटर जब लड़कियाँ क्लास में पहनकर आतीं, तो श्रीमती मैडम की अंदर की सुघड़ गृहिणी जागते हुए, लड़की को अपने पास बुलाकर उलट-पलटकर, उसके सारे फंदे और डिजाइन को अपनी आँखों में उतारकर अपने लिये एक नया स्वेटर बनाने को ललायित हो जाती।

जब कभी श्रीमती मैडम की शिकायत प्रिंसिपल के दरवाजे तक पहुँचती, वे क्लास में या तो सोती रहती हैं या फिर खुद से बातें करती रहती हैं। मुसकराते हुए बड़बड़ाना, उनकी बुरी आदत थी, सभी लड़कियाँ उनके ऊपर हँसते हुए एक-दूसरे से से बातें करतीं, श्रीमती मैडम पागल हैं। उनका एक और नाम विख्यात था डबल पेटीकोटवाली मैडम, चलते हुए उनकी साड़ी से दो अलग रंग के पेटीकोट अकसर ही देखे जाते। उनकी शिकायत प्रिंसिपल तक पहुँचने के बाद उनका पूरा प्रकोप क्लास पर ही निकलता, लड़कियों की चोटी पकड़कर उनका सिर आपस में दे मारतीं, "बोल, छम्मकछल्लो पढ़ेगी कि नहीं, बता? रोज किटूँ, मैं देखती हूँ कौन खेलता है?" जिस दिन प्रिंसिपल अपने दोनों हाथ अपनी कमर के पीछे रख पूरी क्लासेज के चक्कर लगाते हुए, जब ऊपरवाली सीढ़ी की तरफ बढ़तीं, उससे पहले ही आंटी श्रीमती मैडम को हिदायत जाती, मैडम राउंड पर हैं। उस दिन पूरा एक महीने का काम मैडम खुद बोर्ड पर उतार देतीं। उस दिन निरीक्षण के लिए आई प्रिंसिपल ने जब टूटी टेबल पर रखी हुई गणित की किताब को अपने हाथ में लेकर, एक भाग की संख्या ब्लैकबोर्ड पर लिखकर पूछा, "कौन सा बच्चा इसे करके दिखाएगा?" किसी भी लड़की का हाथ न खड़ा पाकर, लड़कियों के चेहरे को पढ़ती हुई मैडम ने, नीची नजर किए हुए मुझे खड़ा कर दिया। चॉक हाथ में देते हुए कहा, "करके दिखाओ।" जब सही उत्तर के साथ मैंने उस भाग को पूरा किया, तो द्रौपदी जैसी पूरी क्लास और श्रीमती मैडम की लाज एक साथ बच गई। मैडम का सीना चौड़ कर कुप्पा हो गया, अगर उस दिन उनके हाथ में होता तो वे दुनिया का सर्वोच्च पुरस्कार मेरे नाम कर देतीं, लेकिन उन्होंने अपनी क्लास की सबसे अच्छी पदवी, मेरा नाम पूछकर, मेरे नाम कर दी, फिर एक नया संशोधन हुआ, हर बार की तरह दो नहीं इस बार चार मॉनिटर बनाए जाएँगे, दो निधि के ग्रुप से उद्दंड लड़कियों और बंदरों को काबू करने के लिए और दो मेधावी छात्रा, जो

मैडम का दूसरी मैडम तक संदेश पहुँचाना, स्टाफ रूम तक जाना, ऐसे कई सारे काम निपटा दें। इस तरह पहले घंटे का अंत होते ही फिर किसी दूसरे विषय की अध्यापिका का इंतजार बाजी और गपशप के बीच होने लगता।

पूरे दिन निधि का घूरना बरकरार रहा, अंत में छुट्टी होने से पहले उसके पूरे गैंग ने मुझे घेर लिया। एक छोटी-सी पतली-सी, दाँतों में तार लगाए लड़की, दूसरी कुछ ज्यादा ही लंबी, सूट-सलवार पहने, जो पैरों में छम-छम करती पायल को बजा-बजाकर बार-बार अपनी भव्यता दिखा रही थी, तीसरी, जिसने अपने गले, हाथ और पैरों, सबमें काले डोरे बाँधे थे और रिलेक्सो की अँगूठे की जगह से घिसी हवाई चप्पल उसके पैरों की शोभा बढ़ा रही थी, जिसके नाखून आधे हरे, आधे लाल रंग की नेल पॉलिश से सजे थे। चार लड़कियों के ग्रुप में, सबसे छोटी पतली-सी लड़की ने आँखों ही आँखों में निधि का समर्थन लेकर मुझसे पूछा, "कौन से स्कूल से आई हो, भारती पब्लिक स्कूल से?" मैंने अपनी गरदन हिला दी।

"नहीं।"

"फिर?"

"मैं फरीदाबाद से आई हूँ।" दूसरी लड़की के कंधे पर हाथ रख खड़ी। निधि ने अपना हाथ नीचे किया और तीनों लड़कियों की तरफ ऐसे देखा, जैसे उसकी कही किसी बात पर मोहर लग गई हो। फिर अकसर ही वह मुझे रोककर तरह-तरह के सवाल पूछने लगी। एक दिन तो हद ही हो गई, जब उसने मुझसे पूछा, "इतनी गोरी कैसे हो, कौन से साबुन से नहाती हो?" जो नाम मुझे पहले याद आया, मैंने बोल दिया लक्स, फिर क्या था, उसने निधि की आँखों में आँखें डालते हुए मुझे झूठा ठहरा दिया, क्योंकि लक्स से तो वह भी नहाती थी।

सच कहूँ तो मेरा सेक्शन सारी क्लास में सबसे ज्यादा नालायक था। उसकी आधी से ज्यादा लड़कियाँ छुट्टी से पहले ही बड़ी क्लास की लड़कियों की लाइन में लगकर निकल जाती थीं, ग्यारहवीं-बारहवीं की छुट्टी कम विषय होने के कारण पहले होती थी, जिनके लिए गेट खोला जाता था। सभी बताते हैं, पहले गेट हमेशा खुला ही रहता था, पर कुछ लड़कियों के बॉयफ्रेंड्स के साथ भागने के कारण कड़ी निगरानी रहने लगी।

स्कूल के कोने में शोभा पाती पानी की टंकी कब की बंद हो चुकी थी, थोड़ी दूरी पर लगा लोहे का छोटा-सा हैडपंप ही एकमात्र पानी पीने का साधन था। किसी समय वह टंकी भी चालू थी, लेकिन आए दिन उसमें कूदकर होती बंदरों

की आत्महत्या के कारण, उसे हमेशा के लिए बंद कर दिया गया। शौचालय के नाम पर लाइन से बने दो बिना छत और बिना दरवाजों के बाथरूम, दूरबीन से देखे जाने पर एक पीपल के पेड़ के नीचे स्कूल की शोभा बढ़ाते दिखाई देते थे, जहाँ सभी छठी से आठवीं तक की लड़कियाँ लाइन लगाए कतार में खड़ी रहतीं और दो लड़कियों का एक साथ आना अनिवार्य था, जब पहली जाती तो दूसरी रखवाली में खड़ी रहती। उन बाथरूम्स के चारों तरफ लिखी हुई एक-से-एक भद्दी, गंदी गालियाँ और नाम, न चाहते हुए भी किसी उस नाम राशिवाली लड़की के मुँह पर कालिख मलता दिखता था और लैट्रिन के बाहर तक पड़े मल की बदबू जानलेवा थी। एक बार जाने के बाद मैंने कभी उस तरफ रुख नहीं किया, बिना छत के उस शौचालय में, बाहर की किसी भी छत से झाँकना बहुत आम था। पीपल के पेड़ के चारों तरफ टूटी हुई कुरसी-मेज के ढेर अपनी आभा से लगभग बीस साल से चले आ रहे स्कूल ही विजय-गाथा सुनाते थे। स्कूल के दरवाजे के किनारे पर लगा छोटा सा साइकिल स्टैंड, जिस पर लाइन से लगी एटलस की काली रंग की साइकिलें, दस-दस किलोमीटर दूर गाँव से चलाकर अपने कैरियर में बैग को लटकाए, सपनों को रंग-बिरंगे आकार देने के लिए, उस विद्या के मंदिर तक पहुँचतीं। अनगिनत लड़कियों को साक्षर करता एक मात्र स्कूल, नगर पालिका बालिका इंटर कॉलेज।

सुबह से लेकर रात तक न जाने कितने कार्यों में यूपी के उस छोटे से कस्बे की भागीदार बनती वह पुरानी जर्जर बिल्डिंग, कभी तो अपने ही आँचल में खिलाई अपनी लड़की के नए जीवन की शुरुआत की भी साक्षी बनती, बड़े से गेट से होकर निकलती, कहीं-कहीं चिपके गेंदे के फूलों से सजी, मारुति एट हंड्रेड में जाती उसकी डोली को सकुशल विदा कर, बिना एक क्षण रुके दूसरी लड़की के जीवन को नया आयाम देने के लिए अपने दोनों हाथ पसारे, स्वागत करने खड़ी रहती, उसके कितने ही कमरों के बाहर बने शिलालेख, दान-दक्षिणा से बनी हुई उसकी क्लासेज की गाथा कहते।

और उस दिन उद्दंड बंदर निधि के डंडे से बचकर क्लास में दाखिल हो गया, मैडम के बाद एक के बाद एक, एक-दूसरे को कुचलती, छोटे से गेट से अंदर जाती लड़कियों में, एक पतली-सी, लंबे बालोंवाली, सुंदर-सी लड़की, बंदर जिसका पैर हाथ में पकड़कर खा गया था, पैर से लगातार बहता खून, उसे डॉक्टर से पट्टी करवाने के बाद आंटी घर पहुँचा आई, तब तक नहीं पता था कि भविष्य में आजीवन रहनेवाली मित्र शालिनी यही है। उसके बाद हमेशा के लिए वहाँ क्लास

लगनी बंद हो गई और नीचे की एक प्रयोगशाला को हमारे लिए खोल दिया गया। प्रयोगशाला में चारों तरफ बनी स्लैब अपने प्रयोगों की दुहाई देती हुई, कह रही थीं, जैसे उन्होंने कभी किसी प्रयोग के दर्शन नहीं किए। हरे रंग की शीशेवाली अलमारी में काँच की पानी से भरी छोटी-छोटी शीशियों में तैरते जंगली पेड़-पौधे, विज्ञान के नाम पर स्कूल की धरोहर थे और हमारे लिए लंच ब्रेक में आकर्षण का केंद्र। प्रयोगशाला के सामने बने लगातार बड़ी क्लास के कमरे, नौवीं से लेकर बारहवीं तक, अपने बेंच और सुंदर ब्लैकबोर्ड के साथ हमारी भविष्य की आनंद-कल्पना से जुड़े थे।

14

पहले दिन स्कूल से आते ही रिंकू ने अपने स्कूल की ऐसी तसवीर खींची कि मैं सोचने पर मजबूर हो गई, क्या ऐसे स्कूल भी होते हैं? चारों तरफ बना गार्डन स्कूल के बाहर लंबी लाल फूलों की बेल, पानी पीने के लिए वाटर कूलर, कमरे में लगे पंखे, खिड़कियों के ऊपर लगे पर्दे और पार्क में झूलते झूले, जब वह अपनी भव्यता का बखान कर रहा था तो मुझे अपने स्कूल का शौचालय और बैठने के लिए न मिलनेवाली टाट-पट्टी याद आ गई और कहीं-न-कहीं ऐसे स्कूल में पढ़ने की इच्छा, लेकिन यह मेरे लिए कोई ईर्ष्या का विषय नहीं था, मेरी ही तरह जाने कितने संपन्न परिवारों की लड़कियाँ, जो सामाजिक सुरक्षा और आर्थिक दृष्टि से मेरे स्कूल में पढ़ती थीं, उनमें से अधिकतरों के भाई किसी ऐसे ही स्कूल में पढ़ा करते थे।

गरमियों की छुट्टियों के बाद स्कूल जाने से पहले रिंकू और सोनू के लिए भगोनी में गरम किए जानेवाले दूध को देखकर जी नहीं ललचाता, फरीदाबाद में मिलनेवाले दूध की इच्छा और मौसी की तसवीर अब धुँधली हो गई है। हम तीनों भाई-बहन जिस सर पर, रिंकू के दोस्त के घर ट्यूशन पढ़ने जाते हैं, वह किसी छोटे से स्कूल में पढ़ाता है, जब हमें पढ़ाता है, तब हमें काम देकर, रिंकू के दोस्त की बहन से बात करते हुए, मुसकराता रहता है। वह किसी बात का जवाब नहीं देती, मुसकराती हुई प्रेस करती रहती है, कभी-कभी बीच में सिर उठाकर उसकी तरफ देख लेती है। एक सवाल समझने के लिए जब मैंने उससे कहा, जैसे सभी को अपने पास बिठाकर समझाता है। उसने मुझे भी अपने पास बैठने के लिए कहा। मैं संभव दूरी बनाकर, सवाल समझने बैठ गई, उस दिन माँ फीस देने पहुँची।

माँ ने मुझे घूरकर देखा। गलती न पता होने पर भी मुझे यकीन था डाँट तो जरूर पड़ेगी, धीरे-धीरे बढ़ते कदमों से, जब मैं घर पहुँची तो दादी दरवाजे पर ही थी, "कभी अक्ल आएगी या नहीं, मास्टरों के बगल में बैठकर सवाल समझते हैं?" माँ ने चुपचाप घूरती नजरों से मेरी तरफ देखा और कहा, "पता नहीं ये हमेशा ऐसी ही रहेगी क्या? इसको उसके बराबर में बैठे देखकर, मम्मी, मुझे कितनी जोर का धक्का लगा, आपको बता नहीं सकती।" अकसर दादी मुझे ऐसी बात पर डाँटती है, जिन्हें मैं समझ नहीं पाती। रात को हाथ-मुँह धोकर सोने पर, मुँह धोकर बाहर खड़े होने पर, बार-बार चलने के लिए टोकती हैं, नीचे गरदन और कंधे झुकाकर चला कर डाँटते हुए सभी तरह की गालियों का इस्तेमाल दादी स्वतंत्र तरीके से करती हैं, मेरे लिए उसका विरोध केवल छुपकर रोना होता है। माँ और दादी को समझना मेरे लिए बहुत मुश्किल है, कभी-कभी वे मेरी तुलना उन दो बहनों से करती हैं, जो 8वीं में तीन बार फेल हो चुकी हैं और हर आने-जानेवाले से हँसी-मजाक और जिस मर्जी से बातें करती हैं। दादी और माँ की नजर में वे दोनों कहीं से भी आदर्श लड़की नहीं हैं, मुझे उनसे अपनी तुलना पसंद नहीं। दूसरे ही दिन वे मेरा कॉम्पिटशन, उस लड़की से करवाना चाहती हैं, जो हर साल अपने स्कूल टॉप करती है। उसके पिता, जो एक टीचर हैं और पढ़ाना उनका शौक, ने दादी के सामने कहा, "कन्नू, क्या मेरी बेटी से कॉम्पिटशन कर सकती हो? ले लें तुम दोनों का टेस्ट?" तो वहीं मेरे हाथों में पसीना आना और पैरों का काँपना शुरू हुआ, ऐसा क्या सवाल होगा, जो कॉम्पिटशन में पूछा जाएगा? दादी हँसकर रह गई, "कॉम्पिटशन की क्या पूछना है, कभी भी करा लो।" मेरे जवाब न देने पर वे घर आकर बहुत गुस्सा हुईं, "सिर झुकाए, अँगूठे से मिट्टी निकालती रही, इससे ये नहीं बोला गया कि हाँ करवा दो कॉम्पिटशन, बेशऊर।" मैं समझ नहीं पाती कि वे मुझे कहाँ देखना चाहती हैं। माँ ने वहाँ से ट्यूशन छुड़वा दिया, अब एक टीचर घर पढ़ाने आते हैं।

रिंकू की लाल रंग की एटलस साइकिल मुझे बहुत पसंद है। उसने कहा कि वह मुझे सिखा देगा, अगर वह नहीं सिखाएगा, तो मैं खुद ही सीख लूँगी, उसने पीछे से मेरी साइकिल को पकड़ा और जैसे ही मैं गद्दी पर बैठकर चलाने लगी, उसने साइकिल छोड़ दी। वह हमेशा ऐसा ही करता है, कभी पिटाई की बात हो और दादी उससे कह दे, जल्दी से डंडी लेकर आओ, तो वह भागता हुआ ढूँढ़कर लाता है। मुझे चिढ़ाने का कोई मौका नहीं छोड़ता, यहाँ तक कि मुझे अपने सारे

खिलौने उससे बचाकर रखने पड़ते हैं, कब उसे मौका मिले, कब उसे तोड़ दे, उसने मेरी प्लास्टिक की गुड़िया की गरदन भी तोड़ दी, क्या समझता है? वह साइकिल चलाना नहीं सिखाएगा तो क्या मैं सीखूँगी नहीं? मैंने साइकिल चलानी सीख ली, जब वह बाहर खेलने जाता है, तब मैं साइकिल चलाती हूँ। वह माँ से मेरी शिकायत करता है, लेकिन माँ मुझे नहीं डाँटती। वह बाल पकड़कर खींचता है तो मैं भी बोल देती हूँ, "मरेगा आधी रात के बारह बजे।" दादी इस बात पर बहुत गुस्सा होती है। एक दिन तो अपना बेंत उसने मेरी कमर पर जमा दिया, "बेशऊर हमेशा उलटा बोलती है।"

गरमी की छुट्टी होते ही माँ मुझे सबकुछ सिखाना चाहती है, मेहँदी, ढोलक, सिलाई, कढाई सबकुछ। उसने मुझे ढोलक सिखाने के लिए एक दीदी से बात की है। मुझे ढोलक सीखने से ज्यादा अच्छी बात लगी, मुझे सीखने जाने के लिए साइकिल मिलेगी, जो उस समय सिर्फ मेरी होगी। पहले दिन माँ मुझे उनके घर छोड़ने गई, सँकरी-सी गलियों में से निकलकर एक कोने का दो मंजिला मकान, दो पल्ले का लकड़ी का दरवाजा, जिस पर हाल ही में पेंट किया गया है, नीले रंग का पेंट भी उसकी जर्जर स्थिति को छुपा नहीं पा रहा था। दो बार दरवाजे की कुंडी खटखटाए जाने के बाद, ऊपर से किसी ने झाँककर देखा, वह माँ को देखकर थोड़ा सा मुसकराई और कहा, "आई," माँ से उम्र में पाँच-सात साल छोटी एक साँवली-सी औरत, जिसने अपने आसपास की दो लटों में, अपनी आँखों की झुर्रियों को छुपाया था, जो उसके यौवन के जाने का संदेशा कब का भेज चुकी थीं, किसी पुरुष के स्पर्श से होनेवाली कंपन, जिसकी कल्पना ही रोमांचित करने वाली थी, ऐसी कोरी कल्पनाओं का त्याग कर, उसके मन में वासना के अंकुर कब के फूटने लगे थे। हाथों की कसावट से अलग, हलका लटका हुआ मांस, बिना चुन्नी के ही नीचे आई वह, जैसे आज भी अपने यौवन का दम भरवाने के लिए मचली जाती थी, "ये मेरी बेटी है, कुंदन।" उसने मुसकराते हुए मेरी तरफ देखा और मेरा गाल खींचा, "बड़ी सुंदर है।" मेरी हर तारीफ माँ का सीना चौड़ा कर देती है, सिवाय इसके कोई कह दे आपकी बेटी बहुत सुंदर है, तब उसके चेहरे पर चिंता की लकीरें मैं साफ देख सकती हूँ। उसके घर के अंदर छोटी-सी गैलरी, जो शुरू होते ही खत्म हो जाती थी, मैंने अपनी साइकिल खड़ी कर दी। माँ मुझे वहाँ छोड़कर चली गई, सामने जाती छोटी-सी सीढ़ियाँ ऊपर जाकर छत पर खुलती थीं, जिसमें एक तरफ एक बड़ा-सा कमरा बना था। कमरे में पड़ा हुआ छोटा-सा दीवान, वहीं एक

अलमारी में कई भगवानों की तसवीरें, छोटी-छोटी लड़ियों के साथ सजाई गई थीं। कमरे के बाहर लगा हुआ, एक तुलसी के पौधे के लिए ईंटों को जोड़कर बनाया गया गमला भी, घर के रंग में रँगा हुआ था। हर तरफ से सफेदी की गंध मेरी नाक में घुसी जाती थी। कमरे के कोने में रखी हुई दो टोकरियों को किसी पुरानी साड़ी से ढककर, नीचे से उसे मजबूत रस्सी से बाँध दिया गया था, लेकिन पूरे कमरे में उसमें रखे बूँदी के लड्डू की महक दौड़ रही थी। उसने अपनी काली-सी ढोलक को मेरे सामने रखकर कहा, "बजाकर दिखाओ," और मैंने पूरे मनोयोग से अपने टैलेंट को जोर से उस पर उतारा, दूसरे ही पल वह समझ चुकी थी, उसको मुझे इस कला में निपुण करने में कितना समय लगने वाला है।

एक दिन डरी-सहमी सी, ठीक-ठाक नैन-नक्श लिये, एक हाथ से अपने पल्ले को कसकर पकड़े, कहीं उसके सरकते ही किसी परीक्षा में फेल हो जाएगी, एक नव-वधू ने, सीढ़ियों से ऊपर आते हुए कमरे में प्रवेश किया, उसे देखकर मैं घर के रंग-रोगन और लड्डुओं के राज को जान चुकी थी। उसके आते ही दीदी विजयिनी मुसकान से मुसकराई, उस देखकर दीदी खड़ी हो गई, "आओ भाभी, ऊपर कैसे आ गई?" यह सवाल था या ताना, शायद वह बेचारी समझ नहीं पाई। ऊपर से नीचे तक उसे गौर से देखते हुए दीदी ने दूसरा सवाल दाग दिया, "एक कान में बाली नहीं है?" बाली इसलिए भी जरूरी थी कि वह ससुराल के चंद गहनों में से एक थी। कान को हाथ से देखते हुए उसने कहा, "दीदी यह बहुत दुःख रहा था, इसलिए मैंने उतार दी।"

"उतारकर कहीं, कमरे में तो नहीं पटक दी?"

"नहीं, मैंने अलमारी में रख दी है," तभी दीदी की माँ, जो अभी-अभी बाहर से लौटी थी, अपनी नई बहू को देखकर एकदम खिल गई, उसकी खिलती हुई हँसी जैसे दीदी को कहीं भेद गई, जब उनकी माँ ने अपनी बहू के सिर पर प्यार और लाड़ से हाथ फेरा, "कुछ खाती क्यों नहीं है? तू कहे तो बगलवाली निक्कू की दुकान से गोलगप्पे मँगवा दूँ।" दीदी पलंग से उठ मेरे पास आकर मुझे तान सिखाने लगी और उसके बाद भाभी के होते हुए भी उसने भाभी की तरफ नहीं देखा, सासू माँ ने कहा, "जा, जाकर सो जा। आँखें थकी-थकी दिखती हैं।" तो वह किसी आज्ञाकारी शिष्या की तरह उठी और फिर नीचे चली गई। दीदी ने धीरे-धीरे बोलना शुरू किया, "इतना सिर पर चढ़ा लोगी, तो सिर पर चढ़कर नाचेगी। दिखती सीधी है, पर सीधी नहीं होगी। मैं जानती हूँ, छुपी रुस्तम होती हैं ऐसी लड़कियाँ,

विपिन की बहू को देख लो, शक्ल से कैसी सीधी लगती थी और कैसे रंग दिखाए उसने! कोर्ट-कचहरी सब हो ली।" भविष्य की आशंका को सुनकर दीदी की माँ कुछ जवाब नहीं दे पाई।

डेढ़ महीने के अपने कोर्स में, एक महीने से लगातार आते हुए, मैं यह जान चुकी थी कि दीदी अपने चार भाई-बहनों में सबसे बड़ी है, बाकी तीनों छोटे भाई-बहनों की शादी हो चुकी है। भाभी का नीचे का कमरा, जब कभी वहाँ सिखाने बैठती, तो दीदी के अंदर एक अलग सी चमक और अजीब सी बेचैनी रहती, गद्दे-तकिए, चद्दर तक को हाथ लगा-लगाकर बार-बार देखना। पूरे कमरे को निहारना, शायद उन्हें बहुत पसंद था। उस दिन जब मैं साइकिल को स्टैंड पर लगा, सीढ़ियों की तरफ बढ़नेवाली थी तो नीचेवाले एकमात्र कमरे से आवाज आई, "कुंदन यहाँ आ जा," आवाज दीदी की ही थी। बिना रोशनी के कमरा अँधेरे में डूबा था, लेकिन रोशनदान से आती हल्की सी रोशनी में उनको देखना नामुमकिन नहीं था। बिखरे बाल और अपना एक हाथ उन्होंने अपनी आँखों पर रख, तकिया लगाए अपनी गरदन पीछे झुकाई हुई थी। आज पहली बार मुझे संकोच का अनुभव हुआ, उन्होंने अपनी आँखों से हाथ हटाकर मेरी तरफ इशारा किया, "यहाँ बैठ," आसपास कहीं ढोलक नहीं थी। मैंने पूछा, "दीदी लाइट जला दूँ।"

"नहीं, उसकी जरूरत नहीं है। रोशनी आ तो रही है," उस हल्की सी रोशनी में दीदी और उम्रदार दिखाई देती थी। ऐसा लगता था, उनकी आँखों के नीचे के गड्ढे और ज्यादा काले हो चुके हैं। आँखें कुछ नम होने के बाद भी, सूखी सी थीं। मुझे यही लगा शायद तबीयत ठीक न हो तो मैंने पूछ लिया, "दीदी तबीयत ठीक नहीं है?"

"नहीं रे, तबीयत तो ठीक है। मुझे क्या होगा? मैं इतनी आसानी से मरनेवाली नहीं हूँ। तू सोचती होगी, दीदी ने अब तक शादी क्यों नहीं की?" पर मैंने ऐसा कभी नहीं सोचा था। वे बिना रुके बोलती ही चली जा रही थीं, "जब मैं चौदह साल की थी, तब मैं दिल्ली गई थी, अपने मामा के साथ, वहीं रहते हैं मेरे मामा, अब लड़ाई हो गई, तो माँ का आना-जाना नहीं है। गरमी की छुट्टियों में मामा ने एक-एक चीज दिखाई। इतना सुंदर शहर मैंने आज तक नहीं देखा। उसी के सपने लिये मैं बड़ी हुई और जब पापा ने शादी के लिए लड़का देखना शुरू किया, तो मैंने भी शर्त रख दी, शादी करूँगी तो दिल्ली में।" एकाएक उनका चेहरा बदल गया, उन्होंने मेरी आँखों में आँखें डालकर पूछा, "तुमने देखी है दिल्ली?" और

वे जो आधी तकिए पर लेटी थीं, दुगुनी ऊर्जा से खड़ी हो गईं। बिना मेरे जवाब का इंतजार किए उन्होंने बोलना शुरू कर दिया। उनके चेहरे पर अजीब से भाव थे। आश्चर्य से फटी हुईं आँखें, उनके हाथ बोलते हुए चारों तरफ दृश्य खींच देना चाहते थे, "चारों तरफ हरियाली, इंडिया गेट से कुतुब मीनार, मुगल गार्डन, कभी गई हो? इतने सारे फूल हैं, संसार के लगभग सारे फूल की वेरायटी है। बहुत सुंदर और चौड़ी सड़कें एकदम साफ-सुथरी, उनके किनारे लगे पेड़ उनकी बड़ी-बड़ी कैंचियों से कटिंग की जाती है, यह नहीं कि जहाँ मर्जी से पेड़ बढ़ना शुरू कर दे। कहीं आइसक्रीमवाला, कहीं छोले कुलचेवाला, खूब घूमो, लेकिन भूखे रहने की जरूरत नहीं। चिड़ियाघर, अप्पू घर, इतनी सारी चीजें देखने के लिए कि हर इतवार की छुट्टी भी कम पड़ जाए। जरा पैदल चलने की जरूरत नहीं, थोड़ी दूर तक जाना हो तो बस है, जो दो-दो मिनट में बने बस स्टॉप पर उतार देती हैं। सर्दी, गरमी, बरसात, बिजली तो कभी जाती ही नहीं, हर शाम घर में ही पानी आता है और उसमें डली क्लोरोफिल की खुशबू, तुझे पता है, उसे क्यों डालते हैं, जिससे कि पानी में कीड़े न पड़ें, वहाँ के पानी की खुशबू मुझे बहुत पसंद है। कल्पनगर का पानी तो खारा है।"

चुप होते-होते उनका सारा आश्चर्य फिर से दुःख में बदल गया। इतनी खूबसूरती, न तो मैंने कभी पहले देखी थी, न ही महसूस की थी, सिवाय इसके कि नानी की खिड़की से हवाई जहाज दिखता था। "छह-सात साल से मेरे लिए लड़का ढूँढ़ते-ढूँढ़ते आज तक पापा दिल्ली का एक लड़का नहीं ढूँढ़ पाए। मैंने कहाँ राजकुमार चाहा था, जो किसी महल में रहता हो। एक कमरे का मकान, बस यही तो चाहा था और आज जब उनके न ढूँढ़ने पर भी मुझे मिल रहा है, तो सबको एतराज है। सभी चाहते हैं, मैं जिंदगी भर इन्हीं के टुकड़ों पर पलती रहूँ। इनकी बहू को सही-गलत की शिक्षा देती रहूँ और आगे चलकर उसकी आँख की किरकिरी बन जाऊँ। जब तक बहू नहीं आई थी, माँ का व्यवहार बिल्कुल अलग था। अब उसके आते ही जैसे मेरा महत्त्व खत्म हो चुका है। गरमी की छुट्टियों में आई सहेलियाँ अपने बच्चों को गोद में लिये सवालिया नजरों से मेरी तरफ देखती हैं। शादी कब होगी, होगी भी कि नहीं? जिन लड़कों के प्रेम निवेदन कभी मैं ठुकरा चुकी थी, वे मेरे सामने अपनी नजरें उठा नहीं पाते थे, अब जब घर से निकलती हूँ, घूर-घूरकर देखते हैं, पर मेरी हिम्मत नहीं होती कि मैं अपनी एक हुंकार से, उसकी नजरें नीचे कर दूँ। बुआ के बेटे की शादी में एक विधुर का रिश्ता आया,

उसकी बीवी मर चुकी है और दिल्ली का ही रहनेवाला है, अच्छा-खाता कमाता है, लेकिन माँ-पापा को उससे परेशानी है, अगर मेरी शादी उससे होगी तो परिवार की इज्जत खतरे में पड़ जाएगी। कहाँ से ढूँढ़ लेंगे, वह मेरे लिए 25 साल का लड़का, जबकि मैं खुद 32 साल की हो चुकी हूँ। मैंने बुआ से कहलवा भिजवाया है कि मुझे लड़का पसंद है। अपनी जिंदगी के फैसले मैं खुद ही लूँगी। एक-दो दिन में कोर्ट मैरिज कर लूँगी, जिसे आना हो, आ जाएगा, मैं अब जने-जने को नहीं मनाऊँगी।" गहरी साँस लेते हुए अपने पास रखे हुए 50 के नोट को उन्होंने मेरी तरफ बढ़ाया और कहा, "अपनी मम्मी से कहना कि दीदी अब नहीं सिखाएँगी। जो मुझे सिखाना था, मैं सिखा चुकी हूँ, आगे तुम्हें प्रैक्टिस करनी है, खुद-ब-खुद ही सब आ जाएगा, ढोलक लेकर सीखना।" अपनी पनिअल-सी आँखों से एक हाथ उन्होंने मेरे गाल पर रख दिया, आज उस स्पर्श में कितना प्रेम था, जो एक महीने में मैंने कभी महसूस नहीं किया था। उस एक स्पर्श ने पूरे रास्ते यह एहसास दिलाया, जैसे मैं कुछ छोड़कर आ गई हूँ, वहीं सँकरी गलियों के, एक छोटे-से घर के, दो पल्लेवाले दरवाजे के अंदर।

दीदी के आदेश अनुसार मैंने माँ से कह दिया था, एक ढोलक लानी पड़ेगी, कुछ दिन बाद ही माँ एक ढोलक मेरे लिए ले आई थी, जब बेसुरी तालें, मैं ढोलक पर मारती, तो रसोई में खड़ी माँ मुसकराती रहती और तीनों भाई-बहन ताल पर नाचते, तब मुझे गर्व का अनुभव होता। बिट्टू भैया की शादी में, जहाँ मैंने ढोलक के साथ गीत भी गाए थे, कहीं से माँ सुन आई थी, सुधा की लड़की बहुत अच्छा गाती है और ढोलक तो ऐसी बजाती है कि क्या बताएँ, माँ का सीना चौड़ा हो गया था, पर धीरे-धीरे, मोहल्ले के इस बुलावे पर, कन्नू को भेज देना, माँ को एतराज होने लगा, वह अकसर ही यह कह देती वह सो गई।

15

मैं चाहती हूँ पापा मुझे इतना ही प्यार करें, जितना रिंकू और मन्नू को करते हैं। जब भी रिंकू का रिजल्ट आता है तो पापा बहुत खुश होते हैं और कहते हैं, "रिंकू, बहुत मेधावी है। देखो मैथ में कितने अच्छे नंबर लाया है। सुधा, मैं हमेशा से चाहता था, मेरे बच्चे गणित में बहुत अच्छे हों, क्योंकि मेरा गणित अच्छा नहीं था।" इस बार उसके गणित में पूरे नंबर आए, तो उसने पापा से बोल दिया कि

उसे रंगीन टीवी चाहिए। पापा कितनी जल्दी उसकी बात मान जाते हैं, झट से रिंकू के साथ जाकर वह Panasonic का एक रंगीन टीवी ले आए। घर की हर चीज उसके कहने पर ही आई है, टीवी, इनवर्टर, हीटर, प्रेस से लेकर उस पोस्टर तक, जो अंदर वाले कमरे में टँगा है।

दसवीं में आते ही जब मैंने बताया कि मेरी सारी क्लास की लड़कियाँ चौबे सर से ट्यूशन पढ़ती हैं, मैं भी वहीं पढ़ूँगी, पापा ने परमीशन दे दी, दस दिन बाद ही जाकर पापा बात कर आए थे और माँ को खुश होते हुए बताया, "चौबे कह रहा था कि कुंदन पढ़ने में अच्छी है। इस बार फर्स्ट डिवीजन कहीं नहीं गई।" बस मुझे बहुत मेहनत करके फर्स्ट डिवीजन लानी है, फिर पापा मुझे भी रिंकू जितना प्यार करेंगे।

बाल काढ़ते हुए मैं अपना चेहरा बहुत गौर से शीशे में देख रही हूँ, कभी पलटकर अपनी कमर देखती हूँ, कभी आगे से अपना चेहरा। अपने चेहरे को देखते हुए, मेरी नजर शीशे में गड़ जाती है और मुझे रिनी की कही हुई बात याद आ जाती है, "वह अपनी खिड़की में से तुझे देखता है। पूछ रहा था तेरे साथ जो लड़की जाती है, उसका क्या नाम है? बहुत सुंदर दिखती है। रास्ते में पड़नेवाली दुकान पर बैठनेवाला लड़का भी तो, जब भी मैं निकलती हूँ तरह-तरह के गाने गाता है, क्लास में तो लड़कियाँ पूछती हैं, इतनी गोरी कैसे है? मैं अपनी पहनी हुई स्कर्ट को थोड़ा और ऊपर करके देखती हूँ, पैर अच्छे दिखते हैं, शीशा देखते हुए दादी का अंदर आ जाना जान निकाल देता है, तब फटाफट से स्कर्ट नीचे कर, भागकर रसोई में छुप जाना सबसे अच्छा विकल्प होता है। जाने क्यों, उनकी हर समय मुझ पर नजर रहती है। पापा का शेविंग का शीशा मैंने उठाकर छोटे कमरे में रख दिया है, तैयार होकर, छोटे शीशे में अपना चेहरा देखकर, मैं संतुष्ट हो जाती हूँ कि हाँ सही तो कहता है वह, मैं सुंदर दिखती हूँ, मेरे चेहरे पर उसे क्या सबसे अच्छा लगता होगा, मेरी आँखें, मेरी नाक, मेरे होंठ या मेरे दाँत और मेरे पैर? शालिनी कहती है मेरे पैर बहुत सुंदर हैं, ट्यूशन में जब मैं नेलपॉलिश लगाकर गई थी, वह बार-बार पैरों की तरफ देख रही थी। ट्यूशन जाने से पहले जल्दी-जल्दी ड्रेसिंग टेबल के सामने बाल काढ़ने के बाद, मैं छोटे कमरे में छुपाकर रखे अपने शीशे में कम-से-कम दो बार तो देखती ही हूँ; जाने कहाँ खड़ा होकर मुझे देखता होगा? कैसा दिखता होगा, रिनी से तो नहीं पूछ नहीं सकती, लेकिन उसका सुंदर चेहरा मैंने अपने मन में उतार लिया है, सामने आ गया तो? मेरे दिल की धड़कन

बढ़ गई और खून दुगना तेजी से दौड़ने लगा, हाथ-पैरों में पसीना और कंपन होने लगा। उसके बारे में सोचना इतना डरावना क्यों है? फिर खुद को शीशे में देखा और अपनी सूनी आँख़ों पर नजर गई, सारी लड़कियाँ काजल लगाती हैं, मैं भी लगाऊँ, अगर दादी को पता चल गया तो? बाहर जाकर ड्रेसिंग टेबल में माँ के सामान के अंदर, एक आधा टूटा छोटा-सा घिसा हुआ काजल? लिपस्टिक की तरह, कई बार निकालने के बाद भी वह बाहर नहीं निकला, तो एक माचिस की तीली से काजल को मैंने उसके अंदर से निकाला और अपनी आँखों के किनारे पर लगा लिया। मैं कमरे से तैयार होकर, दादी से नजर बचाती हुई गेट तक पहुँची, लेकिन तभी उन्होंने मुझे आवाज दी, "कन्नू," मेरी जान निकल गई। मैंने बिना मुड़े ही कहा, "हाँ, दादी?"

"जा रही है बेटा?"

"हाँ।"

"ध्यान से जाना," इससे पहले दादी मुझ तक पहुँचे, मैं भागकर गेट से बाहर निकल गई।

"कन्नू बेटा, किरण की शादी है।" कार्ड दिखाते हुए माँ ने कहा, पर मैंने कोई जवाब नहीं दिया। मुझे क्या करना है, चाहे उसकी शादी कभी भी हो। "तू जाएगी दादी के साथ? दादी बोल रही थी, कन्नू को ले जाऊँगी," मैं मना करने के बहाने ढूँढ़ रही थी। मुझे पता था, गाँव जाकर वहाँ पूरे दिन दादी के साथ रहकर, डाँट ही खानी है और फिर अब गाँव मुझे अच्छा भी नहीं लगता। माँ ने जब कहा, "अगर जाएगी तो एक सूट दिलवा लाऊँगी।" सूट का नाम सुनते ही, बाजार की रंग-बिरंगी गलियों में टँगे गोटेवाले, सितारेवाले, जाने कितने सूट तैर गए। माँ कभी सूट पहनने नहीं देती, हमेशा स्कर्ट, फ्रॉक, पैंट पहनाती है, सूट पहनने का मतलब है बड़े हो जाना।

दादी जब कंधे पर हाथ रखकर चलती है, तो सारा वजन मेरे कंधे पर डाल देती है, गाँव तक जानेवाले टैंपू में बैठे, सामने बैठनेवाला आदमी पापा की उम्र का होगा, उसके चेहरे पर छोटे-छोटे चेचक के निशान और गड्ढे पड़े हैं। उसकी आँखें मोटी और लाल हैं, वह घूर-घूरकर मेरी ओर देख रहा है। मेरी नजर मिलने के बाद भी उसने नजर नहीं हटाई। मैंने कई बार अपने कपड़ों को ठीक किया, कभी-कभी बीच में वह दादी की तरफ देखता, हमारे उतरते ही वह भी गाँव में ही उतर गया, मुझे देखते हुए उसने दादी से पूछा, "इस गाँव की तो नहीं लगतीं, कहीं

बाहर से आई हो, कहाँ जाओगी दादी?" और मेरी तरफ देखकर मुसकराया। दादी के पीछे से हाथ लाकर बराबर में चलनेवाली मुझे उसने कमर पर छुआ, मेरे हाथ-पैर काँपने लगे, मुझे उसके चेहरे से घिन आ रही है। दादी क्यों मुझे अपने साथ लेकर आई है? जब उसने मेरे हाथ से कपड़ों का बैग लेते हुए कहा, "लाओ, मैं आपको घर पहुँचा आता हूँ," तो दादी ने झट से उसके हाथ से बैग छीनते हुए कहा, "नहीं भैया, परेशान होने की जरूरत नहीं है। तू अपने रास्ते, हम अपने रास्ते। रोज का आना-जाना है, मुझे तो तू नया लगता है। तू अपने घर पहुँच, लेट हो जाएगा। बालक राह देखते होंगे।" वह दादी से राम-राम कह, बिना एक मिनट की देर किए भागा। उसके जाने से साँस में साँस आई और दादी ने जब कहा, "चल ससुरे, बड़ा आया दादी का बैग उठानेवाला! छोरी जब से टैंपू में बैठी है, तभी से घूर-घूर के देख रहा है। मैं क्या जानती नहीं हूँ?" मैं मुसकराती हुई दादी के गले से झूल जाना चाहती हूँ। लगता है, दादी की अक्ल दाढ़ आ गई है, तभी बुद्धि और तेज हो जाती है। शालिनी ने देखकर बताया था कि मेरी अक्ल दाढ़ अभी नहीं आई या फिर ऐसा हो सकता है, दादी के बत्तीस दाँत हों? खेत-खलिहान दिखाते हुए दादी ने हँसते हुए पूछा, "कन्नू, पता है, हमारे खेत कहाँ से शुरू होते हैं?" सड़क पर खड़े होकर दादी ने दूर इशारे से मुझे अपने खेतों की सीमा दिखाई, "तू रोज आती थी मेरे साथ।" मैंने बिना सीमा का अंदाजा लगाए अपनी गरदन हिला दी, कहीं ऐसा न हो दादी खेत के उस पार तक ले जाकर मुझे साक्षात् सीमा के दर्शन करा दे।

तभी किसी ने झुककर दादी के पैर छुए। दादी ने आशीर्वाद की लाइन लगा दी और बोली, "कैसा है?" मैंने पीछे मुड़कर देखा तो छह फीट लंबा, काला पतला-सा लड़का, काले रंग पर सफेद रंग की चमकती अपनी बत्तीसी दिखाए, दादी के सामने दोनों हाथ जोड़े खड़ा था, "ठीक हूँ दादी," उसने मेरी तरफ देखते हुए मुसकराकर दादी से पूछा, "कौन, कन्नू है क्या?" मैं पहचान नहीं पाई थी, "अरे! इतनी बड़ी हो गई बेल की तरह। चलो दादी, गाँव तक छोड़ दूँ, मेरे पास बुग्गी है।" उसने अपनी चार गधों में जुती हुई एक छोटी-सी गाड़ी दिखाई। अब मैं जान चुकी थी, यह वही था राजेंद्र, जो माँ से शिकायत कर गया था, "कन्नू पीछे बैठकर किंटू खेलती है, कभी पढ़ नहीं पाएगी।" उसने गाड़ी हाँकते हुए पूछा, "कन्नू, कौन सी क्लास में है?"

"दसवीं में," फिर मैंने भी धीरे से पूछा, "भैया, आप कौन सी क्लास में हो?" मेरे इस सवाल को सुनकर दादी ने अपनी आँखें दिखा दीं। उन्हें मेरा सवाल करना पसंद नहीं आया था। उसने हँसते हुए कहा, "कहाँ पढ़ाई कन्नू, दसवीं की

तीन बार परीक्षा दी, मास्टर ने पास ही नहीं किया। एक बार तो पेपर के अंदर सौ का नोट भी लगाकर दिया था। फिर बाबा का बिजनेस भी सँभालना था, तो पढ़ाई छोड़, सँभाल लिया।"

दादी ने झट से बीच में कूदते हुए कहा, "बड़ा बिजनेस, गधा घेरना कौन सा बड़ा बिजनेस है, कल्लू की बड़ी मिल चल रही है? चुपचाप गाड़ी चला, आगे मोटर साइकिल आ रही है।"

सारी यादें कितनी धुँधली हो गईं, क्या ये वही गलियाँ थीं, जहाँ दौड़-दौड़कर पूरा बचपन गुजारा था। गोविंद चाचा के घर के बाहर लगा हुआ अमरूद का पेड़ कितना वीराना-वीराना लगता है? सारा गाँव जैसे बदरंग, उजड़ा हुआ, जाने कितने सालों से किसी ने अपने घर को किसी अच्छे रंग से नहीं रँगवाया। जो घर किसी शादी-ब्याह के आने का इंतजार, सालों से इस आशा में कर रहे हैं कि उनके ऊपर भी कोई सुनहरा चटक रंग खुशी के मौके पर चढ़ाया जाएगा। बस घर के बाहर बने चबूतरों पर गोबर-माटी से लगाया हुआ चौका ही, नया-सा लगता है। हर गेट के बाहर बने हुए तरह-तरह के शुभ लाभ के डिजाइन शोभा पा रहे हैं। गाँव में आकर लगता है हम भागते-भागते एकदम रुक गए हैं।

अपने घर का ताला खोलते ही चारों तरफ से फैला सन्नाटा और ज्यादा फैल गया। मकड़ी के जाले, पैरों से एड़ी तक जमी हुई धूल, छत से लटकता बेजान पंखा, जाने कब से हमारे आने की राह देखकर दम तोड़ चुका है। काले रंग के मोटे-मोटे स्विच ऑफ-ऑन होने के इंतजार में सूने पड़े हैं, जिन्हें ऊपर-नीचे करने के लिए कभी हम भाई-बहनों में होड़ लगी रहती। क्या दृश्य भी उम्र के साथ-साथ बदल जाते हैं या सच में ही गाँव इतना बदसूरत हो चुका है? एक खाट झाड़कर दादी ने बैग खाट पर रखवा दिया और बाहर निकलने की कह बोल पड़ी, "जब तक हम उनके घर होकर आएँगे, तब तक चंपा झाड़ू लगा देगी। फूलवती के घर ही मिल जाएगी, कहाँ जाएगी मरी, जिस घर से तवे और परात की आवाज आती है, वह तो सारी रात वहाँ नाचकर निकाल देती है।"

दो मिनट की दूरी पर ही किरण का घर, आज इतनी ऊँची सीढ़ियाँ भी कितनी छोटी लगती हैं? चौखट में सिर जैसे अटक ही जाएगा, चौक का रूप एकदम बदला हुआ, कहीं बड़ी-सी कड़ाही में खौलते हुए तेल के अंदर मोटे से पेटवाला आदमी बनियान और गमछा पहने बूँदी उतार रहा है। दो औरतें घूँघट मारे बड़ी-सी परात में लड्डू बनाकर किसी दूसरी परात में जमा रही हैं। किशन ताऊजी आधे लेटे हुक्का

गड़गड़ाते हुए हलवाई की निगरानी पर बैठे हैं। बीच-बीच में नजर बचाए वे दोनों लड्डू बनानेवालियों के चेहरे की कल्पना करके ही खुश हो जाते हैं, "अरे, ढंग से बनाओ, थोड़ा दबा के, सारे छूते ही खिल जाएँगे।" उनमें से एक अपने घूँघट को थोड़ा हाथ से उठाकर मीठा ताना मार देती है, रात-दिन पुरुषों के साथ रहते वह भी आदी है, क्या बोलने से कृपा बनी रहेगी, संबोधन ही काफी है, "देवरजी, आप तो गजब करते हैं! इससे बढ़िया तो लड्डू कोई बना ही नहीं सकता।" देवरजी शब्द किशनजी को अंदर तक रोमांचित कर गया। मूँछों पर ताव देते हुए उनकी नजर अंदर चूल्हे पर पूए उतारती अपनी पत्नी पर ठहर गई। उसका मोटा पेट और आगे के सफेद बाल सारा मजा ही किरकिरा कर गए, ताई को नजरअंदाज करते हुए वे आने-जानेवाली भाभियों पर कसीदे पढ़ ही देते हैं, "आज भी रंग आया है भाभी?"

"अरे, देवरजी तुम तो चुप ही रहो, इतनी उम्र हो गई, ठिठोली नहीं छूटती।" देवरजी के शम्मी कपूर ताजा हो आए। भाभी रंग का नाम सुनते ही गुलाल के रंग की तरह, अपने गालों को चमकाती हुई, थोड़ा सा अपने पल्लू को पीछे हटाए, घर के अंदर, गरदन में झटका देती, तेज कदमों से बढ़ गई और मुसकराते हुए सारा किस्सा गुलकंदी ताई के कान में सुना दिया, "जरा नहीं सुधरे," साथ ही गुलकंदी को यह एहसास दिला दिया कि आज भी वे अपने देवरों के कलेजे पर छुरी चला सकती हैं। भला कौन कह देगा कि पैंतालीस की हो चुकी हैं। दो पोतों की दादी हैं। किशनजी ने फिर अपनी निगाह लड्डू बनानेवाली की तरफ घुमा दी। दूसरी भट्ठ में बालूशाही की तैयारी है।

तेल की तैयारी करती फूलवती चाची की नजर हम पर पड़ी, सबसे नजर बचाकर मुसकराते हुए उन्होंने घूँघट की आड़ किए दादी के पैर छुए, "मुझे तो लगा था, आप आएँगी ही नहीं?"

"आती कैसे नहीं, पोती का ब्याह और मैं न आऊँ।" उन्होंने हमें ले जाकर एक अँधेरी-सी कोठरी में बिठा दिया, "अब मुझे किसी बात की चिंता नहीं है। आप बड़ी हैं। अब सारी जिम्मेदारी फेरों तक आपकी ही ठहरी।" चाची की आँखें डबडबा गईं, "क्या बताऊँ चाची, सब रिश्तेदार शादी बिगाड़ने पर तुले हैं। सगाई के बाद जाने क्या-क्या चुगली किरण के ससुराल तक पहुँचा आए। सबके अंदर आग सुलग रही है, अमीन का बेटा हमारी किरण को कैसे मिल सकता है और ऊपर से राजन अकेला बेटा, बेटे की माँ की अंतिम साँसें चल रही हैं, अपनी बहू का मुँह देखकर जाना चाहती है, बस समझिए बिल्ली के हाथों छींका फूट गया,

हमारी किरण को ऐसा घर-बार मिलना ही था वरना तो घर की स्थिति को आप अच्छे से जानती हैं, हम ऐसे बड़े घर में कहाँ रिश्ता कर पाते?"

"जो होगा, अच्छा ही होगा, चिंता मत करो।" फूलवती चाची ने ऊपर की तरफ देखते हुए दोनों हाथ जोड़ दिए। चाची के बाहर निकलते ही एक साड़ी उड़ती हुई नीचे बरामदे में आ गिरी। ऊँचे-नीचे बाल, रंग-बिरंगा फूलोंवाला सूट और बहुत सस्ती सी ऊँची एड़ी की चप्पल, हाथ में एक घड़ी और दूसरे हाथ में दस-बारह चूड़ियाँ खनखनाती हुई, मेरी उम्र की लड़की अपनी गरदन के बालों में झटका देती हुई बाहर निकली और फूलवती चाची की तरफ देखते हुए कहा, "बदतमीज, मम्मी की साड़ी गिर गई, उठा भी नहीं सकती?" फूलवती चाची सकपकाकर इधर-उधर देखने लगी। वहीं सामने बैठी उसकी माँ अपनी बेटी की अंग्रेजी को देखकर फूली नहीं समा रही थी, अच्छा है, जो बदले मैं कभी इससे नहीं ले पाई, मेरे बच्चे सब निकालेंगे। ईश्वर न्याय करने को ही बैठा है, कैसे झट से चौक में आ कूदी थी, अपना हिस्सा नहीं दूँगी, कहीं और अपनी गाय-भैंस का इंतजाम कर लो। जेठ तक के मुँह लगने को तैयार हो गई थी। वह तो अच्छा हुआ सुमन के पापा की फैक्ट्री में नौकरी लग गई। सो हम शहर चले गए, अब दिखा मेरी बेटी को नखरे? सीधी माँ के बच्चे सीधे नहीं रहते और उसके बाद सॉरी, नो, यस, ओ गॉड, कहती हुई सुमन जिस ओर से निकल जाती, माँ का सीना गद्गद हो जाता, "बेटा, तू किरण से नहीं मिली?" चाय देने आई फूलवती चाची ने मेरे गालों को सहलाते हुए पूछा, "जा ऊपरवाले कमरे में है," मैंने दादी की तरफ देखा, उन्होंने अपनी गरदन हिलाकर सहमति दी।

मैं चौक से मुड़कर सीढ़ी चढ़ती हुई छत पर बने उस अकेले कमरे में पहुँच गई। कमरे में एक दिन पहले हुई बारिश की सीलन थी, बिना किसी खिड़की का कमरा, बिजली तो नहीं थी, पर आने पर भी उसमें किसी पंखे का इंतजाम नहीं था। मिट्टी के तेल से गंधाता कमरा लैंप की तरफ इशारा कर रहा था। चारों तरफ फैले हुए कपड़े, तरह-तरह के बैग, जो रिश्तेदारों ने सुरक्षा के तौर पर किरण के पास जमा करा दिए थे। एक छोटा-सा पलंग, जिसके नीचे दो रोटी और आधी कटोरी सब्जी जाने कब की रखी सूख चुकी थी। पलंग पर गुमसुम हड्डी का ढाँचा बनी बुत-सी लड़की, जिसके बिखरे बाल एक-दूसरे से चिपके थे, उसके ऊपर से आती हल्दी, तेल और दूध की तेज गंध मेरी साँस रोक रही थी। हल्दी से उसके पहने हुए सारे कपड़े पीले नजर आते थे। वह जगह जहाँ वह रहती और सोती होगी,

हल्दी जैसी पीली और चिकनी थी। मैं उसे पहली नजर में नहीं पहचान पाई थी, पर उसने मुझे देखते ही पहचान लिया, "कन्नू, कन्नू है न," मेरी बचपन की सहेली कैसी दिखती है? मैंने अपनी गरदन हिला दी, उसने अपने पलंग पर अपने पास से थोड़ा सामान हटाकर मेरे बैठने के लिए जगह बना दी। मेरे पास उससे करने के लिए कोई बात नहीं थी, वही लगातार बोले जा रही थी, "सब कैसे हैं, रिंकू अब तो बड़ा हो गया होगा, तू पढ़ती है?" मैंने भी पूछ लिया, "तू कहाँ तक पढ़ी है?"

"सातवीं में फेल हो गई, फिर स्कूल नहीं गई," तभी गेट के अंदर भागती हुई, उसकी ताई की बेटी सुमन, जिसको मैं भी पीछे देख चुकी थी, हाँफते हुए बोली, "जीजाजी मिलना चाहते हैं।"

"नहीं सुमन मना कर दे, मैं नहीं मिलूँगी।"

"मिल ले ना, कह रहे थे, आखिरी बार मिलना है, फिर तो मेरी किरन, मुझसे दूर हो जाएगी।"

"ऐसे में कहाँ से आएँगे?"

"अरे, छत से आ जाएँगे, भोला भैया की छत से कूदकर, जल्दी बता?" उसने हाँफते हुए पूछा।

"पर अभी तेल चढ़ाने के लिए बुलानेवाले हैं।"

"टाइम लगेगा, अभी तो अम्मा कड़ाही पर बैठी है। इतने में तो वे मिलकर चले जाएँगे। कोई आएगा तो मैं बता दूँगी।" सुमन अपनी बहन की सहमति पाकर, मुझे देखकर भी नजरअंदाज करती हुई, नीचे चली गई। मेरी आँखों में तैरते अनगिनत सवालों को किरण भाँप गई थी। मेरा हाथ अपने हाथ में पकड़ते हुए बोली, "दादी को मत बताना। यह शादी मुझे करनी ही नहीं थी। मैं तो उनको ही अपना सबकुछ मान चुकी हूँ, तन, मन, धन से। उन्होंने ही मुझे मरने नहीं दिया। सच कहती हूँ कन्नू; ऐसा इनसान तो दुनिया में है ही नहीं। वे मुझे बहुत प्यार करते हैं, बोले, "किरण, अगर तू नहीं रहेगी तो मैं कैसे जिंदा रह पाऊँगा?" मेरी शादी की खबर सुनकर पूरे चार दिन बीमार रहे, फिर गाँव की गाँव में हमारी शादी हो भी नहीं सकती। मैंने तो भागने के लिए भी कहा था, पर वे राजी नहीं हुए। अब क्या करूँ, मेरी किस्मत ही खराब है, जो किसी और के साथ···" और उसने अपनी चुन्नी को मुँह में दबा लिया, वह रोए जा रही थी और मैं आँखें फाड़े किरण की तरफ देख रही थी, "जीजाजी, क्या जीजाजी वह लड़का नहीं, जिससे तेरी शादी होने वाली है?"

"नहीं, मैं और वे एक-दूसरे से बहुत प्यार करते हैं। उनके सब संगी-साथी डिग्री कॉलेज में पढ़ते हैं। तू बता, क्या उनको मुझसे बढ़िया कोई मिली न होगी, पर मजाल है, जो देखा हो। दुनिया भर की बढ़िया से बढ़िया मिठाई मुझे खिलाते, झुमके बिंदी, सब लाकर दिए, ऐसा कौन आदमी है, जो बिना प्रेम के खिला देगा?" यह सब सुनना मेरे लिए सदमे जैसा था। मैं उसी तरह मुँह फाड़े किरण की तरफ देख रही थी। सच कहूँ तो इतनी बड़ी बातें मेरी समझ से बाहर थीं। मैं सोच में थी, कहीं इसलिए तो सब मुझे कम बुद्धि नहीं कहते हैं? कि तभी अचानक एक आदमी कमरे में दाखिल हुआ, वह तो किरण से बहुत ज्यादा बड़ा था और उसने दरवाजा बंद कर दिया, काली-सी फटी जींस, शर्ट के खुले चार बटनों से उसकी घने बालोंवाली छाती झाँक रही थी, शर्ट के कॉलर गरदन पर खड़े किए हुए, लाल दाँतों को चमकाता हुआ, घुँघराले बाल, किसी चिड़िया का घोंसला लगते थे। एक कान में पहनी स्टील की बाली और छोटी-सी दबी हुई, चेहरे पर अपना सारा आकार फैलाए उसकी घिनौनी नाक, उसने भागकर किरण को अपने गले लगा लिया। उससे चिपका हुआ वह उसकी पूरी कमर पर अजीब तरीके से हाथ फिरा रहा था। गालों और होंठों को जानवरों की तरह बेझिझक चूमता, "ओह, किरण तेरी बहुत याद आएगी, मुझे भूलेगी तो नहीं?" मैं देख भी नहीं पाई, मेरे गले का पानी सूख चुका था। गरदन किरण के कंधे पर जमाए, उसने ऊपर से नीचे, नीचे से ऊपर घूरकर मेरी तरफ देखा, "ये कौन है, नई साली?" उसने मेरी तरफ देखते हुए कहा, "ये तो बड़ी सुंदर है," मेरे हाथों में पसीने आने लगे और घबराहट बढ़ती जा रही थी। इससे पहले कि किरण कुछ बोलती, मैं गेट खोलकर भागती हुई सीढ़ियों से उतरी, मेरा एक पैर मुड़ गया था और, और सीढ़ियों से उतरती हुई मैं, दो सीढ़ियाँ एक साथ पार कर गई थी और भागकर दादी की बगल में बैठ गई, वहाँ से भागकर आने में मुझे एक मिनट भी मुश्किल से लगा था। दादी ने मेरे सिर पर हाथ फेरते हुए पूछा, "मिल आई?" मैंने उनकी बात का कोई जवाब नहीं दिया, "दादी घर साफ हो गया होगा?"

"हाँ, अभी यहाँ का काम निपट जाए, फिर चलते हैं।"

"मैं चली जाऊँ?"

"नहीं, अकेले नहीं जाना, मैं साथ चलूँगी, बैठी रह।"

लगभग आधे घंटे में पूरे चौक में मोहल्ले की औरतों की चहल-पहल के साथ, लोकगीतों की आवाजें दौड़ गईं। ऊपर की सीढ़ियों से किरण, हाथ में गेहूँ

लिये, कँगना बाँधे धीरे-धीरे उतर रही है। चार औरतों ने उसके आगे-पीछे एक लाल कपड़ा ऊपर से पकड़ा है। डरी-सहमी-सी अँधेरे कमरे में वह मुझे ऐसी नहीं लगी थी, जैसी वह अब लग रही थी। जैसे उसके अंदर खून ही न हो, किसी कपड़े को निचोड़ देने के बाद जब एक बूँद पानी न हो, सूखा-सा चेहरा। सहेली कितना मान पाई थी, नहीं जानती, लेकिन उसे कमरे में पहली बार देखकर मुझे उससे सहानुभूति जरूर हुई थी, अब वह सहानुभूति जैसे घृणा में बदल गई थी। मेरे मन में कई सारे सवाल आए, क्या वह लड़का उसी छत से वापस चला गया होगा या अभी भी वहीं कमरे में होगा, औरतों को देखकर जरूर छुप गया होगा, मैं देखकर आऊँ? यह सवाल दिमाग में आते ही उसकी गंदी नजर शरीर में कंपन पैदा कर गई।

अब साफ और स्वच्छंद मजाक कई दोगले अर्थों में एक-दूसरे पर चलने लगे, किशन ताऊजी, हुक्का गुड़गड़ाते हुए, इन कर्णप्रिय बातों का रसपान करते हुए आनंदित हुए जाते थे और इस हसरत भरी नजर से नजरें बचाते हुए चौक की तरफ निहार लेते, क्या पता कोई नवयौवना हल्दी हाथों में लिये, उनकी भी कमर का स्पर्श कर, उन्हें भी आनंदित कर जाए।

पूरी रात करवट बदलते हुए उस लड़के का घिनौना चेहरा मेरे सामने तैरता रहा, छिह! कितनी गंदगी थी उसकी आँखों में, कैसे छू रहा था वह किरण को! खर्राटे भरती दादी की बगल, उस समय सबसे ज्यादा सुरक्षित स्थान था, तारों से झिलमिलाते आसमान को निहारते हुए, मैं एक हाथ दादी के पेट पर रखे चिपककर सो गई। अपना होकर भी आज कितना अनजान था वह गाँव।

आज पहली बार ऐसा हुआ था कि मेरे लेट उठने पर भी दादी नाराज नहीं थी। हल्की-हल्की सूरज की लालिमा आसमान में फैल गई थी, दूर मोर के बोलने की आवाज, एकदम साफ, इतनी शांत सुबह आज कितने दिन बाद निकली थी? आज भी छत पर लगे टूटे एंटीना पर सफेद कबूतर बैठे थे। मैं सीढ़ियों से भागती हुई ऊपर छत पर पहुँच गई, बचपन जैसे लौट आया था, दो कबूतर अपनी चोंच से अपना एक पंख फैलाए खुजा रहे थे। छत की मुँडेरी पर बैठी मैं, कबूतरों को निहार रही थी कि किरण की छत पर नजर पड़ी और सारी खुशी उदासी में बदल गई। कुछ भी तो नहीं है पहले जैसा, मुझे यहाँ से जाना है, बस शादी होते ही हम यहाँ से चले जाएँगे, "कन्नू, नहा-धो ले, फिर फूलवती के यहाँ चलेंगे, बरात बारह बजे तक आ जाएगी?"

"दादी, दिन की शादी है?"

"हाँ, अच्छा है, दिन में ही काम निबट जाएगा। जल्दी सब हो गया तो शाम को साधन मिलते ही घर चले चलेंगे। अब नीचे भी आ जा। ऊपर ही टँगी रहेगी?" जमे हुए नंगे पैरों से सीढ़ियाँ उतरने तक अपना सिर खुजलाती हुई मैंने दादी से कहा, "दादी, मुझे नहीं जाना। आप चली जाओ, जब बरात आ जाए तो लेने आ जाना।"

"अकेली कैसे रहेगी?"

"मैं वहाँ बोर हो जाती हूँ, मुझे वहाँ अच्छा नहीं लगता।"

"ठीक है, कोई बात नहीं, मत जा। कोई आए तो, दरवाजा मत खोलना, कहना दादी नहीं है। बाल्टी में पानी रखा है, चंपा से मँगा लिया था। इस घोंसले को धो लेना।" दादी ने मेरे बालों को पकड़कर कहा। मैंने गरदन हिला दी। थोड़ी देर में दादी तैयार होकर निकल गई। मैंने बैग में छुपाकर लाई गई अपनी डायरी निकाली, खाट पर औंधे पड़े आज सब लिख दूँगी। मैंने कोई भी चीज नहीं छोड़ी थी राजेंद्र, राजेंद्र का गधा, कबूतर, टूटा एंटीना, लड्डू, छत, दरवाजा, सबकुछ कविताओं का हिस्सा बन गया था और सुमन के जीजा को ड्रेकुला बनाकर मैंने अपनी कविता में स्थान दे दिया था। तभी दरवाजा किसी ने खटखटाया। मेरे मन में ड्रेकुला की तसवीर जिंदा हो गई। कदम बढ़ाने में डर लगता था, पर गेट तो खोलना ही पड़ता, मैंने अपनी नजर पास रखे सामान पर दौड़ाई, कोने में रखी लोहे की रॉड को देखकर मैं संतुष्ट हो गई। मैंने धीरे से बगलवाली खिड़की खोलकर पूछा, "कौन?'' दादी दरवाजा खुलते ही मुझ पर बरस पड़ी, "अभी तक नहाई नहीं है, क्या कर रही थी, सो गई होगी?" मैंने अपनी डायरी को पीठ पीछे छुपाए, उलटा चलते हुए उसे बैग के अंदर घुसा दिया, "मुझे पता था, नहाई नहीं होगी, इसलिए आई हूँ। बरात आनेवाली है। चल, नहा ले।" मुझे अपना गुलाबी सूट याद आ गया, अब तक तो मुझे नहा लेना चाहिए था। दीवार पर लगे पुराने शीशे को, अपने हाथ से पोंछकर, मैंने अपना चेहरा देखा, कितनी सुंदर लग रही मैं। "दादी, देखो, सुंदर लग रही हूँ ना?" मैंने घूमकर दादी को दिखाया। वे मुझे देखकर हल्की सी मुसकराईं, फिर अचानक से उनके चेहरे का भाव कठोर हो गया, "ठीक है, ठीक है, जल्दी बाल काढ़, बरात आनेवाली है।"

किरण के घर पहुँचते ही, वहाँ पैर रखने की भी जगह नहीं थी, कल से भी ज्यादा भीड़। कोई हद से ज्यादा पाउडर लगाए, खुद को गोरा करने पर तुली थी, कोई जबरदस्ती गहने लादे गहनों की दुकान लगती थी। कल जितने भी चेहरे देखे

थे, आज पहचान में नहीं आ रहे थे। सबको सबसे ज्यादा सुंदर दिखना था। कोने में खड़ी सुमन की माँ, दोने में चिनी हुई बालूशाही दबाकर खा रही थी, सुमन साड़ी पहने सोलह शृंगार के साथ और प्रखर अंग्रेजी बोल रही थी, जिसे सुनकर उसकी माँ उसके के लिए योग्य वर का सपना अपनी आँखों में सजाए, अपनी मुस्कान से हँसी को भी लजा दे रही थी, "अरे सुन, थोड़ा-सा काजल पैर के नीचे लगा ले।" अपनी बेटी को कोने में खींचते हुए माँ ने कहा, "यहाँ सबकी आँखों में चुभती है।" सामने शीशे पर बेजान पड़ा काजल मेरे मन के अंदर लालच जगा गया, अगर मैं थोड़ा-सा काजल अपनी आँखों में लगा लूँ तो? मैंने बाहर देखा, दादी कहीं नहीं थी और काजल अपनी आँखों में सजा लिया।

थोड़ी देर में ही आने वाली बैंड की आवाज से पूरे कमरे में हलचल मच गई, बरात आ गई, बरात आ गई; सुनते ही औरतों ने जहाँ-तहाँ दीवार पर टँगे उस शीशे में ऊपर-नीचे से झाँककर अपने चहरे को निहारा, कमियों को पूरा करके खुद को संतुष्ट कर, औरतें तेज भागती हुईं छत पर चढ़ गईं, जिन्हें जगह नहीं मिली, वे दूसरों के ऊपर लदी जाती थीं, भीड़ में घुसते हुए मैंने भी अपने लिए जगह तलाश ली। दस के नोटों की माला पहने, लड़का घोड़े पर बैठा था। पीछे बड़े से बाजे पर सफेद कपड़े पहने, एक आदमी, माइक हाथ में लिये कभी औरत और कभी आदमी की आवाज में गाने गा रहा था 'परदेसी-परदेसी जाना नहीं मुझे छोड़ के, मुझे छोड़ के' और पीछे चलते ट्रैक्टर में, एक आदमी औरत के कपड़े पहने, खूब सारी लिपस्टिक-बिंदी-क्रीम में अपने दाढ़ी और मूँछ की कालिमा छुपाए, लहँगा-चोली पहने नाच रहा था। गाँव की औरतें रसपान करतीं, घूँघट के पीछे से हँसी जाती थीं। कोई कहती, "कंजूसी कर गए सरताज बैंड नहीं लाए, उसके साथ तो नाचनेवाली औरत आती है।" किसी को दूल्हे की गरदन में पड़े दस के नोटों की माला से ही उसके धनवान होने पर संशय था। पुरानी बुजुर्ग औरतें, जो भागकर सीढ़ियाँ नहीं चढ़ पाई थीं, दरवाजे पर खड़ी बरात का इंतजार करती हुईं, घूँघट की ओट से गालियों के गोले बना समधी को लक्ष्य करती फेंक रही थीं—

"काएकूँ आए लजाने कूँ, साजन के द्वार।
अपनी मइयाए न लाए नाच-गाने कूँ, साजन के द्वार।।"

समधीजी मुसकराते हुए इधर-उधर देखकर अपना ध्यान बँटाए हुए, आस-पास खड़े रिश्तेदारों की नजरों में ऐसे झाँक रहे थे। यह तो रिवाज है, वैसे किसी की क्या मजाल, जो समधी से कुछ कह जाए, हम भी दबंगई में दम भरते हैं।

जो शायद किसी ने नहीं देखा, वह मैंने ही देखा। सुमन कोने में खड़ी, सामने खड़े ड्रेकुला की बातें सुनकर, हँस-हँसकर शरमाए जाती थी। अचानक ड्रेकुला ने सुमन का हाथ पकड़ लिया। सुमन ने झट से हाथ झटककर, इधर-उधर देखा और गरदन में थोड़ा सा झटका दे आगे की तरफ बढ़ गई, वह मुसकराते हुए उसे दूर तक घूरकर देखता रहा, फिर उसने सामने की परात से चार लड्डू उठाए और एक के बाद एक ऐसे खाए, जैसे जनमों बाद खाए हों। न चाहते हुए भी मेरी नजर बार-बार सुमन और उस लड़के पर चली जाती।

किरण को दरवाजे पर बुलाकर जयमाला कराई गई और उसके बाद एक छोटे-से कमरे में पीछे चद्दर टाँगकर, दो टेंट की कुरसी बिछाकर घरवालों ने दूल्हा-दुल्हन के साथ फोटो खिंचवाई। मैं दूर खड़ी देख रही थी कि तभी फूलवती चाची ने, खींचकर मुझे किरण के दूल्हे की बगल में फोटो खिंचाने के लिए खड़ा कर दिया और दूसरी तरफ खुद और चाचाजी खड़े हो गए। सामने कुरसी पर बैठी दादी ने घूरती नजरों से मुझे देखा। शायद काजल देख लिया हो। बहुत ढूँढ़ने पर भी मुझे कहीं कोई ऐसा कपड़ा नहीं मिला, जिससे काजल पोंछ सकूँ, हाथों से जितना छूट सकता था, छुड़ा लिया, वैसे भी देख चुकी हैं, क्या हो सकता है। डरते-डरते खाना खाने के बाद वे मेरा हाथ पकड़कर घर आ गई, "क्या सोलह श्रृंगार किया है?" मेरी गरदन उठाकर उसने मेरी आँखों को देखा, "काजल कब-कब में लगा लिया? कब अक्ल आएगी तुझमें, जाकर किरण के दूल्हे की बगल में खड़ी हो गई। ज्यादा ही दुल्हन बनने का शौक है, तो तेरी शादी भी करवा दूँ, छोड़ दे पढ़ाई-लिखाई, ज्यादा ही आग लगी है। चल मुँह धोकर आ।" दादी ने दो दिन की कसर पूरी कर ली थी। मैं अपनी आवाज को दबाए बहुत देर तक रोई। रोती हुई सिसकियाँ हिचकियों में बदल गईं। मुझे ऐसा लगा, जैसे बाल्टी का पूरा पानी मेरे आँसुओं से ही भरा है। मेरी आँखों की तरफ देखकर वे और कठोर हो जातीं। अगले ही पल वे बैग में सारा सामान जमाए, मुझे घर से बाहर निकाल, ताला लगा कहने लगीं, "किशोर की गाड़ी जा रही है। हम अभी चलेंगे।" मारुति एट हंड्रेड से बाहर झाँकते हुए मुझे कोई चीज अच्छी नहीं लग रही। वह हमेशा से ऐसे ही डाँटती आई हैं, काश कि मैं उनकी पोती न होती। फोटो मैंने अपनी मर्जी से थोड़ी खिंचवाई थी, अगर फूलवती चाची ने मुझे खड़ा कर दिया, तो मैं क्या करती, मैं बोलती, नहीं मैं नहीं खिंचाऊँगी? घर आते ही दादी ने वही बात माँ को बताई, फिर माँ-दादी ने मिलकर मेरे कम बुद्धि होने पर मोहर लगा दी।

16

माँ मुझसे कोई काम नहीं कराना चाहती, वे चाहती हैं मैं बस पढ़ूँ, दसवीं के पेपर, जैसे माँ के भी पेपर हैं। मैं मन लगाकर पढ़ती भी हूँ, सबकी आशाओं पर खरे उतरकर शायद सबके द्वारा प्रयोग किए संबोधनों को बदल पाऊँ।

स्कूल का माहौल एकदम बदल चुका है, लड़कियों का रंग-रूप भी, संध्या अपने बाल फैलाए, शायद बिना काढ़े ही स्कूल का बस्ता पीछे टाँगे स्कूल में आ जाया करती थी, वह लाल रिबन से दो चोटियाँ बाँधकर उसमें रिबन का फूल बनाकर आने लगी है। जिस शालू की आँखों में देखने पर कभी उसकी सुबह की ढीड़ दिखाई देती थी, उन आँखों में अब काजल दिखता है। विमलेश, जो अपनी जुराबों को हद से ज्यादा खींचकर इतना ऊपर चढ़ा लेती कि जूतों से बाहर उसकी एड़ी का निशान दिखता था, वही अपनी जुराब को मोड़कर जैसे अपनी सुंदर टाँगों का प्रदर्शन करती है। जिस रजनी के पास कभी नाक पोंछने तक को रूमाल नहीं रहता था, वह पाँच रुपए के रूमाल के अंदर पोंड्स का पाउडर डालकर लाने लगी है। जिन नाखूनों में गंदगी अकसर नजर आती थी, वे थोड़े बड़े और करीने से नेलपेंट से सजे दिखते हैं। किंटू खेलना, रस्सी-टप्पा कूदना, घंटों तक सोलह पर्ची ठप खेलना बंद हो चुका है, अब लड़कियों के पास जगह-जगह कोनों में खड़े होते, ग्राउंड में चक्कर लगाते हुए बहुत से विषय होते हैं, जिन पर चर्चा की जाए। विषय, वह भी ऐसे कि अगर ग्रुप में किसी दूसरे ग्रुप की लड़की की एंट्री हो जाए तो अचानक बातें बदल जाती हैं। दूर से ही हँसी की आवाज और चेहरे के हाव-भाव शरमीले, कुछ नजरें झुकाए अलग ही होते हैं, जैसे कि विषय बहुत ही नया और उत्सुकता भरा है। निद्धि के गालों की लाली दूर से ही बताती है कि वह कुछ ऐसा बता रही है, जो उसने अभी-अभी जाना है, जो हम सभी से उम्र में लगभग दो-तीन साल बड़ी है, जब बोलती है तो आसपास लड़कियाँ आँखें फाड़कर उसकी बातें सुनती हैं। शालिनी को उसकी बातें बहुत पसंद हैं, मैं भी चाहती हूँ कि वे बातें मैं भी जानूँ, थोड़ी सी सिफारिश के बाद मुझे भी उसके ग्रुप में स्थान मिल गया, किसी मेरठ के लड़के की बातें, जिसका नाम ही प्रिंस है, वो निद्धि के पीछे पागल है, लेकिन निद्धि कभी उसे भाव नहीं देती, अंदर ही अंदर मुझे निद्धि से ईर्ष्या होती है कि वह अचानक से इतनी आवश्यक कैसे हो गई?

लंच टाइम में एक और काम, जो मैं और शालिनी करते हैं, बिना खाने की

चिंता किए बड़ी लड़कियों के पीछे चलना और छुपकर उनकी बातें सुनना, लेकिन मैं चाहकर भी सुन नहीं पाती, पर शालिनी कहीं न कहीं से कोई बात पकड़ ही लेती है। कल बैग रखते ही वह मेरे पास आई और मुझे उठाकर कोने में ले गई, मुझे लगा उसके पास कोई ऐसी बात है, जिससे हम एकदम आवश्यक हो जाएँगे और नयना जैसी लड़कियों की लाइन हमेशा पीछे होगी, वह कान में फुसफुसाई, "तुझे पता है, पति कभी भी कहीं से भी छू सकता है।"

"चल, ऐसा थोड़े ही होता है।" मैंने उसे अपने पास से धक्का दे दिया, पर आगे जानने की इच्छा अभी भी थी, क्या पता मुझे जाता देख वह सारी बात बता दे, लेकिन इससे ज्यादा तो वह भी नहीं जानती थी। क्या यह गंदी बात थी, जो नहीं करनी चाहिए?

जब वह लड़का पास से गाना गाते हुए निकला, मैं उसकी आँखों में आँखें डालकर देखना चाहती थी; पर जाने क्यों नजर ही नहीं उठी। दादी की निगाह और हिदायतें बढ़ती जा रही हैं। कभी वह रास्ते में मिल जाती, कभी स्कूल के बाहर। स्कूल का एक और चलन सुपारी खाना, एक-एक, दो-दो रुपए के पैकेट् आंटी के द्वारा खोले गए एकमात्र खोके में मिला करते, अजीब-सा स्वाद, पर वे बड़े होने की निशानी थे। एक पैकेट स्कूल से निकलते ही, मैंने खोल लिया, मुँह में डाले उसे चबाते हुए, गलियों से निकलती हुई, घर तक पहुँचनेवाली थी कि रास्ते में माँ मिल गई। उसने मुझे घूरकर देखा, मेरी नजर अपने ऊपर, ऊपर से लेकर नीचे तक दौड़ गई, मतलब डाँट पड़ने वाली है। घर जाकर एक जोरदार चाँटा झनझनाता हुआ, "रास्ते में मुँह चलाती है, आवारा लड़कियों की तरह।" बहुत सारी बातें एक जोरदार थप्पड़ के द्वारा ही समझाई जाती हैं। जैसे मिट्टी न खाना, मैंने सुरभि से सुन लिया था, उसको मुलतानी मिट्टी बहुत पसंद है और उसे नींद में चलने की आदत है, उसकी मम्मी उसका पैर पलंग से बाँधकर सोती हैं। अब यह हाल है, चाहे मिट्टी पार्क की ही क्यों न हो। उसने बताया, डॉक्टर ने कहा है अगर वह मिट्टी खाना बंद नहीं करेगी तो उसे कोई बड़ी सी बीमारी हो जाएगी। बस उसी दिन से मैंने मिट्टी का टेस्ट जानना चाहा, घर में रखी मुल्तानी मिट्टी का एक पीस तोड़ा और अपने मुँह में डाल लिया, जाने माँ को कैसे सारी चीजें पता चल जाती हैं? फिर उसने चाँटा मारा और कहा, "खाएगी मिट्टी?" मैंने न में गरदन हिला दी। एक और चाँटा पड़ा था, वह भी खाने के ऊपर। माँ नानी के यहाँ जाने के लिए जब भी बर्फी का डिब्बा लाती, सारे पीस गिनकर रख देती, एक

दिन पूरी जासूसी के बाद मैंने जान लिया आज जल्दी-जल्दी में बर्फी गिनी नहीं गई हैं। पूरी दुपहरी फ्रिज की निगरानी रखने के बाद उसका ताला मैंने सेफ्टीपिन से खोल लिया, मैंने एक बर्फी निकाली और खा ली। शाम को ही माँ ने सारी बर्फी गिनीं, जिनमें एक बर्फी कम थी। जाँच कमेटी बैठाई गई, माँ का डर हम चारों में हिटलर की तरह था, जब दुपहरी में माँ सोती, तो हम चारों भीगी बिल्ली बन जाते, मजाल है, जो कोई आवाज निकाल जाए, अगर लड़ाइयाँ होतीं भी तो घर से बाहर जाकर। माँ ने सबको एक-एक चाँटा मारकर पूछा, अंत में उन्हें पता चल गया कि बर्फी कन्नू ने खाई है। उन्होंने एक जोरदार चाँटा मेरे गाल पर मारा, तो तीनों मुँह छुपाए हँसने लगे। माँ बोलती जा रही थी, "आधा किलो के डिब्बे में आठ ही तो पीस थे, उसमें से भी एक पीस खा लिया, क्या लेकर जाऊँगी मैं?" दूसरे चाँटे को माँ ने मेरे गाल तक आते-आते रोक लिया और वह बड़बड़ाती हुई रसोई की तरफ चली गई। तीनों की हँसी का जवाब मैंने हँसी से दिया, क्या हुआ मार खा ली तो, एक पीस तो खा लिया न। आगे के लिए एक नया लेसन मैं सीख चुकी थी। आगे मैंने जब भी बर्फी खाई तो हर पीस में से थोड़ी चाकू से काटकर खाई, जिसका पता कभी माँ को नहीं चल पाया, न ही उस रिश्तेदार को, जिसके पास डिब्बा जाना था।

रोहित भैया, जो फरीदाबाद में हमारे घर के पास रहते थे, शायद रिश्तेदारी में कुछ लगते हैं, हमारे घर आए। नमस्ते करने के बाद, बचे हुए नमकीन-बिस्कुट किसके हिस्से आएँगे, हम चारों में बड़ा विषय रहा है। माँ के रिश्तेदार को बाहर छोड़ने जाते ही, कौन सबसे पहले झपट्टा मारता है? रोहित भैया से रिंकू ने पैसे माँगे तो मैंने भी अपना हाथ बढ़ा दिया। उसके जाते ही माँ और दादी दोनों ने बड़बड़ाना शुरू कर दिया, "बेवकूफ लड़की, उसके सामने बैठने की क्या जरूरत थी, अंदर जाकर नहीं बैठ सकती?" मैं क्यों अंदर जाकर बैठूँ, इस बात का जवाब उन्होंने कभी नहीं दिया, लेकिन अब धीरे-धीरे मैं सबकुछ समझ चुकी हूँ। दादी और माँ की डाँट का मतलब है, हर पुरुष से, चाहे वह रिश्ते में कोई भी हो, दूरी बनाकर रखना, मेरे लिए सबसे ज्यादा जरूरी था। इसके चलते डर के कई रूप सामने आने लगे हैं, कहीं लड़कों का झुंड खड़ा होता है, तो मैं उस गली से नहीं निकलती, कहीं सामने से कोई लड़का आता दिखता है, तो हाथ-पैर काँपने लगते हैं, दिल की धड़कन तेज हो जाती, जैसे वह लड़का न होकर कोई भूत हो, कहीं वह कुछ बोल तो नहीं देगा, अगर उसने कुछ बोला, तो क्या मैं जवाब दे पाऊँगी?

दसवीं के पेपर के एक महीने पहले माँ के पैर में प्लास्टर चढ़ गया, "इसकी तो किस्मत ही खराब है, मेरे पैर में लग गई, बीस दिन बाद पेपर हैं।" भद्दी और बेकार दिखनेवाली राइटिंग, जिसके कारण कभी मेरे मोर को मैडम ने रिजेक्ट किया था, पूरा-पूरा दिन सुलेख लिखकर, मैंने उसे सुधारा था। सारी रात-दिन की मेहनत, लगन और माँ की इच्छा, सबकुछ संगठित करके दसवीं की परीक्षा दी, हर पेपर के बाद यही लगा था कि रिजल्ट अच्छा ही होगा, जो मेरे और माँ के लिए बहुत ज्यादा जरूरी था और शायद कहीं-न-कहीं उससे जुड़े थे पापा के सपने भी और कुछ मेरे अधूरे सपने, किसी रिक्त स्थान को भर देने के, कुछ प्रचलित नामों को झुठला देने के, अपनी एक नई छवि बनाने का पहला मौका, याद न होने के बाद भी मैंने हर मोटी किताब को दो या तीन बार रटा था, पूरे घर के सोने के बाद और सबके उठने से पहले। जो खुशी के पापा के चेहरे पर रिंकू का रिजल्ट देखकर आती थी, वही खुशी मैं अपने लिए देखना चाहती थी। अपनी मेहनत के बलबूते पर मैंने क्लास में अच्छी लड़कियों के बीच अपना स्थान बनाया था, लेकिन उसका सफल हो जाना अभी बाकी था।

आज पापा की छुट्टी है, वे पूजा करने के बाद खाना खाते ही शायद रिजल्ट देखने जाएँगे, मैं चाहती हूँ रिजल्ट कभी आए ही न, जिस रिजल्ट के लिए मैंने पूरी साल मेहनत की है, मैं उसे सुनना और देखना नहीं चाहती। ईश्वर से भी कई बार प्रार्थना कर चुकी थी, मैं सबकी आशाओं पर खरी उतर जाऊँ, बस इतना ही चाहिए। क्यों पेपर, पढ़ाई, रिजल्ट बना है? पापा जब भी मेरी तरफ देखते हैं, तो जैसे उनकी आँखें सवाल करती हैं, फर्स्ट डिवीजन आएगी न बेटा? सबका व्यवहार मुझे अजीब सा लगता है, माँ कितने सामान्य तरीके से रोटी बना रही है और मेरे भाई-बहन कितनी देर बाहर खेलकर आए हैं। आज भी माँ ने सब पर इतना ही गुस्सा किया है, कपड़े गंदे कर लेने पर जितना कि और दिन करती हैं। दादी बाहर बैठी आज भी किशोरी से बतला रही है, क्या उसे कोई चिंता नहीं है कि मेरा रिजल्ट कैसा आएगा? एक बार पापा जाकर वापस आ चुके हैं, अभी रिजल्ट नहीं आया, हर बार जब भी वे बाहर निकलते हैं, जोर-जोर से धड़कता हुआ दिल बैठ जाता है, जैसे कोई भारी पत्थर किसी ने मेरे ऊपर रखा हो, जब पापा वापस आए और उन्होंने कहा कि रिजल्ट नहीं आया। तो जैसे साँस में साँस आ गई। शाम को चार बजे पापा मेरा रोल नंबर लिये फिर चौराहे पर गए, गेट पर उनका उदास और मायूस चेहरा, अंदर तक दिल को दु:खा गया, "सेकंड डिवीजन

है, पूरे स्कूल में बस चार लड़कियों की फर्स्ट डिवीजन आई है।" और इसी के साथ सारे सपने कहीं टूटकर बिखरते हुए चूर-चूर हो गए, जैसे मैं किसी से नजरें मिलाने लायक नहीं रही, कोई कुछ कह नहीं रहा, न ही कुछ बोल रहा है, माँ ने कोई बात नहीं की, न ही पापा ने, लेकिन मैं छोटे कमरे से बाहर नहीं निकलना चाहती, एक बार मेरे मन में भी वही खयाल आया, जो आशा आंटी के लड़के के मन में आया था और उसने रेल की पटरी के नीचे आकर जान दे दी थी। मैं भी ऐसे ही जान दे देना चाहती हूँ, पापा ने तीन बार बाहर बुलाया, एक सीढ़ी चढ़ने की चाहत में जाने कितनी सीढ़ियाँ नीचे गिर गई हूँ। कितनी आशाएँ थीं, मुझे इस रिजल्ट से, पापा ने पास बैठकर हाथ के इशारे से कहा, "बेटा, खाना खाओ।" मेरी डबडबाती आँखें और मेरा रोना किसी ने देखकर भी नहीं देखा। माँ ने महसूस किया होगा, लेकिन वे मेरे पास नहीं आईं, मैंने उनकी आशाओं को तोड़ जो दिया था। काश! रिजल्ट मेरे हाथ में होता, चार की जगह पाँच लड़कियों ने ली होती, ज्यादा नहीं सिर्फ दस नंबर बढ़ा लेती, शायद वह मिलता, जिसकी आशा थी, ढेर सारा प्यार, पर अब छत पर लेट शून्य को ताकते हुए जैसे कोई विकल्प नहीं था। शायद किस्मत ही इन सब चीजों के लिए जिम्मेदार थी और किस्मत को मनाने का सिर्फ एक ही तरीका था, ईश्वर का साथ होना। अब मेरी हर बात मेरी हर इच्छा और मेरी सारी दलीलें सिर्फ उसी के सामने प्रकट होती हैं, जहाँ मैं सबकुछ कहकर खुद को बहुत हल्का महसूस करती हूँ, जैसे वह सबकुछ सुनता है और मुझे गलत नहीं ठहराता, वह मुझे समझता है, किसी बात को मनवाने के लिए किसी प्रमाण की आवश्यकता नहीं होती।

दसवीं के रिजल्ट के बाद स्कूल का पहला दिन नीरस लगता है। उन चार लड़कियों का चेहरा देखकर अपने ऊपर थोड़ा सा गुस्सा और लाज आती है। किसी के पूछने पर यह बताना, दस नंबर से रह गई, लेकिन रहना तो रहना ही है। जीवन में बदलाव बस मेरे साथ नहीं हुआ, इस परीक्षा ने जाने कितनी लड़कियों का भाग्य निर्धारित किया। कुछ जाने-पहचाने चहरे अचानक गायब हो गए, साइकिलों के स्टैंड में कुछ साइकिल बढ़ी तो कुछ साइकिल कम हो गई। ये परीक्षा जाने कितनी लड़कियों की अंतिम परीक्षा बनकर रह गई, स्कूल का ग्राउंड घर के चौके में बदल गया। स्कूल की ड्रेस की जगह घूँघट ने ले ली, दो चोटियों के बीच कहीं लाल रंग समा गया, मैडम के डंडे तानों में बदल गए, खिलखिलाती हुई हँसी और आवाज कहीं चूल्हे में फूँक मारकर उस धुएँ को आग में बदलने

की कोशिश में बदल गई। स्कूल उसके लिए बस एक याद बनकर रह गया, जहाँ कभी उसने अपनी जैसी लड़कियों के साथ इतिहास में प्लासी का युद्ध, साइंस में H_2o, अंग्रेजी में फुल फिक्सेशन रट-रटकर याद किया था।

17

मेरे जीवन की सबसे अहम घटनाओं में से एक पड़ोस में किसी ऐसे परिवार का किराए पर आ जाना, जिसके दो बच्चे मेरी ही क्लास में थे, बेटी 'रेखा', जो मेरी क्लास में मेरे साथ पढ़ती थी और एक बेटा 'अर्थ', जो किसी अच्छे स्कूल में पढ़ता था। रेखा से मेरी कोई विशेष जान-पहचान नहीं थी, लेकिन मॉनिटर होने के नाते पीछे बैठनेवाले उसके ग्रुप से मैं परिचित थी। एक दिन उसके ग्रुप की एक लड़की ने मुझे रोककर कहा, "इसके भाई से बचकर रहना।" उसके इस वाक्य का अर्थ मैं समझ चुकी थी, लेकिन मैंने अनजान बनकर उसकी बात को दोहराया, "इस बात से तुम्हारा क्या मतलब है?"

"उसने आज तक किसी लड़की को नहीं छोड़ा है।" तो मैंने भी उसे उसी के शब्दों में जवाब देकर, "कुंदनउन किसी लड़की में से नहीं है।" जैसे उसके मुँह पर तमाचा मार दिया था और मेरी नजर में शायद उस बात का वही अंत भी हो गया था। परिवार में चाहे कितनी भी कम-बुद्धि समझा जाता हो, लेकिन स्कूल मुझे इसीलिए प्रिय था, वहाँ चाहे गाने की बात हो, भाषण देने की, हमेशा मैं आगे ही रहती। कभी तो लगातार चलते अपने लेक्चर के बीच क्लास टीचर खड़े होकर गाना सुनाने को बोलती, कभी-कभी लंच टाइम में भी, क्लास में मैंने न जाने कितने गाने सुनाए थे, जिनके सुनते ही सारी क्लास में तालियों की आवाज गूँज उठती, "तुम्हें सिंगर होना चाहिए," और मैडम ने तो यह तक कह दिया था, "किसी रेडियो स्टेशन पर तुम्हें ट्राई करना चाहिए। तुम्हारी आवाज बहुत अच्छी है।" शायद यही एक चीज थी, जिसकी वजह से मुझे गानों का शौक लगा। घर में एकमात्र टूटे-फूटे रेडियो पर, जो पापा सुबह के टाइम भजन सुनने के लिए चलाते थे, जिस पर सिर्फ विविध भारती, FM रेनबो, यही एक-दो चैनल आते थे, हालाँकि उस समय दुनिया भर के FM चैनल नए स्टाइल के रेडियो पर खूब बजते थे, पर हमारे रेडियो का एंटीना वह कभी कैच नहीं कर पाता था। म्यूजिक टीचर ने भी कई बार बोला था, "म्यूजिक में डिप्लोमा कर लो।" पर अपने घर के माहौल को देखते हुए, जहाँ कभी

किसी से खड़े होकर बात करने की परमीशन नहीं है, वहाँ मुझे गाने की परमीशन कैसे होगी? कभी यह कहने की हिम्मत नहीं जुटा पाई, पढ़ना नहीं, मुझे गाना बहुत पसंद है। गाने सुनने के लिए भी बहुत बार डाँट खाई, जब पापा के रेडियो का स्टेशन चेंज करती और उनके स्टेशन पर लगाना भूल जाती थी, वे अकसर सुबह यह सवाल करते, "रेडियो किसने छुआ था?" माँ ने कभी शिकायत नहीं की, पर तीन शिकायती टट्टू कभी-कभी पापा तक मेरा नाम पहुँचा देते। छुप-छुपाकर बस एक ही शौक था, जिसे पूरा कर सकती थी, वह थी डायरी।

रोज शाम के ट्यूशन से आते-जाते, गली पार करती तो बिना छत की तरफ देखे ही, अकसर मुझे यह लगता, रेखा का भाई और उसके साथ खड़ा लड़का मेरी बात कर, मुझे देखकर हँस रहे हैं? यह बात मुझे बहुत बेचैन करती थी और कहीं अंदर तक डरा देती। ट्यूशन के बाहर खड़ी होनेवाली मेरी साइकिल एक दिन पंचर हो गई, फिर ऐसा कई दिनों तक चला, पंचर चेक कराती तो साइकिलवाला कहता किसी ने जान-बूझकर हवा निकाली है। धीरे-धीरे मैंने गौर किया, कुछ लड़के, जो ट्यूशनवाले सर की गली के कोने पर खड़े रहते थे, जिनको कभी मैं सुनकर भी नहीं सुन पाई थी, पर उनकी बातों का इशारा मेरी तरफ होता। हाथों का पसीना और पैरों का कंपन जल्दी भागकर गली पार करने का संकेत देता था। वहाँ से निकलने का कोई दूसरा रास्ता भी नहीं था, जो मैं चुन पाती, शक्ल मैंने नहीं देखी थी, फिर भी पहने गए कपड़ों से मैंने अंदाजा लगा लिया था कि सर के सामने वाले घर में रहनेवाला लड़का उस ग्रुप में शामिल होता है।

मैं उस दिन ट्यूशन से निकली तो आसपास कोई नहीं था, मेरी नजर हमेशा गली के उस कोने पर रहती, जहाँ पर लड़के अकसर खड़े मिलते, जिस दिन वे नहीं दिखते, मेरी साँस में साँस आ जाती, रोज की तरह मैं अपनी गली के कोने पर पहुँच चुकी थी, लेकिन तभी जो लड़का सर के घर के सामने रहता था, मेरी साइकिल के सामने आकर खड़ा हो गया, उसे देखते ही मेरे चेहरे का रंग उड़ गया, हड़बड़ाहट में साइकिल और मैं, दोनों नीचे गिर गए। इतना मैं किसी को देखकर आज तक नहीं डरी थी, न ही कोई लड़का आज तक मेरे इतने पास आकर खड़ा हुआ था। मैंने फटाफट अपनी साइकिल उठाई और मैं खड़ी हो गई, उसने एक लिफाफा मेरी तरफ बढ़ाया, सारी हिम्मत जोड़कर मैंने उससे कहा, "हटो सामने से।"

"ये ले लो।"

"क्यों ले लूँ, मुझे नहीं लेना।" मैंने अपनी साइकिल को आगे बढ़ा दिया।

दिल की धड़कन और कंपन, जो दुगुनी तेज गति से दौड़ रहे थे, वे शायद मुझसे भी पहले घर पहुँच जाना चाहते थे। मैं वहाँ साइकिल छोड़कर भागना चाहती थी, पर जैसे दिमाग कह रहा था, नहीं, रुको, साइकिल तुम्हें लेकर ही जाना है। गली से लेकर घर तक का समय शायद घंटों में बदल गया था और दस-पंद्रह कदम की दूरी मीलों में, पर मैंने चलने के बाद एक बार भी पीछे मुड़कर नहीं देखा। घर पर कोई नहीं था, सबसे पहले साइकिल को गिराकर मैंने गेट बंद किया और अपनी साइकिल को स्टैंड पर खड़ा करते ही, जैसे ही मैंने कैरियर से अपनी किताबें निकालीं, एक बड़ा-सा लिफाफा, किताबों के साथ नीचे गिर गया। जो बढ़ी हुई धड़कन बहुत मुश्किल से सामान्य हो पाई थी, वह और तेज बढ़ गई। उस लड़के के सामने खुद को सामान्य दिखाना तो जैसे मेरी मजबूरी थी, लेकिन लिफाफे को उठाते ही कंपन डर में बदल गया, अगर किसी ने देख लिया तो क्या होगा? इसमें अच्छी चीज जरूर ही नहीं रही होगी, मैंने बिना कमरे का गेट खोले सबसे पहले अपने घर में बने हुए पीछेवाले चौक की तरफ रुख किया, जो गैलरी से जाते हुए खुलता था और कूड़ा फेंकनेवाली एक परांत में उस लिफाफे को रखकर, कभी-कभी आग जलाने के लिए माँ का लाया हुआ मिट्टी का तेल उस पर छिड़ककर, उसे जला दिया, लेकिन तब भी डर जैसे का तैसा बना हुआ था। कुछ ही देर में पड़ोस में गई हुई माँ, वापस आ गई। मुझे उसे बताने की भी जरूरत नहीं पड़ी, वह मेरा चेहरा देखकर ही समझ गई, जैसे ही उसने पूछा, "क्या हुआ है?" मैंने माँ से लिपटकर रोते हुए कहा, "मैं वहाँ ट्यूशन पढ़ने नहीं जाऊँगी। वह रोज मेरी साइकिल पंचर कर देते हैं और आज मेरी साइकिल रोककर, उस लड़के ने मुझे एक लिफाफा पकड़ाया।" माँ ने जब पूछा, "लिफाफा कहाँ है?" तो मैंने बताया, उसे मैं जला चुकी हूँ। माँ के हाव-भाव देखकर मुझे लगा कि मेरे लिए ही नहीं, माँ के लिए भी यह कोई सामान्य बात नहीं है। पूरी शाम माँ गंभीर बनी घूमती रही।

शाम के करीब आठ बजे जब पापा ऑफिस से आए तो माँ ने आते ही, सबसे पहले यह बात पापा को बताई। इस बात की गंभीरता का मुझे तब एहसास हुआ, जब पापा ऑफिस से आकर बिना खाना खाए ही, मुझे और माँ को लेकर सीधा सर के घर पहुँच गए। सर का घर इतना पास भी नहीं था, शायद इसीलिए मेरा वहाँ साइकिल से जाना अनिवार्य था। कल्पनगर के दूसरे छोर पर बना सर का घर पैदल जाने पर बीस-पच्चीस मिनट तो लेता ही था। रात का अंदाजा इस बात से लगाया जा सकता है, जब हमने सर के घर की बेल बजाई, तो उनके बेटे की बहू गाउन में

गेट खोलने बाहर आई थी। कल्पनगर की दिनचर्या, गाँव से थोड़ी-बहुत अलग थी। जहाँ गाँव में लोग आठ बजे सो जाया करते थे, वहीं कल्पनगर में अधिकतर लोग लगभग नौ बजे तक सो जाया करते। साढ़े सात बजे शहर की सारी दुकानें बंद होने के कगार पर आ जातीं।

सर अपने बिस्तर पर लेट चुके थे। सर की पत्नी का स्वर्गवास हुए पंद्रह-बीस साल बीत चुके थे। उनका सिर्फ एक लड़का था, जो किसी बड़ी मल्टीनेशनल कंपनी में इंजीनियर था, जिसने माँ के गुजरने के बाद, अपने पिता के साथ रहने के लिए, माँ की जगह प्राइमरी स्कूल में नौकरी कर ली। सर का पापा से बहुत प्रेम था, जिस स्कूल में सर लेक्चरर रहे थे, पापा की पढ़ाई उसी स्कूल से हुई थी। वे पापा के शांत और आज्ञाकारी स्वभाव के भी कारण पापा से बहुत लगाव रखते थे। उसी के चलते मैं भी उनकी प्रिय छात्रा थी, कभी जब भाभी घर पर नहीं होती, तो वह अधिकार से मुझसे कहते, "कुंदन, चाय बनाकर लाओ।"

अपना चश्मा पहनकर बहुत अचंभा जताते हुए सर ने पापा का नाम लेते हुए कहा, "विजय, कैसे आना हुआ, सब ठीक है?" साथ में माँ और मुझे देखकर वे थोड़े डर गए थे। जब पापा उस लिफाफे और साइकिल के बारे में सर को बता रहे थे तो मैं नीची नजर किए, वहीं कुरसी पर बैठी, किसी केस की सुनवाई में अपराधी जैसा महसूस कर रही थी। सर पंडित जरूर थे, लेकिन जीवन भर एक मास्टर रहने के कारण उनकी बातों और उनकी आवाज में बहुत रोब था और उससे भी ज्यादा रोब उनके विषय का, आखिर अंग्रेजी के टीचर थे। सर ने मेरी तरफ मुँह करके पूछा, "पहचान लोगी?" मैंने अपनी गरदन ऊपर नहीं उठाई, पर मुझे पता था, माँ, पापा और सर तीनों मेरी तरफ ही देख रहे हैं। नीचे देखते हुए, मैंने अपनी गरदन न में हिला दी, मैं यह कैसे कह सकती थी कि कपड़ों के आधार पर पहचान सकती हूँ। सर ने तुरंत अपने बेटे को पड़ोस की औरत को बुलाने के लिए भेजा, हट्‌टी-कट्‌टी साढ़े पाँच फीट की औरत, बिना पढ़ी-लिखी उस औरत की नजर में सर के लिए गजब का सम्मान था।

"हाँ, मास्टरजी कैसे बुलावा भेजा?"

"देखो लच्छू, ये कुंदन है और ये उसके मम्मी-पापा। मेरे पास बहुत-सी लड़कियाँ पढ़ने आती हैं, कुंदन भी पढ़ने आती है, यह मेरी पोती के समान है। मैं हैरान हूँ कि इसने मुझे क्यों नहीं बताया? अगर बताती तो बात ही नहीं बढ़ती। रोज कोई न कोई इसकी साइकिल पंचर कर देता है और आज बबलू ने इसकी

साइकिल रोककर, साइकिल पर एक लिफाफा रख दिया। ऐसे छेड़खानी करते हैं, बताओ?" सर ने अंदाज से ही बबलू का नाम लिया था। शायद सर इस बात से अनभिज्ञ नहीं थे कि कौन-सा लड़का यह काम कर सकता है?"

"अगर ऐसा है, तो मैं हाथ जोड़कर माफी माँगती हूँ। तुम कहो तो कान पकड़कर यहीं खींच लाऊँ?"

"नहीं-नहीं, यहाँ लाने की जरूरत नहीं है।" पापा तुरंत एक बेटी के पिता बन गए, शायद दूर की सोचकर वे खड़े हो गए थे, "बस, आप समझा दीजिए।"

"आप चिंता मत कीजिए। जैसे आपकी बेटी वैसे मेरी बेटी। जिंदगी भर भी इस गली में आएगी, तो मैं गारंटी लेती हूँ कि आज के बाद ऐसा कभी नहीं होगा।" उसके आश्वासन में दम था, आगे आनेवाले चार साल तक, मैं वहाँ पढ़ती रही, लेकिन कभी मुझे उस गली से कोई शिकायत नहीं हुई। न ही लड़कों का कोई झुंड उस गली के कोने पर मिला। अब कुछ दिन से जब भी मैं ट्यूशन से वापस आती, तो माँ की नजरें मेरे चेहरे पर ही होतीं, जिनसे मैंने हमेशा बचने की कोशिश की थी, मानो पूछ रही हों, कुछ हुआ तो नहीं? मैं इससे परेशान हो चुकी थी, काश, यह सब हुआ ही न होता तो इन सवालिया नजरों का मुझे कभी सामना नहीं करना पड़ता। फिर कुछ ऐसा हुआ, जिससे माहौल दुबारा सामान्य हो गया।

बुआ! एक ऐसा नाम, जो बेटी शब्द से निकलकर, जीवन भर मायके में अपना अस्तित्व ढूँढ़ता हुआ, ससुराल और मायके के बीच के जर्जर टूटे हुए पुल की मरम्मत करता रहता है, पर मायके का मोह नहीं छोड़ पाता। मेरी गिनती की दो बुआ थीं। एक छोटी बुआ, जो पापा की बहन थी और एक बड़ी बुआ, जो पापा की बुआ थीं। बड़ी बुआ, आज उनका चेहरा थोड़ा और बूढ़ा और लटका नजर आता था, जो अपने सिर पर गिनती के बालों में एक लाल रंग का फीता लगाती थीं और ब्लाउज के नीचे अपने हाथ से सिली हुई अँगिया पहनती थीं। मुझे उनसे बचपन से ही लगाव था, तरह-तरह की कपड़े की गुड़िया मेरे लिए इतनी शिद्दत से बनातीं जैसे अपने लिए गुड़िया बना रही हैं और उनकी वह बड़ी-सी टोकरी, जब गाँव आतीं बहुत सारे खाने के सामान से भरी रहती, गोभी, गाजर, अदरक, मटर, टैंटी, लस्सोडे दुनिया भर की सारी सब्जियों के अचार तरह-तरह की बोतलों में भरे हुए और दो-चार पॉलिथीन, किसी में पेठे की चार मिठाई और किसी की शादी में आए बूँदी के लड्डू भी वे अपने साथ रख लातीं। रात को सुनाई जाने वाली उनकी अनगिनत कहानियाँ, जो सच में किसी राजा-रानी के देश ले जातीं।

जब वह तीन साल की थीं, जब मेरी परदादी चल बसीं और उसके बाद अपने मामा के यहाँ पली-बढ़ी पूरन, पूर्णिमा के दिन पैदा हुई, तो बुआ का नाम पूरन, इसी आधार पर रखा गया। चौदह साल की उम्र में जब बड़े भाई ने अपनी सारी जमा पूँजी लगाकर, ग्यारहवीं में पढ़नेवाले खाते-पीते परिवार के लड़के को बड़ी बुआ के लिए चुन लिया था, वह अनुभव भी उनके लिए सुखद नहीं रहा, ससुराल में जेठानी की ही चलती, चौके पर राज हमेशा जेठानीजी का ही रहता, बुआ को बाहर के काम सौंप दिए जाते। कभी गलती से बुआ कुछ फूफाजी के सामने परोस देती, तो जेठानी चूल्हे पर बैठी हँसती हुई कहती, "खाइए लालाजी, पूरन ने परोसा है, आज तो एक रोटी ज्यादा खाएँगे।" शरमाते हुए फूफाजी अपनी थाली आगे बढ़ाकर खाना छोड़कर उठ जाते।

काले रंग के चलते पति से कम जेठानी से हमेशा तिरस्कार ही झेला था। एक साल तक कोई लिवाने नहीं आया, तो नाई के साथ ससुराल से आई एक चिट्ठी के कारण, "गेहूँ काटने का समय है और विक्रम अपने इम्तिहान की पढ़ाई में व्यस्त है। कोई लेने नहीं आ पाएगा, भला हो कोई इंतजाम आप ही कर दें।" भाभी का दिल चिंता से बैठा जाता था। जाने क्यों लिवाने नहीं आए और ऐसी चिट्ठी भेज दी? तब पूरन भाभी की चिंता को बिना जाने ससुराल जाने के चाव में, अपनी नई पाजेब पहनकर बार-बार छत पर जाती और भागकर नीचे आती। किसी ने कहा—उनको अगर रंग गोरा करना है तो पोखर के कीचड़ से नहाना होगा, तब सोने की तरह निखर जाएगी। रोज होने वाली इस प्रक्रिया का पता जब उन्नीस साल की भाभी को चला, जो पढ़े-लिखे परिवार से आती थी, जिसकी भाभियाँ सरकारी नौकरियों पर थीं, तो भाभी ने उसे कम बुद्धिमान मान लिया था। बिना माँ की, किसी नितांत गरीब मामा के गाँव में पली पूरन, समाज की बातों से अनभिज्ञ रही। संपन्न घर की बेटी होने के नाते दादी हमेशा अभिमानी रही, कभी किसी से बात करते हुए उसने अपना समय नहीं गँवाया। अपने बारे में जब बात करती तो कहती, "मोहल्ले भर में लोग कहा करते थे, बेटी तो बहुत दूर की बात है, मेरे बाप के घर के चूहे भी बहुत सयाने थे।" भाभी के सामने हर किसी से बात करती, हँसती, बोलती, जहाँ बैठ जाती, घंटों बतलाती, उसकी अनगिनत सहेलियाँ, भाभी के मन में बहुत सारे सवाल जगातीं, "पूरन, रात क्यों कर दी?" छोटे-से वाक्य में छुपे अनगिनत सवाल पूरन कभी जान ही न पाई।

"है भाभी! रात कहाँ है, अभी तो दिन चमक रहा है।" इसी आधार पर चली

आई परंपरा उनके कम-बुद्धि होने की। उन्हें पसंद करने का मेरा एक और कारण भी था, हमेशा दादी और माँ मेरी तुलना बुआ से ही करती आई हैं। मन्नू हमेशा भाग्यशाली रही। उसकी तुलना कभी किसी ऐसी लड़की और ऐसी औरत से नहीं हुई, जो उन दोनों की नजर में कम-बुद्धि जैसा संबोधन रखती हो। उसके बुद्धिमान होने के कई किस्से थे, जिसे हमेशा मेरे किस्सों से तुलना करके सुनाया जाता। जहाँ बड़ी बुआ के लिए सोचा जाता था कि उसने कभी जेठानी का विरोध नहीं किया, शायद वह चाहकर भी कर न पाई हो, क्योंकि लड़कियों को दबंग बनाने की विचारधारा, कभी हमारे परिवार की रही ही नहीं, जो जोड़ी की दृष्टि से हमेशा कमजोर रहा, बड़ी बुआ, जहाँ उसकी माँ नहीं थी, छोटी बुआ जिसने बचपन में ही अपने पिता को खो दिया।

जब फूफाजी की सरकारी नौकरी लगी, वे किसी स्कूल में मास्टर हो गए। सत्ता हाथ में जाते ही बेजरूरतमंद सास अपनी बहू के दर्द को भली-भाँति समझती थी, रात में उसके सिर पर हाथ फिराते हुए सास ने कहा, "पूरन, लल्ला के साथ चली जा।" अपनी सास के गले से लिपटकर वह रो पड़ी, "नहीं, अम्मा मैं नहीं जाऊँगी। यहीं किसी कोने में पड़ी रहूँगी।"

"बावली, अपने पति का साथ तो सबसे बड़ा सुख होता है।" दो महीने उस छोटे-से कमरे में रहकर जब पूरन वापस आई तो मुसकराते हुए सास ने बोल दिया, "पूनम, अब मत जाना।"

"न, अम्मा मैं तो जाऊँगी," शब्द से ही सास समझ गई कि पूरन को गृहस्थी का बोध होने लगा है। भाग्य से बड़ा कोई नहीं होता। बुआ को कोई संतान नहीं हुई, फिर अचानक भैया भी चल बसे। थोड़ा लालच भी रहा ही था और कुछ यह भी होगा कि अगर जरूरत पड़ी तो अपना ही खून क्यों न लिया जाए, "भाभी माधव को मुझे दे दो," दादी अकेली जरूर हो गई थी, लेकिन उसकी सूझ-बूझ और उसकी समझदारी के साथ-साथ विरासत में मिला दबंग स्वभाव कहने से नहीं कतराया, "दे तो जरूर दूँगी, पर घर के काम करने के लिए नहीं।" दादी जानती थी, इतने बड़े परिवार में मायके से लाए हुए अपने भाई के बेटे को पूरन वह अधिकार न तो परिवार में दिलवा पाएगी, न ही अपने पति की नजर में, "लेकिन उससे पहले अपनी जायजाद बेटे को नाम करनी होगी," जेठ, जेठानी और पति के दबाव में जीती आई पूरन, कितनी भी मूर्ख सही, पर अपने अधिकार की सीमा तो जानती थी, पर शायद यह नहीं जान पाई थी, पति के द्वारा बोले गए ये शब्द, अपने भतीजे

को ले आओ, उसके भाई के जाने के दु:ख को कम करने के लिए बोले गए थे या उनमें वाकई कोई सत्यता थी? उम्र के दूसरे पड़ाव में आकर उन्होंने अपनी ही देवरानी के बेटे को गोद ले लिया। बुआ का आना मेरे लिए सुखद ही रहा, जिसने सवालिया नजरों से मुझे बचाया।

18

ईश्वर के प्रति मेरे रुझान का कारण भक्ति ही है या मेरी आवश्यकता, मैं नहीं जानती, लेकिन मुझे एक संतुष्टि और हिम्मत जरूर मिलती है, मेरी आस्था दिन-पर-दिन बढ़ती जा रही है। घर का माहौल भी धार्मिक है, पापा को यह मेरा गुण ही नजर आता है, लेकिन मेरा पूजा-पाठ करने का आशय छोटी-मोटी समस्याओं से इतर, सिर्फ रिजल्ट है, जब भी कभी डाँट पड़ती है, तो मैं रो जरूर लेती हूँ, लेकिन उन समस्याओं का समाधान करवाने के लिए मैं अपने व्रत का कोटा कभी नहीं कटवाती। कभी-कभी आस्था इस हद तक भी बढ़ी है कि रास्ते में मिलनेवाली साध्वियों को देखकर, साध्वी बनने की इच्छा भी मेरे मन के किसी कोने में जागी है।

गाँव से आई शकुन भाभी की सास दादी के पास बैठकर रोज रोती है, उसके पास से बहाने से निकलते हुए मैंने जान लिया है, उनके रोने का कारण भाभी की तीन सफाई और तीन बेटियाँ हैं। बेटे की महत्ता मैं जानती तो हूँ, पर उस दिन सास के बहू के प्रति सहानुभूति भरे शब्द अजीब थे, "बहनजी, बेटे बाजार में मिलते तो खरीदकर ला देती, चाहे घर-बार सब बेचना पड़ता।" शकुन भाभी, जो कुछ महीने पहले ही पड़ोस में रहने आई है, जिनकी तीन बेटियाँ हैं, छोटी बेटी पाँच साल की, बीचवाली लगभग सात साल की और सबसे बड़ी आठ साल की, छोटी बेटी हमेशा कटोरी में भरकर नमक खाती रहती है। सबसे बड़ी बेटी का चेहरा-मोहरा तो ठीक है, पर साँवली है। हाथ-पैर पर मोटे-मोटे बाल हैं। शकुन किसी से ज्यादा बात नहीं करती, पर माँ से उनकी अच्छी जमती है। उनकी बहुत मार्मिक कहानी है, हर दो-तीन दिन में वे माँ को अपनी कहानी सुनाती ही रहती हैं तो मैं भी आते-जाते पास से निकलते, आधी-अधूरी कहानी जोड़कर पूरी कहानी समझ चुकी हूँ।

जब माघ, आषाढ़, वैशाख का हिसाब लगाते हुए, पूरे दस महीने बीत चुके तो शगुन को बढ़ते पेट की चिंता सताने लगी, जाने इस बंद काल कोठरी में क्या

है? नौ महीने से प्रसव की प्रतीक्षा करते हुए दसवाँ और ग्यारहवाँ महीना पहाड़ जैसा लगने लगा था। उस पेट को लेकर, उठना-बैठना यहाँ तक कि लेटना भी मुश्किल था। पति की कमाई का कोई साधन नहीं था, जो अभी पढ़ ही रहा था। उसकी भरपाई भी शगुन की मेहनत से ही होती। एक रात जोर का दर्द उठा, सास भागकर दाई को बुलाकर लाई, बंद होती आँखों में शगुन को इस बात की खुशी थी कि प्रतीक्षा के बाद वह समय भी आ ही गया। अधमरी-सी हालत में शकुन ने एक बेटी को जन्म दिया। उँगलियों पर लगे महीनों के हिसाब के आधार पर बच्चा ग्यारह महीने का था। लड़की के हाथ-पैरों पर बाल थे और उससे भी बड़ा अपशकुन उसके दो दाँत निकल आना। सास और दाई की मौजूदगी में, शकुन ने डायन को जन्म दिया। दाई ने होते ही सास की तरफ इशारा करते हुए कहा, "गला दबा दो इसका," हल्की आँखें खोले शकुन, सास के चेहरे को देख रही थी। हृदय से कोमल रही सास इतनी हिम्मत नहीं जुटा पाई थी कि लड़की का गला तुरंत दबा सके, "देख क्या रही हो? मार दो लड़की को, अपशकुनी डायन है।" शरीर से बहती खून की धार के साथ ही, शकुन बिलबिलाकर खड़ी हो गई और अपनी सास के पैर पकड़ लिये, "माताजी, ऐसा मत करो, मेरी बच्ची डायन नहीं है।" बहू की तो क्या लाज रखती, पर कहीं-न-कहीं अपने पढ़े-लिखे बेटे का डर जरूर था। उसका सामना कैसे करेगी, जो जाने कैसे-कैसे तर्क-वितर्क आज तक करता रहा था। कहीं घर छोड़ गया तो? बिस्तर पर पड़ी उसकी बेटी और जमीन में पड़ी शकुन को छोड़कर, दाई और सास उलटे पैर बाहर निकल गईं। सास ने यह बात अपने मुँह से नहीं निकाली, कहीं बेटे को भनक लग जाए और अगर जेठानियों को पता चली तो हवा बनाकर बात को चार गाँव में पहुँचा देंगी। लड़की के भविष्य की दादी को अभी से चिंता सताने लगी थी, पर दाई की जुबान पर कोई ताला नहीं था। हर दिन कोई न कोई शकुन की बेटी को देखने आता ही रहता, कोई मुँह में उँगली डालकर देखता, तो कोई कपड़ा उघाड़-उघाड़कर उसके सारे शरीर के अंगों को, तब शकुन चुपचाप कमरे में टँगी अपनी रस्सी पर लटकी साड़ियों को देखती रहती। बड़ी मेहनत के बाद जौ और आटे के उबटन से लड़की के बाल कुछ हद तक शकुन खत्म कर चुकी है और उसने अपनी बेटी को डायन होते-होते बचा लिया और तब से लगातार तीन बेटियाँ।

एक दिन अचानक यूपी सरकार का सरकारी फरमान आया, पुराने सभी बी-एड. किए गए लोगों को सरकारी नौकरियाँ दी जाएँगी। इस तरह बारह साल बाद

पति को नौकरी मिलने से, शकुन के दु:खों का अंत हुआ और उसने अपनी तीनों बेटियों को लेकर, हमारे घर के पास बने एक मकान को खरीद लिया। अपने कम दिमाग बेटे के चलते, जेठानी का दिया जाने वाला ताना, "सूनी सार से तो मरखना बैल अच्छा।" जिसके चलते वह तीन बेटियों की सफाई करवा चुकी है। अकसर शकुन अपनी बेटी की तुलना मुझसे करती है तो कहीं-न-कहीं यह बात मुझे संतुष्टि दिलाती है और थोड़ा आत्मविश्वास भी कि मेरे और मन्नू दोनों के रहते हुए हम दोनों की तुलना में, वह मुझे ज्यादा बेहतर समझती है, जो घर में कभी नहीं हुआ।

सभी जब कहते हैं कि मैं सुंदर दिखती हूँ, तो कई बार शीशे के सामने गौर से खड़े होकर मैंने खुद को देखा है। एक ऐसा गुण, जो मुझे शायद बहुत सी लड़कियों से अलग खड़ा कर देता है, विशिष्टता किसे नहीं पसंद होती पर मुझे उसकी बहुत आवश्यकता भी है। ट्यूशन से लौटते हुए जब दो छोटी-छोटी लड़कियाँ मेरे पास से गुजरती हैं और उनकी फुसफुसाहट मेरे कान में पड़ती है, "कितनी सुंदर है?" घर के बाहर एक अलग दुनिया है, जहाँ मुझे किसी को कोई सफाई देने की जरूरत नहीं, जहाँ लोगों ने मेरे लिए कोई धारणा नहीं बना रखी। जब घर पर कोई नहीं होता तब अकसर माँ की साड़ी पहन पूरे सोलह श्रृंगार कर खुद को देख लेती हूँ तो शादी जैसे नाम से पूरे शरीर में कंपन दौड़ जाता है। कभी दादी का भाषण याद आ जाता है। कितनी नीरस बातें करती हैं वे, "चौबीस घंटे चेहरे को निहारने से कुछ नहीं होता, शरीर से कोई प्यार नहीं करता, लोग उसको प्यार करते हैं जो काम करता है। आदमी ऐसे नहीं होते, जैसे इन टी.वी. में दिखाते हैं। मुँह पर मुँह रखकर चौबीस घंटे प्यार करनेवाले।" ये दादी का फेवरेट डायलॉग दिन में एक बार जरूर सुनने को मिलता है। जब वह ऐसा बोलती है, तभी कहीं-न-कहीं सारे सपने टूट जाते हैं, तब लगता है, चाहे पूरी दुनिया कैसी भी होती हो, शायद दादी से बुरी तो नहीं होती होगी।

दसवीं के बाद रिंकू को बाहर पढ़ने के लिए भेज दिया, वह चाहता है वह डॉक्टर बने। जब वह गया और पापा उसे छोड़कर आए, तो आकर बहुत रोए, जब भी आकर जाता है, माँ बहुत रोती है। कभी-कभी सोचती हूँ, अगर मैं कभी ऐसे जाती तो क्या पापा मेरे लिए रोएँगे, शायद मरने पर भी नहीं? मरने जैसे खयाल अकसर ही दिमाग में आते हैं, यह कोई नई बात नहीं, जिन खयालों को मैं शालिनी के कंधों पर मिटा देती हूँ। वह कहती है जिसकी लाइफ का पहला पार्ट अच्छा नहीं होता तो दूसरा बहुत अच्छा होता है। उस क्षण ये बातें बहुत राहत पहुँचाती हैं, चाहे इनमें बिल्कुल भी वास्तविकता न हो।

ऐसा नहीं है कि मैंने कभी ध्यान नहीं दिया, कम दिखने की शिकायत मुझे हमेशा रही है। बोर्ड पर लिखा हुआ हमेशा नोट करने के लिए मुझे आगे आना पड़ता है, लेकिन मुझे यह समस्या आम लगती है, क्योंकि मेरी तरह और भी बहुत-सी लड़कियाँ आगे बैठकर नोट करती रही हैं, पर मुझे यह नहीं पता कि जितना धुँधला मुझे दिखता है, क्या सभी को इतना धुँधला दिखता है? यह फर्क करना मेरे लिए बहुत मुश्किल है। जब मन्नू ने दूर पड़ोसी के एंटीना की तरफ इशारा करते हुए कहा, "दो कबूतर हैं," तो मुझे सच में दिखाई नहीं दिए। कभी-कभी यह बात बहुत धीरे से मैंने माँ को बताई है, पर वह हर बार चुप लगा जाती है, उनकी चुप्पी का कारण मैं समझती हूँ, लड़की के चश्मा लग जाना, यानी शादी में आनेवाली अड़चनें।

चार दिन से तेज बुखार डॉक्टर की दवाई से भी नहीं उतरा। माँ के पास इतना समय नहीं होता कि वह मेरे पास बैठी रहे, पर बीच-बीच में वह मेरा सिर छूकर देख जाती है। माँ को भी शायद ऐसा लगता है कि मैं बहुत बड़ी हो चुकी हूँ। जब मैं और मन्नू साथ सोते हैं और वह उठाती है, तो माँ मन्नू के सिर पर कई बार प्यार करके उठाती है, लेकिन मेरे सिर पर वह कभी प्यार नहीं करती। मन्नू के लिए प्रयोग किए जाने वाले संबोधनों से मुझे ईर्ष्या होती है। काश! माँ की बस एक बेटी होती मैं, तो कभी कोई तुलना नहीं होती। चार दिन तक भी बुखार न उतरने पर माँ किसी और डॉक्टर के पास मुझे दवाई दिलवाकर लौट रही थी कि सामने चश्मेवाले की दुकान देख जैसे ही माँ ने कहा, "चल, तेरी आँखें टेस्ट करा दूँ।" मेरा रोम-रोम खिल गया। माँ कुछ तो समझती ही है मुझे? एक नंबर, दो नंबर, माइनस दो नंबर आ जाना और डॉक्टर का कहना, "इसका नंबर तो बहुत है, आपने पहले क्यों नहीं दिखाया?" माँ मन ही मन पछताती दिखती है। तरह-तरह के सवाल चश्मेवाले से पूछ रही है, "क्या लगने के बाद कभी नहीं उतरता, ज्यादा बड़ा नंबर है, क्या इसका उतरने का कोई उपाय नहीं?" और मैं चश्मे के अनगिनत फ्रेम में से अपने लिए फ्रेम चुन रही हूँ और तभी के तभी उसने मेरा चश्मा बनवा दिया। माँ को इस बात की भी चिंता है कि चौबीस घंटे लगाना होगा, सभी को पता चल जाएगा, सुधा की बेटी को चश्मा लगा हुआ है, लेकिन इसकी बिना परवाह किए माँ मेरा चश्मा बनवा लाई, शायद उसके लिए मेरी आँखें ज्यादा जरूरी हैं।

चश्मा देखकर दादी की आँखें फट गईं, उसने मुझे देखकर रोना शुरू कर दिया, "यह क्या हो गया मेरी बेटी को? कैसे दिखना बंद हो गया, बता अभी से इस उम्र में चश्मा लग गया। मैं तो बूढ़ी हो गई, अब तक चश्मा नहीं लगाती।

कैसे नजर कमजोर हो गई?" मुझे भी लगने लगा, जैसे चश्मा लगना एक नया अपशकुन हो गया। उलटे हाथ से खाना, चश्मा लगाना और कम-बुद्धि, सारी बातें एक साथ मिलकर कितना दुःख देती हैं। माँ ने जाने कहाँ से सुन लिया कि दखनी मिर्च के लड्डू खिलाने से चश्मा उतर जाता है। दूसरे ही दिन वह दखनी मिर्च खरीद लाई, उसने मेरे लिए लड्डू बना दिए। रोज एक लड्डू खाना, जैसे रोज मिर्च की एक कटोरी खाना है। इतनी जलन होती है कि मुझे दस मिनट चीनी अपनी जीभ पर रखनी पड़ती है। दस दिन खाने के बाद इतनी बुरी हालत हो गई कि आँखों, हथेलियों, पैरों के तलवों सबमें से आग निकलने लगी, बाथरूम जाने में दिक्कत होने लगी। यह बात जब मैंने माँ को बताई तो माँ को दूसरे दुःख सताने लगे, कहीं ऐसा न हो, ज्यादा गरम खिलाने से, बच्चे होने में परेशानी हो। उसकी भविष्य की सारी चिंताएँ मेरी शादी और मेरे बच्चों से ही संबंधित होती हैं। मिर्च को घटाकर एक चम्मच कर दिया गया और नियमानुसार आँवले को रात में भिगोकर सुबह उससे आँखें धोने से चश्मा उतारने की गारंटी ली गई। किसी ने कहा, सुबह के समय नंगे पैर घास पर चलने से चश्मा उतर जाता है। सारे जतन करने के बाद भी, नंबर नहीं घटा। अंततः धीरे-धीरे परिवार का दबाव कम होता गया और मैंने चश्मा हटाने का निर्णय छोड़ दिया। माँ जब ज्यादा दुःखी हो जाती तो कहती, "मेरी आँखें, जब बचपन में माता निकली थी, तभी खराब हो गई होंगी और रह-रहकर दादी का नाम लेती है, डॉक्टर को नहीं दिखाने दिया और मेरी बच्ची की आँखें खराब कर दीं।

स्कूल में जहाँ बहुत-सी लड़कियाँ हैं, वे चश्मा लगाती हैं। उलटे हाथ काम करती हैं और मुझसे कहीं अधिक कम-बुद्धि रखती हैं। वहाँ आकर जैसे कोई एनर्जी टॉनिक मिल जाता है, बिल्कुल किसी दूसरी दुनिया की तरह। इसलिए सर्दी हो, गरमी हो, बरसात हो, मैं कभी स्कूल आना नहीं छोड़ती, चाहे क्लास में दस ही लड़कियाँ हों, फिर भी मैं स्कूल आती हूँ।

दुर्गा मैडम हमारी क्लास टीचर, जिनके नाम में ही वीर रस है। कभी नहीं सोचा था, उनके सामने ऐसी कोई परेशानी आ सकती है। वे मैटरनिटी लीव पर थीं। मॉनिटर होने के नाते मुझे और कुसुम को घर किसी काम से बुलाया था, उनकी कोठी के बाहर खड़े होकर जब मैं उनके आलीशान कमरे के बारे में सोच रही थी, तब हमें ऐसे कमरे में ले जाया गया, जहाँ एक खाट और अँगीठी के अलावा कुछ नहीं था। वह एक बुढ़िया से कह रही थी, कोई नहीं कर रहा मेरी, सब नाराज हैं, दूसरी बेटी हुई है न। जो औरत चेयरमैन का विरोध करने से नहीं डरती थी, उसके

मुँह से ऐसे शब्द बहुत चुभे, तब एक ही खयाल आया, क्या हुआ, जो दादी मेरी कलाई बार-बार पकड़कर देखती है, इसको तो पानी भी लग जाता है और रिंकू की तरफ देखकर बोलती है, यह तो पनपता ही नहीं। उसका रिजल्ट आने पर दादी अपनी पेंशन से रेंजर साइकिल दिलाती है। अकसर दादी बोलती है, जंगली घास को कभी पानी नहीं दिया जाता, वह तो ऐसे ही पनप जाती है। रिंकू के काम की मना करते ही दादी को कितना गुस्सा आता है, तू भी जब तक प्यारी है, जब तक भैया है। मुझे दादी कभी पसंद नहीं रही, पहले मारती थी, अब मारती नहीं है तो दादी के पास एक ही डायलॉग होता है, "मैने पाली थी, तेरी माँ तो तुझे छोड़कर चली गई थी।" मुझे इस बात को बार-बार सुनना पसंद नहीं, माँ मुझे छोड़कर गई थी।

19

शालिनी को आजकल एक नया शौक चढ़ा है, डांस सीखने का, बहन की शादी में डीजे तोड़ना है। वह खींचकर मुझे भी ले गई बिट्टू के पास, कल्पनगर का फेमस डांसर, मेरे बहुत मना करने के बाद भी वह मुझे हर जगह खींचकर ले जाती है, "अगर घर में पता चला तो, पता है न दादी मुझे पूरे मोहल्ले में नचा देगी।"

"अरे, तू इतना डरती क्यों है, मैं हूँ ना!"

"तू मुझे मरवाएगी किसी दिन।" बिट्टू डांसर के बारे में सब कहते हैं कि वह एक लड़की है, पर मुझे तो कहीं से नहीं लगता? अधिकतर मैंने उसे दूर से ही देखा है, कभी-कभी स्कूल के बाहर, लड़कों के साथ बैठी रहती है। हमेशा पैंट और शर्ट पहनना और पान चबाते रहना, सिगरेट भी पीती है। एक मुसलमान लड़की। निर्भीक होकर कहना, "मैं लड़की नहीं हूँ, लड़का हूँ।" सारा परिवार इतना परेशान हो गया कि उसकी शादी कर दी। वहाँ से भाग आई, लड़कियाँ जब उसकी बातें करती हैं, तो एक बात खुलकर कभी नहीं बोलतीं, हमेशा किसी के कान में बोलती हैं, वह अपनी छाती पर कपड़ा बाँधती है। उसके व्यक्तित्व का डर मेरे अंदर पहले से ही है, एक तो मेरे अंदर डाउट बना हुआ है, वह लड़का है या लड़की? उसने दो ठुमके के बाद ही शालिनी को शांत करके कहा, "पहले आपको जुम्मा सिखाएँगे। आपकी कमर में मूव नहीं है। आपके ऊपर एक्स्ट्रा ध्यान देना पड़ेगा।"

"फीस कितनी है?"

"पाँच सौ रुपए।"

"लेकिन गेट के बाहर तो तीन सौ लिखा है?"

"ऑफर उन लोगों के लिए है, जिन्हें थोड़ा-बहुत नाचना आता है।" उसके कमरे से बाहर निकलते ही शालिनी का दिमाग सातवें आसमान पर था, "खुद को लड़की तो कभी बना नहीं पाई, बीच में झूल रही है और मुझे जुम्मा सिखाएगी; मुझे नहीं सीखना कोई जुम्मा-वुम्मा। दीदी ने कितनी बार कहा है मैं हू-ब-हू गोविंदा की तरह नाचती हूँ।" मैं ज्यादातर शालिनी का विरोध नहीं करती, इसलिए नहीं कि मैं उससे डरती हूँ, इसलिए कि मैं उसे नाराज नहीं करना चाहती, पर शालिनी को कभी डांस नहीं करना चाहिए, "अभी देखना दीदी की शादी में ऐसा डांस करूँगी, सबको फेल कर दूँगी।" जिस दीदी की शादी में वह डीजे तोड़ने की कह रही थी, वहाँ मैंने उसे दही-भल्ले में एक्स्ट्रा चटनी डलवाते हुए ही देखा। दादी के कितने हाथ जोड़कर उसने उन्हें मनाया था, मुझे रात को रुकने के लिए। बारह बजे के बाद मैंने उसे पूरे टेंट में चारों तरफ देखा, पर वह कहीं नहीं दिखी। धर्मशाला के अंदर पहुँची तो तीन कुर्सियाँ मिलाकर, एक पैर नीचे और एक पैर कुरसी के ऊपर, छोटा-सा पेट, जो सूट सिलवाने के बाद चार बार टेलर से फिटिंग होकर आया था, जिसकी अंतिम लड़ाई में वह फैसला ले चुकी थी, कमीने से कोई सूट नहीं सिलवाऊँगी, सारी फिटिंग बिगाड़ दी। मेरे शादी में पहुँचते ही उसने मुझे अपनी कमर दिखाते हुए कहा था, "देख रही है, कितना लूज है। सारे सूट का नाश कर दिया। ऐसी बद्दुआ निकल रही है, उसके चारों बच्चे लँगड़े पैदा हों।" बेचारे की अभी शादी भी नहीं हुई और ये इतनी श्योर कैसे है कि उसके चार बच्चे ही होंगे और श्राप क्या सोचकर दिया है, देना ही था तो कोई टेलर न हो, यह कहना चाहिए था। वही सूट, जो लूज था, फूलकर फटने के कगार पर पहुँचकर शिकायत कर रहा है, दही-भल्ले की चटनी कुछ ज्यादा हो गई, खुला हुआ मुँह ऐसे फुंकार रहा है, जैसे पांडाल इसी बेचारी ने लगाया हो। मैंने उसे हिलाकर कहा, "उठ न, फेरे पड़नेवाले हैं।" पास से निकलती आंटी ने कहा, "कुंभकर्ण की माँ, ये न उठेगी अब। जब तक माँ की डंडी न खा ले कभी नहीं उठती।" जो जूते चुराने की प्लानिंग तीन महीने से चल रही थी, वह सब धरी-की-धरी रह गई। चाची और मामा की लड़कियों ने सारे पैसे हड़प लिये, बाद में उसने मुझे बताया, "चुटिया मार खूब लड़ाई हुई थी। मैंने अपने हक के पैसे ले लिये, ओरिजनल साली तो मैं ही थी।"

विदाई के समय उसकी माँ, अपनी बेटी के जाने पर, जिससे कुछ बोलते नहीं

बन रहा था, कुछ भी कहती तो आँसू लटककर गालों तक पहुँच जाते, जो व्यस्तता के कारण कुरसी पर सोई अपनी बेटी को देख तो जाती थी और एक नजर मुझ पर भी सहानुभूति भरी डाल जाती, लेकिन अब समय मिलते ही उसने अपना रूप बदल दिया, वह महादेव की तरह एकदम तांडव की मुद्रा में आ गई और शालिनी पर बरस पड़ी, "उठ जा, कमीनी; कब तक कालिया नाग की तरह फुँकारती रहेगी?" एक नजर मेरी तरफ देखने के बाद तो उसने चाँटा ही जमा दिया, "सहेली को बुलाऊँगी, सहेली को बुलाऊँगी, बेचारी कब से यहाँ बैठी है।" मैं यह सत्य मान चुकी थी कि माँ को बच्चों की इज्जत करनी कभी आएगी ही नहीं, मुझे उसका ऐसे पिटना अच्छा नहीं लगा था। आँखें मलते हुए, चोटी अव्यवस्थित ढंग से खुल चुकी थी, काजल आँखें मलने से फैल चुका था। गजरे की महकती कलियाँ निकलने के बाद, बस एक डोर उसके गाल पर लटक रही थी। विदाई के समय दरवाजे पर खड़े सभी बराती, जिसमें वह लड़का भी था, जो शायद शालिनी की वजह से ही, बरातवाली बस के साथ नहीं गया था। वह आँखें फाड़कर देखता हुआ अपने रात के डिसीजन पर पुन: विचार कर रहा था, वह नशे का असर था, या माहौल का, या लड़की वाकई में रात में सुंदर थी, मुझे उसके सारे सपने उसकी आँखों में टूटते दिखे। शालिनी तो उसे पहले ही रिजेक्ट कर चुकी थी, अब उधर से भी कोई आस नजर नहीं आती थी। उन दोनों को देखकर मैंने अपना मुँह चुन्नी में छुपा लिया। पापा मुझे लेने आ चुके थे, मैंने शालिनी के कान में कहा, "अब मैं जा रही हूँ।"

भविष्य की बिना कोई प्लानिंग के उसकी गाड़ी ऐसे ही चलती है। इसका एक बहुत बड़ा कारण है, जहाँ मैं अपने भविष्य को लेकर चिंतित रहती हूँ। उसकी मम्मी के न होने पर उसने अपनी अलमारी में रखी हुई जनमपत्री बार-बार मुझे खोलकर पूरी पढ़ाई है, "देख! नौकर-चाकर, धन की कोई कमी नहीं होगी। कहना माननेवाला पति।" यह सब पढ़कर वह चद्दर तान, फटकारकर सोती आई है। ईश्वर ने और पंडितजी ने मिलकर उसके लिए भविष्य की सारी सुविधाएँ एकत्रित कर रखी हैं।

12वीं के पेपर शुरू हो गए, लेकिन मुझे चिंता पेपर की नहीं है, एक नई चिंता ने जनम लिया है। ऐसा अकसर हुआ है, लड़कों ने मुझे देखकर कमेंट पास किए हैं। घर तक पीछा भी किया है, लेकिन यह लड़का रास्ता रोक लेता है, मैं चलती हूँ मेरे सामने अपनी बाइक अड़ा देता है, मैं कुछ बोलती नहीं, क्योंकि किसी बात का जवाब नहीं दे पाती, सच बताऊँ तो मुझे समझ ही नहीं आता कि वह बोलता

क्या है ? उसकी बाइक के आगे रुकते ही, जैसे मेरे कान सुन्न हो जाते हैं। मैं उसे जानती नहीं हूँ, आज से पहले कभी नहीं देखा। जिस दिन पेपर देने के लिए अकेले जाना हो, ईश्वर से प्रार्थना करती हूँ वह न मिले, उस दिन मैं रास्ता बदलकर जाती हूँ, फिर भी जाने उसे कहाँ से पता चल जाता है, मैं किस गली से निकलनेवाली हूँ ? वह मेरे लिए टेंशन बन चुका है। ऐसा नहीं है, मेरे शहर में प्रेमी नहीं होते या लड़कियों को प्रेम करने का अधिकार नहीं; मैंने अकसर सुना है, रिद्धि के बारे में, वह रात को सबके सोने के बाद, अपने बॉयफ्रेंड से मिलने के लिए अकेली बताए गए स्थान पर पहुँच जाती है, अकसर वह अपनी टूटी हुई मर्यादा के किस्से, स्कूल की छत पर बैठकर धूप का आनंद लेते हुए सुनाती है। मुझे हैरानी होती है कि रागिनी जैसी बदसूरत लड़की के एक साथ चार-चार दीवाने हैं। लड़कियाँ आगे-पीछे बातें करती हैं कि वह शराब और सिगरेट भी पीती है। सोनिया बेझिझक केमिस्ट से गर्भनिरोधक गोलियाँ यह कहकर माँगती है कि उसकी भाभी ने मँगाई हैं। जाने कितने किस्से ऐसे सुने हैं, पिता के गेट खटखटाते ही, बेटी अपनी सलवार का नाड़ा बाँधती हुई भागी और लड़का बाउंड्री कूदकर घर से बाहर निकल गया; जब सजा के तौर पर लड़की को मारा गया, तो उसने बगावत करते हुए अपने हाथ की नस काट ली, घरवालों को किसी दूसरे शहर जाकर उसकी शादी करनी पड़ी। एक झूठ मैंने भी बोला है, जहाँ सभी अपने किस्से डींग मारते हुए सुनाते हैं, वहाँ मैंने भी अपने लिए एक किरदार कल्पना में ही बना लिया है और पूछे जाने वाले सभी प्रश्नों का अंत कर दिया है।

अगर यह बात दादी तक पहुँची, तो जाने घर में कौन-कौन सी बातें होने लगेंगी, लेटरवाली बात बताते ही, पूरे घर का, कितना बेकार माहौल हो गया था। लोग क्या कहेंगे, विजय की लड़की के पीछे कितने लड़के आते हैं ? कादंबरी ताई, उनको पता चला तो, वह तो गा-गाकर जैसे पूरे कल्पनगर को इकट्ठा कर लेंगी और उसके बाद यह बात घर में पता चलते ही पढ़ाई बंद। उस लड़के की दिल में एक दहशत सी बैठ गई है। वह दिखने में अच्छा है, पर मुझे उसमें हमेशा एक खलनायक ही दिखा है, अगर घरवालों का विश्वास मुझ पर अटूट रहा होता, तो मैं कभी उसको बरदाश्त नहीं करती।

फूलवती चाची और उनके साथ एक जाना-पहचाना चेहरा, गाँव की अत्यधिक मशहूर औरतों में से एक, कामिनी। सब कहते हैं कि वह अपने देवर की मृत्यु की जिम्मेदार है। मैंने गरदन झुकाकर नमस्ते की और इससे पहले माँ या

दादी की आँखों का इशारा मिलता, मैं बाहरवाले कमरे से अंदर आ गई। वहीं बेड पर एक बच्चा सोया था, लगभग एक साल का ही होगा। उनके जाने के बाद माँ अंदर कमरे में आई, "पेपर कैसा हुआ, ट्यूशन जाएगी, तब हॉस्पिटल चाय देकर आ जाना, फूलवती भूल गई। वहाँ रुकना मत। मैं चली जाती, पर किशोरी के यहाँ कीर्तन में जाना है। किरण हॉस्पिटल में है।" माँ के न बोलने पर भी मैं समझ गई थी बच्चा किरण का है। मुझे हॉस्पिटल जाना पसंद नहीं, हर जगह दवाइयों की बदबू, खाँसते-कराहते लोग, सुई लगने से गूँजती बच्चों की आवाजें, उससे भी ज्यादा बेकार चीज वार्ड के अंदर जाना, जैसे हर मरीज आखिरी साँस ले रहा हो, "किरण नाम की लड़की किस वार्ड में है?" मैंने रिसेप्शन पर पूछा, "उसके साथ एक औरत है और एक साल का बच्चा।"

"पहली मंजिल, दूसरा बेड।" सीढ़ियाँ चढ़ते एक अजीब सा खयाल आया, मुझे ऊपर नहीं जाना चाहिए। जैसे कोई मुझे धकेल रहा है पूरी सीढ़ियाँ जिनको एक मिनट में पार करना चाहिए था, पूरे तीन मिनट लगे। मैं दूसरे बेड पर पहुँचकर भी पहुँचना नहीं चाहती, "अरे, कन्नू बेटा?" फूलवती चाची ने मेरे सिर पर हाथ फेरा फिर थर्मस हाथ से लेते हुए कहा, "मैं भूल आई थी।" मैं थर्मस देकर वापस मुड़ गई, "किरण से नहीं मिलेगी?" आदतन मैं मना नहीं कर पाई। वे आगे थीं, मैं पीछे, काँच के अंदर पड़ी हुई एक काली परछाईं, जगह-जगह बँधी पट्टियों से झाँकते उसके शरीर से उछलती खाल, मैं आँखें फाड़े देख रही थी और फूलवती चाची बोले जा रही थीं, "मेरी बेटी जाने बचेगी या नहीं, बेटा? ससुरालवालों ने जलाने की कोशिश की है। एक साल का बेटा है, कैसे-कैसे उसे सँभाल रही हूँ, मैं ही जानती हूँ। डॉक्टर तो कह रहे हैं, बच जाएगी। यह काँच का कमरा बहुत महँगा है, कोई ससुरालवाला देखने तक नहीं आया। कैसी घड़ी में विधाता ने किस्मत लिखी है। मेरी बेटी ने तो अभी कुछ देखा ही कहाँ है? केस भी कर दूँगी तो उससे क्या बेटी वापस जाएगी।" मेरे सामने एक के बाद एक चित्र चलने लगे, कपड़े की गुड़िया, बेर और अमरूद का बाग, नीम के पेड़ का झूला, छत के कबूतर, किरण मुझे शादी करनी है। तुझे पता है शादी कब होती है? किरण से लिपटता वह लड़का, उसे जगह-जगह छूता, आँसू जाने कहाँ से राह पकड़ गए। मैं यही सोचती आई थी—ये भूला हुआ अध्याय अब कहाँ मेरे जीवन का हिस्सा है? पर आँसू और दिल, दोनों दिमाग का साथ नहीं देते। मैं फूट-फूटकर रो पड़ी, उस लड़की के लिए, जिसके बिना कभी मेरा दिन नहीं निकलता था। अब चारों तरफ मैं और

किरण थे। फूलवती चाची ने मेरी आँखें पोंछ दीं, "तेरी तो बचपन की सहेली है।" मैं इस दुनिया में वापस आ गई, "चाची मेरा ट्यूशन है।" बिना एक मिनट रुके, बिना उनके जवाब का इंतजार किए मैंने दौड़ लगा दी। सर क्या पढ़ा रहे हैं, मैं क्या पढ़ रही हूँ, कुछ समझ ही नहीं आता; मुझे उसे भूलना होगा। दो दिन बाद पेपर है। पूरी रात नहीं सो पाई, दिमाग एकदम चकरा गया। मैं बार-बार उसे किताबों में लगाती हूँ और वह बार-बार हॉस्पिटल पहुँच जाता है। मुझे अपना पेपर खराब नहीं करना। अच्छे नंबर भी तो चाहिए। पूरे साल की मेहनत? उसके बारे में सोचने के लिए बहुत टाइम है। लास्ट पेपर ही तो है। मैं खुद को हर तरीके से मना लेना चाहती हूँ, पेपर का दबाव है, जो शायद भूल पाई हूँ। मैं दोनों दिन ट्यूशन जाते समय उस हॉस्पिटल के सामने से नहीं निकली।

पेपर के खत्म होते ही साँस में साँस, सिर्फ पेपर खत्म होने की वजह से ही नहीं, उस लड़के की वजह से भी आई, जिसने परेशान कर रखा था। सबने पेपर होते ही डिसाइड कर लिया, कौन क्या सीखेगा, पर मैं कुछ नहीं सीखना चाहती, सच कहूँ तो मुझे घर से नहीं निकलना, कहीं वह रास्ते में दुबारा मिल गया तो परेशान करेगा, "कन्नू, कुछ सीख ले।"

"नहीं माँ, मुझे कुछ नहीं सिखना।"

"क्या करेगी पूरी छुट्टी पड़ी हैं?" मैंने कोई जवाब नहीं दिया "अच्छा सुन, मैं हॉस्पिटल जा रही हूँ, दादी वहीं है, गेट बंद कर ले।" फिर वही डॉयलाग, "कोई आए तो गेट मत खोलना, बोलना माँ अभी नहा रही है, यह मत बोलना, घर पर कोई नहीं है।" अब मैंने माँ की ऐसी हिदायतों पर गरदन हिलाना भी छोड़ दिया है। गरमियों के दिन सच में बहुत लंबे होते हैं और बेजान से भी, जब कोई न हो और मेरी डायरी मेरे हाथ में, तब हर बेजान चीज बोल सकती है। कमरे के कोने में खड़ा सन्नाटा भी। वे बेजान डायरी के पन्ने भी, जो इंक की बूँद पड़ते ही अपनी कहानी कहने लगते हैं। उस समय शायद मैं वहाँ नहीं होती, जहाँ मैं वास्तव में होती हूँ।

बाहर से जोर-जोर से दरवाजा खटखटाने की आवाज आई। माँ का वही सवाल, कोई आया तो नहीं? पर आज बिना मेरी तरफ देखे अंदर चली गई। माँ ने खाना नहीं खाया, वह परेशान लगती है, बार-बार गेट तक जाकर वापस आ जाती है, कभी मुझसे पूछती है, "दादी आ गई क्या?" माँ के आने के दो घंटे बाद जब दादी आई, तो उसने मुझे आवाज लगाकर गेट के बाहर पानी मँगाया, लोटे से पानी अपने सिर के ऊपर छिड़ककर उसने घर के अंदर पैर रखा। मैं समझ गई थी कि

दादी ने ऐसा क्यों किया है और आते ही बाथरूम में घुस गई। जब नहाकर निकली तो उन्होंने अपने कपड़े भी धो दिए थे, मतलब; किरण अब नहीं रही, मुझे किसी ने नहीं बताया, "दादी आप नहाई क्यों?"

"ऐसे ही, पूरे कपड़ों में बदबू हो गई थी। बहुत सवाल-जवाब करती है।" रात भर किरण मुझे परेशान करती रही, उसका चेहरा बार-बार मेरी आँखों के सामने आ जाता, दो-चार दिन में यह हालत हो गई, दिन या रात अगर कोई अचानक छू दे तो मैं डर जाती, कभी जोर-जोर से चिल्लाने लगती, तो माँ मुझे सोते हुए उठाती, "क्या हुआ?" कभी डर से खुद ही आँख खुल जाती। हैंगर पर टँगी माँ की चुन्नी अँधेरे में किरण का हिलता हाथ-सा नजर आती है तो दो-दो घंटे में अपना मुँह चद्दर के अंदर छुपाकर हनुमान चालीसा पढ़ती रहती हूँ। पड़ोसी की छत की मुँडेर पर बैठे हुए मुझे किरण दिखाई देती है। एक दिन मैं बड़ी मुश्किल से सोई, मुझे लगा रात में किसी ने मेरे कान में कुछ कहा, मैंने आँख खोलकर अपनी गरदन उसकी तरफ घुमाकर देखा, किरण मेरे इतने पास; मगर इतने अँधेरे में, मैं उसे देख कैसे सकती हूँ? मैं माँ को बुलाना चाहती हूँ, पर मेरी आवाज नहीं निकलती। वह खड़ी हुई, मुझे घूर रही है। मेरे हाथ-पैर काँप रहे हैं, हाथों में झनझनाहट और गले में कुछ अटक गया है। किसी ने मेरी गरदन को जोर से दबा दिया और मेरे हाथ-पैरों को कसकर पकड़ लिया है। मैं हिल भी नहीं पा रही। मेरा पूरा शरीर हिलने की कोशिश कर रहा है, "कन्नू, कन्नू!" दादी की आवाज सुन, मेरी आँख खुल गई। पसीने में तर-बतर, काँपती हुई मुझे दादी ने अपने गले से लगा लिया। मैंने अपनी आँखें बंद करके जिधर किरण खड़ी थी, उस तरफ इशारा किया, "दादी, वहाँ किरण है, वह मुझे सोने नहीं देती, वह मुझे मार देगी, दादी, वह मुझे मार देगी।" मैंने रोते हुए दादी को और कसके पकड़ लिया।

"पागल हो गई है क्या? बेटा! वहाँ कोई नहीं है, देख, वहाँ कोई भी नहीं है।" दादी ने इशारा किया, पर मैं उधर देखना नहीं चाहती। मैं जानती हूँ वह वहीं खड़ी है, "नहीं, वह वहीं है, बस मुझे दिखाई देगी।"

"उलटी-सीधी बातें कहाँ से आती हैं दिमाग में?" दादी ने मेरे दोनों कंधे पकड़कर हिला दिए। दादी की आवाज दूर और दूर जाती हुई सुनाई देती है और मैं फिसलती हुई कहीं कुएँ में गिरती जा रही हूँ। जहाँ चारों तरफ किरण के चेहरे हैं। मेरी गरदन जैसे टूट चुकी है। छपाक पानी में गिरते ही मेरी आँख खुल गई, मेरा सारा चेहरा भीगा हुआ है। दादी ने माँ को आवाज लगाई, "सुधा, लाइट जला,

कोई नहीं है यहाँ पर, मैं तेरे पास सोऊँगी।" दादी ने मेरा सिर सहलाते हुए कहा। माँ भागती हुई लाइट जलाकर मेरे पास आई, "तूने बताया इसे?" दादी ने माँ को आँखें दिखाईं।

"नहीं मम्मी, मैंने कुछ नहीं बताया।"

"अभी बेहोश हो गई थी, इसे चारों तरफ वही दिखाई दे रही है।" दादी मुझे सहलाती रही और मैं दादी से चिपककर सो गई। सुबह उठते ही दादी ने आँखों को गौर से देखा, फिर काले कपड़े में राई बाँधकर कुछ बड़बड़ाते हुए मेरी कमर में बाँध दी। मेरा पलंग, जिस पर में सोती थी, उसमें भी ऐसी ही एक पोटली बाँध दी गई, दादी मेरे साथ सोती है। अब किरण कभी मुझे उठाती नहीं, पर सपने में आती है, जैसे ही वह मुझे पकड़नेवाली होती है, दादी मुझे उठाकर पानी पिला देती है। आज मुझे तेज बुखार है, दादी बार-बार मेरी आँखों में झाँककर देखती है, तो परेशान हो जाती है, उसे मैंने इतना परेशान कभी नहीं देखा। अब वह मुझे एक मिनट के लिए भी नहीं छोड़ती, हमेशा मेरे पास बैठी रहती है। एक शाम दादी मंदिर जाकर झाड़ा लगवाकर लाई है। डॉक्टर की दवाई से मैं ठीक होने लगी हूँ और अब किरण कभी-कभी सपने में आती है। माँ मेरे पास बैठकर पापा के कपड़ों पर प्रेस कर रही है, जो मेरा काम है, "माँ, मैं कभी शादी नहीं करूँगी।"

"क्यों?" मैंने माँ को उस न्यूज के बारे में बताया, जो बहुत पहले पेपर में पढ़ी थी, एक इंस्पेक्टर रोज रात को अपनी बीवी का खून शराब में मिलाकर पीता था और किरण के मरने का कारण भी तो शादी ही थी। माँ ने मेरी बात का कोई जवाब नहीं दिया। उसने चुपचाप अपनी गरदन हिला दी, "ठीक है, मत करना।" मेरे ठीक होते ही माँ ने मुझसे कहा, "चल तुझे दिल्ली छोड़ आती हूँ। मामी कह रही थी कन्नू को गरमी की छुट्टियों में भेज दो।" मेरा दिल्ली जाने का मन तो नहीं है, वहाँ मेरा मन नहीं लगता, पर मुझे यहाँ भी अच्छा नहीं लगता।

20

जाने क्यों इतना डरती है, इसका डरना और झिझकवाला स्वभाव मुझे बहुत परेशान करता है। इतना कमजोर दिल, भावुक हो जाना, जानती ही नहीं, दुनिया में ईर्ष्या, कुंठा, अभिमान इस हद तक है, वे अपने रिश्तों को भी निगल जाते हैं। रिश्तों में घुली कड़वाहट को अगर नहीं जान पाएगी तो हर कदम पर कमजोर

रह जाएगी। मम्मी जब भी उसे बेवजह डाँटती हैं, मुझे अच्छा नहीं लगता, पर विरोध भी नहीं कर सकती, अगर भविष्य में कुछ भी हुआ तो दोष मुझे दिया जाएगा, जहाँ विजय पहले ही बोल चुके हैं, मेरी जिम्मेदारी बस लड़कों की है, दोनों लड़कियाँ तेरी जिम्मेदारी हैं, उन्हें सही दिशा दिखाना, न केवल आज के लिए, बल्कि आगे आनेवाले कल के लिए भी। जब भी कभी कुंदन के साथ घर से बाहर निकलती हूँ, हर बूढ़ा, जवान उसे घूर रहा होता है, मेरे दिल की धड़कन बढ़ जाती है, कैसे मैं सबकी नजरों से उसे बचा लूँ। आसान नहीं होता एक बेटी को जन्म देकर, उसका माँ-बाप हो जाना, उसे सहेजना, सँभालना, सँजोना, उस मोती की तरह बचाकर रखना, जिस पर एक पानी की बूँद पड़ी, तो उसकी चमक खराब हो जाएगी। उसके शारीरिक बदलाव मन में चिंता का बीज बोते हैं। क्या वह इतनी बड़ी हो गई है कि खुद को सँभाल पाए? लोगों की बातें सुनती हूँ तो दिल डरता है, अंगूरी कितने निर्भीक तरीके से वंदना से लड़ाई में बोल गई, "अगर मेरी बहन-बेटी की कोई झूठी-सच्ची बात उड़ाएगा, तो मैं चुप नहीं बैठूँगी उसकी झूठी बात फैलाने में।" कितना मुश्किल है ऐसे माहौल में अपनी बच्चियों को बचाकर रखना। कुछ चीजों को देखकर भी नजरअंदाज करना पड़ता है, सिर्फ इसलिए कि मेरी दो बेटी हैं।

जब दसवीं तक उसे फ्रॉक पहनाती थी, तो वंदना कैसे घूर-घूरकर देखती थी, एक दिन उसने बोल दिया? "अब तो बड़ी हो गई है, फ्रॉक क्यों पहनाती हो?" पर मैंने किसी की नहीं मानी उसे पूरी आजादी दी। जो पहनना चाहे, वह पहन सकती है। उसे बनते-सँवरते देखती हूँ तो अच्छा लगता है, मुझे खुद को उसमें देखना, जब भी वह अपने बाल बनाती है तो केवल वही बाल नहीं बनाती, मैं भी बनाती हूँ। उसके साथ उसके स्कूल तक जाती हूँ। कभी किसी फ्रेंड के यहाँ जाने की कहती है, कभी नहीं रोका, पर बहुत सी बातें हैं, जो उसे समझनी होंगी। कभी इतने असमंजस में होती हूँ, क्या करूँ कठोर व्यवहार अपनाऊँ या थोड़ी नरम हो जाऊँ?

21

एक और असफलता का अध्याय मेरे जीवन में जुड़ गया, सेकेंड डिवीजन, पर इस बार मुझे दसवीं के बराबर दुःख नहीं हुआ। एक तो मेरे नानी के यहाँ होने के कारण, रिजल्ट के तुरंत बाद मुझे किसी का उतरा चेहरा नहीं देखना पड़ा, न किसी लड़की ने फोन करके मेरी डिवीजन पूछी, हाँ, पर बाथरूम में रोकर अपना

मुँह धो लिया। अब स्कूल की बातें कब की खत्म हो चुकीं, अब नई बातें, सबके मन के अंदर गोते खा रही हैं। कॉलेज; ऐसी जगह, जहाँ ड्रेस पहनने की कोई पाबंदी नहीं होगी। सुना है, क्लास में बैठने की भी कोई पाबंदी नहीं होती, टीचर तुम्हें डाँटने का अधिकार नहीं रखते। बारहवीं की क्लास टीचर ने अकसर ही क्लास में बैठकर कहा है कि कॉलेज में आते ही लड़कियों के पंख निकल जाते हैं, पहचानतीं तक नहीं। उनकी पुरानी छात्राओं ने उन्हें देखकर इग्नोर कर दिया, इस गुस्से का यही कारण था। फेयरवेल के पहले से ही तय था, कौन कॉलेज जाएगा, कौन नहीं? फेयरवेल में कुछ खास नहीं हुआ, सिवाय इसके कि अधिकतर लड़कियों ने साड़ी पहनी और मैंने सूट, जीवन में पहली बार मैंने माँ के साथ जाकर थ्रेडिंग बनवाई, थ्रेडिंग बनवाकर, सुंदर दिखने और बड़ी होने की खुशी इतनी ज्यादा थी कि साड़ी पहनने की परमीशन न मिलना, कहीं धुँधला हो गया। मैं भी खुश हूँ, क्योंकि मुझे भी पापा की परमीशन मिल गई है। मेरे कहने पर जब माँ ने पूछा, "कन्नू को कॉलेज भेजेंगे क्या?"

"हाँ-हाँ, बिल्कुल भेजेंगे। नो नॉलेज विदाउट कॉलेज।" दरवाजे के पीछे खड़े मेरे चेहरे पर बड़ी सी मुसकराहट खिल गई। मेरे कॉलेज जाने की अनुमति मिलने के पीछे एक बहुत बड़ा कारण है, हमारे ही गाँव के एक ऐसे परिवार का पड़ोस में आ जाना, जिन्होंने हर क्षेत्र में अपनी लड़कियों को आगे बढ़ाया है, वह गाँव का अकेला ही ऐसा परिवार रहा है। बाकी सभी परिवार ऐसे हैं, जिन्होंने कभी अपनी लड़कियों को स्कूल नहीं भेजा, प्राइवेट स्कूल, प्राइवेट कॉलेज, सबकुछ घर बैठकर ही कराया है, रामरतन ताऊजी ने उनकी बेटी की शादी में गई दादी को बड़ी शान से बताया था, "चाची; यही बेड है, जिस पर बैठे-बैठे तुम्हारी पोती एम.ए. कर गई।" जबकि कल्पनगर में एक सरकारी कन्या विद्यालय है, जिसमें मेरे जैसी लड़कियाँ पढ़ीं, जहाँ वे अपनी बेटी को बिना पैसों के, बिना लड़कों के डर पढ़ा सकते थे अगर बात उदाहरण की आती है तो पूरा गाँव उसी परिवार की लड़कियों का देता है, चाहे उसने समाज के उन नियमों को भी तोड़ा हो, जहाँ वे जकड़े हुए हैं, हमारे आस-पास पहला प्रेम-विवाह, उन्हीं की लड़की ने किया, वह भी एक उदाहरण रहा। अकसर यह बात तानों के रूप में सुनने में आती है, "हमारी कन्नू में तो इतनी अक्ल ही नहीं।" मेरे लिए घरवालों को समझना मुश्किल होता था, लेकिन अब मैं समझ चुकी हूँ कि वे खुद ही नहीं जानते कि वे मुझे क्या बनाना चाहते हैं, वह मुझे कहाँ देखना चाहते हैं? इसलिए उनकी सारी बातें सुनते हुए, उनके तानों,

गलियों को सामान्य ही लेती हूँ। उनकी लड़की ने बाहर नौकरी करते हुए, अपने लिए बिरादरी में योग्य वर तलाशकर, अपने पिता को रिश्ते के लिए भेज दिया, रूप, गुण और बिरादरी की लड़की से किसी को एतराज नहीं हुआ। गाँववालों ने परंपरा के टूटने की बहुत दुहाई दी, पर पेश न चली तो थककर बैठ गए। मेरे ही घर में बैठकर, मेरे सामने लड़की की माँ ने मेरी दादी से कहा था, "अगर गू खाया है, तो गधे का नहीं खाया, हाथी का खाया है। जिसको जो एतराज हो, होता रहे, मैं अपनी लड़की का सुख क्यों न देखूँ? कोई नहीं आएगा, शादी तब भी होकर रहेगी।" जीवन में पहली बार कोई इतनी दमदार महिला देखी थी, मैंने उनकी बेटी को तो कभी नहीं देखा, पर ऐसी माँ की बेटी निश्चित ही उन्हीं की तरह दमदार होगी। जिसने अपनी बेटी को पढ़ाने, नौकरी कराने और अंत में उसके प्रेम-विवाह को भी समर्थन दिया, खुद वे एक अक्षर भी नहीं पढ़ी हैं। उनके लिए मेरे दिल में विशेष सम्मान है। उस लड़की के पिता की भूमिका को भी नहीं नकारा जा सकता, जिसने उस हर खाई को भर दिया, जहाँ से उसकी बेटी निकलना चाहती थी। कहीं न कहीं उन्होंने मेरे लिए कई दरवाजे खोल दिए हैं।

कल्पनगर की सीमा को पार करता हुआ, सपनों की दुनिया का वह गेट, छोटी-सी बदरंग, दो मंजिला बनी सी आकार की वह बिल्डिंग, जिसे कॉलेज कहते हैं, कितना सुंदर दिखता है। फॉर्म भरने के लिए पहुँची लड़कियों के चेहरे आज विजय पताका लहराते दिखते हैं, जैसे इस कॉलेज में कदम रखना उनके लिए कोई जंग जीतना जैसा है। मेरी ही तरह शायद हर लड़की के दिल में पलता एक सपना, किसी का कॉलेज के गेट पर मिल जाना, कुछ-कुछ होता है, के शाहरुख खान की तरह। दूसरी तरफ खड़े मुसकराते लड़कों के दिल में भी शायद यही बात है। हर बार की तरह इस बार भी कुछ जाने-पहचाने चहरे नजरों से दूर हो गए, फॉर्म भरने आए कुछ चेहरे, पहुँचकर सिर्फ घर की चारदीवारी तक ही सिमट गए। इंटरव्यू के बाद लगी पहली क्लास में सत्तर के करीब लड़कियाँ रही हैं। बारहवीं के पेपर देनेवाली दो सौ लड़कियाँ थीं और हमारे स्कूल का रिजल्ट हमेशा की तरह 90 प्रतिशत से ऊपर रहा था। मैंने कॉलेज आना हमेशा अपना सौभाग्य माना है।

क्लास दो भागों में बँटी हुई है, जिसमें एक तरफ लड़के और एक तरफ लड़कियाँ बैठती हैं, यह रूल कहीं लिखा नहीं है, लेकिन सभी इस रूल को फॉलो करते हैं। क्लास के दो गेट, जिनसे एंट्री होती है, तो हमेशा ही लड़कियों के जाने के बाद लड़कों ने अपने जाने का इंतजार किया है। जहाँ लड़कियाँ सभी कल्पनगर

की हैं, वहीं लड़के अधिकतर आस-पास के गाँव के हैं। जिनके लिए कल्पनगर की लड़कियों के साथ पढ़ना, शायद बड़ी बात होगी, वे अधिकतर समय अपनी मेज पर सिर झुकाए, लड़कियों को ही घूरते हैं। बेंचेस पर लिखी अनगिनत प्रेम कहानियाँ, अपना इतिहास जैसे चिल्ला-चिल्लाकर बताती हैं कि उन्होंने यहीं शुरू होकर, यहीं दम तोड़ दिया। कॉलेज में पढ़नेवाले लड़कों से ज्यादा भीड़ वहाँ बाहर के लड़कों की होती है। गाँव से आनेवाले एक लड़के के साथ दो लड़के बस यहाँ की लड़कियाँ देखने के लिए ही आते हैं। पास से गुजरती लड़कियों को हँसते हुए मुसकराते कमेंट पास करते लड़के जैसे कॉलेज के गेट पर अपनी कुछ लड़कियों को चुनकर, बिना नाम जाने ही उनके कपड़ों के रंग से ही, अपने सपनों को जोड़ देते हैं, पर तीन साल निकलने के बाद भी, कभी लड़की के पास तक पहुँचने में कामयाब नहीं होते, अधिकतर प्रेम कहानियाँ बस उसे घर तक छोड़कर आते-जाते ही खत्म हो जाती हैं।

आज कॉलेज का चौथा दिन, क्लास में बहुत भीड़ है। अभी-अभी एक लेक्चर खत्म हुआ है। मेरी नजर एक मुसकराते हुए चेहरे पर पड़ी, वह मुझे देखकर मुसकरा रहा था। मेरी दिल की धड़कन बढ़ गई, मैं उसे देखकर किसी के पीछे छुप जाना चाहती हूँ। इसे किसने बताया कि मैं यहाँ पढ़ती हूँ? वही लड़का, जिसने बारहवीं के पेपर देना मुश्किल कर दिया था। धीरे-धीरे पता चला, हमारी ही क्लास में है, हमेशा मेरे साथ कितने बेकार इत्तेफाक हो जाते हैं? जब भी मैं लड़कों की बेंच की तरफ देखती हूँ, वह सिर्फ मुझे देख रहा होता है। मैं खुद को पीछे कर लेती हूँ, फिर देखती हूँ? वह पीछे होकर मुझे देख रहा है। किसी भी एंगल से बैठूँ, वह मुझे ही देखता है। मुझे उसकी घूरती नजरें चुभती हैं। उसने फिर से वही, मेरा बाइक से पीछा करना शुरू कर दिया, वह कहीं भी बाइक रोककर कुछ भी बोलने लगता है। मैंने अपनी सारी हिम्मत जुटाकर बोल भी दिया, "मेरा पीछा करने की जरूरत नहीं है," लेकिन इतनी मुश्किल और इतनी हिम्मत से बोली गई बात, उसके लिए सिर्फ एक मुसकराहट थी। सोते, जागते, उठते, बैठते, बस मैं इसी समस्या के बारे में सोचती हूँ। रिंकू कहता है, लड़के देख लेते, किस लड़की का कोई बड़ा भाई या बड़ा परिवार नहीं है, उसे ही ज्यादा परेशान करते हैं, तब मुझे सच में लगता है, मेरा भी रोशनी जैसा परिवार होता!

मैंने यह बात शालिनी को नहीं बताई, वह बार-बार मुझे अपना हाथ मारकर इशारा करती है, वह तुझे देख रहा है, तो मैं कह देती हूँ किसी और को देख रहा

होगा। उसका कारण है, शालिनी का मजाकिया स्वभाव, उसके लिए हर बात बहुत छोटी होती है। मेरी लिए यह बात मेरा पढ़ना तक छुड़वा सकती है और दादी की बातें, "कोई जरूरत नहीं है, किसी से मेल-जोल बढ़ाने की, लड़कियों के साथ ज्यादा दाँत फाड़ने की, चुपचाप जाना है और चुपचाप आना है। कॉलेज भेज रहे हैं तो कॉलेज बंद भी करवा सकते हैं और भाषण माइक पर बोलने और मॉनिटरी करने के दिन अब गए। अब अगर कहीं बोलती दिखी, तो सब लड़कों की नजर में आ जाएगी, यही लड़की है, जिसने भाषण दिया था, इसलिए अपनी डायरी और तामझाम उठाकर अंदर रख दे, बहुत हो गया भाषण, भाषण प्रतियोगिता। कभी भी कोई बात सुनी, उसी दिन शादी कर देंगे।" जो शादी कभी मेरे लिए भविष्य के सुनहरे सपने थे, जिसके बारे में यह सोचती थी कि बड़े अच्छे दिन होंगे, उसके नाम से मुझे डर लगने लगा है, अब उस तरफ भी मुझे नीरसता ही नजर आती है।

उस लड़के से इतर बहुत खूबसूरत दिन हैं ये, सब सच कहते हैं, कॉलेज लाइफ अलग होती है, चाहे कॉलेज कल्पनगर जैसे छोटी-सी जगह का हो, जहाँ ताज एक्सप्रेस को छोड़कर कोई बड़ी गाड़ी नहीं रुकती, जहाँ शहर के अंदर गिनती के तीन चौराहे हैं। एक मॉडर्न गिफ्ट स्टोर, दो फेमस कॉस्मेटिक की दुकान, जहाँ देवी का एक ही बड़ा मंदिर है, जिसके बाहर खड़ा प्रेमी महीनों से न देखी हुई प्रेमिका का इंतजार करता है। माँ ने अब कॉलेज से आकर शाम की चाय बनाने और चाय के बरतन माजने की जिम्मेदारी दी है।

"सुधा कहाँ है ?"

"माँ अभी आ रही हैं, आप बैठ जाओ।" मैंने उनके आगे कुरसी रख दी। केसर आंटी हमारे पड़ोस में ही रहती हैं। वे कभी अपने गाँव से बाहर नहीं निकल पाईं। अब बुढ़ापे में आकर जब उनके बड़े बेटे का विवाह चुका है, कल्पनगर जैसे शहर में आकर रह रही हैं। उन्होंने अपना आधा जीवन बिना दुनिया को जाने ही निकाल दिया। रात के आठ बजते ही, चाहे उनके पोते-पोतियों में कितनी भी लड़ाई हो रही हों, समय से लोटा लेकर छत पर चली जाती हैं। जहाँ गिरधारी अंकल उनका इंतजार कर रहे होते हैं। हमारी छत से देखने पर पता चलता है कि दस बजे तक वे उनके पैर दबाती हैं। लोग यह भी कहते हैं कि उनके लोटे में, जिसे अब तक मोहल्ले वाले पानी समझते आए थे, शराब होती है। माँ को देखते ही वे खड़ी हो गईं, "सुधा कहाँ थी ? तुझे तो एक बात बतानी थी, कैलाश लंबा अंदर जाएगा। मुझे तो लँगट्टा पर पहले ही शक था। वह कौन सी गाड़ी थी ? मममर्र्...मर्सईज

उसके प्लॉट के बाहर खड़ी है, उसमें एक लड़की की लाश मिली है गोरी-चिट्टी, उसके बदन पर कोई कपड़ा नहीं, इतने आदमी खड़े थे, मैं तो शरम से मर गई, उसके ऊपर अपनी चुन्नी डाल आई हूँ।" माँ और आंटी ने थोड़ा सा अफसोस जताया और केस की तफ्तीश में लग गईं।

माँ ने कहा, "जीजी, लँगट्टा अपना घर चार बार भी बेच देगा, तो भी मर्सडीज नहीं खरीद पाएगा।" आंटी ने एक लंबा-सा मायूसी भरा अच्छा ऐसे कहा, जैसे लँगट्टा अंकल फाँसी पर झूलते-झूलते रह गए। दूसरे दिन कॉलेज जाकर पता चला, वह मोहिनी थी। प्यारी-सी लड़की, जो दसवीं के बाद गायब हो गई, एक दिन मैंने उसके घर का हाल देखा था, बिना माँ-बाप की, पैरालाइज नानी, तीन छोटी बहनें, जो अखबार से लिफाफे बनाती थीं। ये सारे कारण बहुत थे, उसकी पढ़ाई छुड़ाने के लिए। सारे कॉलेज में बातें हो रही हैं, वह साड़ी पहनकर घूमती थी। सामनेवाले अंकल की गाड़ी में बैठा देखा था। संजीवनी हॉस्पिटल उसके अबॉर्शंस से ही चल रहा था। मैं उसकी चार साल की बहन की आँखें देख रही थीं, जो मुझे चाय की पूछते ही चमक उठी थीं। वह आदमी, जिसका उसके मर्डर में हाथ निकला, वह आदमी तो था, पर बड़ा, धरती पर जिसके लिए कोई अदालत बनी ही नहीं, उसका न्याय केवल ईश्वर पर छोड़ा जाता है। मोहिनी तो किसी की सहानभूति भी नहीं ले पाई, वह समाज की नजर में उसकी गंदगी थी, जो जितनी जल्दी साफ हो, अच्छा ही था।

22

शालिनी, सुनैना, आकांक्षा और शालिनी, हम चारों जैसे एक-दूसरे के लिए ही बने हैं। अब मुझे लगता है, मैं बहुत निर्भीक हो गई हूँ। सुनैना का घर कॉलेज से ज्यादा दूर नहीं है, बस, बस स्टैंड के दूसरी तरफ वहाँ एक पुरानी रेलवे लाइन पड़ी है, जिसे क्रॉस करना होता है, मैं जब भी उसे क्रॉस करती हूँ तो मुझे हमेशा ही यह लगा है कि मैं कोई न कोई मर्यादा लाँघ रही हूँ, पर उन तीनों का साथ मुझे हिम्मत देता है और मैं उसे खोना नहीं चाहती। शालिनी की छत पर बैठकर बेसिर-पैर की बातें करना, आकांक्षा के डैक पर नाचना, पूरे कॉलेज के लड़के-लड़कियों की बातें, हर छोटी बात पर जिस पर मुसकराकर काम चल सकता है, वहाँ तेज हँसी आती है। लगता है माँ और दादी इस मेरे जीवन में हैं ही नहीं।

अगर मैं किसी चीज से पीछा छुड़ाना चाहूँ, तो वह और ज्यादा परेशान करने लगती है। फर्स्ट ईयर में उस लड़के की बातें सबसे छुपाना तो मेरे लिए आसान था, अब सेकंड ईयर खत्म होते-होते उसकी हरकतें और बढ़ती जा रही हैं। छुपाना इसलिए भी जरूरी है, लड़कियाँ ही एक-दूसरे के चरित्र पर प्रश्नचिह्न लगा देती हैं। कल जो बेंच मेरे आगे रखी थी, उस पर उसने अपने साथ मेरा नाम लिखा था, जिसे देखकर मैं परेशान हो गई, कितनी बार मैंने वह अपनी कॉपी से छुपाया, कभी वहाँ पर्स रखा कि किसी की नजर न पड़े। उसे मिटाने की कोशिश की, लेकिन वह किसी नुकीली चीज से बेंच के ऊपर बनाया गया था। दूसरे दिन सबसे पहले क्लास के अंदर आने पर मैंने उस बेंच को उठाकर लड़कों वाली लाइन में रख दिया। लाइब्रेरी में, जब मैंने एक मैगजीन ली, उसके अंदर भी उसने अपने साथ मेरा नाम लिखा था। ये बातें मुझे बहुत परेशान करने लगी हैं, धीरे-धीरे साथ की सभी लड़कियाँ इस बात को जानने लगी हैं। कुमुद ने तो यह तक कह दिया है कि तुम उसे एप्रोच करती हो। कुमुद बड़े घर की अकेली बेटी, जिसके पापा रिजल्ट आने पर, उसके पास होने की खुशी में मिठाई बाँट देते हैं। उसका हर जन्मदिन ऐसे मनाया जाता है, जैसे कि आज के बाद आएगा ही नहीं। उसके अंदर खुद को सुपीरियर समझने का विश्वास कूट-कूटकर भरा है। दिखने में मुझसे अच्छी। मेरी नेचर के बिल्कुल विपरीत लड़की, बात चाहे लड़कों की हो या लड़कियों की, अपनी बात पर अड़ी रहनेवाली, उसका यही गुण उसके अंदर लीडर की प्रवृत्ति पैदा करता है। यही कारण है कि अधिकतर लड़कियाँ उसके पीछे चलती हैं, कोई उसकी बात नहीं लाँघता। शालिनी भी उससे अछूती नहीं है, वह मेरी कभी सहेली नहीं रही, लेकिन अब उसने मेरी कमियाँ निकालना शुरू कर दिया है। मेरे बाल, मेरा चश्मा, मेरी आँखें, वह कोई भी मौका नहीं छोड़ती, यह साबित करने का, मेरे अंदर कितनी कमियाँ हैं। धीरे-धीरे उसने यही बात सभी के दिमाग में फिट कर दी है। उसका कारण कहीं न कहीं निखिल है, जिसकी अधिकतर हरकतें पिक्चरों में दिखाए जानेवाले कॉलेज के लड़के से मिलती हैं, जो मेरे लिए डर और औरों के लिए ईर्ष्या का कारण बन गया है। कुमुद का यह भी कहना है, सिर्फ उसी लड़के को नहीं, मैं जाने कितने लड़कों को एप्रोच करती हूँ। वह कॉलेज, जिसमें बहुत मन लगता था, वहाँ मेरा दम घुटने लगा है। रोज घर से निकलने से पहले मेरे दिमाग से यही बात होती है कि आज किस चीज का सामना करना पड़ेगा? अब मुझे यह भी समझ आ चुका है अगर बात राजनीति की आई तो मैं उसमें भी नाकामयाब ही होऊँगी। शालिनी ने माँगने

आए बाबा को अपना हाथ दिखाया तो उसकी चिंता बढ़ गई, "तुम्हारा कोई दोस्त, तुम्हारे आनेवाले जीवन में तुम्हारी परेशानियों का कारण बनेगा। सबसे गहरा मित्र ही तुम्हें सबसे ज्यादा आघात पहुँचाएगा। ऐसे मित्र का साथ छोड़ने में ही भलाई है।" वह बाबा एक रुपए में शालिनी को भाग्य बता गया। मैं सबसे गहरी मित्र थी, तो वह मुझे यह बात कभी नहीं बता सकती थी। उसने यही बात कुमुद को बता दी। उसका शालिनी से यह कहना, "उससे दूर रह, वह अपने साथ-साथ तुझे भी बदनाम कर देगी। लोग तुझे भी उसके जैसा समझेंगे। शालिनी का चरित्र सबसे ज्यादा जरूरी होता है।" यह बात शालिनी ने इतनी गंभीरता से ली कि कुमुद से कह दिया, "मैं उससे नहीं कह पाऊँगी, अच्छा होगा तू ही मेरी तरफ से कह दे। मैं उससे दोस्ती नहीं रखना चाहती।" जब कॉलेज जाने के लिए मैं शालिनी के घर पहुँची, उसके चेहरे पर मैंने पहली बार घबराहट देखी थी। उसने मुझे तब भी नहीं बताया कि मैंने कुमुद से कुछ ऐसा कहा है। बस इतना कहा, "मुझे बहुत डर लग रहा है।" कॉलेज का माहौल एकदम अलग था। अपने साथ की छह लड़कियों के साथ, कुमुद मुझ पर हावी हो गई। मेरा जीतना नामुमकिन था, जब सबने आपको गलत साबित करने की ठान ली हो। कुमुद ने मुझसे कहा, "शालिनी से दूर रहना।" मैं शालिनी के चेहरे की तरफ देख रही थी, शायद वह कुछ बोलेगी। वह गरदन नीचे किए जमीन की तरफ देखती रही, उसने मेरी तरफ एक बार भी नजर उठाकर नहीं देखा, "तू चाहती नहीं कि वह कभी तेरा पीछा छोड़े।"

"ऐसा नहीं है कुमुद, मैं खुद उसकी हरकतों से परेशान हूँ।"

"अरे! चपप्ल उठाकर उसके मुँह पर मार, प्लीज कहेगी तो कौन माननेवाला है!"

"ये सब करके तुझे क्या मिलेगा कुमुद?"

"जो तुमने बोया है, वह काटना भी पड़ेगा, कुंदन। खुद को सही बताती हो, उसे एप्रोच नहीं करती, उसका सामना नहीं कर सकती, तो क्यों अपने घर पर नहीं बताती? इसका तो यही मतलब समझा जाएगा।" यहाँ किसी का पीछा करना भी उसके चरित्र पर उँगली उठाता है। उस दिन मुझे गलत ठहराकर मुझे शालिनी से दूर करके कुमुद ने एक अजीब सी संतुष्टि पाई, उसके चेहरे पर एक विजयी मुस्कान है और मेरा चेहरा किसी हारे हुए योद्धा की तरह, जैसे सबकुछ खत्म हो गया हो, जीवन में ऐसा कुछ न हो, जिसके लिए जिया जाए, किस-किसको सफाई देती फिरूँ और कहाँ तक? क्या यह भी कोई जीवन है, जहाँ हर कोई प्रतिद्वंद्वी है।

मैं कॉलेज से आते हुए रास्ते में भी अपने आँसू नहीं रोक पाई, जिस गली से रोज निकलती हूँ उसकी बजाय ऐसी गली से निकली, जो खाली ही रहती है। चलते-चलते आँसू खुद-ब-खुद ही आँखों से निकलते जा रहे हैं, अगर सबसे ज्यादा दुःख था तो शालिनी का मुझसे दूर हो जाने का। क्या मिला कुमुद को ऐसा करके? अगर आप सही होकर भी अपनी सत्यता साबित नहीं कर पाते, तो गलत ही होते हैं। किसी अदालत की तरह आपके चारों ओर भी अदालतें चलती हैं।

दो दिन छुट्टी कर लेने के बाद तीसरे दिन वही कॉलेज कितना उदास लगता है? घर रुकी तो ज्यादा दिन तक छुट्टी का कारण भी बताना होगा। नीम के पेड़ के पास कही कुमुद की सारी बातें दिमाग में दौड़ने लगती हैं। गैलरी कितनी सूनी दिखती है, अगर शालिनी सामने आई तो मैं सहज रह पाऊँगी? इतना आसान था सबकुछ खत्म कर देना, मैं मानती हूँ, उसमें बचपना बहुत है, लेकिन क्या उसमें इतनी भी समझ नहीं कि कौन उसका दोस्त है, कौन नहीं? बेंच पर बैठते ही मुझे मेरा और शालिनी का पीछे बैठकर मूँगफली खाना याद आ जाता है, कितना हँसते थे हम? आज शालिनी कुमुद के बगल में बैठी है, उसकी कमर का वह हिस्सा, जो एक बेंच की दूरी पर है अगर बढ़कर हाथ भी लगाया तो जैसे छूकर भी छू नहीं पाऊँगी। शायद मैं ही हर किसी से बहुत ज्यादा जुड़ जाती हूँ। उसने मुझे अभी तक देखा नहीं है, पर मैं उसे पीछे से देख सकती हूँ। उसकी नजर मुझसे मिली तो सूनी आँखें उसकी भी थीं। कुमुद के संस्कृत की क्लास में जाते ही वह मेरे पास आई, "सॉरी कुंदन," उसकी आँखों के डबडबाते आँसू जैसे सबकुछ कह गए। उसने मुझसे कहा, "पर मैं चाहती हूँ कि तू एक बार अपने घर पर बात कर, तू नहीं जानती, सब क्या बातें कर रहे हैं तेरे बारे में?"

निखिल की बात जब घर पर बताने की सोचती हूँ तो मुझे बुआ की कही हुई बातें याद आती हैं, "अगर मैंने बारहवीं की होती, तो मैं भी आँगनबाड़ी में नौकरी कर सकती थी। दसवीं के बाद मैंने कोशिश भी की थी, अपनी पढ़ाई जारी रखने की। हम दो लड़कियाँ दूसरे गाँव जाते थे। एक झूठी चिट्ठी किसी ने मेरे नाम से घर पर डाल दी और माँ ने मेरा स्कूल जाना बंद करा दिया।" दादी के शब्द कानों में दौड़ने लगते हैं—कोई बात अगर सुनने में आई तो उसी दिन कॉलेज बंद। अगर सुधीर जैसा कोई होता, जो कंप्यूटर क्लास में मिला था, तो कब का क्लास बंद करके, पीछा छुड़ा लिया होता, पर कॉलेज? ऐसे माहौल में तो कॉलेज भी नहीं आ पाऊँगी। मुझे बताना ही होगा, क्या पता माँ समझने की कोशिश करे। जरूरी

नहीं बुआ की तरह मेरी भी पढ़ाई बंद करा दी जाए। भविष्य के बारे में न सोचकर आज के बारे में सोचना ही होगा अगर एक साल और कॉलेज में गुजारना है तो।

"माँ!"

"हाँ, बोल, क्या बात है?" माँ अलमारी में कुछ ढूँढ़ रही है, उसने ढूँढ़ना जारी रखा। मैं अपने दोनों हाथों को मलते हुए ईश्वर से थोड़ी और हिम्मत माँग लेना चाहती हूँ, अगर इतना दबाव न होता, तो तीसरा साल भी मैं बिना घर पर बताए ही, निकाल देती। बताने के बाद, घर के माहौल की सोचते ही खून पानी में बदल जाता है। माँ ने अब मेरी तरफ देखा, "बोल, क्या बात है?" उनकी घूरती नजरों का डर, मुझे अंदर तक डरा जाता है, दसवीं तक भी मैं माँ के डर से बेड के नीचे छुपती आई हूँ, "माँ, कॉलेज में एक लड़का बहुत परेशान करता है। कहीं भी रास्ता रोककर कुछ भी बोलने लगता है।" कहते-कहते मेरे गले के काँटे खड़े हो गए और आँसू आँखों से बहकर गालों पर आ गए, वे जैसे कहना चाहते हैं, मुझे गलत मत समझना, इसमें मेरी कोई गलती नहीं। बात को कहते ही ऐसा लगा, जैसे मेरे दिल से कोई बहुत भारी बोझ कम हो गया, जैसे मैंने अपना सारा बोझ माँ को दे दिया। क्या मुझे पहले ही बता देना चाहिए था? जो चिंताएँ अब तक मुझे घेरे खड़ी थीं, जैसे माँ के चेहरे पर सिमट गईं। उसने गंभीर होते हुए पूछा, "कहाँ रहता है, तुम्हारे साथ पढ़ता है?"

"कहाँ रहता है, नहीं पता, पर रोज मेरे पीछे घर तक कुछ न कुछ बोलता आता है।"

"ठीक है, कल जब आएगा, तब बताना।"

दूसरे दिन गली के सुनसान मोड़ पर साथ चलती बाइक माँ को देखकर, अचानक रुक गई, इससे पहले वह मोड़ता, माँ ने उसकी बाइक का हैंडल पकड़ लिया, "बेटा कॉलेज पढ़ने के लिए जाते हो या लड़कियों को छेड़ने के लिए? जब लड़की तुमसे बात नहीं करना चाहती, तो हमें तो समझ नहीं आता; यह परेशान करने के अलावा कुछ है? मैं इस बात के लिए तुम्हारी थाने में भी रिपोर्ट करा सकती हूँ, पर इस बार तुम्हें समझाकर छोड़ रही हूँ। मेरी बेटी से दूर रहो, नहीं तो अच्छा नहीं होगा।"

"आंटी, मैंने इनसे कुछ कहा ही नहीं। मैंने आपसे कभी कुछ कहा है?" निखिल ने मेरी आँखों में आँखें डालकर पूछा। "अगर मैंने इसे कुछ भी गलत बोला···" तो रोज कॉलेज में आकर कहीं परेशान तो नहीं करेगा? जैसे सीनियर

लड़की रागिनी की बातें सब कॉलेज में करते हैं। एक लड़के से परेशान होकर उसने कॉलेज की छत से कूदकर आत्महत्या कर ली। क्या यही है मेरा प्रण और साहस, कभी तो जीना नहीं चाहती, कभी मरने का इतना डर? वह मेरी आँखों में आँखें डालकर बोलता जा रहा है, "आपसे कभी कुछ कहा हैं, बोलती क्यों नहीं, बताइए?"

"हाँ, कहा है, आप रोज मेरा पीछा करते हो, जहाँ भी मौका मिलता है, कुछ न कुछ बोलने की कोशिश करते हो। कॉलेज में कितनी सारी बेंच पर मेरा नाम अपने नाम के साथ लिखा है।"

"क्या कुंदन सिर्फ आपका ही नाम है, इस नाम की कोई और लड़की नहीं और निखिल सिर्फ मेरा ही नाम है, आपने कब देखा मुझे लिखते हुए? आंटी यह झूठ बोल रही है।"

"मैं, मेरी बेटी कभी झूठ नहीं बोलतीं। देखो बेटा, बात बढ़ाने से कोई फायदा नहीं है। क्लास में तो और कोई लड़की नहीं है इसके नाम की, न ही कोई लड़का है। मैं इस बात पर बहस नहीं करना चाहती। मैं बस इतना चाहती हूँ कि तुम कुंदन से दूर रहो वरना सारे इंतजाम हमें भी करने आते हैं, क्यों पुलिस और थाने के चक्कर लगाकर अपनी जिंदगी खराब करना चाहते हो? माँ-बाप पढ़ने के लिए कॉलेज भेजते हैं तो पढ़ने पर ध्यान लगाओ।" पीछे बैठे दोस्त ने निखिल की बाइक का हैंडल सँभालते हुए कहा, "नहीं आंटी, अब यह कभी नहीं ऐसा करेगा, आप जाइए।" वह तो चला गया। इसके साथ ही मेरी क्लास शुरू हो गई, "आप, उस लड़के के लिए आप बोल रही थी। "मम्मी, मैं साथ खड़ी हूँ, फिर भी डर से हाथ-पैर काँप रहे थे।" अपराधी की तरह नीचे गरदन करके खड़ी, मैं नहीं कह पाई, अगर मेरे अंदर इतनी हिम्मत होती तो माँ तुम्हें जाने की जरूरत ही न होती। तुम्हें तो इस बात से अंदाजा लग जाना चाहिए था, जो मेरे सामने इतना डरती है, मेरे बिना कितना डरती होगी?

"आज तक किसी भी लड़के को लेकर, मन्नू की कोई शिकायत नहीं आई। लड़की तो वह भी है, ग्यारहवीं में पढ़ रही है, सभी लड़के इसी के पीछे आते हैं। हमारी तो नाक में दम कर रखा है। ग्रेजुएशन करते ही हम इसके हाथ पीले कर देंगे। रोज-रोज के तमाशे हमसे देखे नहीं जाते।"

और दादी का भाषण, "मेरा तो बेटा इतना सीधा है। ये न जाने क्या दिन दिखलाएगी!" कम-बुद्धि और नासमझ के साथ अब मन्नू से एक और तुलना।

पूरा दिन और पूरी रात तकिया गीला करते हुए और माँ के शब्दों को सुनते हुए निकल गई। कुछ दिन बाद बाजार में मिली कनिका (यह वही लड़की थी, जिसने स्कूल में पड़ोस में आए लड़के से सावधान होने के लिए कहा था) ने हँसते हुए कहा, "निखिल बहुत दुःखी था।"

"मैं कुछ समझी नहीं ?" मैं हैरान थी यह तो प्राइवेट पढ़ रही है। निखिल को जानती भी नहीं, फिर ?

"तूने उसे हरा दिया। तीन साल उसने तुझे पटाने की कोशिश की, पर हार गया। पूरे दो हजार की शर्त लगी थी अर्थ से। इस ग्रुप में पूरे आठ लड़के शामिल हैं और आठ लड़कों के ग्रुप में जिस सर के पास तू ट्यूशन पढ़ती है, उनके घर के पास रहने वाला लड़का भी शामिल है। अर्थ ने ही तो तेरे बारे में बताया था। तभी शर्त लगी थी।" मुझे सुनकर कोई हैरानी नहीं हुई, पर दुःख जरूर हुआ। कॉलेज ही नहीं, घर पर भी जिस छवि को मैं बार-बार सुधारने की कोशिश करती हूँ, वह हर बार और बिगड़ जाती है। मैं किसी को हराकर भी जीत नहीं पाई, पर कुछ दिनों बाद सुनने में आया था कि अर्थ किसी लड़की को छेड़ने के चक्कर में दो दिन हवालात में बिताकर आया था।

23

फाइनल में आते ही दो बातें अच्छी हुईं, एक शकुन भाभी को मौनी बाबा के प्रसाद से बेटा हुआ। अब वे किसी भी भोज में शामिल नहीं होतीं, बाबा ने उन्हें आश्वासन दिया है, जब तक उनका बेटा छह साल का नहीं हो जाता, तब तक उन्हें इसका पालन करना होगा। जब भी किसी पड़ोसी से उनकी लड़ाई हो जाती है, तो वे अपनी छत पर बैठकर अपने बेटे को बहुत जोर-जोर से लोरी सुना-सुनाकर पड़ोसी को चेता देना चाहती हैं कि तुमसे मनमुटाव होने के बाद भी वह अति प्रसन्न हैं और उनका यह दाँव अकसर कामयाब होता है। जब उनका प्रतिद्वंद्वी अपना गुस्सा अपने बच्चों पर निकालता है, लेकिन आज तक कोई इस रहस्य को जान नहीं पाया। दूसरी खुशी की बात इस बार सेकेंड ईयर में मेरी फर्स्ट डिवीजन आई। हालाँकि इसका कोई महत्त्व नहीं है, क्योंकि ग्रेजुएशन की डिवीजन तीन साल को मिलाकर बनती है। घर में चाहे जश्न जैसा माहौल न हो, पर मैं खुद को संतुष्ट कर सकती हूँ, जैसे सारे निर्जल किए हुए व्रत की प्रार्थना एक साथ पूरी हो गई।

आज पहली बार मैंने पापा को अपना रिजल्ट थोड़ा सा इतराकर, थोड़ा सा खुश होकर दिखाया है और जाने कितने दिनों बाद मैंने वही शब्द दुबारा सुना 'शाबाश'।

कुछ सच्चाई कड़वी होती हैं, पर होती सच्चाई ही हैं, उन्हें नजरअंदाज करने से उनके मायने नहीं बदल जाते। अब मैं बीस साल की हूँ, हर बात को समझना, सोचना और अपना नजरिया रखना अच्छे से जानती हूँ। कम्मो बुआ, जो घर आई हुई हैं, उनको जब भी देखती हूँ, तो मुझे अपना भविष्य दिखता है, शायद हमारे घर की लड़कियों का चेहरा ऐसा ही होता है, कुछ डरा-सा, सहमा-सा, दबी हुई आवाज वाला। गैलरी में छोटे से फोल्डिंग में सिमटी, सालों पुराने सूट में हल्की सी झाँकती कम्मो बुआ, मुझे याद है कभी वह गुदगुदी, मोटी, गोरी बहुत सुंदर हुआ करती थी। आज उसके चेहरे पर काले निशान हैं और उसके साथ में लेटा उसका बेटा राहुल, दो साल का राहुल, शादी के आठ साल बाद हुआ।

आठ साल का किस्सा बहुत ही दुःखदायी है, सुबह सबके सोते रहने पर तीन बजे उठकर चक्की पीसना और गाय-भैंसों के लिए चारा काटनेवाली मशीन को हाथों से खींचते हुए, दो-दो घंटे तक लगातार उसे चलाते रहना। उसकी शिकायत जब फूफाजी से की, "मैं अकेली चलाती रहती हूँ, जबकि दूसरी तरफ जो लोग चलाते हैं, वे बदलते रहते हैं।"

"इतनी तो मोटी हो, अगर चला लोगी तो क्या हो जाएगा?" यह सारी बातें शायद ऐसी न होतीं, अगर दादी ने उसे ऐसा न बनाया होता, माँ बताती है, जब गाँव में हर दूसरी औरतों को भूत आने लगे, उनके रोज के ड्रामे को देखकर, दादी ने बिना किसी बात के ही, बुआ की चोटी पकड़कर उनका सिर चारों तरफ घुमा दिया था, "खबरदार! जो ये नौटंकी तूने दिखाई तो?" ससुरालवालों को पता था, उसकी हिमायत के लिए कोई नहीं आएगा। पति की दूसरी शादी का डर मन में इस तरह बैठा, जब बड़ी ननद ने बुआ को इंगित करते हुए कहा, "अभी हमारे रवि की उम्र ही क्या है, एक से एक लड़की मिल जाएगी। बाँझ को रखकर क्या करेंगे?" कि आठ साल बाद चैन की नींद आई। दादी हमेशा एक आदर्श बेटी की दुहाई देती रही, ऐसी बेटी, जिसने अपने दर्द को कभी घर तक नहीं पहुँचने दिया। इतने सालों बाद बुआ अपने किस्से सुनाती है, तो आँखें नमी छोड़ देती हैं। मैं सोचती हूँ, कैसा रहा होगा वह समय, जब उसने अपने पाँच महीने के बेटे को छोड़कर अपने ऊपर मिट्टी का तेल डाल लिया। अगर उसे समय पर माचिस मिल गई होती तो, अगर उस माचिस में एक ही तीली न रही होती तो?

बुआ आती है तो किसी से ज्यादा बात नहीं करती, अधिकतर समय वह सोती है। भाभी से कभी कोई अधिकार नहीं जताती। उसकी कभी कोई माँग नहीं होती, न दादी से, न माँ से, न भाई से। जिस काम को भाभी कहती है, उसे कर देती है। कभी ननद और भाभी जैसा रिश्ता मुझे माँ और बुआ में नहीं दिखता, जहाँ कोई टकराव हो। टकराव हमेशा अधिकारों के लिए ही होता आया है, लेकिन बुआ के पास मायके में कोई अधिकार नहीं है, जिसके लिए लड़ा जाए। दादी हमेशा यही शिकायत करती है कि अपने मन की बातें कम्मो कभी दादी को नहीं बताती। जब तक दादी अपने पलंग पर सोने के लिए पहुँचती है, तब-तक बुआ सो चुकी होती है। दुनिया की लड़कियाँ कितनी बातें करती हैं, पर हमारी कम्मो को तो सोने से ही फुर्सत नहीं मिलती। मैं जब भी इस बात को गहराई से सोचती हूँ, तो मुझे लगता है कभी बुआ ने कोशिश की होगी, अपनी बातें दादी को बताने की, लेकिन उनकी बातों को दिल से सुनकर भी उन्होंने हमेशा काटा होगा, शायद यही कारण है कि उन्होंने दादी से कोई भी बात करना बंद कर दिया है। दादी ने बुआ के जाने पर अपनी लोहे के संदूक की छोटी सी जेब में रखे, उसके सारे, सौ-दो सौ रुपए, उनके जाने से पहले ही निकालकर, अपनी मुट्ठी में छुपाकर माँ से बचाकर, बुआ के हाथ में रखे हैं, जो बुआ ने बहुत कड़ाई के साथ पकड़े हैं, "नहीं माँ, भाभी दे रही है, बिना मतलब, भाभी को पता चलेगा तो तुम्हारे लिए परेशानी होगी।"

"न भाभी के थोड़ी हैं, मैं पीहर गई थी, तो मेरी भाभी ने दिए थे।" जाने क्यों, मैं हर बार जब भी यह दृश्य देखती हूँ, दादी से कोई खास लगाव न होने पर भी, माँ के पूछने पर दादी ने कुछ दिया था? मैं सच नहीं बता पाती। बिल्कुल ऐसा ही करते हुए मैंने नानी को भी देखा है। ढलती उम्र की माँ, सत्ता हाथ से जाते ही, जिसने कभी पहले अपनी बेटी की विदाई में होनेवाले खर्चे को बोझ ही समझा था, वह अपनी बेटी की तरफ रुख कर देती है और सबकुछ अपना बचा-खुचा, साड़ी से लेकर पैसे तक, सब सँजोकर कभी-कभी आनेवाली अपनी लड़की के लिए रख देना चाहती है। "रहने दो माँ," यह बेटी की नाटकीयता नहीं होती, वह बेटी, जो हमेशा अपनी माँ को इस आशा से देखती आई थी, अगर वह थोड़ा और कर दे तो ससुराल में अपमानित होने से बचा जा सकेगा, पर आज उसकी ससुराल की सत्ता उसके खुद के हाथ में है, वह अब अधिक की इच्छा नहीं रखती। वह नहीं चाहती, उसकी आश्रित माँ के लिए कोई परेशानी खड़ी हो।

दादी कभी अपनी पेंशन अपने पास नहीं रखती, सारी पेंशन खेतों में लगने

वाले पैसों में जाती है। जब भी माँ और दादी की कहा-सुनी होती है, मेरा झुकाव दादी की तरफ ही होता है। मैंने हमेशा उनके आँसू पोंछे हैं। उनका यूँ कहना, "तेरे बाबा होते तो कभी गाँव छोड़कर नहीं आती, हम दोनों साथ रहते। बीस साल भी साथ नहीं चले, मुझे अकेला छोड़कर चले गए। वनवास जैसा जीवन मैंने तपस्या करके काटा है। बिगरी में ताली बजाकर हँसनेवाले बहुत होते हैं। मैंने अपने बच्चों को हमेशा कसकर रखा, बहुत सख्ती से काम लिया। मेरे बच्चे बिगड़ जाते तो दुनिया ताली बजाकर कहती, अनाथ के बच्चे तो बिगड़ने ही थे। मैंने अपनी बेटी को भी नहीं पढ़ाया, उसका यही कारण था, तेरे दादाजी का कभी नाम न खराब हो, आज तक इसी कोशिश में जीती आई हूँ। अब तो बस ईश्वर से यही प्रार्थना है, जीवन में बहुत दुःख देखे हैं मैंने, बस मरने से पहले कोई दुःख न दे। ऐसे ही चलती-फिरती चली जाऊँ। मैं किसी से सेवा नहीं करवाना चाहती, किसी पर बोझ नहीं बनना चाहती।" जीवन के इस सार को सुनकर मैंने एक बच्चे की तरह उनको अपने गले लगाया है, उनके आँसू मुझे अंदर तक तोड़ देते हैं। लड़कियों के लिए उनका ऐसा व्यवहार उनकी परवरिश की दुहाई देता है, एक संपन्न घर की लड़की, जो सिर धोने के लिए मुलतानी अपने घर से ले जाती रही, जिसके भाई ने अपनी माँ से कहा था, "धेवते आ गए हैं, तो पोतों को मत भूल जाना।"

आकांक्षा का एकदम फोन आ जाना, मुझे बेचैन कर गया, "प्लीज, जल्दी से घर आ जा, कुछ बात करनी है।" उसके घर पहुँची तो उसका शांत दिखता कमरा और ज्यादा शांत लगता था। दीवार पर चिपके हुए सलमान खान के पोस्टर का चेहरा लटका हुआ था। बेड पर सजी रंग-बिरंगी पेंटिंग से बनी उसकी चद्दर में सजे, पीले रंग के फूल, जो उसने कितने खुश होकर बनाए थे, आज उदासी लिये थे। मैंने चारों तरफ उसे आवाज लगाते हुए अपनी नजर दौड़ा दी। फोन पर उसकी आवाज से मैं पहले ही डर गई थी। बाथरूम से मुँह धोकर आई, आकांक्षा अपना चेहरा तौलिए से पोंछ रही थी, लेकिन उसका धुला हुआ चेहरा भी, उसके रोने से बने हुए उसके गालों के निशान और उसकी लाल और मोटी आँखें नहीं छुपा पाया था, "क्या हुआ आकांक्षा? फोन पर इतनी परेशान क्यों थी, मैं तो डर ही गई थी। क्या हाल बना रखा है, तू रो रही है?" मैंने अपने दोनों हाथ उसके गालों पर रखते हुए पूछा। जैसे उसका ज्वालामुखी फूट गया, वह भभकते हुए रो पड़ी। मैंने उसके आँसू अपने हाथों से पोंछते हुए पूछा, "बात तो बता, क्या हुआ?"

"कुंदन, पापा मेरी शादी कर देना चाहते हैं।"

"शादी, पागल हो गई है क्या? कल तक तो कोई शादी नहीं थी। शादी तो दीदी की थी ना?"

"दीदी यह शादी नहीं करना चाहती। उसको लड़का पसंद नहीं है। दीदी ने मुझसे कहा कि दिखने में तो वो अच्छी नहीं है, कम से कम शादी वो ऐसे लड़के से करेगी, जो दिखने में अच्छा हो। पापा ने उसे थप्पड़ भी मारा था, लेकिन उसके बाद रात को ही वह बुआ के घर भाग गई और वहाँ से आने के लिए तैयार नहीं है। कहती है, अगर मेरी शादी उस लड़के से की, तो मैं मर जाऊँगी। पापा ने फोन करके कह दिया है कि हमारे लिए वैसे भी मर ही चुकी है। हमारे यहाँ आने की जरूरत नहीं, पर मुझे पता है, पापा ज्यादा दिन उससे गुस्सा नहीं रहेंगे। उसकी हर बात मान लेते हैं ना।" कहते हुए वह मेरे गले लग गई।

"तेरी शादी कहाँ से बीच में आ गई?"

"जिस लड़के से दीदी की सगाई हुई थी, अब उसी तारीख को उस लड़के से मेरी शादी होगी।"

"पर तेरी पढ़ाई और मृदुल?" इसी के साथ कमरे में खामोशी छा गई।

मैं पापा को दुःखी नहीं कर सकती, कुंदन। दीदी तो पहले ही घर से भाग गई है। पापा को एक बार अटैक आ चुका है।" मैं सिवाय उसके आँसू पोंछने के कुछ नहीं कर पाई। मृदुल, जो उसकी ताऊजी की बेटी का देवर था। नौवीं से सेकेंड ईयर तक दोनों साथ थे। दोनों ने कितने सपने सजाए थे। जिसकी सफलता के लिए जाने कितने धागे, आकांक्षा ने जाने कितने मंदिरों में बाँधे थे, वह शायद गिनती भी भूल गई थी। जब भी मृदुल को आकांक्षा ने हमारे सामने खड़ा कर दिया, तो कहीं न कहीं ऐसे ही किसी प्रेमी की इच्छा हम सहेलियों के मन में भी उछलने लगी थी। क्या कोई किसी से इतना प्रेम कर सकता है? इतनी दूर रहने के बाद भी प्रेम में इतनी कसावट। जहाँ आजकल हर जगह प्रेम के नाम पर छल-कपट ही देखती हूँ, वहाँ मृदुल और आकांक्षा का प्रेम जैसे प्रेम की परिभाषा को साकार कर देता था। क्या यही अंत निश्चित था, अगर निश्चित था तो क्यों मिलाया था दोनों को? मृदुल, जिसे आज की खबर नहीं है, जो आकांक्षा से किए हुए वादे के मुताबिक, नौकरी लगते ही, घर पर बात करनेवाला है, क्या रह पाएगा वह कभी आकांक्षा के बिना, आकांक्षा सलमान खान जैसे दिखनेवाले उसके मृदुल की तसवीर को हटाकर, अपने मन में क्या कभी उस तसवीर को सजा पाएगी, जिसकी उसने कभी कल्पना ही नहीं की? अंत में मैं यह भी जान गई, जो परिस्थितियों से समझौता करने के लिए

तैयार हो जाता है, परिस्थितियाँ उस पर थोप दी जाती हैं। सिसकती हुई आकांक्षा मेरे कंधे पर सिर रखकर यही कहती रही, "कुंदन, मैं क्या करूँ? मैं बहुत परेशान हूँ। मैं पापा को दुःख नहीं पहुँचा सकती। पापा की बहुत बदनामी हो जाएगी।" मैं इस बात को पूरी तरह समझती हूँ, चाहे कुछ भी हो, शादी तो उसे करनी ही पड़ेगी।

शादीवाले दिन जहाँ लड़की के चेहरे पर अजीब सी मुसकराहट के साथ थोड़ा शर्मीलापन शामिल होता है, वहीं आकांक्षा के चेहरे पर सिवाय उदासी के, मैंने कुछ नहीं देखा है। दुल्हन बनी वह कितनी कहानियाँ याद दिला देती है, हमेशा मृदुल-मृदुल करती रहती हो। मुझे तो लगता है चिढ़ती हो तुम लोग। अपनी सहेली की खुशी देखी नहीं जाती तुमसे और शालिनी का हँसते हुए कह देना, "आकांक्षा, तेरी शादी किसी और से हो गई, मृदुल तो पागल हो जाएगा। मजनूँ की तरह घर से निकल जाएगा तुझे ढूँढ़ने।" कितनी जोर से हँसते हुए आकांक्षा ने कहा था, "सच कैसा लगेगा, मैं देखना चाहती हूँ।" वह दुल्हन बनी मेरा हाथ कसकर पकड़े भीड़ के कम होते ही, भीगी आँखों से मुझसे यही कह पाई, "कुंदन, मृदुल हॉस्पिटल में है।"

"अरे! सहेली का हाथ पकड़कर अभी से रोना शुरू कर दिया, दीदी; अभी तो विदाई में टाइम है। सारा काजल खराब हो जाएगा।" आकांक्षा की भाभी ने हँसते हुए टिशू पेपर से उसकी आँखें पोंछ दीं। मैं, शालिनी, सुनैना, हम तीनों एक टेबल पर बैठे हैं, वही सामने एक कुरसी पर उसकी दीदी बैठी हैं। इनसान अपने स्वार्थ में कितना स्वार्थी हो जाता है, वह जानती हैं आकांक्षा मृदुल के बिना नहीं रह सकती, फिर भी उन्होंने अपना फैसला नहीं बदला। आकांक्षा के पापा मुसकराते हुए लोगों का स्वागत कर रहे हैं और मेरी नजर उनके सिर पर बँधी गुलाबी पगड़ी पर है, जिसकी कलगी कलफ लगाकर अकड़ के साथ खड़ी है। क्या यह त्याग था; माँ-बाप के प्रति कैसा त्याग? पर समय सब भुला देता है। कई सालों बाद बड़ी बहन बड़े घर की बहू बनी, तब आकांक्षा ने कहा था, वह मिठाई के साथ कपड़े लाती है, बड़ी गाड़ी में आती है, जाते समय बच्चों को पैसे बाँटकर जाती है। कुंदन यही जीवन की सच्चाई है।

24

आज डायरी के पन्ने लिखते हुए ऐसा लगता है, जैसे अपने जीवन का सबसे काला पन्ना लिख रही हूँ। काले के भी कई रंग होते हैं, यह गहरा काला

है, बिल्कुल काजल की तरह। फाइनल के पेपर को पंद्रह दिन बचे हैं और पंद्रह दिन ही मेरे भविष्य के फैसला होने में। रात को जब लेटी तो कमर से सीधा नहीं लेटा गया, बहुत दु:ख रही थी। निशान इतने गहरे थे, मानो पका हुआ फोड़ा हो। पूरी रात करवट करके ही लेटी रही। किसी से क्या कहूँ, अब तो कहने के सारे दरवाजे ही बंद हो गए। जब मैं सोचती हूँ, दुनिया में सबसे मुश्किल क्या चीज है, तो मुझे एक ही चीज दिखती है, रिश्तों को समझना और उससे भी मुश्किल जो आप सोचते हैं, उसके लिए दूसरे को राजी करवा देना। जैसे जीवन यू ही चला हो, यूँ ही खत्म हो गया। कभी-कभी लगता है कि जी रही हूँ सिर्फ जीने के लिए, किसी को मेरी जरूरत नहीं, मैं एक जिम्मेदारी हूँ, जिससे परिवार की इज्जत जुड़ी है, इससे ज्यादा कुछ। अच्छा दिखना शायद एक गुण रहा हो, लेकिन मेरे लिए कभी गुण साबित नहीं हुआ। घरवालों के लिए अच्छे देखने से संबंध बस एक लड़का मिल जाने से ही है।

कल दिन में आकांक्षा का फोन आया था, वह ससुराल से आ गई है। मेरे मन में बहुत सारे सवाल थे और उसका दु:खी चेहरा, क्या वह अब भी दु:खी होगी? माँ से ट्यूशन की कह मैं आकांक्षा के घर पहुँच गई। उसके मुँह से यह सुनकर, "विनोद बहुत अच्छे हैं। अच्छा दिखना ही सबकुछ नहीं होता। मुझे बहुत प्यार से रखते हैं।" इस शब्द के साथ मेरे सवाल बँट गए और मृदुल का क्या? पर मैंने नहीं पूछा, शायद वह अपनी पत्नी होने की सीमाएँ समझती है, अब वह सिर्फ एक पत्नी है, किसी की प्रेमिका नहीं। उसकी आँखों में तैरते लाल डोरे कहीं उसके कहे शब्दों की चुगली करते हैं। मैं आज विनोद के नाम से, उसकी आँखों में मृदुलवाली चमक नहीं देख पा रही हूँ। शायद अब मृदुल का जिक्र भी उसके लिए वर्जित है। कैसे समझ लिया उसने मेरे बिना बोले ही, "जो रिश्ता खत्म हो गया, उसका कोई भविष्य नहीं है, कुंदन। अब यही भविष्य है, यही भाग्य। समय लगेगा, समय हर चीज में लगता है, लेकिन नामुमकिन तो कुछ नहीं।" फिर मुझसे रहा न गया, "और वो, उसका फोन नहीं आया तेरे पास?" उसने अपनी नजरें झुका लीं, पर मैं उसकी आँखें पढ़ सकती हूँ।

"उसको भी समझना होगा और समझ जाएगा, लेकिन अगर मैं आज उससे कह दूँ, तुम्हें नहीं भूल पाई। ये शब्द उसे परेशान कर देंगे, मैं चाहती हूँ, उसके पास अगर मुझसे संबंधित कुछ पहुँचे, तो केवल यह कि मैं बहुत खुश हूँ, जिससे आगे का रास्ता उसके लिए आसान होगा।"

"पर?"

"कुछ और बात कर ना?" इस शब्द ने मुझे अपनी सीमा याद दिलाते हुए, यह भी दर्शा दिया कि कुछ बातें इनसान केवल अपने तक सीमित रखता है, जो वह मुझे भी नहीं बताना चाहती। कितना बदल गई दो महीने में, एकदम परिपक्व स्त्री, मन खिन्न हो गया। मैं चुपचाप उसके ससुराल के रिश्ते, ससुराल का घर, गहने, जेवर, सास का प्यार, यही सब सुनती रही, पर किसी पर अपनी कोई प्रतिक्रिया नहीं दी, मुझे ऐसा लगा, जैसे वह सबकुछ मुझे सुनाकर कहीं संतुष्ट हो जाना चाहती है। तो मैं उसमें अपने सवाल मिलाकर, कोई विघ्न नहीं डालना चाहती। एक घंटा जाने कब निकल गया, जैसे मैं उसी का इंतजार कर रही थी, "अच्छा, आकांक्षा चलती हूँ, मम्मी से ट्यूशन की बोलकर आई थी।"

"अच्छा ठीक है, पेपर देने साथ चलेंगे।" उसने कहा।

मैं रास्ते भर सोचती रही, प्रेम अजीब चीज है या फिर मेरी समझ से परे, उसने सही कहा था, आप कभी नहीं समझ सकतीं।

दादी आज सुबह ही गाँव गई है। घर पर माँ अकेली है। मेन गेट खोल, जैसे ही अंदर घुसी, माँ की आँखें अँगारों की तरह लाल थीं। मेरा दिल बैठ गया और आज कुछ बहुत बुरा होगा, पर क्या? गेट से लेकर गैलरी तक का सफर बहुत लंबा था। मैं सबकुछ भूल चुकी थी, बस दिख रही थीं तो माँ की लाल आँखें और उनका चेहरा एकदम लाल तमतमाया हुआ। पास जाते ही माँ ने एक चाँटे से स्वागत किया, फिर वह मारती ही गई, जैसे माँ पर पागलपन सवार था। मैंने बहुत ज्यादा बचने की कोशिश नहीं की, सिवाय इसके अपने हाथों से अपना मुँह छुपाती। वह मारती रही, जब वह थप्पड़ से संतुष्ट नहीं हुई तो उसने रसोई की खिड़की पर टँगा प्लास्टिक का पाइप उतार लिया, मुझे याद नहीं कितने पाइप मारे होंगे, पर मैं पिट लेना चाहती थी, जितनी उनके अंदर ताकत हो, उतना। मारते हुए वे एक मिनट भी चुप नहीं हुई, "झूठ बोलकर घर से जाती है, गई तो थी ट्यूशन की बोलकर, आकांक्षा के घर जाकर बैठ गई। कोई मार जाएगा, कोई उठा ले जाएगा, तो कहाँ ढूँढ़ते फिरेंगे? आकांक्षा से मिलने की ऐसी क्या जल्दी थी कि झूठ बोलना पड़े, शादीशुदा की बातों में इतना ही मन लगता है तो क्या जरूरत है पढ़ने की? अब मैं दुःखी हो गई हूँ तुझे सँभालते-सँभालते, कहीं हमारी नाक मत कटवा देना, कोयल की तरह।"

कोयल पाँच-छह घर छोड़कर रहने वाली दीनदयाल अग्रवाल की बेटी, कहते

हैं; वैश्य होकर रूपवान मिलना बहुत कम होता है, लेकिन कोयल ने इस धारणा को बिल्कुल बदल दिया। जिधर से निकल जाती, न जाने कितने लड़कों की नजरें उसके पीछ लग जातीं। सिवाय दीनदयाल को छोड़कर, पूरा मोहल्ला इस बात को जानता था। माँ ने एक दिन देखा था, गली के कोने पर कोई लड़का उसकी छाती पर हाथ रखे खड़ा था, माँ को देखते ही दोनों इधर-उधर भाग गए, लेकिन माँ ने इसे देखकर भी नहीं देखा। जवान होते ही, नीलमणि अग्रवाल के बेटे मोहन से आशनाई शुरू हो गईं, जैसे ही खबर दीनदयाल को लगी, जल्दी से जल्दी रिश्ता कहीं और तय कर दिया गया। शादी के दस दिन पहले वह सारा जेवर कैश लेकर नीलमणि के बेटे मोहन के साथ भाग गई। लोग तरह-तरह की बातें करने लगे। दीनदयाल से कुछ लोग कहते थे, "कुछ बुराई नहीं है, एक बिरादरी के हैं, बुलाकर फेरे पड़वा दीजिए।" लेकिन मदनलाल जो दोस्त के रूप में जहरीला साँप था, चढ़ा देता, "अजी हाँ, नाक कटवा दी, ऐसे कैसे शादी हो जाएगी। ऐसी लड़की का तो मुँह देखना भी पाप है, जिसने अपने बाप की इज्जत का जरा भी खयाल नहीं किया।" यह किसी दोस्त के शब्द नहीं थे। यह पीढ़ियों पहले से चली आ रही इस बात का बदला था, कभी दीनदयाल के पुरखों से कर्जा माँगने आए मदनलाल के किसी पुरखे से ही कह दिया था, अपनी बीवी को हमारे यहाँ रखवा दो। आज पीढ़ियों बाद जैसे मदनलाल के पुरखों की आत्मा तृप्त हुई थी, दीनदयाल को बात इसलिए जम रही थी कि जो पिछले दो दिन में अपने पचास हजार के जेवर को ढाई लाख का बना चुके थे, अगर लड़की वापस आई, तो यह बात खुल जाएगी और दूसरे दावत देनी पड़ेगी, सो अलग, शादी में भी खर्चा हो जाएगा। एकलौता बेटा है नीलमणि, कब तक दूर रह पाएगा? आज लड़की लाखों की अकेली मालकिन है, पर दीनदयाल ने सिर्फ दुनिया को दिखाने के लिए लड़की से कोई संबंध नहीं रखा है, पर किसी को बताने से भी नहीं चूकते कि सर्राफा बाजार में सबसे बड़ी दुकान उनके दामाद मोहन की है।

"पेपर होने का इंतजार कर रही हूँ। मैं रिजल्ट का इंतजार नहीं करूँगी, रत्ती भर भरोसा नहीं रहा तेरा, वो भी तो लड़की है, आज तक कभी झूठ नहीं बोला, न ही कोई दोस्त-सहेली हैं। तेरी तो यारी-दोस्ती ही इतनी है कि निबटने में नहीं आती।" माँ ने मन्नू की तरफ इशारा करते हुए कहा, "पड़ोसी कान लगाकर सुनते होंगे, जवान बेटी को क्यों मार रही है?" आखिरकार, उनका गुस्सा शांत हुआ, लेकिन मैंने अपने मुँह से कोई शब्द नहीं निकाला। अंदरवाले कमरे में बेड पर उलटी

लेटकर रोने के अलावा, मुझे इससे अच्छा विकल्प कोई नहीं लगा। मैं सामना कर सकती थी, हाथ पकड़ सकती थी, लेकिन मैंने नहीं पकड़ा, न ही कोई जवाब दिया। मैं चाहती थी कि वे जो कहना चाहती हैं, सबकुछ कह दें और मैं सबकुछ सुन लूँ। मन्नू की आँखों में मेरे लिए हमदर्दी थी। जब दर्द हुआ, तो उसने मेरी कमर पर बने पाइप के निशान देखे, उसने ऑयोडेक्स लगाते हुए बताया, "दीदी, तू लेट हो गई थी तो माँ ने आकांक्षा के घर फोन करके उसकी मम्मी से पूछ लिया था, हमारी कुंदन आपके घर है?"

मैंने उसकी बात का कोई जवाब नहीं दिया, मैं जानती थी, यह इतनी छोटी सी बात की सजा नहीं थी, जो मुझे मिली। एक महीने पहले की सजा थी, जो माँ ने आज मुझे दी है। उसमें भी मेरी कोई गलती नहीं थी, लेकिन सारी परिस्थिति ईश्वर ने मुझे गलत साबित करने के लिए ही बनाई हैं और तब आप बहुत आसानी से गलत साबित हो जाते हैं, जब आपकी छवि बहुत ज्यादा खराब हो।

उस दिन कॉलेज में देर तक रुकना था, मेरी क्लास थी, पर शालिनी की नहीं, उसके पास पॉलिटिकल साइंस नहीं थी। कॉलेज से निकलते ही, हल्की-हल्की बूँदें शुरू हो चुकी थीं। मैं अकेली ही थी जो अपने घर की तरफ से आती थी। ज्यादातर साथ में लड़के ही थे, मैं जल्दी से जल्दी कॉलेज से निकलना चाहती थी। भीगने के डर से मैंने अपनी चुन्नी को शॉल की तरह, सिर से लेकर कंधों तक फैला लिया, मैं जानती थी रास्ते में निकलनेवाले बुजुर्ग से लेकर लड़के, सब, किसी भी भीगती लड़की को कभी नजरअंदाज नहीं करना चाहेंगे। रिक्शे का काफी इंतजार करने के बाद भी वह मुझे नहीं मिला। शालिनी का घर कॉलेज के पास था, यहाँ भीगने से अच्छा है, वहाँ इंतजार कर लेना चाहिए, बारिश रुकने के बाद मैं अपने घर के लिए निकल जाऊँगी।

बारिश की हल्की बूँदाबाँदी से सारा मौसम और भी ज्यादा चिपचिपा हो गया था। हल्की मिट्टी की गंध के साथ अगर कोई पास से निकल जाए तो मुझे अपनी साँस खींचनी पड़ती, उसके पसीने की बदबू अंदर तक नाक फाड़ देती। मेरे उड़ते बाल पसीने से मेरी गरदन पर चिपक गए थे। दूर से ही अपनी छोटी सी बागबानी के पास शालिनी के पड़ोसी, जुगल किशोरजी को उकड़ूँ बैठे हुए देखा, वे कुछ निहार रहे थे, उनके सिर पर लहराते बाल, मैं आसानी से गिन सकती थी, लेकिन आज तक कभी ऐसा नहीं हुआ कि वे बिना तेल लगाए अपने घर से निकले हों। जुगल किशोरजी सरकारी क्लर्क, एकदम मक्खीचूस, यहाँ तक कि सोफे के कवर

भी उन्होंने खुद ही सिले और सिलने के बाद अपनी पत्नी और बहू से तेज आवाज में कहा, "किसी को बताने की जरूरत नहीं है कि मैंने सिले हैं।" एक बार तो दो गलत तारों को जोड़ देने के चक्कर में वे अस्पताल भी हो आए, लेकिन उससे उनकी नया सीखने की जिज्ञासा और बचत की इच्छा कम नहीं हुई। मैं दूर से ही देखकर बता सकती थी कि वे क्या कर रहे हैं, वे अपने बगीचे की बाउंड्री में लगे हुए छोटे-से आम के पेड़ को देख रहे थे, जिसके फलदार वृक्ष की कल्पना उनके मन को गुदगुदा जाती है। यह आम का पेड़ उन्होंने अपने घर में नहीं बोया, ये इसे पानवाले की दुकान के पास से उखाड़ लाए हैं, यह कहते हुए कि गुठलियाँ उनकी ही थीं, पानवाला पान बनाते हुए यही सोचता रहा कि अच्छा तो यही थे, जो पूरी गरमियों अपना कूड़ा मेरी दुकान के सामने फेंककर जाते रहे?

जब बस में उनका Nokia का फोन किसी ने उनकी जेब से निकाल लिया तो उनकी मरने की नौबत आ गई। उस दिन मैं शालिनी के पास बैठी थी, जब उनकी पत्नी आंटी को सचेत करने आईं, रात में कोई फोन आए तो सावधान रहिएगा। चोर रात में फोन मिलाता है और जाते-जाते उसका कारण भी बता गईं, बेचारा रात में ही काम से लौटता होगा। मेरे चेहरे पर मुसकराहट आ गई। कई लोग वाकई में भोले होते हैं। वह अलग बात है, शालिनी उन्हें पसंद नहीं करती, नवरात्रों में जब वह उनके घर प्लेट लेकर, सोने के कारण लेट पहुँचती तो वे हमेशा कहतीं, अगली बार आना इस बार खत्म हो गया। मैंने शालिनी से सुना था देती तो पाँच रुपए थी, पर आरती बच्चों से ही कराती थी। मैं शालिनी के दरवाजे पर पहुँच गई। दरवाजा खटखटाने के बाद मैं इधर-उधर देख रही थी कि जुगल किशोर अंकल ने मुझसे कहा, "शालिनी, अंदर ही है, जोर से बजाओ।" कुंडी अंदर से बंद थी, उसके घर में ताला लगा हो, तो भी मुझे पता होता है कि उसकी चाबी कहाँ रखी रहती है। बाहर की खिड़की से मैंने अपना हाथ अंदर डाला और कुंडी खोल दी। दरवाजा खुला छोड़, मैंने अपनी चुन्नी को बिस्तर पर सूखने के लिए फैला दिया और मैं पलंग पर आधी लटककर लेट गई, मेरी नजर बाथरूम पर पड़ी तो खयाल आया, चिपचिपा मुँह धो लिया जाए। मैंने वॉशबेसिन पर जाकर अपना मुँह धोया। मैं थोड़ा और करीब जाकर अपना चेहरा शीशे में देखते हुए बाल काढ़ रही थी, तभी एक आवाज से मैं डर गई, आवाज किसकी थी और क्या बोला गया था, मुझे समझ नहीं आया, पर ये शालिनी और उसकी मम्मी की नहीं थी, मैंने कंघे को अपनी कमर के पीछे जाने क्या सोचकर छुपा लिया था, इतना भी समय

नहीं था कि मैं सोच सकूँ कि कौन हो सकता है? उससे पहले ही किसी ने झटके से बाथरूम का दरवाजा खोल दिया, मैं भागकर कहीं छुप जाना चाहती थी, पर बाथरूम में कोई छुपने की जगह मुझे नहीं दिखी, पहले बाथरूम खोलनेवाले का हाथ नजर आया और उसके बाद उसका डंडा, आधे ही सेकंड में उसका चेहरा भी मुझे देखा, थोड़ा साँवला सा लड़का ठीक-ठाक नैन-नक्श, उसके सुडौल दमदार बाजू, उसकी टी-शर्ट से झाँक रहे थे, जो लगभग मुझे मारने ही वाला था, अचानक रुक गया। वह आश्चर्य भरी नजरों से मुझे देख रहा था, उसकी दोनों घूरती नजरें मेरे चेहरे पर चिपक गईं, लेकिन मेरा ध्यान सामने पलंग पर पड़ी अपनी चुन्नी पर था। वॉशबेसिन के पास लटकते तौलिया को मेरे कंधे पर डालते ही उसका ध्यान भंग हो गया, उसने बाथरूम का रास्ता छोड़ दिया। मैं बाथरूम से बाहर निकली, अपनी चुन्नी कंधों पर डाली, "सॉरी! मुझे नहीं पता था, आप···।" मुझे समझ नहीं आया कि मैं क्या बोलूँ, उसने मेरी बात बीच में काटते हुए कहा, "मैं जानता हूँ, आप शालिनी की फ्रेंड हैं। उस दिन मैंने आपको देखा था, पर मैं यह जानना चाहता हूँ, आप गेट बंद होने के बाद भी अंदर कैसे आईं?"

"सॉरी, खिड़की से हाथ डालकर मैंने कुंडी खोली ली। मुझे लगा, शालिनी होगी।" वह मेरी बात सुनकर हल्का सा मुसकराया और दरवाजे को देखने लगा। उसका मुसकराना मुझे बिल्कुल भी अच्छा नहीं लगा। मुझे शालिनी के घर आने में झिझक इसलिए नहीं होती, घर पर वह और उसकी मम्मी ही होते थे। बड़ी बहन, जिनकी शादी हो चुकी है और पापा फॉरेस्ट डिपार्टमेंट में जॉब करते हैं और बाहर रहते हैं। दीदी-जीजाजी और पापा जब भी आते हैं, मुझे पता होता। आठ दिन के लिए कल्पनगर में कृपालु महाराज का कैंप लगा है, जिसमें शालिनी की मम्मी रोज जाती हैं, मुझे लगा था, वे वहीं गई होंगी और शालिनी अकेली घर पर होगी, लेकिन यह चेहरा मेरे लिए एकदम नया था, इसे मैंने पहले कभी नहीं देखा, "शालिनी और मामी बाहर गई हैं।" उसकी इस बात ने मुझे याद दिलाया कि वह मेरे सामने खड़ा है। शब्द जुबान तक आते और वापस चले जाते, क्या कहूँ, क्या बोलूँ? बाहर जो हल्की बूँदाबाँदी थी, बारिश एकदम तेज हो गई। कुछ बच्चे, जो बारिश के तेज होने का इंतजार कर रहे थे, बाहर सड़क पर निकल आए। ऐसे ही, जैसे मैं, मन्नू और रिंकू हमेशा बरसात होने पर पूरी गली का चक्कर लगाते थे, घुटनों भरे पानी में हमारी रेस होती, कौन पहले दीवार तक पहुँचेगा, लेकिन अब तो बहुत कम ही ऐसा होता है कि मैं बारिश में नहाती हूँ, अब हाथों में और पैरों के तलवों में खुजली

होने लगती है। उसने फिर एक बार कहा, "आप कुछ बोलेंगी?"

"हाँ···बारिश हो रही थी, इसलिए मैंने सोचा रुकने तक शालिनी के घर पर इंतजार कर लूँ, इसलिए मैं यहाँ आ गई। कोई रिक्शा भी नहीं मिला और···।"

"ठीक है, ठीक है, आप बैठिए; जब बारिश रुक जाए, तब चली जाइएगा।"

"नहीं, मैं जा रही हूँ।" मैंने हड़बड़ाते हुए अपना पर्स उठा लिया।

"अरे! इतनी बारिश में क्यों जा रही हैं? थोड़ी कम हो जाए, तो चली जाइएगा। आप बैठिए, वैसे मैं दूसरे कमरे में हूँ। आराम से बैठिए।" शायद वह समझ गया था, उसका वहाँ खड़े रहना मुझे असहज कर रहा है। यह मेरे लिए चैन की साँस थी। बारिश हल्की हो गई थी, दूसरे कमरे में जाकर उसे बताना मुनासिब नहीं समझा, मैंने जोर से दरवाजा बजाया, वह खुद ही बाहर निकल आया, "मैं जा रही हूँ।"

"आपका नाम?"

"कुंदन।"

"कुंदन···!" उसने धीरे से मेरा नाम दोहराया और वह फिर से मुसकरा दिया। "अभी तो बारिश है, मैं छोड़ आऊँ आपको? मेरे पास बाइक है।"

"नहीं, मैं चली जाऊँगी।" उसके दरवाजे से दो सीढ़ियाँ ही उतरी थीं, सैंडल टूट गई, टूटी हुई सैंडल से मैं आगे बढ़ गई। मैं किसी भी कीमत पर वापस नहीं लौटना चाहती थी। मैं ही जानती थी कि मैंने वहाँ उस कुरसी पर बैठकर दस मिनट कैसे गुजारे थे? मन में तरह-तरह के खयाल; जो गेट हल्का सा बंद था, वह मैंने पूरा खोल दिया, जिससे बाहर की सड़क और छतरी लिये चलनेवाले एक-दो लोग मुझे नजर आते रहें, मुझे इस बात की तसल्ली रहे, मैं किसी के साथ, किसी घर में अकेली नहीं हूँ।

दूसरे दिन कॉलेज में, जाने क्यों मैं शालिनी को यह नहीं बताना चाहती थी कि मैं तेरे घर गई थी। शालिनी ने पूछा, "तू आई थी?" तो मैंने नजरें चुराते हुए, गरदन हिला दी। "विनय भैया बता रहे थे।" विनय भैया ने इतनी सहजता के साथ बताया कि मैं आई थी, बस; बात खत्म। मुझे लगा, जाने कितना कुछ हो गया, जो शायद किसी को जानना नहीं चाहिए। "विनय भैया, बड़ी बुआजी के लड़के हैं, उनकी रिफाइनरी में जॉब लगी है, अब हमारे साथ ही रहने आ गए हैं।" हालाँकि उसके बताने से पहले मैं पूछना चाहती थी कि कल तुम्हारे घर पर वह लड़का कौन था? मैंने फिर से अपनी गरदन हिला दी, जैसे उस लड़के का होना, न होना मेरे लिए कोई जाननेवाला विषय नहीं है।

"विनय भैया बहुत अच्छे हैं और सबसे बिल्कुल अलग। बुआ उनके लिए लड़की देख रही है, जब उनकी शादी हो जाएगी तो चले जाएँगे, अभी तो पापा ने बोला कि जब तक अकेले हो, हमारे साथ रह लो। राखी दीदी को जब फैशन डिजाइनिंग करनी थी, तो भैया हॉस्टल में थे। उन्होंने भैया को फोन किया, भैया पापा मेरी शादी करना चाहते हैं और मैं फैशन डिजाइनर बनना चाहती हूँ, तो भैया ने फूफाजी को मनाया और फिर उन्हें लव मैरिज की भी परमीशन उन्होंने ही दिलवाई। फूफाजी बिल्कुल भी राजी नहीं थे, लेकिन भैया के सामने किसी की नहीं चलती। बुआ जब भी शादी की बोलती हैं, तो हमेशा कह देते हैं, "कोई लड़की पसंद आई तो मैं अपनी शादी की बात खुद ही कर लूँगा।" कहते हुए वह बेफिजूल हँस गई। "वे कह रहे थे कि उन्होंने मुझे देखा है, पर मैंने तो उन्हें नहीं देखा?" मैंने लगे हाथ अपना सवाल भी पूछ लिया, जो कल से परेशान कर रहा था।

"अरे, तुझे बताया तो था, वे तेरी तारीफ कर रहे थे।" शालिनी मुझे छेड़ते हुए मुसकराई।

"वह तो तीन महीने पहले की बात है, तब से तेरे घर पर रह रहे हैं तो मैंने पहले क्यों नहीं देखा?"

"अरे, पहले जहाँ जॉब करते हैं, वहीं रहते थे, लेकिन फिर तबीयत खराब हो गई तो पापा ने कहा कि तुम यहीं रहने आ जाओ। दो दिन पहले ही तो आए हैं।"

वह रोज कुछ-न-कुछ मुझे विनय के बारे में बताती और मैं रोज अपना मुँह फेरकर, हमेशा उसे नजरअंदाज करना चाहती। मैं नहीं चाहती थी, किसी भी लड़के के बारे में मैं कुछ जानूँ और वह भी विनय जैसा लड़का, उसके जैसे लड़के भी होते हैं? कभी-कभी लानेवाले लंच बॉक्स से किसी अच्छी चीज को उठाकर पूछती, "अरे वाह! तूने बनाया?" अकसर उस पर विनय का नाम लिखा होता। खाते हुए अचानक मेरे हाथ रुक जाते, "भैया पूछ रहे थे, तेरी वह डरपोक फ्रेंड नहीं आती, क्या नाम था उसका? तेरे बारे में बहुत पूछते हैं।"

पर मेरा ध्यान डरपोक शब्द पर सिमट गया था, "उसे मैं कहाँ से डरपोक लगी?"

"मुझे क्या पता; वैसे भी तू उन्हें बहुत सुंदर लगती है। जब उन्होंने तुझे पहली बार देखा था और तू बाहर से ही वापस चली गई, तब वह अपनी खिड़की में बैठे थे। तेरे जाने के बाद फटाफट बाहर निकलकर आए, ये लड़की कौन थी? कितनी सुंदर थी। याद है तूने काला सूट पहना था। उन्हें अभी तक रंग भी याद है।" कहते

हुए शालिनी ने अपना पैर मेरे पैर पर मार दिया।

अब मैं कभी उसके घर नहीं जाती, हाँ; दिल जरूर करता है कि मैं जाऊँ। दो साल मैं रोज ही उसके घर गई हूँ। उसके जन्मदिन पर, "प्लीज आजा ना, प्लीज, प्लीज, आंटी से मैं पूछ लूँगी।" मैं मना नहीं कर पाई, "नहीं, तू रहने दे, मैं खुद पूछ लूँगी। माँ मना नहीं करेंगी।" मैं करेक्ट चार बजे पहुँच गई थी, पर और कोई अभी नहीं आया था, मैं घुमा-फिराकर पहले ही कन्फर्म कर चुकी थी, उसके भैया घर पर नहीं हैं। मैं उसके घर पहुँची तो आंटी रसोई में काम कर रही थीं। उसने मुझे बाहर बैठने नहीं दिया, वह मेरा हाथ पकड़कर सीधा कमरे में ले गई, जो कमरा उसके पापा के आने पर खुलता था, "अंकल आए हुए हैं क्या?"

"नहीं, यह भैया का कमरा है।"

"तो यहाँ क्यों आई है?"

"अरे, तुझे कुछ दिखाना है।"

"क्या?" दिखाने के नाम पर मेरा दिल जोर से धड़कने लगा, ऐसी क्या चीज है, जो सिर्फ मुझे दिखानी है। अलमारी खोलकर उसने एक बड़ा-सा गिटार निकाला, "भैया का है।" उसने मुझे हैरान होते हुए बताया। मेरे बहुत सारे सपने एक साथ फड़फड़ाने लगे। कितना अच्छा होता मेरे पास एक गिटार होता और मैं भी बजा पाती? पर मेरे पास तो हारमोनियम भी नहीं है। स्कूल के बाद तो गाना छूट ही गया। "भैया बहुत अच्छा गाते हैं।" एकदम साफ-सुथरा कमरा, हर चीज बहुत करीने से लगी थी। टेबल पर रखी डायरियाँ एक के ऊपर एक, टेबल पर रखा लैपटॉप, उसके किनारे नीचे कोने में रखीं, दो चप्पलों की जोड़ी, बहुत सहेजकर रखी हुई थीं। शालिनी की एक बात मुझे बहुत अच्छी लगती है, अगर मैं कुछ न भी पूछूँ, फिर भी उसकी बातों में मेरे जानने लायक कुछ निकल ही आता है। टेबल खिड़की से सटी हुई रखी है, खिड़की का एक पल्ला खुला है, इतनी गौर से मैंने कभी किसी खिड़की को नहीं देखा, मैं उसकी तरफ बढ़ गई और मैंने बाहर झाँककर देखा, दिल का कोई कोना कहीं न कहीं यह देखना चाहता था कि खिड़की से बाहर देखने पर कैसा लगता है? क्या यही वह जगह है, जहाँ से कभी मुझे छुपकर देखा गया। पूरा कमरा किसी अजीब सी महक से महक रहा है, दीवारों, अलमारी, टेबल सब जगह कोई खुशबू समाई है। गिटार को छू लेना, ऐसा लगता है, जैसे आज तक कभी ऐसा कुछ छुआ ही नहीं। सालों से शालिनी के घर आने के बाद भी, ऐसा अनुभव कभी नहीं हुआ, "भैया अपना कमरा खुद साफ करते हैं।

उन्हें कोई भी चीज फैली हुई पसंद नहीं।" अलमारी से गिरे हुए रुमाल को ऊपर रखते हुए शालिनी ने कहा। सच में, कमरे में एक भी चीज ऐसी नहीं है, जो यह कहती हो कि वह लापरवाह, जाने कितने दिन से पड़ी है। वह चिल्ला-चिल्लाकर रोज की गई अपनी व्यवस्था का बखान कर रही है।

"तू मेरे कमरे में क्या कर रही है?"

"भैया, आप तो रात को आनेवाले थे ना?" खिड़की के पास खड़ी मैं बहुत तेज गति से मुड़ी, गेट के खुलने से मैं गेट के पीछे थी। मुझ पर उसकी नजर अभी तक नहीं पड़ी थी। काश! उसकी नजर मुझ पर कभी पड़े ही न। मैं धीरे से बाहर निकल जाना चाहती थी, "भैया, मैं कुंदन को आपका गिटार दिखा रही थी।" उसने मुड़कर देखा, वह मुसकराया, "कुंदन बहुत अच्छा गाती है।" शालिनी जैसे मुझे हर बात बताती है, वैसे ही वह हर किसी को हर बात बताती है।

"अच्छा!" उसने हैरानी से पहले शालिनी की तरफ देखा और फिर मुझे। मैं चुपचाप गेट से बाहर निकल सोफे पर बैठ गई। मेरे पीछे-पीछे शालिनी और विनय भी, विनय मेरे सामने बैठा था, उसने पहले अपने जूते उतारे, फिर अपनी जुराब, झुके हुए विनय को मैं गौर से देख रही हूँ, उसका चेहरा इतना प्रभावित क्यों कर गया, पहली बार में तो ऐसा कुछ भी नहीं था, जिसे देखकर मैं यह कहती कि हाँ, इसमें कुछ बात है, लेकिन जो चेहरा अपने जूतों पर झुका था, वह बहुत प्रभावी था। मैंने अपनी नजरें हटाकर बाहर देखना शुरू कर दिया, जूते उतारने के बाद वह जितनी भी देर बैठा, मुझे पता था, वह एकटक मुझे घूर रहा है, "कौन-कौन से सब्जेक्ट हैं आपके पास, जो शालिनी के पास हैं, वही?"

"नहीं, मेरे पास पॉलिटिकल साइंस है, वह शालिनी के पास नहीं है।" मैंने बिना उसकी तरफ देखे जवाब दिया। मैं जानती थी सवाल सिर्फ बात करने के लिए पूछा गया है। कुछ देर में सभी लड़कियाँ आ गईं। शालिनी का केक कटने के बाद सभी ने खाना खाया और हम अपने अपने घर को निकल आए, अगर विनय न रहा होता, तो मैं कुछ देर और शालिनी के घर रुकती, पर उसकी घूरती नजरों से मुझे कहीं छुप जाना था। जाने क्यों वे मुझे चुभ रही थीं, इतनी भीड़ में भी दो आँखें, मुझे मेरे चेहरे पर ही टिकी हुई लगीं।

मैंने सपने देखना बंद कर दिया है और उस नाम को भी भूल चुकी हूँ, कभी जिस नाम के साथ मैंने अपना नाम जोड़कर, चारों तरफ यह अफवाह फैला दी थी कि मेरा नाम किसी के साथ जुड़ा है। उस काल्पनिक किरदार से मैं बहुत दूर आ

चुकी हूँ। साल-दर-साल जैसे-जैसे समय बढ़ता जाता है, काल्पनिकता मेरे जीवन में बहुत दूर चमकती हुई नजर आती है। अब हर चीज वास्तविकता के धरातल पर उतरती है और मेरे वास्तविक जीवन में कहीं भी उस एहसास के लिए कोई जगह नहीं है, जिसको मैं न चाहते हुए भी महसूस करने लगी थी। बहुत मुश्किल होता है, मन के पैरों में बेड़ियाँ डालकर उसे रोक देना, जब आपकी आँखों के सामने ऐसा कोई विकल्प आ जाए, यही तो था, जो आपने चाहा था, पर आप उसे कभी अपना नहीं सकते। शालिनी कहती है, मैं बहुत बोरिंग हूँ, शायद होंगी ही, जब आप वास्तविकता में जीने लगते हैं, तब कल्पनाएँ कहीं खो जाती हैं और आप एक नई पहचान पाते हैं, गंभीर और बोरिंग जैसे शब्दों से।

अधिकतर विनय शालिनी को कॉलेज छोड़ने आने लगा, समय होता तो लेने भी आता। कभी मैं उससे रास्ते में मिल जाती तो मुझे देखकर हल्का सा मुसकरा जाता, लेकिन मैंने उसकी मुसकराहट का जवाब कभी भी मुसकराकर नहीं दिया। मैं नहीं चाहती थी, कभी उसे कोई भी भ्रम हो। बहुत देर के लिए आमने-सामने मैं उससे कभी नहीं मिली। न कभी शालिनी के घर गई। आकांक्षा की शादी में मैंने सफेद रंग का सूट पहना था और जिसके ऊपर एक ब्लैक कलर की बिंदी और काजल भी। माँ ने कानों में पहनने के लिए नए ईयर रिंग्स भी दिलवाए थे, माँ ने कई सारे मेरे चेहरे पर लगा-लगाकर देखे, जो उन्हें सबसे सुंदर लगा, उन्होंने वही दिलवाया। आस-पास चलते लड़कों ने ही नहीं, चमेली ने भी मुझे दो बार मुड़कर देखा, फिर कह ही दिया, "आज तो साक्षात् लक्ष्मीजी लग रही है लाली।" माँ और दादी चाहे घर में कुछ भी कहती हों, लेकिन बाहर मैं उनके सम्मान का कारण हूँ, जब लोगों से यह सुनने को मिलता, विजय की लड़की को आज तक नजर उठाकर देखते हुए नहीं देखा, दोनों के चेहरे खिल जाते हैं। माँ मुझे धर्मशाला तक छोड़कर आई थी, अंदर जाते हुए वह मुझे, बहुत देर तक देखती रही थी, जैसे कोई खजाना है, जिससे वह बहुत दूर जा रही है। दो बार लौटकर उसने मुझे बताया, "पापा लेने आ जाएँगे।" मैंने गरदन हिला दी।

तीसरी मुलाकात आकांक्षा की शादी में ही हुई, जब काफी देर तक वह साथ था। उसके आने से पहले मुझे पता नहीं था कि वह साथ आ रहा है। मुझे देखकर चहकती शालिनी ने कहा, "अच्छी लग रही है।" मैं मुसकरा दी, लेकिन मुसकराहट कहीं खो गई, जब मैंने विनय को पास आते हुए देखा, "वैसे सूट अच्छा है।" शालिनी ने कहा और विनय पास आते हुए बोला, "बिंदी आपके ऊपर सूट कर रही

है," मैं उसकी आँखों में आँखें डाल मुसकराकर खुद को सहज दिखा देना चाहती थी, लेकिन एक नजर उसे देखने के बाद नजरें ऊपर ही नहीं कर पाई। खाते वक्त, उसने मेरी प्लेट से उठाकर खाया, मुझे बहुत अजीब लगा, यह कोई तरीका है, तुम्हें खाना है तो तुम अपना क्यों नहीं खाते, पर मैंने उसका विरोध नहीं किया। शालिनी ने बताया कि मेरी सूट की चुन्नी लटककर गंदी हो चुकी है, सामने टंकी थी, मैं वहाँ अपनी चुन्नी धोने के लिए पहुँच गई, पीछे से किसी ने मेरे सिर पर हल्का सा हाथ मारा, जान ही निकल गई, मेरे खयालों में चारों तरफ विनय दौड़ गया और आधे सेकेंड में धड़कन की गति रॉकेट को भी मात देनेवाली थी, तभी पीछे से आवाज आई—'बेटा'। मैंने बिना रुके पीछे देखा, पापा! पापा तो लेने आए हैं। बिना पापा से कुछ कहे, मैं बाथरूम की तरफ भागी। धुँधले से शीशे में मैंने आँखों में चमकते काजल व होंठों पर लगी हल्की लिपस्टिक को रगड़कर छुड़ा दिया। मैं बाथरूम से बाहर निकली, विनय बाहर खड़ा था। मैं उसे नजरअंदाज करके आगे बढ़नेवाली थी उसने पूछा, "क्या हुआ, आप एकदम बाथरूम की तरफ भागीं। सब ठीक है ना?" मैंने उसकी बात को सुनकर भी नहीं सुना, फालतू में चेप होने कोशिश कर रहा है। मैं उससे आगे निकल गई, "आपकी बिंदी आपके कान के पास चिपकी है।" एक आवाज पीछा करती सी लगी। मैंने बिंदी को बिना उसकी तरफ देखे छुड़ा दिया। मुझे नहीं पता वह मेरे पीछे आया या नहीं, "शालिनी, मैं जा रही हूँ पापा आ गए।" जाने से पहले शालिनी को बता देना मुझे जरूरी सा लगा।

"अभी तो जयमाला भी नहीं हुई।" शालिनी को कहते हुए मैंने चलते-चलते सुना, पापा इंतजार कर रहे थे। पानी के काउंटर के पास खड़े पापा को मैंने पीछे से आकर कहा, "चलिए पापा।"

"लेकिन बेटा, अभी जयमाला नहीं हुई।"

"कोई बात नहीं।"

"मैं तो खाना खाने आया था, तेरी माँ कह रही थी अगर कन्नू रुकना चाहे तो सुबह आ जाएगी।"

"हाँ अंकलजी, हम छोड़ देंगे, भैया आए हैं साथ में।" शालिनी शायद मुझे छोड़ने पीछे-पीछे आ गई थी।

"अच्छा तो मैं जा रहा हूँ।" पापा ने मेरी तरफ देखते हुए कहा।

मैंने पापा से पूछ लिया, "आपने खाना खाया?"

"हाँ बेटा, मैंने खा लिया।" यह शायद पिछले छह महीने की मेरे पापा से की

गई सबसे बड़ी बातचीत थी। पापा चले गए। बहुत देर तक हम चारों एक टेबल पर बैठे रहे। आकांक्षा की जयमाला के होते ही शालिनी ने कहा, "भैया, कन्नू को हमें ही छोड़कर आना पड़ेगा।"

"हाँ बिल्कुल, चलिए पहले आपको छोड़ देता हूँ।" विनय ने मेरी तरफ देखते हुए कहा। मन में बहुत से सवाल उठे, अकेले इतनी रात को; विनय के साथ; बाइक पर; मैं कभी नहीं जाऊँगी। एक ही सेकेंड में जाने क्या सोचकर वह दुबारा बोला, "शालिनी, तुम भी साथ चलो।" विनय के पीछे शालिनी और सबसे पीछे मैं। दस मिनट में मैं अपनी गली के सामने थी। उसने मेरी तरफ देखते हुए कहा, "मैं चलूँ आपको छोड़ने?"

"मैं चली जाऊँगी।"

"नहीं, आप किसी को बुला लीजिए। जब आप अंदर चली जाएँगी, तो हम चले जाएँगे।" सुबह दादी ने माँ से पूछा, "कैसे आई थी, कितने बजे आई थी?"

"शालिनी और उसका भैया बाइक से छोड़ गए थे।" माँ ने दादी को बताया तो दादी ने अपनी गरदन को हिलाते हुए कहा, "कितनी अक्लमंद लड़की है शालिनी! अकेले नहीं भेजा, अपने भाई के साथ खुद बैठकर आई थी, इसकी तरह मूर्ख नहीं है। यह तो अकेली ही आ जाती लड़के के साथ।" मैंने कोई सफाई नहीं दी।

उस दिन कॉलेज के बाद हम काफी देर तक गैलरी में बैठे रहे, कुछ दिन और फिर कॉलेज खत्म हो जाएगा। यह सोचना भी कितना उदास कर देता है, कैसा होगा कॉलेज का आखिरी दिन? लगभग एक घंटे बैठे होंगे, तभी कॉलेज के लड़कों में भगदड़ मच गई कुछ लड़के पास आए, "जल्दी घर निकलो, बाबरी पर हिंदू-मुसलमान की लड़ाई हो गई है।" सारी लड़कियों को उन्होंने लगभग हाथ पकड़कर उठा दिया था। कुछ के भाई तो लेने भी आ गए थे। किसी के पापा, चाचा, ताऊ कॉलेज के बाहर बाइक-स्कूटर की लाइन लगी थी। मैं सचमुच बहुत डर गई थी। मुझे कोई लेकर जानेवाला नहीं था। पापा, जो दूसरे शहर में नौकरी करते थे, भाई, जो बाहर पढ़ रहा था, दादी, जो घर पर नहीं थी, माँ, शायद उसे पता भी न हो कि घर से बाहर कुछ हुआ है। विनय शालिनी को लेने आया था। मैं शालिनी के पास अकेली खड़ी देख रही थी, जिन लड़कियों को अकेले जाना था, वे सब भी मेरे घर के पास की नहीं थीं। शालिनी के बाइक पर बैठते ही विनय ने गुस्से में मुझसे कहा, "बैठो, क्या सोच रही हो?" और मैं उसकी बाइक के पीछे बैठकर शालिनी के घर आ गई। शालिनी को उतरते ही उसने कहा, "चलो, तुम्हें मैं तुम्हारे घर छोड़ आता हूँ।"

"नहीं, मैं चली जाऊँगी।" तुम? क्या उसके लिए मैं आपसे सिमटकर तुम पर आ गई थी, थोड़ा और करीब, सिर्फ उसी के लिए या मेरी तरफ से भी कुछ था, पर उसका तुम कहना मुझे अच्छा लगा।

"नहीं बेटा, छोड़ आएगा।" शालिनी की मम्मी ने कहा, "अकेले जाना ठीक नहीं है।" विनय ने अपनी बाइक स्टैंड पर खड़ी कर दी, "मामी, मैं पैदल छोड़ आऊँगा।" मामी ने शायद पीछे से कहा था, "बाइक से चले जाते तो अच्छा होता," "नहीं, कोई बात नहीं, ज्यादा दूर नहीं है इनका घर।"

"ध्यान से जाना," जैसे यह शब्द मेरे लिए नहीं विनय के लिए बोला गया था। वह कितनी जल्दी समझ जाता है, जो मैं कहना चाहती हूँ। पूरे रास्ते वह सड़क के दूसरी तरफ चलता रहा, मैं सोच रही थी कि मैं बस ऐसे ही चलती रहूँ, बिना यह सोचे कि दंगा किसी कोने में भड़क चुका है अगर मेरा सामना हुआ तो मेरे पास क्या विकल्प होगा? उस दिन लगा, जैसे ये गलियाँ इतनी बेजान नहीं, जितनी अब तक समझती आई हूँ, जैसे हर जगह पापा का टूटा रेडियो बज रहा है, जिसमें से निकलते सुरीले पुराने गानों की आवाज, जिसे बस में सुन सकती हूँ। वह घर तक भी नहीं आया, गली के कोने पर खड़े होकर, उसने धीरे से कहा, "कुंदन, मैं तुम्हें पसंद करता हूँ," मैं बिना पीछे मुड़े आगे बढ़ गई, मेरे अंदर जाने तक वह शायद खड़ा था। मैंने आज तक अपने एहसास को किसी से नहीं कहा, शायद खुद से भी नहीं, मैं उस गली के कोने को बार-बार देखना चाहती हूँ, जहाँ विनय खड़ा था। वहाँ अकसर मैं उसे ढूँढ़ती हूँ। छत पर हूँ या बालकनी में या गली ही क्यों न हो, उस जगह को एक बार देखकर उस पल को मैं दुबारा जी लेती हूँ, "मैं तुम्हें पसंद करता हूँ।"

एक महीना गुजर गया, वह शालिनी को छोड़ने आता रहा और सवालिया नजरों से मुझे देखता रहा। जिस दिन नहीं आता, मुझे उसका इंतजार रहता।

ऐसे ही किसी एक दिन कॉलेज से लौटने के बाद, घर का माहौल एकदम अलग था। माँ घर पर अकेली ही थी, मेरे घर में घुसते ही माँ ने एक चाँटा मेरे गाल पर मारते हुए कहा, "यह दिन दिखाने के लिए हमने बड़ा किया है। लड़कों से बाहर नैन-मटक्का करती फिरती है और उन्हें यहाँ घर भेज देती है कि जाओ शादी की बात करके आओ।" मुझे समझ नहीं आया, क्या हुआ है। माँ बोली, "चला आया हीरो बनकर, मुझे आपकी बेटी से शादी करनी है। हमसे कहती, हम करवा देते शादी। लड़कों को घर भेजने की क्या जरूरत है और पता नहीं क्या-क्या दिन देखने बाकी हैं? अगर इतनी सख्ती न रखते, तो अब तक तो भाग जाती किसी के साथ।"

"माँ, मुझे कुछ नहीं पता।"

"अच्छा, बिना तेरी मर्जी के ही वह तेरे घर आ गया शादी की बात करने? हमें क्या पता, किस-किसके साथ घूमती-फिरती है, यहाँ से तो कॉलेज के लिए जाती है। वो तो अच्छा हुआ, तेरी दादी नहीं थी। बदतमीज लड़का, आँखों में आँखें डालकर कह रहा है, आपकी बेटी से शादी करना चाहता हूँ।" मेरी इतनी भी पूछने की हिम्मत नहीं थी कि कौन लड़का था, मैं तो जानती तक नहीं हूँ, मैं किसी से क्यों कहूँगी? "फैशन; फैशन पर ध्यान है, बस।" माँ ने मेरे हाथ देखते हुए कहा, "नाखून इतने बड़े किए हुए हैं, क्यों नहीं काटती? मन्नू को देखकर भी नहीं सीखती। आने दे तेरे बाप को, कह दूँगी, जल्दी-से-जल्दी शादी कर दे, किसी दिन काला मुँह कर दिया, तो किसी को मुँह दिखाने के लायक नहीं रहेंगे हम। हमें तो मरना ही पड़ेगा।" उन्होंने मेरे दोनों कंधे पकड़कर जोर से हिला दिए, "कुछ करके तो नहीं बैठी है ना?" मेरी दोनों आँखों से आँसू टपकते हुए गरदन तक आ गए। क्या सबूत दूँ इस बात का? माँ ने एक और चाँटा मेरे गाल पर मारा, तभी गेट की आवाज आई, दादी थी, उन्होंने बाहर से माँ को आवाज लगाई, "सुधा," दादी को माँ ने कोई बात नहीं बताई। शाम को दादी के मंदिर जाते ही माँ ने नानी को फोन लगाया, "माँ, मैं बहुत दुःखी हूँ, क्या बताऊँ कुछ समझ नहीं आ रहा? तुमने चार-चार लड़कियों को पाल लिया? मेरी लड़की हाथ से निकली जा रही हैं, मैं जल्दी से जल्दी इसकी शादी कर देना चाहती हूँ। माँ, मैंने इसे बहुत आजादी दी, इसके पापा और दादी की मरजी के खिलाफ जाकर, वह सबकुछ करवाया, जो यह करना चाहती थी। जितनी मेरे अंदर सामर्थ्य थी, मैंने इसका हमेशा पक्ष लिया और इसने क्या किया, लड़का घर तक आ गया, रिश्ता माँगने? वह तो अच्छा हुआ, मेरी इज्जत बच गई वरना विजय मुझे जिंदा नहीं छोड़ते। इसके साथ-साथ वह मेरे चरित्र पर भी उँगली उठाने से पीछे नहीं हटते, तू ऐसी ही रही होगी, तभी तो तेरी बेटी ऐसी है, अगर मैं न रही होती, तो दोनों माँ-बेटे ने कब की लड़कियों की शादी किसी गाँव में कर दी होती। हमेशा इनके सामने ढाल बनकर खड़ी रही हूँ, इनको वह सबकुछ मिले, जो मुझे नहीं मिला।" माँ ज्वालामुखी की तरह भभकती हुई रो पड़ी, उनके रोने के सामने, मुझे अपना दुःख बहुत कम लगा। उनकी आँखों से आँसू टपकते जा रहे थे, मैंने जीवन में दूसरी बार अपनी माँ को रोते हुए देखा था। मैं अंदर कमरे में बैठी उनकी आँखों के आँसू महसूस कर सकती थी। क्या बातें हुईं लड़के ने क्या-क्या कहा, यह तो मुझे नहीं पता, लेकिन नानी से बात करते हुए मैंने यह जरूर सुना, कह रहा था, रिफाइनरी में

नौकरी करता है। विनय, वह घर तक आ गया? तिनका-तिनका जितना समेटती हूँ, उससे ज्यादा बिखर जाता है, अब तो समेटने का सिलसिला ही खत्म हुआ। अब कितना भी समेट लो, कोई फायदा नहीं। एक माँ ही तो थी, जिसको देखकर लगता था, वह मुझे समझती है, ज्यादा नहीं तो कम, अब वह बात नहीं करती, हर बात पर ताने मारती है, अगर गलती से कह दो, "मैं खाना नहीं खा रही?" खा ले हमारे यहाँ, जितने दिन खाना है, क्या पता किस-किस के साथ होटलों में घूमकर आई है? जब मेरी आँखें डबडबाती हैं, तो उनका दिल नहीं पिघलता, "मजे लिये हैं, तो सजा तो मिलेगी!" इस शब्द के साथ उनकी बात खत्म हो जाती है।

मैं तीन दिन से कॉलेज नहीं गई, रात में नींद नहीं आती, अगर नींद आई, तो बुरे-बुरे सपने आते हैं। तभी खयाल आता है, विनय से पूछ, ऐसा क्यों किया? वह क्या चाहता था, पूछने के नाम से डर जरूर लगता है, पर यह तो मुझे जानना ही है, मैंने कॉलेज जाने से पहले शालिनी को फोन मिलाया, "आंटी कहाँ हैं?"

"मम्मी तो बाहर गई हैं, दो-तीन घंटे में आएँगी।"

"और विनय?"

"भैया, अपनी कंपनी के पास ही शिफ्ट हो गए।"

"विनय का नंबर दो।"

"क्यों; क्या हुआ?" नंबर देने के बाद वे पूछती रहीं।

"कुछ नहीं, बाद में बताऊँगी।"

"अरे! कुछ तो बता?" मैंने फोन काट दिया। बड़ी मुश्किल से केबिन वाला टेलीफोन बूथ ढूँढ़कर मैंने विनय को फोन किया। हाँ, घबराहट थी। हाथों में कंपन भी, इतना पसीना कि सैंडल पैरों का साथ छोड़ रही थी, पर खुद को कैसे तो समझाती, मन में इतने खयाल आए, आज सबकुछ, जो कब से नहीं कहा, उसे निकाल दूँगी। बहुत हो गया घुट-घुटकर जीना। सबको सफाई देना। वह मेरा लगता ही क्या है, अपनों की सुनो, बाहरवालों की भी सुनो, "हैलो," उसकी आवाज सुनकर मुझे अपना संकल्प टूटता लगा, मुझे तो गुस्सा करना था?

"हैलो, विनय बोल रहे हो?"

"हाँ, मैं बोल रहा हूँ, आप?"

"कुंदन," फिर उस तरफ की खामोशी को तोड़ते हुए मैंने कहा, "तुम मेरे घर कैसे गए? क्या समझते हो अपने आपको, मैंने कभी तुमसे कहा, मैं तुम्हें पसंद करती हूँ?"

"तुमने नहीं कहा, लेकिन मैं तो तुम्हें पसंद करता हूँ।"

"तुम्हारे पसंद करने से ही सबकुछ हो जाएगा। मेरी माँ से क्या कहा तुमने?"

"यही कि मैं तुम्हें पसंद करता हूँ, तुमसे शादी करना चाहता हूँ।"

"शादी कोई खेल है, यहाँ पिक्चर की शूटिंग चल रही है, जो हीरो बन के पहुँच गए मेरे घर, मुझसे शादी करोगे और मुझसे ही नहीं पूछा?"

"बताया तो था।"

"और मैंने हाँ किया था? इसलिए तुम पहुँच गए।"

"ना भी तो नहीं किया? कुंदन, तुम शांति से सोचो, मुझे इसमें कोई गलती नजर नहीं आती। अगर मैं तुम्हें पसंद करता हूँ और तुम्हारे घर जाता हूँ, इसमें गलत क्या है?"

"तुम्हारे लिए नहीं होगा, लेकिन हमारे लिए है।" मेरा गुस्सा कहीं घुल गया। क्यों घुल गया, मैं नहीं जानती, जबकि उस पर बरस जाना चाहिए था, प्रेम, जिसे अपनों की नजर में ढूँढ़ती रही हूँ, जब अनजान की बातों में महसूस करती हूँ तो कठोर नहीं बन पाती, वह मुझे कमजोर बना देता है, "तुम्हारे एक डिसीजन की वजह से मुझे क्या-क्या सुनना पड़ा, शायद मैं उससे कभी निकल न पाऊँ।"

"मैं जानता हूँ, तुम मुझे पसंद करती हो, अगर तुमसे ही हाँ करानी होती तो तुम्हें परेशान करता और मुझमें कमी ही क्या है? यहाँ तक कि कास्ट की भी नहीं, तुम पंडित हो, मैं भी पंडित हूँ, अच्छा कमाता हूँ, दिखने में अच्छा हूँ, अच्छे घर से हूँ और तुम्हारे माँ-बाप की एक लड़के से क्या आशाएँ हैं?"

"बात आशाओं की नहीं है, मुझे तो गलत साबित कर दिया तुमने।"

"तो तुम्हारी मर्जी कहाँ थी? मैंने नहीं कहा कि तुम मुझे पसंद करती हो, मैंने सिर्फ इतना कहा कि मैं आपकी बेटी को पसंद करता हूँ और अपनी मर्जी से शादी करना गलत नहीं है, सिर्फ इसलिए कि तुम और तुम्हारे घरवाले नहीं चाहते।"

"यहाँ के लोग इतने फॉरवर्ड नहीं हैं, जैसा तुम सोचते हो?"

"मैं क्या सोचता हूँ, यह तुम्हें कैसे पता होगा? जब तुम्हें पहली बार देखा, तभी तुम्हारी तरफ आकर्षित हो गया। शालिनी से तुम्हारे बारे में जाना, दो-तीन बार मिला, तुम मुझे बहुत अच्छी लगीं, बिल्कुल ऐसी, जैसी एक परफेक्ट लाइफ पार्टनर मैंने अपने लिए सोची थी, लेकिन जितना तुम आज बोल रही हो, अगर यह सब पहले बोला होता, तो ऐसा कभी नहीं होता। चाहे मैं तुम्हें कितना भी पसंद करता, मैं कभी तुम्हारे घर नहीं जाता, शायद मुझसे ही समझने में गलती हुई तुम्हें,

तुम्हारे परिवार को, पर बोलना सीखो, मैं ये सब इसलिए नहीं कह रहा कि तुम बोलकर अपने घरवालों का विरोध करो और मुझसे शादी कर लो। तुम्हारे आने वाले भविष्य के लिए भी, सीखना होगा। ऐसे कब तक रहोगी, मैं यही चाहता हूँ, तुम जहाँ रहो, खुश रहो।"

"जो तुमने किया है, उसकी भरपाई कभी नहीं होगी।"

"ऐसा नहीं है, सब घाव भर जाते हैं, तुम मुझे भूल जाओगी। हाँ, मेरे लिए मुश्किल होगा, क्योंकि तुम मेरी पसंद हो।"

"तुम इतनी जल्दी, इतना सबकुछ कैसे सोच सकते हो? सिर्फ कुछ महीने की जान-पहचान में।"

"यूँ तो सालों की मुलाकातें भी काफी नहीं होतीं, एक-दूसरे को समझने के लिए। जब बातों-बातों में शालिनी ने कहा कि ग्रेजुएशन के बाद अधिकतर लड़कियों की शादी हो जाएगी, बहुत डर गया था। एक मौका तो मुझे खुद को भी देना था। अपने आपको तसल्ली देने के लिए। ज्यादा दिन यहाँ नहीं रहूँगा। मैं यहाँ नहीं रह सकता; जैसे तुमने अपने जीवन में कोई फैसला खुद नहीं लिया, वैसे ही मैंने अपने जीवन के सारे फैसले खुद लिये हैं। तुमसे अब कभी मुलाकात नहीं होगी, न ही मेरी वजह से तुम्हें कोई परेशानी होगी।" बहुत कुछ कहना चाहती थी, बहुत कुछ सुनाना चाहती थी, पर किसी अनजान से। जो मुझसे कोई बिना आशा रखे, इतना सबकुछ कह गया, कोई जवाब ही नहीं बना, क्या विनय भी गलत नहीं है? काश! कोई ऐसा होता, जिसकी गलती निकालकर, मैं खुद को संतुष्ट कर लेती, सब मुझे ही समझा देते हैं, जैसे मैं कुछ जानती ही नहीं। क्या उसके जाने का शौक मनाऊँ? पर उसे तो चाहकर भी कभी पकड़ नहीं पाती।

25

दस दिन बाद पेपर शुरू, आज कॉलेज का आखिरी दिन है। कॉलेज से बाहर निकलती हुई, एक बार फिर उसे दुबारा देख लेने का दिल करता है, मैं पीछे नजर घुमाकर देखती हूँ, बहुत सी चीजें दिखाई देती हैं, आठवीं में जब कल्पनगर आई, सफर लगभग चार सौ लड़कियों से शुरू हुआ, दसवीं के रिजल्ट के बाद चार क्लास एक क्लास में सिमटकर सिर्फ दो सौ लड़कियों तक रह गई। कुछ ने स्कूल छोड़ दिया, कई फेल हो गईं और कइयों की शादी यह सोचकर कर दी गई कि वे

अब जवान हो चुकी हैं। कुछ लड़कियाँ, जो दसवीं में जवान होते-होते रह गई थीं, 12वीं तक जवान हो चुकी थीं। जो आगे पढ़ीं, उनमें से अधिकतर अपने घर पर ही बैठकर पढ़ीं, लड़कों के साथ उनका कॉलेज में पढ़ना, उनके माँ-बाप को गवारा नहीं था। लगभग सत्तर लड़कियों ने इसी कॉलेज से रेगुलर शिक्षा प्राप्त की है। मुझे कुछ ऐसी लड़कियाँ भी याद आती हैं, जो अब नहीं रहीं, वृंदा, जिसने आत्महत्या की। मोहिनी, जिसकी हत्या हुई और अपराधी पकड़ा जाने के बाद भी छूट गया। नर्मदा ने भागकर शादी की, जाने कैसी होगी? क्या उसे पता होगा, उसके पिता को हार्टअटैक आया था और वे नहीं रहे, क्या इस अपराधबोध से वह कभी बाहर निकल पाएगी? निधि, जिसका साथ दसवीं तक रहा, मेरठ की प्रिंसवाली जिससे कभी जलन रही थी, जो बाद में कभी नहीं मिली, उसे अपने जीजा की दूसरी पत्नी होने का सौभाग्य मिला। काश प्रिंसवाली बात सच रही होती। किंतु, टाट-पट्टी, रस्सी टप्पा, बंदर, सोलह पर्ची ठप के लिए लड़ती-झगड़ती लड़कियाँ, अब अपने सफर पर निकल जाएँगी, अगर यह कॉलेज मास्टर डिग्री भी देता होता, तो शायद कुछ लड़कियाँ मास्टर डिग्री भी करतीं। इसकी शिक्षा रुकते ही, जाने कितने माँ-बापू को अपनी बेटियों का इतना पढ़ा-लिखा होना बहुत लगने लगा, इसका श्रेय पढ़े-लिखे लड़कों को जाता है, जो किसी दसवीं पास लड़की से शादी नहीं करना चाहते, जिनकी पत्नी कम-से-कम ग्रेजुएट तो होनी ही चाहिए। यह बहुत कड़वा सत्य है, पर है तो सत्य ही, अगर जरूरत न होती और शिक्षा इतनी सस्ती न होती, तो शायद वह इतना भी नहीं पढ़ पातीं और मैं भी कहीं उन्हीं के बीच खड़ी होती।

अपने जिले के बड़े कॉलेजों के बारे में सुना भी है, जहाँ बड़े-बड़े गार्डन होते हैं, बड़ी-बड़ी क्लास, एक बिल्डिंग का दूसरी बिल्डिंग को पता नहीं होता। कोई चेहरा एक दूसरे को नहीं जानता, सालों निकल जाते हैं, पर हम कुछ चेहरों को पहचान भी नहीं सकते। यहाँ गिने-चुने बच्चों के बीच, चमकते हुए, कुछ लड़कियों के चेहरे और उनकी मुसकराहट, किसी पालतू कबूतर-सी लगती हैं, जो अपने ही पिंजरे के चारों तरफ उड़कर वापस वहीं पिंजरे में आ जाएगा। तब यह कॉलेज उन लाखों कॉलेजों से अच्छा लगता है, जहाँ उड़ने के लिए बहुत बड़ा और ऊँचा आसमान है।

"दीदी, नानी ने तेरे लिए लड़का देखा है, नानी कह रही थी, कन्नू की शादी वहीं करेंगे। पेपर के बाद वे लोग तुझे देखने आएँगे और उसके एक महीने बाद शादी।" मैं मन्नू को रोककर पूछना चाहती हूँ, क्या यह सच है? "मैं साड़ी

पहनूँगी।" कहते ही वह भाग गई, सच पूछो तो, मैं चाहती हूँ कि मेरी शादी हो जाए, मुझे जीवन की नई शुरुआत करने का मौका मिलेगा। जहाँ मैं किसी की नजर में पहले से गलत नहीं हूँगी, जहाँ मुझे सफाई देने की जरूरत नहीं होगी और बार-बार अपराधबोध नहीं कराया जाएगा। माँ के शब्द मेरे कानों में गूँजने लगते हैं, 'शादी के बाद हमारी कोई जिम्मेदारी नहीं होगी, लड़का कैसा निकलता है, वह तेरी खुद की किस्मत है?' कितना सबकुछ कह दिया माँ ने, जैसे कुछ कहने के लिए बाकी ही नहीं रहा। क्या वे मेरे बारे में हमेशा से ऐसा सोचती रही हैं? हर शब्द काँटे की तरह चुभता है, जिसकी पैनी नोक अंदर तक घुस जाती है और मैं उसे पूरे दिन-रात महसूस करती हूँ। कभी सोचती हूँ, माँ की शिकायत पापा से कर दूँ, पर कभी हिम्मत नहीं जुटा पाई, शिकायत के बाद माँ की दलीलें भी सुनी जाएँगी, फिर वही सब पापा तक पहुँचेगा, जो अभी माँ तक सीमित है।

वैसे तो पापा बहुत ही सरल और उदार इनसान हैं, मैंने कभी पापा को आज तक किसी से लड़ते हुए नहीं देखा, वे कभी तेज आवाज में भी नहीं बोलते। बचपन में जरूर उन्होंने एक-दो बार माँ पर हाथ उठाया था, वह भी तब, जब बातें बहुत हद से बढ़ जातीं। वह गाँव से आनेवाले लोगों के साथ, पंडित होने के नाते भेदभाव भी नहीं करते, माँ और दादी मुँह बनाती हैं, जब वह किसी के आने पर, उनको नीचे बैठने से मना करते हुए प्लास्टिक की कुरसी सरका देते हैं और हमेशा गिलास में पानी देने की हिमायत करते हैं। वह गिलास अकसर हमारे भट्ठे की राख में पड़ा रहता है और अलग से माँजा जाता है। घर आनेवाला कोई भी व्यक्ति, जो चालीस की उम्र में ही साठ का दिखता है, मैले-कुचैले कुरता-पाजामा पहने, उसे देखकर मैं बिना बताए ही अंदाजा लगा लेती हूँ कि जरूर गाँव से ही आया होगा। आज ऐसा ही आदमी हमारे गेट पर खड़ा है, जिसकी ऊपरवाली जेब में एक 555 बीड़ी का बंडल है और एक छोटी-सी माचिस, उसने बीड़ी निकालते हुए, उसे मुँह में दबाया और अपनी माचिस से उसे सुलगाने लगा, जली हुई माचिस की तीली को हिलाकर फेंकते हुए उसने पूछा, "बेटा, पापा हैं?" पापा ने उसे अंदर बुलाने को कहा। उसने मेरी तरफ देखते हुए पापा से पूछा, "लाली तो पहचान में ही नहीं आई? बड़ी लाली है क्या, बहुत सयानी हो गई, छोटी-सी देखी थी।" उसने सयानी शब्द इसलिए इस्तेमाल किया कि वह लोहार था। पंडितों के परिवार में से कोई आता है, तो हमेशा वो यही कहते हैं, "कन्नू तो ब्याह लायक हो गई?" उसने मुझे छोटा-सा देखा था, तो मैंने उसे गौर से देखा और पहचान लिया—हँसिया लोहार।

मुझे याद आया, गाँव के बाहर इसका मिट्टी का एक घर था और इसके घर में भट्ठी थी, जहाँ वह औजार बनाता था।

अनाज कटने के बाद, पैर के उठ जाने पर झुंड-के-झुंड के सिल्ला (गेहूँ कटने के बाद जो कटते समय खेत में बिखर जाता) बीनने जाते थे, हमारे घर में तो यह काम हमेशा बँटाई पर ही होता। कच्चे अनाज को धोकर, सुखाकर उसे लोहार की भट्ठी पर भुनवाकर, भुने हुए गेहूँ में गुड़ मिला, उसे किसी मटके में भर दिया जाता। कई लोग साथ में बाजरा, ज्वार और मक्का भी मिलवा लेते। लोगों के घर में स्टील के बरतन बहुत कम होते थे। मुझे याद है, हमारे घर में स्टील के कप का एक सेट था, जो अधिकतर पड़ोसी रिश्तेदारों के आने पर माँगकर ले जाते। एक दिन मैं भी जिद पर अड़ गई पूरा गाँव हँसिया लोहार के यहाँ गुड़धानी बनवाता है, तो मैं क्यों नहीं? मैं पहली बार इसके के घर गई, छोटे-से मिट्टी के कमरे से, एक छोटी सी मेहँदी और महावर लगाए, गरदन तक घूँघट निकाले एक औरत बाहर निकली। आस-पास खड़ी बड़ी लड़कियों में उसका मुँह देखने की होड़ लग गई, वह नई दुल्हन थी, हँसिया लोहार की पत्नी। मौका मिलते ही मैंने भी घूँघट उठाकर उसका मुँह देख लिया, आँखें मिलने पर वह थोड़ा सा मुसकराई, उसकी आँखों में गहरा मोटा काजल था और उसके गाल पसीने से लथपथ, तभी गाना गाते हुए दस-पंद्रह औरतें घर के अंदर दाखिल हुईं, तो पता चला कि वे माढ़ा सिराने गई थीं और फिर आने के बाद दुल्हन को नाचकर दिखाना होता है। दो औरतों के नाचने के बाद, नई दुल्हन को नाचने के लिए कहा गया, जिसमें गाना भी उसकी पसंद का था। मेरी बुआ भी घर से ही, गाना तैयार करके ले गई थी, जो उसे ससुराल में सुनाना था और नाचना था। उसकी छोटी-सी कमर जोर-जोर से मटकने लगी और उसके साथ ही उसकी पायल, तगड़ी और चूड़ियों ने उसके गाने का साथ दिया। उस दिन सुना हुआ गीत मुझे आज तक याद है। उस लोकगीत में इतना रस था कि मैं उसे लाखों गाने सुनने के बाद भी नहीं भूल पाई—

पीहर ते लाई ईंढूआ,
मैं जल भरने को जाई।
रास्ता में मिल गई भाएली,
मैं बहुत घनी बतलाई।
आगे से आगो मनगुन्ना,
मैं आँखों में डरपाई।

कटीली ले लई लौदरिया,
मोमें में सर्र ही सर्र बजाई।
ससुर मेरो यों बोले,
तू काहे को मारे कसाई।
सास मेरी यों बोली,
यू पिटने लाक लुगाई।

दादी और और माँ से नजर बचाकर, मैं अकसर इस गाने पर चुन्नी ओढ़कर नाचती, मैंने सोच लिया था, मेरी शादी होगी, तो मैं भी इसी गाने पर नाचूँगी। कल्पनाएँ अजीब होती हैं, कहाँ-से-कहाँ ले जाती हैं, लेकिन अब ऐसी कोई इच्छा नहीं है। पापा के स्वभाव को जितना और जैसा मैंने जाना है, उससे कहीं ज्यादा दादी ने। दादी बहुत तेजी से बदल रही है, पाँच महीने में ही उसके अंदर बहुत बदलाव आया है, वह हर बात पर रोने लगती है। कभी-कभी वह मुझे अपना दूध का गिलास दिखाकर कहती है, "देख, तेरी माँ ने मुझे खाली गिलास दिया है।" जबकि गिलास को भरने में बस दो घूँट होते हैं, रात को मिलनेवाला एक गिलास दूध मेरे और मन्नू के लिए हो न हो, लेकिन दादी को जरूर मिलता है। उन्होंने ही मुझे यह बताया है, "तेरा बाप किसी से प्यार नहीं करता, सिर्फ वह सुधा और अपने दोनों लड़कों से प्यार करता है।" सच कहूँ तो मुझे कुछ नया नहीं लगा, यूँ लगा यह तो मुझे पता ही था। जब एक बार श्रेया रोते-रोते बेहोश हो गई, तो दादी ने रोती हुई मौसी से कहा था, "बेटी तो किस्मतवालों की मरती हैं।" तब पापा की मौन स्वीकृति को जाने मैंने कैसे पढ़ लिया।

पेपर खत्म हो गए, कभी-कभी दादी की कड़वी बातें भी सच लगती हैं, "क्या करेगी पढ़-लिखकर?" क्या कर लिया मैंने? माँ कोई महकवाला उबटन खरीद लाई है। वह पट्टे पर बिठाकर, मेरे हाथ-पैर ढंग से साफ कर रही है, जैसे आज वह मुझे दुनिया की सबसे सुंदर लड़की बना देना चाहती है। कमर की वह जगह भी, जो साड़ी से भी नजर नहीं आएगी, माँ ने घिसकर चमका दी है। वही माँ, जो हमेशा कहती है कि मेरा ध्यान हमेशा फैशन पर रहता है, बार-बार बनावटी गुस्सा दिखाकर बीच-बीच में कह देती है, "कैसे हाथ-पैर साफ करती है? सारे गंदे हो रहे हैं," वह बोलती जा रही है और मैं सिर्फ उसे सुन रही हूँ। उसके चेहरे की खुशी बता रही है कि वह बहुत खुश है। मैं चाहती हूँ वह हमेशा ऐसे ही खुश रहे, वह सबकुछ भूल जाए, जो हो चुका है। उसने मेरे बालों पर हाथ फेरते हुए कहा, "देख

बेटा, शादी के बाद भी लड़के को यह मत बता देना कि कोई लड़का मेरे घर रिश्ता लेकर घर आ गया था। तू जानती नहीं है लड़के कैसे होते हैं? कहीं प्यार-प्यार में बता दे।" जाने कितने दिनों बाद मैंने अपनी गरदन हिला दी।

आज हमें दिल्ली जाना है, माँ ने कुछ दिनों से और ज्यादा पूजा की है, एक धागा शिवलिंग के चारों तरफ बाँध दिया और कुछ पैसे मेरे ऊपर निछावर करके मंदिर में रखे डब्बे में रख दिए। वह हाथ जोड़-जोड़कर प्रार्थना करती है और मैं उसकी प्रार्थना के लिए प्रार्थना करती हूँ। सुबह से ही उसके चेहरे पर चिंता की लकीरें हैं, वह हँसती है, लेकिन उसकी हँसी बनावटी है। वह कल से जाने कितनी बार दादी से पूछ चुकी है, "हमारी कुंदन पसंद तो आ जाएगी ना? एक तो चश्मा लगाती है?"

"चश्मे की बात बताने की जरूरत क्या है, कौन सा ज्यादा नंबर है, चश्मे के बिना भी खूब दिखता है?"

"झूठ बोलकर तो शादी नहीं की जा सकती, बाद में कोई परेशानी आई तो?"

"वह तो पढ़ाई-लिखाई के लिए है।" दादी ने अपनी बहू को खूब पढ़ा-लिखाकर तैयार कर दिया है। पापा रोज एक घंटे तक पूजा करते थे, आज आधे घंटे में ही उठ गए। उनकी बेचैनी इतनी दिखती है, वे बार-बार बाहर जाते हैं, फिर अंदर आते हैं। सुबह से दस-पंद्रह सिगरेट पी चुके हैं, कभी तंबाकू निकालकर खाने लगते हैं, तो कभी मन्नू से चाय बनवा लेते हैं।

रास्ते से लेकर ट्रेन तक, ट्रेन से लेकर नानी के घर तक, जो भी मंदिर मिला, माँ ने सब जगह हाथ जोड़े, बेनामी बाबा के लिए प्रसाद भी बोला, वैसे मैंने माँ को पूजा-पाठ करते नहीं देखा, पर दिल की वह अच्छी है। मैं बहुत तनाव महसूस कर रही हूँ, लेकिन नानी के दरवाजे पर जाकर इस तनाव का अंत हो गया। मामी ने मेरा ब्यौरा शुरू कर दिया, "दीदी, इसके बाल कटवा देती थोड़े-थोड़े, कैसी आई ब्रो बनवाई है, सारी खराब कर दी, कोई शेप ही नहीं है, हाथों की वैक्स करवा देतीं, दिल्ली का लड़का है ना?" मैं सोच रही हूँ, क्या दिल्ली के लड़कों के सींग होते हैं? मामी ने मेरी तरफ देखते हुए पूछा, "क्या पहनेगी?" मैंने अपनी आँखें माँ की तरफ घुमा दीं, "तू निकाल दे अपनी कोई साड़ी ढंग की सी।" माँ नानी से बात कर रही है, लेकिन उसके कान जैसे मेरे कानों के पास ही चिपके हैं।

हाथ में पसीने आ रहे हैं और दिल की धड़कन बहुत बढ़ी हुई है, पैरों में अजीब सा कंपन, जैसे मैं खड़ी नहीं हो पाऊँगी, जैसा डर पेपर देने से पहले होता था, उसी की मात्रा बहुत ज्यादा बढ़ गई है। मामी मुझे साड़ी पहनाते हुए कहती है,

"इतना डरती क्यों है? सब जान-पहचान वाले हैं, मैं तो उसे जानती हूँ, अभी एक महीने पहले तो मिला था, बहुत अच्छा लड़का है।" लेकिन मैंने उनकी बात का कोई जवाब नहीं दिया। मैं अब तक जाने कितने पेपर देती रही, पर सबसे ज्यादा मुश्किल पेपर तो यही है, जिसके लिए मैंने कभी कोई प्रार्थना नहीं की। शायद वे लोग आ गए, मैं खिड़की से देखना चाहती हूँ, दो औरत और दो आदमी, किसी पाँचवें का इंतजार मैं बेसब्री से कर रही हूँ। खिड़की के अंदर आती हुई नानी की आवाज, "अर्णव नहीं आया?" इस सवाल के जवाब का मुझे इंतजार है, लेकिन एक औरत नानी का हाथ खींचते हुए अंदर ले गई, "अंदर चलो, अंदर बैठकर बात करेंगे।" कुछ ही देर में मामी मेरे कमरे में आईं और उन्होंने हाथ में एक प्लेट थमाते हुए मेरे सिर पर साड़ी का पल्ला रखकर कहा, "चलो," मैंने उनका हाथ पकड़ लिया, "मामी, आप साथ रहना, मुझे बहुत डर लग रहा है।"

"अरे! डरने की कोई बात नहीं है। सब जान-पहचान के हैं, तू बेकार में परेशान हो रही है। तेरे मामा जब मुझे पहली बार देखने आए थे, मुझे बहुत डर लग रहा था, बिल्कुल ऐसे ही काँप रही थी, पर सबके सामने जाते ही, कुछ नहीं; वे नजरें बचा-बचाकर मुझे देख रहे थे।" मामी इतनी जोर से शरमाई, जैसे अभी कुछ देर पहले की ही बात हो, लेकिन मुझे उनकी बातों में कोई भी इंटरेस्ट नहीं है। एक और बात थी, जो मैं पूछना चाहती थी, पर मैंने नहीं पूछा, क्या लड़का नहीं आया?

मुझे देखते ही मोटी-सी औरत सामनेवाली कुरसी से खड़ी हो गई। उसकी खुशी का कोई ठिकाना नहीं था। वह समझ नहीं पा रही थी कि टेबल की कौन सी साइड से निकलकर वह मेरे पास पहले पहुँच जाएगी। वह इतनी खुश थी, जैसे कोई खजाना मिला हो, "कन्नू को छोटी-सी देखा था, मैं तो तभी कहती थी लड़की सुंदर होगी।" उसने अपनी आँखों के काजल से थोड़ा-सा काजल निकालकर मेरे कान के पीछे लगाया और अपनी पासवाली सीट पर मुझे बिठा लिया। मैं समझ चुकी थी, लाडले की माँ यही हैं। प्लेट से कुछ उठाती, फिर मेरी तरफ देखती, हर बार कुछ खिलाने की जिद करती, उसने मेरे कंधे पर अपना एक हाथ रखकर कहा, "भाई, हमें तो कुंदन पसंद है।" माँ ने धीमी आवाज में पूछा, "अर्णव नहीं आए?"

"क्या करूँ शरमाता बहुत है। मैंने तो पचास बार कह दिया, चल, फिर मत कहना कि कैसी लड़की ढूँढ़ दी। कहता है मम्मी जो आप देखोगी, वह अच्छी ही होगी।" इससे ज्यादा माँ कह भी नहीं सकती थी, मोर्चा मामी ने सँभाल लिया, "आजकल तो सभी लड़के आते हैं। आप फोन कर दीजिए, बुला लीजिए उनको,

मैं इनको बोल देती हूँ।" उन्होंने मामाजी को बुलाया और कहा, "अर्णव को फोन कर दो, आ जाएगा। कितना बदतमीज है, कहने से भी नहीं आ रहा?" जितना बुरा उसके बारे में सोचा जा सकता था, उतना मैं सोच चुकी थी। वह आया भी, लेकिन लाख बुलाने के बाद भी, अंदर नहीं आया। बाहर जिस कमरे में पापा, मामा और उसके पापा बैठे थे, वहीं बैठकर वापस चला गया। माँ, मामी, नानी सब दो-दो बार जाकर झाँककर उसे देख आए थे। मैं चाहती थी एक बार मैं भी देख लूँ, पर किसी की नजरों में भी नहीं देख पाई। अपनी माँ के बुलाने पर भी, जब वह अंदर नहीं आया, तो उसकी माँ ने ही मुझे अँगूठी पहना दी।

वहाँ रहने से लेकर, लौटते वक्त तक, मैं सुनी हुई बातों पर उसका चेहरा तैयार करती रही, किसी ने कहा—गोल आँखें हैं, तो किसी ने मोटी काली, तो किसी ने भूरी बता दीं। मामी ने कहा—मामा के बराबर लंबा है। तो माँ कहने लगी, "नहीं, मामा से ज्यादा लंबा है, पर थोड़ा पतला लगता है।"

"कहाँ दीदी, ऐसे ही होते हैं स्मार्ट लड़के।" मामी ने बोलती हुई माँ को चुप कर दिया। नानी की बूढ़ी आँखें कुछ और ही देख रही थीं, "शर्मदार लड़का है, माँ-बाप के सामने बोला नहीं।" मुसकरानेवाली बात पर खिल-खिलाकर हँसना माँ की खुशी दिखा रहा था, पर पापा की भौंहें अभी तक तनी थीं।

लौटते समय जब मैं खिड़की से अपनी हथेली पर ठोड़ी रखे, बाहर डूबते सूरज को देख रही थी, पापा ने अपनी चिंता माँ के सामने खोल दी, "सुधा अभी तो पैसों की बात नहीं हुई, लड़का इंजीनियर है, अकेला लड़का है, दिल्ली में अपना मकान है। बाप की सरकारी नौकरी। अगर गाड़ी की कहने लगे तो मैं तो नहीं दे पाऊँगा। कहने को एक-एक का रिश्ता है, पर ऐसा कौन लड़केवाला है, जो बिना कुछ लिये-दिए ही शादी करने को तैयार हो।"

"माँ तो कह रही थी, हमें कुछ नहीं चाहिए, लड़की चाहिए।"

"यह तो सब कहने की बातें हैं। तुम देखती नहीं हो क्या, पढ़ी-लिखी लड़की, सुंदर, पैसा, जेवर, सबकुछ तो चाहिए लोगों को। फिर कहते हैं हमें कुछ नहीं चाहिए।"

"मुझे तो लगता है बड़ी तेज औरत है। पहले तो लड़के को लेकर ही नहीं आई थी।"

"तेज नहीं होती, तो चार देवरानी-जेठानी में रह पाती?" जिसकी इमेज एक भोली-भाली औरत की थी, धूमिल होने लगी। कितना दिखावा करते हैं लोग, अगर

यह दिखावा था, तो कितना अच्छा नाटक कर लेती है वह?

चाचाजी मिलने के लिए आए, उनके जरा से कहने पर, "कन्नू, मौसी के पास चलेगी?" माँ ने जैसे मेरी नजरों को पढ़ लिया, "हाँ, एक महीने वहीं रुक आएगी। अभी तो डेढ़ महीना है। पंद्रह दिन पहले ले आएँगे।" माँ की ये बातें इतनी सहज नहीं थीं, जितनी मुझे दिखती थीं। आकांक्षा मिलने के लिए आई तो माँ आसपास ही मँड़राती रही। मैं जरा सा घर से बाहर कदम रखती हूँ, तो माँ बेचैन हो जाती है, हमेशा कोशिश करती है मेरे साथ जाए, लेकिन मैं समझ नहीं पाती उसकी इस बात का क्या कारण है? जब दूसरी बार घर आई चमेली ने माँ को बताया, "सुमन की लड़की सगाई के बाद अपने प्रेमी के साथ भाग गई।" माँ की एक के बाद एक पूछे गए सवाल, "कहाँ, क्या, कब?" तब मुझे समझते देर नहीं लगी, खोया हुआ विश्वास मैं कभी नहीं पा सकूँगी।

शालिनी के यहाँ आना-जाना खत्म हो गया, सुना है एमबीए कर रही है और सुनैना अपनी बुआ के यहाँ पढ़ने चली गई, माँ को मेरी दोस्त पहले भी पसंद नहीं थीं और अब तो मेरे पास कोई दलील भी नहीं; कोई संपर्क रखने की। क्या सच में अर्णव इतना शरमीला होगा? माँ को कोई चीज परेशान नहीं करती, मैं रात-रात भर सोचती हूँ, कैसा लड़का है? कल्पनगर तक के लड़के-लड़की देखने जाते हैं, एक-दूसरे से फोन पर बातें करते हैं, मौका मिलता है तो मिलते भी हैं। अर्णव के ऐसे व्यवहार का क्या कारण हो सकता है, इसी उधेड़बुन में जाने कब नींद आ गई, मैं चाँदनी रात में अकेले एक पगडंडी पर चली जा रही हूँ, कितना सुंदर है सबकुछ, मेरी पसंद का, सफेद कबूतर से लेकर फूलों भरा रास्ता, दूर पहाड़, साथ में बहती नदी, नदी के किनारे बैठा लड़का, अर्णव होगा? मैंने उसके कंधे पर अपना हाथ रखा, वह पीछे देखते हुए मुसकराया और मेरी आँख खुल गई 'विनय?' मैं पसीनों में लथपथ यही सोच रही हूँ, अब सपने में भी किसी को देखना कितना बड़ा अपराध है, अगर अर्णव को देखा होता तो, मैं खुद को खींचकर, सिर्फ उस पर केंद्रित कर देती।

26

मैं सोचती थी, मौसी के गले लगते ही, यादों का सारा गुबार, कहीं धुआँ बनकर उड़ जाएगा, पर सबकुछ और भारी और असहज लगता है। अपराधी होने का

बोझ इतना भारी होता है कि आप बोल भी नहीं पाते। उनकी कसकर जकड़ी हुई बाँहों से मैं कभी नहीं निकलना चाहती, कुछ देर गले लगाने के बाद उन्होंने मुझे खुद से दूर कर दिया, "कैसी है?" दोनों हाथों से मेरे कंधों को पकड़ते हुए कहा, "इतनी बड़ी हो गई, अब अगले महीने शादी भी हो जाएगी।" मैं बस मुसकराने के लिए मुसकरा दी, "क्या हुआ, खुश नहीं है?"

"नहीं, मैं खुश हूँ।"

"अर्णव बहुत अच्छा लड़का है। मैं मिली हूँ उससे।"

"मैंने तो नहीं देखा!"

"शर्म की वजह से नहीं आया होगा।"

"लेकिन आजकल कौन शर्म करता है?"

"अरे! बचपन से उसने सबको देखा है, घर आना-जाना रहा है, इसलिए।"

"कभी उसने बात करने की भी कोशिश नहीं की।"

"तो इसका क्या मतलब है, जो बात करने की कोशिश करते हैं, वे बहुत अच्छे होते हैं? तेरे चाचाजी हमेशा मुझसे बात करने की कोशिश करते थे, फोन भी करते थे, मिलने के लिए दिल्ली तक आ जाते थे, लेकिन उनके स्वभाव को तू जानती है ना? इस बात की कोई गारंटी नहीं होती। मैं तेरी तरफ से बहुत खुश हूँ।" उनकी बात सुनकर मैंने हाँ में हाँ तो मिला दी, लेकिन संतुष्टि नहीं हुई। दिल तो करता है, उनकी बातों को मान लूँ, पहले भी तो शादियाँ ऐसी होती आई हैं। "क्या सोच रही है?"

"कुछ नहीं।"

"हमारे सामने एक बुजुर्ग कपल रहता है। दोनों ने एक-दूसरे को शादी से पहले कहाँ देखा होगा। आंटी नहीं रख पातीं तो अंकल उनके लिए करवाचौथ का व्रत रखते हैं। क्या तेरे चाचाजी व्रत रख सकते हैं? शादी से पहले मिलना—बात करना इससे यह साबित नहीं होता कि आपका जीवन-साथी आपको बहुत प्यार करेगा, प्यार तो किसी के साथ रहने से खुद ही होता है।"

"आंटी, यह कौन है; कुंदन है न, वही तो है, इतनी बड़ी हो गई? तूने तो मिठाई भी नहीं खिलाई, अब तू आ गई है, तुझसे पार्टी लेंगे।" मैंने सवालिया नजरों से उसकी तरफ देखा। इससे पहले मैं दो-तीन बार मौसी के पास आई हूँ, लेकिन इसे मैंने पहले कभी नहीं देखा।

"देख लो आंटी, बचपन के दोस्त को कैसे घूर-घूरकर देख रही है, जैसे उसे

कभी नहीं देखा।" उसने बनावटी मुँह बना लिया। मौसी ने मुसकराते हुए कहा, "यह सिद्धार्थ है, पहचाना नहीं?" मैं बस हल्का सा मुसकरा दी।

"यह तो मुझे पहचानती भी नहीं है, गरीब आदमी को कोई भी नहीं पहचानता! बताओ, मुझे भूख लग रही है। माँ मुझे छोड़कर चली गई।" बेचारे की माँ कहाँ चली गई? उसकी बात सुनकर मेरे मन में यही खयाल आया।

"वह तो कह रही थी कि मैंने सिद्धार्थ के लिए खाना बना दिया है!" मौसी ने हैरानी से पूछा।

"हाँ, तो वह मैंने खा लिया, मुझे दोबारा भूख लगी है।"

"बेटा, अभी मुझे भी बैंक जाना है।"

"तो इससे कह दो, इसकी शादी होनेवाली है। ये बनाएगी, इसको भी तो कुछ सीखना है कि नहीं, एक महीने बाद पराए घर जाएगी।"

"कुंदन, रोटी बना दे, तब तक मैं तैयार हो जाती हूँ।" मौसी ने मेरी तरफ देखते हुए कहा।

"मैं आपको छोड़ दूँगा।"

कई लोग मिलते ही कितना अपनापन दिखा देते हैं, जैसे कभी दूर ही नहीं थे। क्या ऐसा वे दिखावे के लिए करते हैं, या सच में वे ऐसे ही होते हैं। सिद्धार्थ और मौसी बैंक चले गए। फिर वह मौसी को बाहर छोड़कर अपने घर चला गया। सिद्धार्थ की मम्मी और मौसी में इतना प्यार है, जैसे दो सगी बहनें। ऐसे ही उनके बच्चों में भी।

मौसी की बातें सुनकर पूरी संतुष्टि न सही, राहत तो मिली है, सही तो कहती हैं, क्या पता ज्यादा टाइम नहीं है, तो क्या मिलना-जुलना? मैं श्रेया को गोद में बिठाए सिद्धू की बातें सुनती हूँ, जब वह बोलता है, "मैं जिस लड़की से शादी करूँगा, वह लड़की एकदम अलग होगी, बहुत ज्यादा सुंदर, बहुत ज्यादा इंटेलिजेंट नेचर उन्नीस-बीस हो चलेगा। जब वह चले तो उसका एक-एक बाल हवा में उड़े, उसके पैर उसके चेहरे से ज्यादा खूबसूरत हों, उसके पास से निकल जाओ, तो खुशबू से महक जाओ। आवाज ऐसी, आए, हाय, हाय! हैलो बोलने में ही आदमी घायल हो जाए।" क्या हर लड़का अपने लिए किसी ऐसी लड़की की इच्छा रखता है? अगर अर्णव ने भी ऐसी ही किसी लड़की के बारे में सोच रखा होगा तो, यही खयाल मुझे उदास कर गया, कहीं यही तो कारण नहीं था, वह नहीं आया, छोटे-से शहर की, छोटी-सी लड़की, जिसके बाल नहीं उड़ते,

न उसके ऊपर से खुशबू आती है, गरमी में तो पसीने से तरबतर उसकी खुद की गंध उसे घेर लेती है, न ही उसके पैर उसके मुँह से सुंदर हैं और उसे तो ढंग से हाय-हैलो बोलना भी नहीं आता।

"सिद्धार्थ, तुम क्या करोगे आगे?" अचानक मन में सवाल आया।

"मतलब?" मतलब उसने ऐसे बोला, जैसे उसके पास बहुत काम है करने के लिए, मैंने बेवजह ही बेहूदा सवाल पूछ लिया।

"मतलब कुछ फ्यूचर में?"

"फ्यूचर के बारे में क्या सोचना, पापा ने इतना पैसा कमाया है, इतनी प्रॉपर्टी खरीदी, किसके लिए, उसका क्या होगा? तुझे पता है कितनी मेहनत करते हैं, दवाई भी उसी केमिस्ट की लिखते हैं, जिससे कमीशन मिलता है।" इतनी सहजता के साथ कौन स्वीकार करता है? वह भी अपने माँ-बाप की गलतियाँ। माँ-बाप की गलती निकालना, माने भगवान् में कमी निकालना? पर सिद्धार्थ अब पराया नहीं लगता। अब उसका बोलते रहना मुझे अच्छा लगता है।

"कुंदन, तुम क्या लोगी, चलो तुम्हें तुम्हारी पसंद का कुछ दिलवा लाती हूँ, अँगूठी लोगी? घर पर सिद्धार्थ है।" वैसे मैंने मना किया था, मुझे कुछ नहीं चाहिए, पर वह नहीं मानी। इतने सारे चमकते सोने के जेवरों में से अपने लिए एक छोटी-सी अँगूठी पसंद करना मुश्किल है। मन उड़कर रंग-बिरंगे शीशा में लगे हीरे और सोने के जेवरों पर पहुँच जाता है, फिर से खींचकर अपनी हैसियत के अनुसार वाजिब चीज के पास बैठा देना पड़ता है। वापस लौटे, तो सिद्धार्थ गेट पर ही खड़ा था। उसके हाथ में एक लाल रंग की डायरी थी। पहले मैंने गौर नहीं किया, जैसे-जैसे मैं उसके पास आई, मैंने डायरी को पहचान लिया। ऐसा भी तो हो सकता है, यह उसकी डायरी हो? पर मुझे यह क्यों लगता है कि यह मेरी ही है। उसने मुसकराते हुए मुझसे पूछा, "हो गई शॉपिंग?"

"हाँ!" पर मैंने उसके हाथ से डायरी नहीं छीनी, कहीं ऐसा हुआ कि यह उसी की हुई तो, उसे पता चल जाएगा, मेरे पास भी ऐसी कोई डायरी है। इससे पहले मैं कमरे में टेबल पर रखी अपनी डायरी के पास पहुँचती, वह मेरे पीछे था, "कुंदन, यह सब तुमने लिखा है?"

"तुमने मेरी डायरी क्यों पढ़ी?"

"इसमें सीक्रेट तो कुछ भी नहीं था?"

"किसी की डायरी नहीं पढ़नी चाहिए।" उसने डायरी को अपने हाथ से

ऊपर कर दिया। मेरी आँखें डबडबा गईं। उसने मुझे डायरी देते हुए कहा, "मैं तुम्हें रुलाना नहीं चाहता था। मैं बस पूछ रहा था।"

"हाँ, मैंने ही लिखा है, मैं लिखती हूँ, जब मेरा दिल करता है, तब।"

"तुम तो बहुत अच्छा लिखती हो। तुम्हें तो राइटर होना चाहिए।"

"मुझे कुछ नहीं बनना।"

"कभी कुछ तो सोचा होगा?"

"अब देख रहे हो न, मैं क्या बननेवाली हूँ, फिर भी पूछ रहे हो? जो कुछ नहीं सोचते, क्या उनकी कोई लाइफ नहीं होती?"

"कुछ तो सोचा होगा?" वह मेरे पीछे ही पड़ गया। जब भी कोई मुझसे दिल से बात करता है, मैं उससे कुछ भी छुपा नहीं पाती। लोग कुछ छुपाकर, कुछ सुना देते हैं और कुछ बचाकर रख लेते हैं मन की गहराइयों में। मैं हमेशा से ही ऐसी हूँ, पहले तो किसको अपना नहीं पाती, उसे कुछ बताती नहीं, अगर मैं किसी को कुछ बताऊँ, तो फिर कुछ छुपा नहीं सकती, "पापा चाहते थे कि मैं बी.एड. कर लूँ। बी.एड. का फॉर्म भरने के बाद, तैयारी भी कर ली थी, लेकिन उसका रोल नंबर ही नहीं आया। वह चाहते थे कि मैं टीचर बनूँ।"

"और तुम?"

"मैं भी वही चाहती थी, जो वे चाहते थे। मैं हमेशा से ही वही चाहती रही हूँ, जो वे चाहते हैं। ये मत पूछना तुमने कभी घरवालों से कहा क्यों नहीं? कभी कह नहीं पाई क्यों, क्योंकि पाला ही इस तरह गया है, आपको जितना मिलता है, जरूरत से ज्यादा ही लगता है।" मेरी उदासी देखकर सिद्धार्थ मुसकरा दिया, "तुम ऐसा मत सोचना कुंदन, ये तुम्हारे साथ हो रहा है। हर घरेलू लड़की तुम्हारे जैसी ही होती है।"

"इसीलिए उन्हें कोई पसंद नहीं करता?"

"तुमसे किसने कहा?"

"तुमने ही तो कहा, तुम ऐसी लड़की से शादी करना चाहते हो, जिसके बाल उड़ते हैं।" वह बहुत जोर से हँसा। "मैंने सीरियस होकर बात कही है। अर्णव देखने भी नहीं आया?"

"इसका मतलब यह थोड़ी है, वह तुम्हें पसंद नहीं करता। उसके पास इतना अधिकार तो होगा कि वह शादी के लिए मना कर सके, लेकिन उसने नहीं किया। जैसा तुम लड़कों के बारे में सोचती हो, ऐसा कुछ भी नहीं है।"

"मैं तो कुछ भी नहीं सोचती। मैं जानती ही कितना हूँ लड़कों को? जितनी

बात मैंने तुमसे की है, इतनी मैंने अब तक किसी से नहीं की।"

"अच्छा डायरी में से कुछ निकाल सकता हूँ?"

"हाँ!"

"तो ठीक है, मैं कल वापस कर दूँगा।" वह चला गया।

पाँच दिन पहले ही माँ का फोन आ गया, "दादी की तबीयत ठीक नहीं है, कुंदन को घर छुड़वा दो।" सामान पैक करते हुए, मैं बहुत उदास थी, लग रहा था कि जीवन दिशाहीन हो गया है, अब कौन सा रास्ता कहाँ जाएगा, कुछ समझ नहीं आता। दूसरे घर का क्या भरोसा, कैसे लोग होंगे? नया माहौल कैसा होगा, क्या वे मुझे पसंद करेंगे, क्या मैं उन्हें खुश रख पाऊँगी, क्या मैं वहाँ भी सबको अपनी गलतियाँ गिनवाने का मौका दूँगी? मुझे विनय की बातें याद आती हैं, अपने लिए बोलना सीखो और सिद्धार्थ, घरेलू लड़कियाँ ऐसी ही होती हैं, क्या मेरे जैसी? नहीं, मैंने तो बिना पढ़ी-लिखी लड़कियों को भी कितना बोल्ड देखा है। रानी भाभी, जो दसवीं तक भी नहीं पढ़ी हैं, कैसे अपनी लड़की को छोटे स्कूल से निकाल लाई थीं, यह कहते हुए, "मैं इस स्कूल में अपनी लड़की को नहीं पढ़ाऊँगी, मैं बड़े स्कूल में पढ़ाऊँगी।" जब सास ने कहा, "पैसा कहाँ से आएगा?" तो कितनी निर्भीकता से उन्होंने जवाब दिया, "दो लड़कियों की सफाई आपके कहने पर मैंने इसीलिए करवाई है, मैं कम-से-कम अपनी एक लड़की को, अच्छा जीवन दे पाऊँ। इसीलिए चुपचाप आपके कहे अनुसार, मैंने अपनी लड़कियों को निकलवा दिया।" जितना भी वे पढ़ी हैं, सबकुछ अपनी लड़की को दे देना चाहती हैं। मेरे पास बैठे, अपनी लड़की की नई किताबें देखते हुए, उन्होंने मुझसे कहा था, "कुंदन, मुझे बहुत खुशी होती है, निहारिका की किताबें देखकर, ऐसी किताबें कभी मुझे नहीं मिलीं पढ़ने के लिए। मैं निहारिका को खूब पढ़ाऊँगी, तू देखना।"

"कितने बजे की ट्रेन है कुंदन?"

"दस बजे की।" सिद्धार्थ गाड़ी से स्टेशन छोड़ गया।

27

हॉस्पिटल के बेड के पास खड़ी होकर चिल्लाती दादी, "मुझे यहाँ ले आई है, जमादारों पर कटवाने और यहाँ छोड़कर चली जाएगी। मुझे ऐसे लोगों के हाथ का पानी नहीं पीना, जाने कौन जात हैं?" आज माँ का यह रूप मैंने पहली

बार देखा, वे कितनी शांति से सहज होकर सबकुछ सुन रही हैं, "आप बैठिए तो सही।" दादी ने माँ का हाथ झटक दिया, बड़ी मुश्किल से दादी अपनी साड़ी को सँभालती हुई, एक स्टूल पर बैठी। माँ बैंक के काम से बाजार निकल गई और मैं वहीं दादी के पासवाली सीट पर बैठी थी। वह मेरा चेहरा देखते ही रो पड़ी, "देख रही है, कल मुझे यहाँ छोड़ गई है। मैं इस बिस्तर पर नहीं सोऊँगी, पता नहीं कौन-कौन सोता होगा यहाँ? मुझे किसी और के बिस्तर पर सोने की आदत नहीं है।" दादी घूम-फिरकर दोबारा से वहीं पहुँच जाती है, जहाँ वह आजकल हमेशा रहती है, "तेरे बाबा होते, तो मैं कभी यहाँ नहीं रहती। मैं तो गाँव में ही रहती उनके साथ, इतनी जल्दी छोड़कर चले गए। तेरी माँ का मुँह नहीं देखती। स्टील के गिलास में वह नर्स पानी लेकर आती है, पता नहीं कौन-कौन जूठा करता होगा गिलास को?" वह मेरे सामने बच्चों की तरह बिलख रही है। कीर्ति का कहना है कि उसकी दादी उसके भाई की टॉफी भी चुरा लेती हैं। मुझे पहले झूठ ही लगा था, पर अब यकीन करने को दिल करता है। एक थरमस में चाय और पॉलिथीन में गिलास-कटोरी-चम्मच और एक धुली हुई चद्दर छुपाकर मैं शाम को हॉस्पिटल पहुँची। पीछे से माँ ने कहा था गिलास रख ले, मैं ले जाना भूल गई थी, तो मैं मुसकराकर आगे बढ़ गई। दादी अभी भी स्टूल पर बैठी दीवार में बनाए गए झरोखों से बाहर झाँक रही है। दिन-रोज उसकी गिरती हालत उसकी रोबदार आवाज को गुम करती जा रही है। चाचाजी जब देखने आए थे तो उन्होंने कहा था, "माँ, तेरी लाठी में अब वह बात नहीं रही। जब तेरी आँख के इशारे से हम सब मुड़ जाया करते थे।" तब उन्होंने बहुत धीमी आवाज में जवाब दिया था—

अरे बुढ़ापे बाबरे, तोए आवे अति हान।
घरके संख्या न करें, बैरी करें न कान॥

"हाँ बेटा, अब तो कुत्ता भी नहीं डरता।" मैंने चद्दर निकालकर दादी के बिस्तर के ऊपर बिछा दी और उनका हाथ पकड़कर अंदर कमरे में ले आई। उनका खिला चेहरा बच्चों की तरह मुसकराने लगा, अपने काँपते से हाथों से उसने मेरे दोनों गालों को पकड़ लिया, "तेरी शादी देखकर मरना चाहती हूँ।"

"दादी, तुम बेकार की बातें करती हो। तुम्हें कुछ नहीं होगा।"

"तेरे दूल्हे की नाक भी तो पकड़नी है मुझे?" मैंने अपनी गरदन को नीचे झुका दिया। मैं दादी के गले लगकर रोना चाहती हूँ, पर नहीं। लड़के हमेशा एक ही चीज की दुहाई देते आए हैं, लड़कियाँ पैसे के पीछे भागती हैं। कई सामान्य

लड़कों की प्रेमिकाएँ, उन्हें ठुकरा किसी बड़े ऑफिसरों की रानी बन जाती हैं, पर क्या एक छोटे-से शहर में रहनेवाली लड़की, जो सर्वगुण-संपन्न है, अच्छी दिखती है, जब वह किसी बड़े शहर के लड़के के सपने देखती है, क्या कभी वह उसे प्रेम प्रस्ताव देगा? नहीं, वह किसी चौराहे पर खड़े होकर यह जरूर कह दे कि तुम अच्छी लड़की हो, पर वह उसकी प्रेमिका नहीं बन पाएगी? क्या मैंने अपने लिए ऐसा लड़का चाहा था? मैं तो यह भी नहीं जानती कि मैंने क्या चाहा था, लेकिन अब जो मेरा होने वाला है, मेरा मन उसे अपना मानना चाहता है, पर मेरे मानने से क्या? आस-पास जब देखती हूँ, सुनती हूँ, रागिनी अपने हाथ में पहनाई गई अँगूठी के अनगिनत किस्से, उन्होंने ही मेरे लिए छाँटी थी, जाने कितनी अँगूठियों में से। तब मैं अपने हाथ को पीछे छुपा लेना चाहती हूँ कि मेरे हाथ की अँगूठी पर अधिकार मेरी सास का है। सभी शादी की तैयारियों में व्यस्त हैं, बिना यह जाने, कहीं उसे मैं पसंद न हुई, क्या पता उसकी शादी उसकी मर्जी से न हो रही हो? उसने जरूरी न समझा हो कि वह अपनी होने वाली पत्नी को देखे, शायद ये विचार मेरे लिए ही बने हैं। कोई उस पर ध्यान नहीं देना चाहता।

दीवारों में रमी हल्की-हल्की सी महक और दरवाजों और खिड़कियों से उठती पॉलिश की खुशबू नया-नया एहसास दिलाती है। कितना कुछ जुड़ा है इस खुशबू से, हमेशा एक खुशी, जो इसके फैलते ही चारों तरफ दौड़ जाती थी। चाचा की शादी या दीवाली, कुछ भी ऐसा, जो आने वाली खुशी को दुगुना कर देता था, लेकिन अब दीवारों और खिड़कियों को छूने से कुछ नया नहीं लगता। क्या ये वही दीवारें हैं, जो कुछ समय बाद मुझे अपरिचित कर देंगी। घंटों अपने बिस्तर पर पड़ी पंखे की तरफ निहारती, मैं ऐसी बेफिजूल की बातें सोच लेती हूँ। पार्लर, मेहँदी, शॉपिंग सबकुछ उस छोटे-से शहर से ही हो गया। माँ एक दिन जाकर ग्यारह साड़ियाँ एक छोटी-सी दुकान से दिला लाई। मैं माँ का कभी विरोध नहीं कर पाती, न ही कभी मैंने उनसे कोई जिद की है, हाँ, चेहरा जरूर उदास हो जाता है और उससे शायद माँ को कोई खास फर्क नहीं पड़ता या फिर वह ध्यान ही नहीं देती। ससुराल जाने वाले कपड़े सास के लिए दिए गए टॉप्स, पायल, बिछुवे, उसकी साड़ी; ससुर की अँगूठी, अर्णव की चेन और अँगूठी जब भी घर में उसके रेट को लेकर चर्चा होती है तो मुझे लगता है, जैसे मुझ पर जबरदस्ती किया जाने वाला खर्च है, तब मेरी हिम्मत नहीं होती कि मैं कह सकूँ, मुझे कुछ पैसे अलग से चाहिए। मैं चाहती हूँ कि मेहँदी लगानेवाली से मेहँदी लगवाऊँ, वह पंद्रह सौ रुपए

लेती है, फिर किए गए अपराध का ध्यान आता है, तो मैं शायद माँगने का हक भी खो चुकी हूँ। मैंने आकांक्षा से कह दिया है, वही दिन में आकर मुझे मेहँदी लगा जाएगी। हाँ, ठीक ही तो कहते हैं सब, मेहँदी लगने के बाद पता नहीं चलता कि डिजाइन कैसी है? साड़ियों को जब माँ ने खुश होते हुए पापा को दिखाया कि वह कितनी जल्दी और कितने कम खर्चे में सबकुछ निपटा लाईं। दहेज की साड़ियाँ और मेरी साड़ियों में कोई अंतर नहीं था। पापा ने साड़ियों को देखते ही कहा, ये क्या साड़ी हैं? कुछ ढंग का दिलवाकर लाती, तब माँ ने उन साड़ियों को मुझे बाद में देने के लिए सँभालकर रख दिया और कुछ सौ-दो सौ रुपए और बढ़ाकर मुझे अच्छी साड़ियाँ दिलवा लाई। जाने क्यों माँ का मुझे कुछ दिलवाना, मुझे हमेशा लगता है कि उन्होंने मेरे ऊपर उपकार किया है। शादी से पहले अकसर माँ कहती थी, कन्नू को एक गहरी लाल रंग की और एक गहरी नीले रंग की साड़ी जरूर दिलाऊँगी, लेकिन शायद वह भूल गई कि उसने कम-से-कम बीस बार यह बात मेरे सामने बोली है। दिलाते हुए उसने यह भी कह दिया—साड़ियाँ यूँ ही रखी रहती हैं, अब दस साड़ियाँ तो तेरी साँस ने ही कितनी महँगी-महँगी दी हैं। घर में पहनने के लिए भी तो कुछ चाहिए।

अपने लिए एक परफ्यूम की बोतल, जिसका कोई ब्रांड नहीं है, अकसर नई दुल्हन को मैंने खुशबू से महकता पाया है और एक छोटा-सा पर्स जो चाहिए होगा, मैंने अपने उन पैसों से, जो सगाई के बाद ससुरालवालों ने दिए थे, खरीद लिया है अगर इन पैसों की पूछताछ वहाँ भी होगी, तब मैं क्या जवाब दूँगी, यह अभी मैंने नहीं सोचा। सैंडल, जो ससुराल की तरफ से दी गई थीं, थोड़ी बड़ी हैं, सैंडल भी चाहिए होंगी। माँ ने जो चार हजार रुपए दिए थे, उनसे ढाई हजार का पार्लर जो बहुत मुश्किल से पाँच सौ रुपए कम करवाने पर हुआ और बाकी पैसे कुछ शादी के तुरंत बाद पहनी जानेवाली चूड़ियाँ, कुछ बिंदियों के पैकेट, कुछ जोड़ी अंडरगार्मेंट खरीदने से खत्म हो गए। जो सैंडल मुझे पसंद है, वह सात सौ की हैं, सात सौ की सैंडल जरूरी भी नहीं है, लेकिन लहँगा इतना नीचा है कि अगर हील के सैंडल नहीं पहनूँगी, शायद जमीन पर ही लटकता हुआ लगेगा। अपने लिए सैंडल पसंद करके मैंने आकांक्षा से बोल दिया है, शादी में कोई और गिफ्ट देने की जरूरत नहीं है, मुझे सैंडल दिला देना।

माँ कल दिल्ली गई थी, अपने लिए साड़ी लेने, पूरे दिन मुझे इंतजार रहा, शायद माँ मेरे लिए कोई साड़ी लेकर आए, कोई अच्छा पर्स, एक ढाई हजार की

साड़ी अपने लिए, एक पंद्रह सौ की साड़ी मेरे लिए, दो शॉल, एक पश्मीना शॉल और दूसरी इतनी महँगी नहीं थी। शॉल चुनने का मुझे अधिकार था, पर मैंने पश्मीना न चुनकर अपने लिए दूसरे को चुना, क्योंकि दूसरे शॉल के साथ माँ ने एक स्वेटर दिलाने का वादा किया। माँ ने भी कभी इतनी महँगी साड़ी आज तक नहीं पहनी, वे इतना अंतर अपनी और मेरी साड़ी में नहीं रखतीं अगर साथ जानेवाले रिश्तेदारों ने न कहा होता, कन्नू की सास ने इतनी साड़ियाँ दी तो हैं, उनका क्या होगा? अपने लिए भी तो लो। माँ ने अपनी साड़ी का ब्लाउज मेरे लहँगे के ब्लाउज के साथ बाहर डाल दिया। टेलर ने माँ की साड़ी को मेरी जानकर माँ का ब्लाउज मेरे नाप का सिल दिया, घर आकर माँ ने यह शंका जताई कि मैं पीछे से जाकर टेलर से कह आई हूँ कि उनका ब्लाउज मेरे नाप से बना दे, इस बात की क्या सफाई दूँ, अब दम घुटता है। माँ ने किसी और की साड़ी पहनी, ब्लाउज में मार्जिन न होने के कारण, अपनी साड़ी मुझे खुश होकर ही दी।

सगाई से पाँच दिन पहले पापा का लटका हुआ चेहरा घर आया। खाना खाने बैठने से पहले उन्होंने चार सिगरेट पी ली थीं, "माँ-बहन···सब लड़केवाले एक जैसे होते हैं, बिचौलिया आया था, पूछ रहा था कैश कितना डालोगे? मैंने दो लाख और बुलट की बताई तो कहता है बुलट रहने, दो-तीन लाख कैश कर दो। मैंने कहा, सात लाख से ज्यादा खर्च करने की मेरी सामर्थ्य नहीं है। बुलट तो मैं किस्तों पर ले सकता हूँ। सब हो जाएगा," कहकर वो तो चला गया। मैं एक लाख रुपए कहाँ से लाऊँगा? एफ.डी. तुड़वाता तो तीन दिन की छुट्टी है, बैंक बंद रहेगा।" क्या मेरे जन्म पर पापा की उदासी का कारण यही था या जवाब इससे भी गहरा था। माँ ने रिश्तेदारों से मिलनेवाले जेवर की तरफ से अपना हाथ खींच लिया, उनकी कटौती कर एक लाख की पूर्ति की जाएगी।

पापा अकेले ही हैं, हलवाई का सारा सामान धीरे-धीरे घर के बड़े कमरे में जमाते जा रहे हैं। चीनी की एक बोरी से शुरू हुआ सिलसिला, आधे से ज्यादा कमरे को भर गया। हर दिन आता सामान मन्नू और सोनू की जिज्ञासा का कारण है, लेकिन हर सामान के साथ ऐसा लगता है कि मेरी छाती पर थोड़ा और बोझ है। यह सब आँखों के सामने होते हुए देखकर बहुत अजीब लगता है। सभी कितनी चिंता से घिरे दिखते हैं, पापा से लेकर माँ सबके चेहरे पर वजन थोड़ा और कम लगता है। क्या जैसा मैं महसूस करती हूँ, हर लड़की ऐसा सोचती है, सोचती ही होगी, तभी तो हर दिन करीब आते शादी के दिन तक लड़की थोड़ी और कमजोर

लगती है। उस पर चढ़ा पीला हल्दी का रंग उसके अंगों से मिल और गहरा हो, उसकी आँखों के लाल डोरों को और लाल दिखाता है।

पंडितजी का आठ बजे ही आ जाना मुझे अच्छा नहीं लगा। गुलाबी साड़ी पहने खुली लटों से टपकती पानी की बूँदें, मैं अपने हाथ में गेहूँ भर चौक में बिछे पटले की तरफ बढ़ रही हूँ। हर कदम जैसे कुछ पीछे छूट रहा है। सामने नई टी-शर्ट और नीचे लपेटे हुए तौलिया के साथ रिंकू नीचे बिछाई जानेवाली दरी को सीधा कर रहा है, उसे देखकर क्यों याद आ गया? चल शादी-शादी खेलते हैं, दरी के दूसरी तरफ मदद कराता विष्णु, पर मैं दुल्हन बनूँगा। पंडित मटकी के चारों तरफ अनाज डालकर, कुछ मंत्र पढ़ रहा है। सामने दरी के एक तरफ पापा, चाचा, फूफा, मौसाजी हर दूर और पास के रिश्तेदार बैठे हैं। दूसरी तरफ, पूरे मोहल्ले की औरतें लगन का गीत घूँघट के पीछे से गा रही है। मैं जो कभी काजल लगाकर पापा के सामने नहीं आई थी, साड़ी पहने हुए परिवार के सामने आना हाथों में कंपन पैदा कर रहा है, सर्दी के मौसम में पैरों के तलवों में पसीना और पसीने से पूरी गरदन तरबतर है।

हरदी की गाँठन लाडो, हुई है पराई
पंडित के वचनन लाडो, हुई है पराई
पान सुपारी लाडो, हुई है पराई
कच्चे से सूतन लाडो, हुई है पराई।

शायद गीत इतने ध्यान से किसी ने नहीं सुना, जैसे मुझे सुनाने के लिए ही गाया गया था। चार लाइन खींचकर इतनी देर तक गाई गईं कि हर पहरे के साथ आँखों में चारों तरफ से आए आँसू टपक गए। पटले से उठ अंदर कमरे में पहुँची, सामने दादी, जो लगन में नहीं बैठी थी, कुरसी से बड़ी मुश्किल से उठकर उसने मुझे अपने गले से लगा लिया, मैं रो रही हूँ कमरे की हर चीज को देखती हुई, दीवार पर चलती छिपकली को भी, जो अपनी सी लगती है।

तीन दिन की लगन सगाई में सारे रिश्तेदार सगाईवाले दिन ही आ गए। अंदर के कमरे में एक गद्दे पर बैठे हुए छोटा सा दिन बहुत बड़ा लगता है। लगन के दूसरे दिन कड़कती ठंड में चौक में बिठाकर, माँ ने जल्दबाजी में फ्रिज से निकालकर लाया हुआ ठंडा दूध मेरे सिर पर डाल दिया और वहीं रखी बाल्टी के पानी से पटले पर बिठाकर, तेज चलती सर्द हवाओं में नहला दिया गया, दाँतों की कड़कड़ाहट बढ़ने लगी। उसके एक घंटे बाद बुखार का सिलसिला, दोपहर जब

आँखें बंद किए अपने बिस्तर पर लेटी थी, तो ऐसा लगा, मानो रजाई उठाकर फेंक दूँ। बार-बार बाहर से आती आवाज, "कन्नू खाना ले," मैं उठने की कोशिश कर रही हूँ, लेकिन उठ नहीं पाई। मैंने धीरे से चाची के कान में कहा—मैं उठ नहीं पा रही हूँ, उन्होंने छूकर देखा, बदन बुखार से तप रहा था। माँ भागती-दौड़ती अंदर आई, जिसने दो दिन से चैन की साँस नहीं ली थी, उसने मेरे दोनों गालों को पकड़ते हुए चिंता जताई और कहा, "इसको तो बहुत तेज बुखार है।" माँ इधर-उधर रिंकू को ढूँढ़ने लगी, पर वह तो धर्मशाला में तैयारियों में व्यस्त था। माँ ने खड़े होने के लिए कहा, खड़े होते ही पैर मुड़ गए और मैं दोबारा धड़ाम से नीचे गिर गई, "मैं खड़ी नहीं हो पा रही हूँ, घुटने काम नहीं कर रहे," माँ कभी बाहर जाती, कभी अंदर आती है, कभी दोष ठंडे दूध को देती है, कभी चौक में बैठकर नहलाने को और कभी मेरे कम खाने को। सारा काम वहीं का वहीं छोड़ एक रिक्शा बुला मुझे डॉक्टर तक ले गई, कई इंजेक्शन लगे, डॉक्टर ने एक दवाई की पोटली बनाकर माँ को थमा दी। रिंकू बस इतना ही कर पाया कि मुझे गोद में लिये वह छत तक धूप में ले गया, शायद ठंड की वजह से हाथों-पैरों ने काम करना बंद कर दिया है और भागता-दौड़ता एक रीवाइटल का पैकेट पकड़ा गया। तीन इंजेक्शन और चार बार दी गई पाँच-पाँच गोलियाँ, जिससे मैं ठीक तो हो गई, लेकिन गले और पैरों में जोर की जलन थी। पापा दो दिन से धर्मशाला में ही हैं। एक दिन पहले का रतजगा, जिसने मुझे पूरी रात सोने नहीं दिया। दिन में लगाई हुई मेहँदी, जो आधे घंटे बाद ही यह कहते हुए उतार दी थी कि ठंड लग जाएगी। मेहँदी मुझे कितनी पसंद थी, गहरी, काली, मैंने भी कभी सोचा था, लेकिन टूटे बदन में सपने देखने की हिम्मत ही नहीं बची। मेहँदी लगाकर बैठना नामुमकिन था। मेहँदी लगाती हुई आकांक्षा से मैंने धीरे से कहा, "कल मैं डॉक्टर के गई थी तो मुझे ऐसा क्यों लगा कि विनय वहीं खड़ा है, मुड़कर देखा तो कोई नहीं था, ऐसे सोचना गलत है ना, मुझे गिल्ट फील होता है। किसी और के बारे में सोचना?"

"चल पागल, मन तो कहीं भी जा सकता है। तू जिसे जानती है, उसी के बारे में तो सोचेगी न, जिसे देखा तक नहीं, उसके बारे में कैसे सोच सकती है? तू क्या छोटी-छोटी बातें लेकर सोचने बैठ जाती है।"

शादीवाली सुबह बुआ कभी इधर, कभी उधर अपनी आँखों में दर्द को दबाए घूम रही है, कभी दादी के पास बैठकर, धीरे-धीरे कुछ कहती है, कभी बाहर फूफाजी के कान में जाकर, मैंने माँ से पूछ लिया—क्या हुआ?

"होना क्या है, नथ बुआ की तरफ से ही होती है, कम्मो वो तक देना नहीं चाहती। इतना पैसा होने के बाद भी तेरे फूफाजी नखरे कर रहे हैं, कैसे ताव में आकर ढाई ग्राम की नथ लेकर आई। भात में तेरे फूफाजी ने नाटक कर दिया कि मेरे बाप के लिए कुरता-पाजामा नहीं आया। इन्हें अपनी पड़ी है, एक पीढ़ी निकल गई, अभी भी इनकी पूर्ति नहीं हुई। लेने का तो बड़ा दिल करता है और खर्च करने के नाम पर इनके पास कभी पैसे नहीं होते। बस लेते जाओ, जमाइयों ने तो यही सीखा है।" मैं बुआ को देखकर समझ गई कि वह जर्जर पुल की मरम्मत करने में व्यस्त है। जब बुआ ने लाकर मुझे नथ दिखाई तो मैं उसे देखकर खुश थी, कितनी स्वार्थी हूँ मैं, मैंने उसके दर्द को उसकी आँखों में देखकर भी नहीं देखा।

माँ के दूर के ममेरे भाई के बेटे की बहू, चेहरे से बाहर निकले हुए दाँत, पतली सी हड्डियों का ढाँचा, स्वेटर के ऊपर से शॉल को लपेटे, माँग में पीछे तक सिंदूर भरे हाथ में चमकती लाल और नीले रंग की चूड़ियाँ, एक लगभग आठ साल की लड़की को अपने साथ लेकर मेरे कमरे में आई। वह देखकर मुसकराई, मैंने उसकी मुसकराहट का जवाब सिर झुकाकर मुसकराहट से दिया। उसने कहा, "पूछ रही थी, शादी किसकी है? देख ले, यही बुआजी हैं, जिनकी शादी है," मैंने लड़की के गाल पर हाथ फेर दिया। इस औरत का चेहरा मैं कभी नहीं भूलती, जब मैं छठी में थी और इनकी बरात में गई थी। जब मुझे सच में नहीं पता था, मैं किसी लड़के के आकर्षण का कारण हो सकती हूँ, पर प्रपोज जैसा शब्द मैं पहले सुन चुकी थी। अलका ने बताया था, पानी की टंकी के पास पूनम को ललित ने प्रपोज किया, लेकिन मैं समझ नहीं पाई थी, यह कोई बड़ी बात है, हालाँकि अलका के हाव-भाव बिल्कुल ऐसे थे, जैसे व्योमकेश बख्शी वही हो। ग्यारहवीं-बारहवीं में चीजें समझ आने लगीं पर उम्र के हिसाब से तब भी मैं मोटी बुद्धि ही रही, प्यार को कभी शारीरिक संबंधों से जोड़ना जैसे मेरे लिए दूसरी दुनिया थी। आज अपने साथ पढ़नेवाली लड़कियों के प्यार के किस्सों की हकीकत सुनती हूँ, तो पाती हूँ, क्या ट्यूबलाइट जैसे शब्द मेरे जैसे लोगों के लिए ही बने होंगे? बरात में उस लड़के का मेरे पीछे चलना मुझे खाने के लिए कुछ-न-कुछ पूछना, मुझे अच्छा नहीं लगा। इसलिए मैंने मामाजी का साथ नहीं छोड़ा था। कुछ समय के लिए जो मामाजी इधर-उधर हुए, गले में कैमरा लटकाए एक लड़का, जो उम्र में काफी बड़ा था, मेरे पास आया और उसने मुझे एक जगह खड़ा करके कहा—यहाँ खड़ी हो जाओ और साथ में वही लड़का था। मैं मना नहीं कर पाई कि मैं उसके साथ

फोटो नहीं खिचाऊँगी। पूरे रास्ते बरात से लौटते हुए मेरे दिमाग में यही डर बना रहा, माँ को पता चला कि मैंने फोटो खिंचवाई है तो? किसी को पता नहीं चला, पर मामा की शादी में, जो उनकी शादी के दस महीने बाद ही हुई थी, उस औरत ने मुझसे मिलकर कहा था कि तुम्हें मेरा भाई बहुत याद करता है, मेरे चेहरे का रंग उड़ गया। तब उनको कोई जवाब देने की बजाय मैं सोच रही थी अगर इसने माँ को यह बात बता दी तो क्या होगा? फिर ग्यारहवीं में उनका छोटी मौसी की शादी में मिलना और अपनी ननद से कहना, "इनको हमारा भाई बहुत याद करता है। हमारे भाई के साथ इन्होंने फोटो खिंचवाई है।" तब शायद मैं पहले से ज्यादा बोलना सीख गई थी। "भाभी, उस समय मैं बहुत छोटी थी अगर कोई बड़ा आपसे यह कह देगा कि यहाँ खड़े हो जाओ तो आप मना थोड़ी करोगे? मैंने उसके साथ फोटो नहीं खिंचवाई थी, वह तो जबरदस्ती मुझे खड़ा कर दिया गया था।" उस दिन के बाद उसने कभी नहीं कहा कि उसका भाई मुझे याद करता है, वह मेरी मेहँदी का रंग देखकर लौट गई।

दो बातें, जिन्होंने पापा को परेशान किया, पापा के स्टाफ के लड़के का मुसकराते हुए बता देना, लड़का अपने घरवालों के साथ डांस कर रहा है और दूसरी, फेरों के वक्त अर्णव का कमर के पीछे लगाने के लिए तकिया माँगना, पापा को उसका नखरेबाज होने का संदेह करा गया। बारौटी के वक्त आकांक्षा का मुझे कमरे में आकर बता देना कि लड़का बहुत स्मार्ट है, सुनकर मुझे इतनी खुशी नहीं हुई। कुछ महीने बाद, जब मैं वहीं धर्मशाला के पास रहनेवाली अदिति के साथ, पेपर देने गई थी तो मुसकराते हुए उसने कहा था, तुम्हारे हसबैंड बहुत स्मार्ट हैं, तब खुशी का ठिकाना नहीं था। मैंने उससे पूछा भी कि तुम्हें कैसे पता? जब बरात निकल रही थी, मैं छत पर थी, बाद में पता चला, कल कुंदन की शादी थी। सारे रिश्तेदारों के बीच एक जाना-पहचाना सा चेहरा मुसकराता हुआ दिखा, अपनी माँ के साथ खड़ा सिद्धार्थ उसने दूर से दो उँगलियों के इशारे से कह दिया, अच्छी लग रही हूँ। जब पापा ने चाचाजी के लिए दस कार्ड यह कहते हुए निकाले थे, वह अपने आस-पड़ोस के बाँट देगा, किस-किसको बुलाना चाहता है? मेरे मन में आया था, काश! सिद्धार्थ भी आए। कुछ रिश्ते बेवजह टूटते और अलग होते हैं, उनका बहुत दु:ख होता है, शालिनी...।

घबराहट से अलग आज मुझे लग रहा था, जैसे मैं ठीक हूँ, सुबह और शाम कुल मिलाकर लगे पाँच इंजेक्शन के बाद आराम था। तीन दिन से मैंने कुछ नहीं

खाया, कुछ अच्छा ही नहीं लगता, पर आज कुछ खाना चाहती हूँ। खाने की टेबल पर ससुरालवालों के साथ बिठा देना। सामने प्लेट में रखी आलू-गोभी की सब्जी और पूड़ी को देखकर मेरा जी ललचा रहा है, पर आप ऐसे में कैसे खा सकते हैं, जब सभी की निगाहें आपके ऊपर गड़ी हों। मैं इंतजार कर रही थी, कोई कह दे कि खाना खा लो। एक-दूसरे को खाना खिलाने की रसम में अर्णव ने मुझे कुछ नहीं खिलाया, बस मेरी तरफ इशारा करते हुए कहा—खाओ। मैं समझ गई बहुत घमंडी है और कुछ देर के बाद उसने मेरी प्लेट से मेरी सब्जी भी उठा ली, सारी पूड़ियाँ खा गया।

जीवन में देखे जानेवाले सपनों में से शायद सबसे बड़ा सपना यही था, जो आज पूरा होने जा रहा था, क्या इसके बाद कोई सपना नहीं होगा, जो मैं देखूँगी? मैं देख रही हूँ फ्रॉक में नाचती छोटी-सी कन्नू की आँखें शादी के नाम से चमकती थीं, क्या अब सपनों का सफर खत्म। बिना सपने क्या मैं रह पाऊँगी, कुछ तो होना चाहिए, जिसके पीछे मैं हमेशा भागती रहूँ। आज उसी सपनों की दुनिया में जाने से डर लग रहा है, टेबल पर बैठकर खिलखिलाते चमक-दमक से सजे नए-नए चेहरे, क्यों मुझे अच्छे नहीं लगते? मैं आस-पास में कोई जाना-पहचाना चेहरा देख लेना चाहती हूँ। टेबल से कुछ दूरी पर खड़ी बुआ, शायद इससे पहले इतनी आशा भरी नजर से उसे मैंने नहीं देखा है। वे क्यों इतनी दूर लगती हैं? दूरी के नाम से ही दिल कहीं डूब जाता है। इतनी दूरी, इससे गहरी दूरियाँ शायद हर रिश्ते में होंगी?

कुछ समय मिला जयमाला के बाद, फेरों तक का, सिर बहुत दुःख रहा है। न जाने कितनी पिन पार्लरवाली ने मेरे जूड़े में लगाई हैं। सिर का एक-एक बाल खींच रहा है, अगर कोई गलती से सिर पर हाथ रख दे तो जान निकल जाती है। जैसे सारे बाल टूटकर हाथ में आ जाएँगे। लहँगे की चुन्नी का वजन मुझे खुद से भी ज्यादा लग रहा है। हर तरफ खुजली, ऊपर से नथ, जिससे मेरी नाक टूटकर नीचे ही गिर जाएगी। मैं ही जानती हूँ कि अब तक मैंने उसे कैसे सँभाला है? कमरे में आते ही मैंने उसका पेंच खोलकर उसे निकाल दिया। माँ साथ में बैठी है, मैं थोड़ी देर सो लेना चाहती हूँ, पर मेरी चुन्नी मेरे मेरी गरदन पर इस तरह टिकी है कि मैं अपना सिर नहीं हिला सकती।

फेरों पर अर्णव के हाथों पर अपना हाथ रख तो दिया है, जाने कितनी आशाएँ, कितने सपने मैंने उसे थमा दिए हैं। एक विश्वास, जो मैं उस पर कर लेना चाहती हूँ, सात फेरों के वचन, जो वह मानेगा या नहीं? क्या पता मेरे पापा ने भी वह माने थे या नहीं, लेकिन मेरे विश्वास को एक गाँठ में पिरोने के लिए काफी हैं,

शायद इसका कुछ हिस्सा उसे कभी याद रह जाए। ससुराल पक्ष के अधिकतर लोग चाहते हैं कि फेरे जल्दी से जल्दी खत्म हो जाएँ, छह बजे से शुरू हुए हर प्रोग्राम में, हिस्सा लेते हुए फेरों तक आते-आते, सभी का जोश, कभी कुरसी और कभी धर्मशाला में बिछी हुई दरी पर, सोता हुआ नजर आता है। विवाह संपन्न हो गया, उन्हीं गिने-चुने फेरों में, जो वचन हमेशा आधे-अधूरे सुने थे, आज पूरी एकाग्रता के साथ सारे समय सिर पर कलगी बाँधे और कंधे पर सफेद कपड़ा डाले सुने।

फेरों के बाद लड़की के घर के देवता पूजने के लिए जब अर्णव बुलाया गया तो उसने बिना किसी आना-कानी के उन्हें पूजते हुए प्रसाद भी खा लिया और बुआ जोर से ताली मारकर हँस दी—

"भूखी कौ जायो लपलप खागौ।"

वह मुसकराता हुआ आस-पास खड़ी हँसती औरतों के चेहरे को देखने लगा। बुआ ने मुसकराते हुए कहा, "लड़की के यहाँ के देवी-देवता नहीं पूजते और प्रसाद भी खा लिया?"

"क्यों इसमें क्या दिक्कत है?" कहते हुए उसका मुसकराना। पहली बार मेरे दिल ने चाहा कि मैं नजरें उठाकर देख लूँ। चारों तरफ टीका करके जौ बोते हुए माँ और पापा की परछाईं, जो मेरे चारों तरफ घूम रही है, दिल की धड़कन बढ़ा देती है, दिल की धड़कन इसलिए बढ़ी है कि यह आखिरी रस्म है उसके बाद विदाई।

घर में कुछ लोगों को लगता है कि अगर डोली घर गई तो घर से विदाई में बहुत देर हो जाएगी, इसलिए अच्छा है धर्मशाला से ही विदा कर दिया जाए। दीवार पर हथेलियों के निशान, लोगों के लिए बस एक समारोह की संपन्नता से आशा रखते हैं। सभी अब उसे भरपूर जी लेने के बाद उससे मुक्ति चाहते हैं और मैं एक बार फिर उस घर को, उस घर की हर चीज को दोबारा छूकर देख लेना चाहती हूँ। सर्व सहमति से धर्मशाला को ही विदाई के लिए उपयुक्त स्थान माना गया। कुरसी से उठकर और अपनी हल्दी के हाथ धर्मशाला की दीवार पर लगाकर कुछ सूप में से उठा पीछे फेंकती हुई मैं, जैसे वहाँ होकर भी नहीं हूँ। जैसे आज सबकुछ मेरे आँसुओं से भीग जाएगा, क्या कभी आँसुओं से कोई नदी बनी है, खारी जिसमें कभी कोई जीव नहीं पनपता, जहाँ जीवन का कोई अंश नहीं, सिर्फ दर्द और विरह में तैरता मेरी यादों का जहाज परिवार की गोदी में खेलती, भाई-बहन से झगड़ती, दादी से डाँट खाती, किसी कोने में बैठकर सिसकती, कभी मुँह पर हाथ रखकर हँसती। दादी अपनी साड़ी के पल्ले से जितनी आँसू पोंछती है, उससे दुगुना तेजी से दुबारा

बाहर निकल आते हैं। वह बार-बार पुचकारती है और सामने खड़े ससुरालवालों की तरफ हाथ जोड़ते हुए कहती है—बहुत सीधी है ये। बराबर बैठे दामाद के दोनों हाथ पकड़ दादी जैसे गिड़गिड़ा गई, ध्यान रखना बेटा। क्या दादी सच में मुझे इतना प्यार करती रही, जो मैं समझ नहीं पाई? टाइम खत्म हो गया, मामाजी ने गोद में उठाया और गाड़ी में बैठा दिया। पापा कहीं नजर नहीं आए, मेरी आँखें चारों तरफ उन्हें ढूँढ़ती ही रहीं। छोटी बहन की शादी के बाद मैंने पापा को देखा था, कहीं नजर न आनेवाले पापा पूरी धर्मशाला का सामान घर रखवाकर, सबका हिसाब करके चाय पीने बैठे थे। इतनी जोर से रोए आँख, नाक, मुँह, सब जगह से पानी निकल रहा था, "बिचारी कन्या चली गई अपने घर," माँ ने बहुत मुश्किल से चुप कराया था, "दामाद के सामने आप ऐसे रोएँगे, ऐसे ही आप कन्नू की शादी में रोए थे। यह शोभा देता है? चुप हो जाइए, बेटियाँ सबकी परायी होती हैं।"

मैं बदल गई हूँ,
बदलाव मेरी आँखों से टपक रहा है
क्या सिर्फ घर और अपनों से दूर होने की पीड़ा
या धूमिल होते सपनों की आवाज
सब एक साथ क्यों सुनाई देता है
लालसा सरसों के खेतों में लहराते पीले फूलों की
जो खींचती थी बिना डोर
उस खेत की तरफ
सूरजमुखी
मैं सोचती थी
क्या सूरज ने इस फूल की तरफ मुँह किया है?
काश! मैं तोड़ पाती उस लंबे पेड़ पर उगे फूल को
तारों से जकड़े उस खेत के अंदर जाकर
आसपास के खेतों के पास लगे नल
जो कुछ ही दूरी पर अपनी मिठास बदल देते थे
कहीं दाल अच्छी बनती, कहीं सब्जी
और कोई पचने में बहुत अच्छा
माँ की उँगली पकड़कर
नाक में उँगली डालते हुए जाना पसंद था

सबसे दूर मीठे पानी के नल पर
जहाँ आसपास हमेशा दो-चार औरतें
मटका लिये हुए करती थीं इंतजार
गूलर के पेड़ को देखकर सोचती
नल के पास बनी झोंपड़ी अपनी होती
उस लंबे से डंडे पर मेरा अधिकार होता
उचककर गिरा देती उस मोटे झुब्बे को
और भर लेती अपनी झोली में
माँ और मोहल्ले की औरतें
जब शाम होते ही किसी टूटे से शीशे में
अपने चेहरे को निहारती हुईं
भर लेतीं अपनी माँग को पीछे तक
और कस देती बिछुओं को चिमटे की पैनी नोक से
जब शाम से ही तवे को ईंट से घिसकर चमका दिया जाता
जब दोपहर की सिलगी कोर को
भट्ठे से निकालकर दोबारा चूल्हे को गर्म किया जाता
सामनेवाली छत पर बाजरा डाल
सुबह आँखें मलते हुए मोर को नाचते देखने की चमक
टायर को सीधा खड़ा कर डंडे से चलाने की हूक
जब कोई पड़ोसी
अपनी चिलम के लिए आँच माँगने आ जाता
जब नई-नवेली दुल्हन की
पायल और चूड़ियों की छम-छम में
मैं ढूँढ़ती अपना भविष्य
फूलती रोटियों की लालसा
हाथ से बनाई गई रोटी का आकार
टुकुर-टुकुर देखकर अपने विफल होने की शंका
स्पेलर पर जाकर
खौलती भट्ठी में देखना
गन्ने का रस

उसकी चासनी से लेकर
गुड़ बनने तक का सफर
थोड़ी-सी डली चुपके से उठाते हुए
मुँह में घोल लेना मिश्री की तरह
पूरे गाँव की गलियों के चक्कर लगाते हुए
दौड़ना हर तरफ
कभी न हाथ आने के लिए
सफेद कबूतर का मोह
छोटी-सी काजल की डिबिया को
खोलने की चाह
कभी बिना सीढ़ी के
उस चौबारे पर चढ़कर एंटीना हिला देने की इच्छा
बस इच्छा ही रही
जो सपने गाँव के चारों तरफ घूमते
बड़े होकर पूरे करने थे
जो कभी पूरे न हुए
गाँव छोड़कर शहर के सपनों में दौड़ती रही
अनगिनत सपनों के पीछे
अंग्रेजी स्कूल में पढ़ने की ललक
तोते की तरह अंग्रेजी बोलने की इच्छा सहेजे
अपनी साइकिल की घंटी बजाते हुए गलियों से निकलना
दौड़ती रही हूँ जिनके पीछे अब तक
अब क्या विराम है सपनों का
तकते-तकते धीमे-धीमे मद्धम पड़े सपने
अब आँखों में नहीं तैरते
जक़ छोड़ दिया है मैंने उन सब सपनों को
हर पेड़, गली, हर ऊँचे घर की छत पर खड़ी मेरी परछाईं
अलविदा कहते हुए
फटी पड़ी है जैसे
अब मैं हूँ और मेरी यादें

और ढेर सारा पानी
बिना गहराई खोजे
गरदन तक टपकता
थोड़ी कालिमा और लाली लिये।

"पानी पिएँगी आप?" शब्द ने जैसे सारी कड़ियाँ तोड़ दीं, जिन्हें जोड़कर मैं खुद को टूटता हुआ महसूस कर रही थी। मैंने अर्णव की तरफ बिना देखे ही अपनी गरदन खिड़की की तरफ मोड़ दी। आगेवाली सीट पर बैठी अपनी चाची की तरफ इशारा करते हुए उसने कहा, "चाची, गाड़ी वापस मुड़वा लें क्या? इनको बहुत ज्यादा दुःख है। वापस छोड़ आते हैं।" मजाक में बोली गई बात सच में मुझे डरा गई। कैसा होगा अगर यह कार वापस मुझे छोड़कर आ जाए, अर्णव का छोड़कर आना फिर मेरे दुःख का कारण होगा? कितना सबकुछ बदल गया सिर्फ एक ही रात में।

28

बदलाव कितना छोटा-सा शब्द है और उतना ही आसान लिखने और बोलने में, पर बात जब एक लड़की की शादी के बाद की हो तो, बदलाव बहुत जटिल बन जाता है, जहाँ आपको नया ही नहीं सीखना, अपने पुराने को भी बदलकर उसे नए तरीके से सीखना होता है। हल्का-हल्का सवेरा हो चुका है, साढ़े छह या सात बजे का वक्त, गाड़ी एक घर के सामने रुकी, ड्राइवर और चाची के उतर जाने के बाद अर्णव और मैं ही अकेले बैठे हैं। पहली बार किसी लड़के के इतना पास होकर मुझे घबराना चाहिए था, पर न जाने क्यों घबराहट नहीं हुई। काले शीशे से बाहर देखने का नाटक करती हुई मैं जानती थी कि वह मुसकराते हुए सिर्फ मुझे ही देख रहा है। एक मिनट के बाद उसने बोल ही दिया, "आप बहुत खूबसूरत हैं।" झूठा कहीं का; शालिनी सही कहती थी, इन लड़कों की फितरत होती है झूठी तारीफ करने की। खूबसूरती की इतनी ही चिंता थी तो देखने क्यों नहीं आया, पता भी है हर दिन मैंने इस बात को दसियों बार सोचा है। एक अनजान बूढ़ा-सा चेहरा गाड़ी का दरवाजा थपथपाने लगा। अर्णव ने मेरी तरफ से दरवाजा खोला तो वह लपककर अंदर आ गई। उसने मेरा चेहरा देखते हुए अपने दोनों हाथों से मेरी नजर उतार दी। पानी का एक गिलास, जिसमें थोड़ी

शक्कर डली थी, किसी ने मेरी तरफ बढ़ा दिया, ठंड में मुझे प्यास भी तो नहीं लगी थी, पर कहा गया कि थोड़ा पी लूँ। एक घूँट पीने के बाद कुछ रस्में अदा करती हुई मुझे कमरे के बीचोबीच हॉल में नीचे गद्दा बिछाकर बिठा दिया गया। बैठने के ऊपर भी काफी बहस चली, कोई कहता—अंदर बैठा दो, कोई कह रहा है बाहर ही बैठे रहने दो, कोई कमरा ठीक कर देने के बाद मुझे कमरे में बैठाने की कह रहा है, लेकिन मैं इन सबसे अलग अपने लहँगे से मुक्ति चाहती हूँ। अब तो मेरा सिर जैसे इतनी पिन और चुन्नी का वजन सँभालते-सँभालते सुन्न ही पड़ गया है। नींद बार-बार आकर लौट रही है। मेरे जेवर और चेहरे का पूरी तरह मुआयना कर लेने के बाद, स्टील के एक गिलास में थोड़ी चाय मिली, जिसमें अदरक नहीं थी। काश, इसमें थोड़ी अदरक होती! पर मैं ब्रश कर लेना चाहती हूँ, ब्रश वहीं मेरे पर्स में पड़ा है, लेकिन शायद नई दुल्हन को ब्रश करने की इजाजत नहीं मिलेगी और इजाजत माँगना इतना सामान्य नहीं होगा। मैंने चाय को ऐसे ही पी लिया। कुछ समय के बाद एक कमरे में मुझे ले जाया गया। हल्का गुलाबी रंग से चमकता कमरा, जहाँ एक नया बेड रखा है। शायद यही कमरा अब मेरा भी होगा, दो लड़कियाँ, जो भाभी बोल रही हैं, उन्होंने मुझ पर कल से लेकर आज तक का सबसे बड़ा एहसान किया है, "भाभी, कपड़े चेंज कर लो," सामने रखी साड़ी भारी थी, लेकिन लहँगे से कहीं हल्की। जो पिन इस तरीके से लगाई गई थीं कि वह कभी निकालनी नहीं पड़ेंगी। हर एक पिन को निकालने में दोनों को कुल मिलाकर पंद्रह मिनट लगे, पर मैं आजाद महसूस कर रही हूँ। लहँगे के बाँधनेवाली जगह हल्का घाव है। वह इतनी जोर से कसकर बाँधा गया कि वहाँ से खाल ही उछल गई, अगर कहीं गोले का तेल होता तो थोड़ा लगा लेती?

साड़ी पहनाने के बाद वे किसी बड़े की आज्ञा सुनकर बाहर चली गईं कि मुझे थोड़ी देर आराम कर लेना चाहिए। मैं कमरे को चारों तरफ देख रही हूँ, सामने एक स्टडी टेबल है, जिस पर एक कंप्यूटर रखा है, उसी टेबल के ऊपर बनी अलमारी में मोटी-मोटी किताबें हैं। एक अरोमा कैंडल, जो बीचवाले रैक के बीचोबीच रखी है, आधी जली हुई है। एक फोटो जो दीवार पर लटकी है, उसमें चार-पाँच लड़के हैं। मैं बहुत गौर से देख रही हूँ, शायद मैं पहचान जाऊँगी कि अर्णव कौन सा है, लेकिन नहीं, मैं इसमें नाकामयाब रही। इतने मोटे और पॉलिथीन लगे गद्दे पर मुझे नींद नहीं आती। तकिया पीछे लगाए मैं आँखें बंद करके लेट गई हूँ, लेकिन गले में हल्की जलन महसूस हो रही है, कुछ खुजली

जैसा और मुझे भूख भी लगी है, लेकिन भूख से ज्यादा जरूरी अभी आराम लगता है, पर नए कमरे, नए बिस्तर पर मुझे नींद आ जाएगी? खिड़की शायद कभी खुलती नहीं है, बाहर की तरफ लकड़ी की और अंदर से जाली की खिड़की लगी है। एक दरवाजा, जो कमरे में अंदर है, मैं उसे बाहर की तरफ खोलकर देखना चाहती हूँ। मैंने धीरे से दरवाजा खोला, बाहर की तरफ एक छोटा-सा चौक है, लगभग हमारे बाथरूम से थोड़ा ही बड़ा होगा, पर वहाँ लाइन से पौधे लगे हैं, हर पौधे पर एक या दो फूल जरूर हैं, उन्हें देखकर मेरे चेहरे पर हल्की-सी मुसकराहट आई, जैसे इतने दिनों से मैं इतनी भीड़ में खुद को भूल ही गई थी। यहाँ कुछ अपना-अपना सा लग रहा है, मैं भीड़ से बहुत दूर जाना चाहती हूँ। ठंड, जो लहँगे में महसूस नहीं हो रही थी, अब साड़ी में महसूस होने लगी है। वहीं कुरसी पर पड़ा स्वेटर मैंने उठा लिया और वह पहनकर मैं बेड पर लेट गई। मैं बहुत गौर से दरवाजे के पीछे लगे हैंगर पर लटकी हुई शर्ट और पैंट में किसी को ढूँढ़ लेना चाहती हूँ। वहीं सबसे लास्ट वाले कुंदे पर दो मेडल लटके हैं। मैं उन्हें बहुत गौर से देख रही हूँ। बाहर से बहुत शोर आ रहा है, लेकिन इस शोर में मैं अकेली हूँ, कभी-कभी बाहर जोर से हँसने की आवाज आती है और कभी जोर-जोर से चिल्लाने की। लोग चिल्ला-चिल्लाकर अपनी बात एक-दूसरे को बता रहे हैं, पर यह शोर बहुत अलग है। इस शोर को मैं नहीं पहचानती, न ही किसी आवाज को, जो मेरे दिल तक पहुँचे। सबकुछ अजनबी, सिर्फ सामने रखे हुए मेरे सूटकेस के अलावा, जो मेरे घर से मेरे साथ आया है। शोर में कोई जानी-पहचानी आवाज ढूँढ़ते हुए कब मेरी आँख लग गई, मुझे पता नहीं लगा, लगा किसी ने सामने रखे रैक से कुछ उठाया, आँख खुल गई, सपना, जो मैंने देखा था, जिसमें मैं सारी जगह पहचानती थी, छोड़कर अनजान घर में लौट आई, पर सामने कोई नहीं था, शायद कोई सामान उठाकर वापस चला गया। नजर उठाकर दीवार पर घड़ी की तरफ देखा, मुश्किल से आधा घंटा सोई हूँ, लेकिन लग नहीं रहा कि मैंने आराम किया है। यूँ लगा जैसे और भी ज्यादा थक गई हूँ। हाथों-पैरों में दर्द और कमर बुरी तरह दुःख रही है। किसी ने दरवाजा खटखटाया, "भाभी, चलो ताई बुला रही हैं।" मैं अपने पल्ले को सँभालती हुई उसके पीछे चल रही हूँ। शायद पूरे घर में तीन कमरे हैं और एक बड़ा हॉल, घर में चारों तरफ औरतें दिखाई देती हैं। अब रस्में निभाई जाएँगी। एक कड़ाही में दूध के साथ तैरती अँगूठी, जिसे बचपन से देखती आई हूँ, वही खेल मुझे भी खेलना है। अँगूठी हालाँकि मेरे हाथ में थी,

अर्णव चाहता तो छीन सकता था, पर उसने छोड़ दिया। अँगूठी मुझे मिली थी तो जीत मेरी निश्चित हुई, वही सुनी हुई बात दोहराई गई कि अर्णव अब हमेशा मेरे इशारों पर चलेगा, पर ऐसे अंधविश्वास को मैं नहीं मानतीं। दीवार पर बने दई-देवताओं को पूजते हुए घी की सीधी धार, जो नीचे तक आई, उसे देखकर मेरी सास के चेहरे पर हँसी खिल गई, क्योंकि उन्हें प्रमाण पत्र मिल चुका था कि पहला बच्चा पोता ही होगा और उसके बाद खाने की तैयारी घी और बूरे के साथ चावल। मेरा कितना मन था कि मैं सब्जी से रोटी खाऊँ, मीठा खाने का मेरा बिल्कुल भी दिल नहीं है, वह भी घी से लबालब चावल? मैंने बहुत मुश्किल से उसे खाया है, खाया क्या है, निगल लिया है। जी ऊपर को आता है, जैसे उलटी हो जाएगी। ओह नहीं, मुझे उलटी नहीं करनी है। खाते वक्त मुझे ऐसा लगा कि मेरे गले में अंदर तक घाव हो गए हैं, कुछ भी सटका नहीं जाएगा। मैंने शीशे में खुद को देखा, मेरे चेहरे पर कितनी थकान दिखती है। मेरी आँखें इतनी भारी कि खुलतीं ही नहीं। रात होते-होते खाने की इच्छा, इच्छा ही रह गई। अब मैं महसूस कर सकती हूँ, मेरे पूरे मुँह में छाले हैं, शायद उन इंजेक्शन की वजह से, जो मुझे शादी वाले दिन लगाए गए थे। सासू माँ बार-बार कुछ खाने की जिद करती हैं, लेकिन मैं हर बार मना कर देती हूँ। मैंने एक टुकड़ा भी बड़ी मुश्किल से खाया है, वे सोच रही हैं शायद न खाना मेरे मायके के दुःख से संबंधित है। मायका छूटने का दुःख तो है ही, लेकिन उसके साथ-साथ भूख भी बहुत जोर की लगी है, पर अगर एक टुकड़ा भी खाया तो जैसे जान निकल जाएगी। भूखे ही पूरी शाम भी निकल गई।

रात के करीब आते ही मन में हल्का संकोच और डर तो है ही, जिसको मैं जानती तक नहीं, उसके साथ एक कमरे में और फिर उससे जुड़ी हुई कितनी कहानियाँ? बुआ सास मेरा लहँगा वहीं पास कुरसी पर रख गईं, एक हाथ का इशारा मुसकराते हुए मेरी तरफ किया, लेकिन मैंने उनकी मुसकराहट का कारण नहीं जाना। बहुत दिनों बाद पता चला कि उस इशारे का मतलब यह था कि मैं लहँगा पहन लूँ। अच्छा हुआ, जो मैंने इशारा नहीं समझा, समझ भी जाती तो मैं वह लहँगा कभी नहीं पहनती, जिससे इतनी मुश्किल से मुझे छुटकारा मिला। अर्णव के आने से पहले आँखें बंद करके लेट जाना, सबसे अच्छा विकल्प है। मुझे कमरे में किसी के पैरों की आहट सुनी तो मैंने अपनी आँखों को और तेजी से बंद कर लिया। दिल की धड़कन बढ़ती जा रही है, लेकिन कदम लगते हैं, बेड

की तरफ बढ़ रहे हैं। यह क्या ट्रेन की गति से दौड़ती हुई धड़कन, एकदम रुक गई। बचपन में शालिनी की बोली गई बात उस समय मुझे बहुत अजीब सी लगी थी, लेकिन आज उसकी वास्तविकता भी जानती हूँ, पति कभी भी, कहीं से भी छू सकता है। यह भी डरने का कारण है, लेटे हुए मैं सोच रही हूँ, अगर रजाई को सिर तक ढक लिया होता तो ज्यादा बेहतर होता, पर जैसे दिमाग ने काम करना ही बंद कर दिया था। मैं भी कितनी बड़ी बेवकूफ हूँ, समय पर कोई काम याद नहीं आता। मन में तरह–तरह के सवाल उठते हैं और फिर बैठ जाते हैं। भागकर जाने का कोई तरीका भी तो नहीं। मैंने अपने माथे पर एक स्पर्श महसूस किया। जब मैं भागने की सोच रही थी, जैसे उस स्पर्श से सबकुछ रुक गया। भागने की इच्छा भी, कहीं जैसे स्पर्श में सम्मोहन था, दो अधरों का मेरे सिर पर झुक जाना। मस्तक पर सजे हुए चुंबन में इतना आकर्षण होता है? जब तुम्हें लगे कि इससे आगे दुनिया ही खत्म है, कितना प्रेम था उसमें! हिदायतों के साथ छप गया था मेरे माथे पर, पास से आती गंध अजनबी होकर अजनबी नहीं लगती। क्या स्पर्श से मेरे मायने बदल जाने चाहिए, मैं, जो कितना सबकुछ अपने मन में लिए यहाँ पहुँची, क्या वह सब खत्म हो जाना चाहिए? कितने सवालों के जवाब मुझे उससे चाहिए, लेकिन सवालों को मैं भूल ही गई किसी स्पर्श के बाद। क्या अर्णव मुझे उठा देंगे, क्या उन्हें पता होगा कि मेरा सोना सिर्फ एक नाटक है? कितना कुछ चल रहा है, खुद से लड़ रही हूँ, गंध दूर कमरे में सिमट गई, जैसे साँस में साँस आई, क्या सच में साँस में साँस आई है या मैं नहीं चाहती, यह एहसास मुझसे दूर चला जाए? लाइट बंद होने की आवाज, फिर ऑन होने की। पूरा कमरा शायद एक नाइट बल्ब से जगमगा गया है। यह रात मेरे लिए जैसे बहुत से सवाल साथ लेकर आई है। मुझे याद है आकृति की बहन, जिसका तलाक होनेवाला था, इतना सुंदर बिल्कुल राजकुमार जैसा, आकृति कितनी कहानियाँ सुनाती थी अपने जीजा की? एक दिन सुन लेना, उसकी बहन का तलाक हो रहा है, मुझे विश्वास नहीं हुआ। आकृति ने बताया था, दीदी ससुराल नहीं जाना चाहती, जीजाजी बहुत बेकार आदमी हैं। महीने के दिनों में भी दीदी को बहुत परेशान करते हैं। मुझे हैरानी हुई, जब उसने कहा कि तलाक का केस कोर्ट में था और उसके जीजाजी घर आए थे तो उन्होंने शर्त रखी थी कि दीदी उनके ही कमरे में सोए। दीदी बहुत डर गई थी, रोने लगी, मैं उसके साथ एक रात भी नहीं रहना चाहती। उसने बताया था कि वह भतीजे से कहते हैं, बाबू, तुम्हारी आकृति बुआ के होंठ कितने खूबसूरत हैं।

जाओ होंठों पर एक पप्पी ले लो। क्या ऐसे लोग दुनिया में होते हैं? अर्णव को आज देखकर ऐसे लोगों की छवि और धुँधली होती नजर आती है।

काफी समय निकल गया, मुझे नींद नहीं आई और अर्णव ने लेटने के बाद करवट भी नहीं ली। मैंने धीरे-धीरे अपनी आँखों को खोला और हल्का-सा सरकते हुए अर्णव की तरफ मुँह किया। मेरी ही तरह थकान उसके चेहरे से झलक रही है, वह कैसे अपने दोनों हाथ बाँधे मेरी तरफ मुँह करे सो रहा है, कितना मासूम चेहरा लगता है उसका। एकदम बच्चे जैसा, एक बार मेरे दिल में खयाल आया कि रजाई उसे ऊपर तक ओढ़ा दूँ, नहीं, अगर आँख खुल गई तो? मेरा दिल कहता है, मैं उसे छूकर महसूस करूँ, मेरा हाथ उसके सिर के बालों में कहीं उलझ जाना चाहता है, जैसे दो मन हो गए हैं, एक जो रोकता है, क्या एक दिन में कोई इतना अपना होता है, क्यों तुम उसे छूना चाहती हो, क्यों उसे महसूस करना चाहती हो? वह है ही, जिसके लिए, अब तक दिल में संशय ही पालती आई हो। क्या एक दिन में तुम्हारा सगा हो गया? अभी तो बात तक नहीं हुई तुम्हारी, तुम्हारे साथ यही दिक्कत है। दूसरा मन कहता है कि यह मेरा भविष्य है, मेरा सपना, जिसे आज तक मैंने अपनी आँखों में कैद रखा है। सारे तर्क-वितर्क के बाद मेरा दूसरा मन जीत गया। एक दूसरी चिंता जो सता रही है, सुबह इस कमरे से बाहर निकलना? जैसे सबसे बड़ा काम लगता है, शायद एक या दो घंटे ही सोई हूँ, गहरी नींद में, अर्णव कुंभकरण की तरह सोया है। काफी देर तक बिस्तर में पड़ी मैं सोचती रही, बाहर चहल-पहल तो है, लेकिन मैं बाहर कैसे निकलूँ? काश कि मेरे उठने से पहले अर्णव उठकर बाहर निकल गया होता? तो इतना संकोच न होता। दरवाजे की कुंडी खोलकर मैं बहुत देर तक उसे पकड़े खड़ी रही हूँ, आखिर हिम्मत करके मैंने अपनी साड़ी के पल्लू से अपनी आँखें छुपा लीं, जिससे किसी से नजर न मिलानी पड़े। सोकर उठते ही सबके पैर छू लेना अच्छा जरिया है, जब आपको यह न पता हो कि आपको बोलना क्या है और कहना क्या है? पैर छूते ही आशीर्वादों की झड़ी लग गई! वहीं मुझे अपने पास बिठा लिया गया।

आज ही पगफेरे के लिए जाना है। नहाकर आने के बाद एक बार अर्णव कमरे में आया था। शायद कुछ लेने, उसकी नजरें मुझ पर टिकी थीं। मै भी अपनी नजरें उठाकर देखना चाहती थी, पर नहीं देख पाई, शायद कुछ ढूँढ़ने के लिए आना एक बहाना ही था, "आप जा रही हैं?"

"हाँ, भैया आनेवाले हैं।" इसके बाद शायद उसके पास पूछने के लिए

कुछ नहीं था, न ही मेरे पास कुछ बताने के लिए। भाई को तो पहले भी कई बार देखा है। जब वह हॉस्टल से आता है, तब भी बहुत बहुत दिनों के बाद मिला है, बहुत प्यार भी आया है उस पर, लेकिन आज जान पाई मायके से आया भाई जब ससुराल के ड्राइंगरूम में बैठा होता है तो उसे देखकर जो शांति मिलती है, उसकी कहीं तुलना नहीं। अब तो भूख होकर भी भूख नहीं लग रही, जब गाड़ी में बैठे, तब अर्णव का साथ बैठ जाना, मुझे अच्छा नहीं लगा, क्या वह भी हमारे साथ ही जाएगा? यह तो एक रस्म थी, जो किसी चौराहे पर जाकर अर्णव उतर जाएगा और हम आगे तक चले जाएँगे। बड़ी दीदी साथ ही हैं, जो भाई के साथ लेने आई हैं, वह मुझे देखकर मुसकरा रही हैं, शायद मेरी आँखें पढ़ने की कोशिश कर रही हैं। चौराहे पर अर्णव उतरा तो उन्होंने मुझे हाथ मारते हुए कहा, "इतना उदास लग रहा है, तुम्हारे बिना कैसे रहेगा?" मैं उस तरफ देखना नहीं चाहती, उन्होंने मुझसे दोबारा कहा, "बाय तो कर दे।" मैं क्यों करूँ? मेरे मन में यही भाव है, जैसे आज के बाद मुझे कभी वापस नहीं आना पड़ेगा। मैंने मुड़कर भी नहीं देखा, खिड़की पर खड़े हुए जब वह रास्ता बता रहा था, तब भी नहीं।

घर एकदम सुनसान अजनबी-सा लग रहा है। दो दिन में इतना पराया, कोई हो सकता है? वह कुरसी, जिस पर दादी बैठती है, सामने कमरे की वह खिड़की, जिस पर पापा के कपड़े टँगे होते हैं, वह प्रेस, जिसके लिए पापा ने कभी कहा था कि कन्नू चली जाएगी तो प्रेस कौन करेगा? वह कमरा बिल्कुल खाली है, जिसमें शादी का सामान जमाया गया था। नीचे एक गद्दा बिछाकर बिस्तर किया गया है। माँ को मैंने बताया कि पूरे गले में छाले हैं। उन्होंने ग्लिसरीन से मुँह धोने के लिए कहा। ग्लिसरीन छालों पर लगाने के बाद कुछ आराम हुआ और मैंने एक रोटी खाई। फोन की घंटी का बजना और मन्नू का मुसकराते हुए मेरे कान में कहना, "जीजाजी का फोन है, मतलब एक दिन भी नहीं रह सकते?" मैं मुसकरा गई। क्या इतना जरूरी काम था शाम को तो आने ही वाला है लेने "हेलो" करते हुए मैं खामोश हो गई। दूसरी तरफ से आवाज आई, "कैसी हैं आप?"

"मैं ठीक हूँ।" मैं चाहती थी कि मैं भी पूछ लूँ, आप कैसे हैं, लेकिन मैंने नहीं पूछा।

"कश्मीर पसंद है आपको?" थोड़ी देर चुप रहने के बाद भी मैंने कोई जवाब नहीं दिया, तो दूसरी तरफ से खुद ही आवाज आई, "मेरा दोस्त अच्छी पोस्ट पर है, कोई प्रॉब्लम नहीं होगी। पसंद है न आपको, चलेंगी घूमने?" हाँ कर

देना मुझे अजीब लगा। जब मैंने कोई जवाब नहीं दिया तो उसने मेरे न बोलने को हाँ समझ लिया, "आप इतना ही कम बोलती हैं क्या?" इस बात का भी कोई जवाब मेरे पास नहीं था, अगर कोई सवाल ऐसा पूछा जाता, जिसका जवाब मेरे पास होता तो मैं जरूर जवाब देती, अगर कोई और समय रहा होता तो कश्मीर का नाम सुनकर शायद मैं बहुत ज्यादा खुश हो जाती, लेकिन अब सामनेवाले कमरे में बिछा हुआ गद्दा वहीं नजर आ रहा है। फोन की दूसरी तरफ एक आवाज, जैसे कुछ गिरा हो, "क्या हुआ?" मैं पूछे बिना नहीं रह पाई, "कुछ नहीं, मुझे लगा आगे बेड है, मैंने करवट ली और मैं नीचे गिर गया।" अपनी हँसी को मैं रोक नहीं पाई, बहुत जोर से निकली और फिर ध्यान आया, मैं घर के ड्राइंगरूम में खड़ी हूँ। मैं इतनी जोर से हँसी कि दूसरे कमरे से मन्नू झाँककर मेरी तरफ देख मुसकरा दी। "आपकी आवाज और आपकी हँसी बहुत प्यारी है, आह!" पापा के खाँसने की आवाज बाहर से आ रही है, "अच्छा मैं अब रख रही हूँ, पापा आ गए।" मैंने उसकी पूरी बात भी नहीं सुनी शायद वह कुछ कहनेवाला था, उससे पहले ही मैंने फोन काट दिया। मैंने यह सोचते हुए अपनी गरदन में झटका दिया, हँसी, आवाज, इसका बस चले तो मेरे सिर के एक ही बाल की तारीफ कर दे, पागल। अंदर कमरे में बिछे हुए गद्दे पर जाकर मैं पसर गई, जैसे जाने कितने महीनों से नहीं सोई हूँ। सुबह साढ़े सात बजे आँख खुली, माँ जो बड़बड़ा रही थी, बिना यह जाने कि चार दिन की थकान जानलेवा थी और मैं बिल्कुल नहीं सो पाई हूँ। उसने कहा, "तेरे ससुरालवाले रात को दस बजे आए हैं, तब तक हम बैठे रहे, खाना बनाया, एक बज गया सोने में और तू आते ही सो गई। तेरी तो कोई मदद ही नहीं मिली।" बोलकर मुझे मेरी गलती का एहसास कराया गया और मुझे कहीं न कहीं यह एहसास हो गया कि आनेवाले समय में ससुरालवालों की जो भी गलतियाँ होंगी, उनके लिए सिर्फ मुझे ही दोषी ठहराया जाएगा। सुबह-सुबह पड़ोस की ताई आई थीं, मिलने के लिए। मुझे देखकर मेरे गाल पर हाथ रखते हुए कहा, "विजय बहुत रोया था, गली के बीचोबीच खड़ा होकर, मेरे बस इतना पूछने पर, कब आएगी कुंदन? वह रोने लगा। मेरी बेटी ने आज तक मेरी किसी बात को नहीं काटा। मैंने कहा, खड़ी हो जा तो घंटों खड़ी रही। कभी मैंने उसकी आवाज नहीं सुनी। ऐसी बेटी भगवान् सभी को दे।" दिल के किसी कोने में बरसों पुराने सवाल का जवाब मिला। जो मैंने खुद से कभी पूछा था, क्या मैं जब घर से दूर चली जाऊँगी, पापा मेरे लिए इतना ही दुःखी

होंगे, जितना कि वह रिंकू के लिए होते हैं?

सुबह गीली आँखों में रुँधे हुए गलेवाली माँ को देखना, एक परेशानी खत्म नहीं होती, दूसरी शुरू हो जाती है, मुझे अपने पूरे शरीर पर छोटे-छोटे लाल-लाल दाने दिखाई दे रहे हैं। माँ बड़ी चिंता के साथ दाने देख, अर्णव से कुछ कह रही हैं। अर्णव आश्वासन दे रहा है कि वह डॉक्टर को दिखा देगा, चिंता की कोई बात नहीं है। बहुत से स्किन स्पेशलिस्ट हैं और मैं अर्णव को बात करते देख रही हूँ, कितने प्यार से बात करता है वह? धुँधली आँखों से, काली शर्ट पहने, शर्ट की बाजू को थोड़ा सा ऊपर चढ़ाए उसकी हृष्ट-पुष्ट बाजू जैसे सँभाल लेंगी मुझे गिरने से पहले ही और उसकी दो भूरी आँखें, जिनमें जीने की कितनी इच्छा है, जैसे सागर। शांत और सौम्य उसका चेहरा और उस पर सजी उसकी मुसकराहट जैसे आश्वासन दे रही है, चिंता की कोई बात नहीं है, अगर वह है तो। कितना सुंदर दिखता है वह। रेखा ने कहा था—औरत की खूबसूरती पर कितनी कविताएँ और कितने गाने हैं, पुरुष की खूबसूरती पर आज तक कोई गाना ही नहीं बना, न ही कोई कविता, अगर मैंने कभी कोई ऐसी कविता लिखी तो जरूर उसका चेहरा बिल्कुल अर्णव से मिलता-जुलता होगा। हर बार आना और फिर लौटने की जल्दी, अब यही होगा मायके का रूप।

सारे रिश्तेदार जाने से ससुराल का घर पहले के मुकाबले कुछ बड़ा लगता है, सिर्फ एक बुआ सास के अलावा। अपने जैसे रिश्तों के बीच कोई भी रिश्ता अपनेपन की खुशबू से महकता नहीं लगता। अर्णव जरूर कुछ-कुछ अपना सा लगता है, लाइट के चले जाने पर, जब आँखों तक ढँके हुए मुँह से रसोई की तरफ बढ़ रही थी, तो अर्णव ने हाथ पकड़कर खींच लिया था, कहीं सामने के दरवाजे से न टकरा जाऊँ। जहाँ तक हो, वह मुझे खुश रखने की पूरी कोशिश करता है। ताऊजी की बेटी के विदा होने पर उसके पैर छूकर पैसे देने थे, जो माँ ने मुझे दिए थे। मैं अपना पर्स टटोल रही थी, दूर खड़े अर्णव ने जाने कैसे जान लिया, जितने सासू माँ ने बोला है उतने पैसे मेरे पर्स में नहीं हैं। उसका फट से मेरे हाथ में हजार रुपए रख देना, सच मुझे अच्छा नहीं लगा था लेना, पर क्या करती? मायके की इज्जत, कड़े हाथ से लेते हुए मैंने कह दिया था, "वापस कर दूँगी," वह बस थोड़ा सा मुसकरा गया था। इतनी जल्दी सीडी बनकर आ गई, सारे घरवालों के लिए यह चर्चा का विषय है, क्या रखना है, क्या नहीं? ससुराल पक्ष को मायकेवालों के अधिकतर सीन फालतू का रोना और अपना डीजे पर नाचना यादगार रखने

लायक दिखाई देता है। मैं कब उठी, किसी को पता नहीं चला, लगभग दो मिनट के बाद अर्णव के पिताजी ने पूछा—कुंदन कहाँ है? आवाज सुनते ही मैंने अपने गीले तकिए को पलट दिया और पल्लू को सिर पर रख दरवाजे के पीछे छुप गई, जाने क्यों मुझे लगता है कि मेरा रोना किसी को पसंद नहीं आएगा। अर्णव की माँ ने पुचकारकर चुप करा लिया। उनका पुचकारना मुझे बनावटी लगता है, "तू कब-कब में उठकर आ गई थी?" उन्होंने ननद की तरफ देखते हुए पूछा। "मैं भी ऐसे ही रोती थी न, छुप-छुपकर। मेरी तो शादी बहुत जल्दी हो गई थी।" उन्होंने अपनी शादी की पूरी कहानी सुनाई।

"कश्मीर कितने दिन में पहुँचेंगे?" मैंने कपड़े लगाते हुए पूछा।

"कितने घंटे कहो भाई, बाइ एयर जाएँगे।" मैंने बड़ी सी मुसकराहट होंठों पर आते-आते रोक ली।

मैं खड़ी हूँ, सामने हवाई जहाज खड़े हैं, वही हवाई जहाज, जिन्हें कभी नानाजी की खिड़की से देखा करती थी, जिनको कभी गाँव की छत से देखा था, कभी बिना देखे भी कहा था, अभी निकलकर गया था, मैंने देखा कोई नहीं देख पाया, बड़े-बड़े दो पंख और झाँकती खिड़कियाँ, इतने छोटे पहियों पर इसका पूरा वजन टिक जाता है? पर कुछ ही देर तो खड़ा रहना होता है, उसके बाद तो हवा में ही रहता है।

मन के पंख नहीं होते, अगर आसपास कोई न होता तो बिल्कुल मैं हवाई जहाज को देखकर नाचने लगती। मैं अपने होंठों की मुसकराहट को छुपाने की पूरी कोशिश कर रही हूँ। सीट पर बैठे हुए खिड़की से बाहर बादलों को देखना, जैसे हाथ बढ़ाकर छू लो, सफेद दूधिया, कितने पास दिखते हैं, बादलों के हटते ही, रंग-बिरंगा शहर नीचे तो इतना खूबसूरत नहीं दिखता? बगलवाली सीट पर एक जोड़ा और बैठा है, पर मेरा पूरा ध्यान बाहर की तरफ है। अपनी कोहनी के इशारे से अर्णव ने मुझे उस तरफ देखने को कहा, एक-दूसरे के गले में हाथ डाले, शायद वे दो हैं ही नहीं, वे ऐसा कैसे कर सकते हैं, शायद एक-दूसरे को पहले से जानते रहे हों, हमारी तरह अनजान न हों, अगर मैं अनजान न रही होती तो, अर्णव का मुझे दिखाने का कारण यह तो नहीं, वे ऐसी ही आशा मुझसे भी रखते हैं? पर मैं भरी भीड़ में तो क्या, अकेले में भी इतनी सहज नहीं रह सकती। अब तो ऐसा नहीं है, मैं उसको लेकर कुछ महसूस नहीं करती, कुछ तो है, जो उसकी ओर मुझे खींचता है। एक आकर्षण, जैसे कोई चुंबक, मैं महसूस कर लेती हूँ उसकी

छुअन, एक गुदगुदाती हुई फुरफुरी, पूरे बदन में तैर जाती है, जैसे कोई करंट का झटका छूकर निकला हो। मेरा दुपट्टा जो बेजान-सा, हम दोनों के बीच पड़ा है, कभी चाहती हूँ उड़कर अर्णव के चेहेरे को ढक दे। उड़ते हुए बाल कभी उसके बाजुओं पर बिखर जाएँ। ऐसे जाने कितने ही खयाल एक मिनट में मेरे आसपास दौड़ जाते हैं। अर्णव ऐसा कभी करने की कोशिश नहीं करता, जिससे मुझे असहज लगे। उसकी यही एक खूबी मुझे बहुत पसंद है, दूसरा एक्सीलेटर से लेकर सीट बेल्ट तक को उसने सिखाते हुए, ये नहीं जताया कि वह मुझसे ज्यादा जानता है।

पूरा कश्मीर बर्फ में नहाया हुआ है। बर्फ देखने का लालच अर्णव मेरी आँखों में देख चुका है, जकड़ते बाजुओं के एक चुंबन के सिवाय वह मेरे और बर्फ के बीच में नहीं आया। उसने मेरी तरफ देखते हुए कहा था, "तुम्हारी आँखें बच्चों जैसी हैं।" मुझे लगता है वह बातें करना चाहता है, ढेरों। उसे हमेशा मेरे बारे में जानने की इच्छा रहती है और यह शिकायत भी कि मैं बहुत कम बोलती हूँ। मैं भी उसके बारे में जानना चाहती हूँ, पर अधिकतर हाँ, हूँ के अलावा कुछ बोल नहीं पाती। उसकी मुझ पर टिकी दो आँखें जैसे रोकती हैं मुझे। मैंने अपनी पूरी ताकत को समेट लिया है, उफ् ये पसीना मुझे बहुत परेशान करता है, जब भी मैं कुछ ऐसा सोचती हूँ, मुझे हिम्मत जुटानी हो, ये चले आते हैं। वह तो पूछना ही है, जो जाने कब से दिल के अंदर घर किए है। अर्णव बैग में कुछ ढूँढ़ रहा है। मैं दिनोदिन खूबसूरत होते उसके चेहरे को बिना पलकें झपकाए देख रही हूँ, ऐसा मौका बहुत कम होता है, जब मैं उसको, उसी की तरह घूरकर देख पाऊँ।

"एक बात पूछूँ?" मैंने झिझकते हुए कहा।

"अरे, आपको तो हक के साथ बोलना चाहिए, बल्कि चार-पाँच सवाल एक साथ पूछ लेने चाहिए।" छुअन कितनी अजीब होती है, अलग-अलग स्पर्श का अलग-अलग अनुभव, अर्णव का मेरे कंधे पर रखा हाथ इस समय विश्वास का प्रतीक लगता है।

"यह सवाल कितने दिन से मेरे मन में है, क्या आप शादी नहीं करना चाहते थे?"

"आपसे किसने कहा?" दो सवालिया आँखें मेरे ऊपर टिक गईं।

"आप रिंग पहनाने अंदर क्यों नहीं आए थे?"

"जब घरवालों की मर्जी से ही शादी करनी है तो क्या देखना?" मैं उसका मुँह ताक रही हूँ। ऐसे जवाब की मुझे उम्मीद नहीं थी। दो शब्दों में इतने सवालों

का अंत कर दिया, जो रात-दिन मुझे परेशान करते रहे। मैंने एक झलक अर्णव की तरफ देखा, इतना गंभीर? मुझे जैसे आशा की कोई किरण नहीं दिखी। मैं उदास चेहरा लिये मुड़ गई। कुछ ही दिनों में लगाव महसूस करने लगी हूँ, कितनी पागल हूँ मैं और एक यह है, जिसे मेरी भावनाओं की कोई कदर ही नहीं। शादी के तुरंत बाद इसका प्यार शारीरिक आकर्षण भी तो हो सकता है? मैं मूर्ख उसे प्यार समझ बैठी। अपने ऊपर गुस्सा आ रहा है। पीछे से आई हँसने की आवाज ने मेरा ध्यान तोड़ दिया। इतनी जोर से हँसने का मतलब अब मजाक भी उड़ाया जाएगा, "कितनी जल्दी परेशानी आपके चहरे से टपकने लगती है?" अर्णव ने मुझे अपनी बाँहों में जकड़ा है, पर मुझे वहाँ से आजाद होना है, मुझे नहीं चाहिए वह और उसका झूठा प्यार। लोग झूठ-मूठ का प्यार कैसे जता देते हैं? "आप सुमित की शादी में आई थीं न? आपने गुलाबी साड़ी पहनी थी। तब आपको देखकर लगा था, वह रंग आप ही के लिए बना है। पता करने पर मालूम हुआ सीपीजी की नातिन है कुंदन।" चल झूठा, कितनी दोगली हूँ मैं? कुछ ही देर पहलेवाले बयान को मैं बदल देना चाहती हूँ, अर्णव वाकई में बहुत अच्छा है, प्यार भी करता ही है, मुझसे कहीं ज्यादा।

सोनमर्ग से लेकर जोजीला पास, डल झील, सबकुछ जमा हुआ। चारों तरफ बर्फ ही बर्फ। साथ चलते गाइड ने बताया, गरमियों में कश्मीर बहुत खूबसूरत होता है। अर्णव के चेहेरे पर मुझे थोड़ा अफसोस दिखा, पर मेरे लिए सब सपने जैसा है। मेरे लिए जितना खूबसूरत हरी वादियों को देखना रहेगा, उतना ही नजर उठाकर देखे गए पेड़ की चोटी को बर्फ से ढके हुए देखना। सकुचाए से हाथ, अर्णव का हाथ थाम लेना चाहते हैं। तब गाइड का इशारा कर देना, कंधे पर हाथ रखिए, मेरी सबसे यादगार फोटो में से एक बन गई। कहीं चोरी-छुपे हाथ थाम लेने की इच्छा बाजुओं से लिपटकर बेझिझक झूल जाने लगी है। कोई बात न हो हम दोनों के बीच, बस खामोशी, मेरी उँगली में उलझी अर्णव की उँगली और बिना बातों के ढेर सारी बातें, जो चुपचाप एक-दूसरे की सहमति लेकर यूँ उलझी हैं, अब तो भूला-भूला सा है, क्या अर्णव का था और क्या मेरा। दूर बर्फ की सबसे ऊँची चोटी पर खिलता इंद्रधनुष और उसके चटक रंग बिखरे हैं मेरे मन के हर कोने में। अर्णव की मुसकराहट में उड़ती हैं तितलियों कहीं, हट, मैं भी क्या-क्या सोच लेती हूँ, लड़कों की मुसकराहट की कल्पना कोई तितलियाँ से करता है? अच्छा खूबसूरत क्या होता है भला; अर्णव जैसा कोई? वही, जिसे बार-बार देखने का

दिल हो, जो हर बार नया सा लगे, कुछ और ज्यादा, कुछ और ज्यादा। सात दिन में आया बदलाव। लौटते हुए अर्णव का कंधा कब तकिया बन गया, मैं जान ही नहीं पाई। उसकी आँखों में देखना बेझिझक, क्या हमेशा इनमें मैं ही थी, क्या यह सोच लेना सही होगा? मेरे अलावा कोई और बढ़ी हुई दिल की धड़कन अर्णव के बीते हुए कल पर भी नियंत्रण करना चाहती है। क्या मैं इन थोड़े ही दिनों में प्रेम के सभी सोपान पार कर चुकी हूँ? बदलाव, जो तेजी से महसूस कर रही हूँ, जैसे अर्णव को बहुत समय से जानती हूँ, और उस पर बस मेरा अधिकार है, जैसे जो पीछे छूटा, वह काफी पीछे छूट गया।

पर नहीं, दिल्ली में कदम रखते ही जो कली खिलने की इच्छा लिये बढ़ रही थी, मुरझा गई। पंद्रह दिन हुए, घर से दूर हुए। मैं कमरे में रखा अपना सूटकेस जमा लेना चाहती हूँ, पर वह कहीं नहीं दिखता, कहाँ गया? यहीं तो था, "क्या ढूँढ़ रही हो?" अर्णव के ये शब्द मुझे अच्छा नहीं लगे, वह कितना नाटक करता है भूलने का। कल ही तो बताया था दिल्ली पहुँचते ही भैया लेने आएँगे, "मुझे सामान लगाना है।"

"तुम्हें जाने की इतनी जल्दी है, एक बात पूछूँ, क्या तुम्हें मेरी याद आएगी?" यह कैसा बिना सिर-पैर का सवाल था, जाने के बाद कौन याद करता है? मैं बोल देना चाहती थी, नहीं, पर जब उसका मायूस चेहरा देखा तो अच्छा नहीं लगा और उसके बादवाले सवाल, क्यों, कब, कैसे से बचने के लिए मैंने कोई भी जवाब देना बेहतर नहीं समझा और अपना सारा ध्यान कपड़े जमाने और ले जानेवाले निकालने में लगा दिया।

अजीब सी स्थिति हो गई है, जैसे कभी लगता है, सब अपना है और कभी-कभी माँ के पर्स की तरफ हाथ बढ़ता-बढ़ता रुक जाता है। जब माँ कहती है, पैसे पर्स से निकाल ले तो मैं चाहती हूँ माँ सामने ही हो, जैसे मुझे किसी गवाह की जरूरत हो। ससुरजी का चलते हुए बोल देना, "बेटा एम.ए. में एडमीशन ले लेना" और परेशान करता है। परेशानी यह नहीं है कि मैं पढ़ना नहीं चाहती। परेशानी यह है कि एडमीशन फीस चार हजार रुपए है। पराया होना किसे कहते हैं, आज समझ आता है। चार हजार रुपए का बोलते ही दादी का तजुरबा जाग गया, "सही समय है, ससुरालवालों को जिम्मेदारी का एहसास कराया जाए। पैसे वही देंगे। यह जरूरी है।" अर्णव के चलते समय दिए हुए हजार रुपए में से पाँच सौ मैं खर्च कर चुकी हूँ, जब बाजार गई थी तो मन्नू को

भी पार्टी चाहिए थी। माँ मुझे समझाना चाहती है, उसने अपनी बहन से लेकर अपनी, कई कहानियाँ सुनाईं या तो माँ समझना नहीं चहती या वे आज तक मेरी खामोशी पढ़ने में कामयाब नहीं हुई हैं। मैं पैसे कहाँ से लाऊँगी और किससे मागूँगी? एडमीशन न भी लेती, पढ़कर ऐसा क्या कर लेना है, पर ससुरालवालों को जवाब कौन देगा? यह भी तो नहीं कह पाऊँगी, मेरे घरवालों ने पैसे नहीं दिए, क्योंकि मैं अब आप लोगों की जिम्मेदारी हूँ। पूरी रात नीद नहीं आई। परसों आखिरी दिन है, हालाँकि अर्णव रोज फोन करता है, पर हिम्मत नहीं होती, उससे पैसे माँग लूँ। मैं जानती हूँ वह मना नहीं करेगा, पर क्या सोचेगा वह? मैं अपने परिवार के लिए एक जिम्मेदारी भर थी, जिसको अब तुम्हें उठाना है। उसके सामने कभी कह पाऊँगी, तुम क्या समझते हो, तुम नहीं रखोगे तो बेघर हो जाऊँगी, उसके सामने इस बात से इतनी जल्दी परदा उठ जाना क्या ठीक होगा?

मेरे सामने दो ही विकल्प हैं, ससुर के सामने जाहिर हो जाना या अर्णव के सामने। मैं जानती हूँ अगर मैं माँ के सामने यह सारी परेशानी बता देती हूँ तो वे जरूर पैसे देंगी, पर नहीं, जिस परेशानी को उन्होंने बिना बोले नहीं जाना, मैं उसके लिए जिद नहीं करना चाहती। कभी-न-कभी तो मुझे इस स्थिति का सामना करना ही है। ड्राइंगरूम में रखे फोन पर जहाँ हमेशा दादी रहती है, मैं नहीं कह पाऊँगी, अर्णव मुझे चार हजार रुपए चाहिए। कितने मुश्किल हैं ये शब्द, जब किसी से तुम्हारी जान-पहचान सिर्फ एक महीने की हो, चाहे वह रिश्ता पति-पत्नी का ही क्यों न हो? जिसके सामने मैंने अपने आत्म-सम्मान को हमेशा ऊँचा रखा है। अब तक मुझे ऐसा नहीं लगा कि मैं उससे कुछ माँग सकूँ। पीसीओ में खड़े हुए अर्णव के फोन की घंटी का बजना, "हैलो!" आज से पहले इतनी आशावान नहीं लगी यह आवाज, "हैलो, कुंदन बोल रही हूँ।"

"कैसी बातें करती हैं, अब आपको भी बताना पड़ेगा कौन बोल रहा है? वैसे आज जरूर बारिश होगी आपने फोन किया, वह भी सुबह-सुबह, माने कुछ-कुछ तो याद आती है, पर नंबर दूसरा है?"

"हाँ बाजार आई थी, आपसे कुछ काम था।" गला रुँधा-सा है। कुछ कहते नहीं बनता, तुम्हें फोन इसलिए नहीं करती, मेरे आने के बाद जब बिल आएगा, तो उसका पर्चा मेरे नाम पर फटेगा और तुम नहीं जानते एसटीडी का बिल, दो मिनट बात करने पर भी कितना तेज भागता है। तुमसे तो कह भी नहीं सकती, अब फोन रख रही हूँ।

"हाँ, बोलो।"

"मुझे कुछ पैसे चाहिए।" मैं एक साँस में कह गई, "घरवालों से माँगना अच्छा नहीं लगता।"

"हाँ बिल्कुल।" हाँ, बिल्कुल, शब्द सुनकर रोने का दिल कर रहा है।

"चार हजार फीस है।"

"ओके आपका अकाउंट है?"

"नहीं।"

"घर में किसी का तो होगा नंबर दे देना मैं सैंड कर दूँगा।" अब मेरे पास कुछ भी नहीं है, जिसे मैं उसके ऊपर हार जाऊँ। उसने एक सवाल तक नहीं पूछा। आज बारह साल होने को आए, कभी अर्णव ने ताने देने के लिए भी उस बात का सहारा नहीं लिया। कितनी बार दूसरी औरतों से सुनती आई हूँ, वे कहते हैं, हाँ देखे तेरे मायकेवाले? माँ के अकाउंट में चमकते पाँच हजार रुपयों ने मेरा मान बढ़ा दिया। चार की जगह भेजे गए पाँच हजार रुपए, मेरी अर्णव के जीवन में महत्त्वत्ता को दिखा रहे हैं। माँ इतरा रही है। उन्होंने मेरे लिए कितना सुयोग्य वर ढूँढ़ा है। आज भी मैं माँ से कभी अर्णव की शिकायत नहीं करती। जब भी हम दोनों के बीच कोई नोक-झोंक हो जाती है, मेरी आवाज या सामने हूँ तो मेरी सूरत देखकर, वे ताना देती हैं, मैंने उनकी आदत को बिगाड़ दिया है, लेकिन मैं कभी ऐसे अनगिनत कारणों को भूल नहीं पाई, जो हर जगह मेरे मान को बढ़ाने का कारण रहे हैं। चाहे मेरे पक्ष में अपनी माँ का विरोध ही क्यों न हो, वे हमेशा सच के साथ खड़े रहे। वे यह जरूर चाहते थे, मैं उनके घर को कभी टूटने न दूँ, पर उसके लिए कभी अनचाहा दबाव नहीं बनाया। उससे दूरी अच्छी नहीं लगती, जाने क्यों, मैं अजीब हरकतें करने लगी हूँ, उसके ऑफिस जाते ही गेट के पीछे टँगी अर्णव की शर्ट की डीओ की महक में खुद को घोल देना चाहती हूँ, पर उसके आने पर कई बार शाफ्ट में छुप चुकी हूँ। जब वह मुझे घर भर में ढूँढ़ता फिरता है, छत से लेकर रसोई तक, मुझे बड़ा आनंद आता है। शादी के तीन महीने बाद ही, महीने का न आना मेरे लिए चिंता का विषय नहीं है। अर्णव अच्छा कमाता है, अपना घर है। अर्णव की माँ और मेरी माँ को अपनी पदवी एक और सीढ़ी बढ़ाने की हर महीने आशा होती है और अब, जब मुझे लग रहा है जैसे उनकी यह इच्छा मैं पूरी कर सकती हूँ तो मुझे खुशी क्यों नहीं होगी? माँ बनने की खुशी। "क्या कुंदन तुम्हें नहीं लगता जल्दी है; अभी उम्र ही क्या है हमारी? मेरा कैरियर, बड़े शहरों

में हजार खर्चे होते हैं।" सारा उत्साह इस बात के साथ खत्म हो गया, "गोली ला दूँगा," रात भर नींद गायब रही, क्या यह सही होगा? अगर सबको पता चलेगा, सब कितने खुश होंगे? लेकिन अर्णव हैं कि कोई खुशी ही नहीं। दूसरे दिन संडे है। किसी काम का मन नहीं। सच पूछो तो अर्णव पहली बार विलेन नजर आ रहा है। कमरे में जान-बूझकर मारी गई टक्कर, "उदास क्यों हो?"

"नहीं तो!"

"कलवाली बात से? अगर तुम चाहती हो तो हम बच्चा जरूर करेंगे। इतने भी बुरे दिन नहीं हैं, यार।" उनका कहना और मेरा उनके गले से लग जाना। अब सच में मैं कभी सोचते हुए भी उनके लिए तू या ता जैसे शब्दों को इस्तेमाल नहीं करती। सबसे पहले आराध्या और उसके छह साल बाद रुद्र का आना जैसे जीवन को संपूर्ण बना गया।

29

बारह साल कैसे निकल गए, कुछ पता ही नहीं चला, पीछे मुड़कर देखती हूँ, बहुत कुछ बदल गया और इतनी जल्दी बदला, सँभलने का मौका ही नहीं मिला। शादी के कुछ दिन बाद दादी छोड़कर चली गई, पर आज भी कोई बचपन का सपना देखती हूँ तो वह हमेशा साथ होती है और उनकी बातें और नसीहतें, "मैं तो चली जाऊँगी, तब याद करोगे सही कहती थी बुढ़िया।" मन्नू और रिंकू की शादी हो गई। मन्नू और मेरी पढ़ाई में कोई अंतर नहीं रहा। रिंकू ने जो अपने लिए लक्ष्य देखा था, वह डॉक्टर है, अपनी पसंद की लड़की से शादी कर विदेश में रहता है। सोनू अच्छी फर्म में लाखों का पैकेज ले रहा है, उसकी भी शादी तय हो चुकी है। मुझे पहले अफसोस नहीं होता था, लेकिन अब सोचती हूँ। काश, मैं और पढ़ पाती? भाइयों के लिए जब भी कोई रिश्ता आया, तो दोनों ने बी.ए., एम.ए. लड़की की तरफ नजर उठाकर नहीं देखा। पापा की नहीं कह सकती, वे खुद को कभी जाहिर नहीं करते और तो और माँ को भी ऐसी लड़कियाँ पसंद नहीं आतीं। तब खयाल आता है, क्या हम दोनों बहनों का पढ़ना वाकई में जरूरी नहीं था? कभी-कभी कुछ ताने चुभते हैं, अर्णव का कह देना, अगर अपनी पसंद की लड़की से शादी करता तो तुम उसकी जगह न होती। मेरे जितने भी साथ के लोग हैं, मियाँ-बीवी दोनों कमाते हैं, एक की कमाई से घर

चलता है और दूसरे की कमाई जमा होती है। तब एक बार माँ से कहा था, "माँ, तुमने अच्छे स्कूल से क्यों नहीं पढ़ाया?" तब उनका कहना, "क्या पढ़ाते रोज लड़कों की शिकायतें, एक तो घर तक आ गया था।" तब कुछ नहीं होता, मेरे पास अपनी सफाई में। मैं नहीं कहती और मन्नू तो लाडली थी, क्या दुनिया में मैं ही ऐसी लड़की थी, जिसका नाम लड़कों ने अपने साथ जोड़ना चाहा? दोनों मामाओं की बेटियाँ, जो इंजीनियरिंग कर रही हैं, चाचा की बेटी, जो डॉक्टर हो जाएगी, उनके माँ-बाप के सामने कभी कोई परेशानी नहीं आई होगी? माँ के पास मेरे सवालों का अच्छा जवाब है और मेरा लकीर पीटने का कोई फायदा नहीं। मैं नहीं जानती; मेरी गलती कहाँ और कितनी थी, शायद मैं बेकसूर नहीं थी, पर माँ मुझे अब तक माफ नहीं कर पाईं, यह जानकर दुःख होता है।

कभी-कभी खयाल आता है, क्या मैं हमेशा पैरों पर खड़ा होना चाहती थी या यह सिर्फ इच्छा भर है खुद को साबित करने की? यूँ तो बिल्कुल भी समय मेरे पास नहीं है, जो सोचूँ, कहीं दो मिनट भी खड़ी हो जाती हूँ तो कितना नुकसान हो जाता है समय का। कितने काम रुक जाते हैं। कोई आ जाए तो उसके जाने की राह देखती हूँ, पर इन बातों के लिए जाने कहाँ से समय आ जाता है? खो जाती हूँ इसी उधेड़बुन में। जब मुझसे जुड़ी लड़कियाँ अपनी तनख्वाह सीना चौड़ा करके बताती हैं, जब कोई मुझे संबोधित करते हुए कहता है, आप जैसी लड़कियाँ, तब कुछ सवाल उठते हैं, मेरे जैसी लड़कियाँ, मतलब कैसी होती हैं वह? तब मेरा दिल जवाब देना चाहता है। कोई कमी न होने के बाद भी खाली-खाली सा लगता है, जैसे मैं कहना चाहती हूँ, मैं नौकरी नहीं करती अपनी मर्जी से। सच कहूँ तो मेरी किसी निजी इच्छा ने कभी जन्म ही नहीं लिया, जो केवल मुझसे संबंध रखती हो। कुछ बनने से लेकर जीवन-साथी तक सबकुछ मेरे लिए तय किया गया। मैं ही नहीं, मेरे आस-पास जितनी लड़कियाँ थीं, अच्छे या बुरे सबके भविष्य तय थे। हाँ सुलेखा को छोड़कर, जो हिरोइन बनना चाहती थी और घर से भाग गई। खूब रोना-धोना हुआ। नाक कटने की बात की खूब चर्चा हुई। हर गली-मोहल्ले में उसकी माँ इशारे से जानी जाने लगी। फिर एक दिन जैसे तूफान आ गया, जब उसे किसी सीरियल में देखा गया। हमारे घर में केबल कनेक्शन नहीं था, ऐसा कोई भी सामान नहीं, जिससे बच्चे बिगड़ जाएँ। स्टार प्लस का कोई सीरियल था शायद। किसी नौकरीपेशा लड़की की शादी की बात चले, तो खुद की उससे तुलना करने लगती हूँ, अगर इसकी जगह मैं होती तो मुझे रिजेक्ट कर दिया जाता।

मेरी और अर्णव की नोक-झोंक भी होती है, पर लड़ाई कभी दो दिन से ज्यादा नहीं चली। गलतियाँ अधिकतर अर्णव की ही होती हैं, वे कभी बात करना बंद नहीं करते। बात हमेशा मेरी तरफ से ही बंद होती है। उनके साथ रहते हुए मेरे अंदर बहुत आत्मविश्वास आया है, मैं जवाब देने लगी हूँ, जिसे सुनकर माँ को हैरानी होती है और वे अकसर कहती हैं, कन्नू में पहले तो इतना दिमाग नहीं था? कई बार मुसकराते हुए उन्होंने अर्णव से भी कहा है—मेरी बेटी को बिगाड़ दिया है आपने। अकसर माँ यह भी कहती है, मैं निर्मोही हो गई हूँ। मुझे उनसे प्यार नहीं, पर मैं अपना मन खोलकर तो नहीं दिखा सकती? कुछ छोटी-छोटी बातों ने उनके अंदर इस बात को बिठा दिया। एक बात, जिसका जिक्र माँ ने शादी के बाद लगातार किया, शादी वाले दिन स्टेज से उतरने पर जब थोड़ा सा आराम करने का समय मिला था और वे मेरे पास बैठी थीं, उन्होंने मेरी गरदन को अपनी गोद में रखना चाहा। मैंने उनका हाथ अपने सिर से हटाते हुए, "माँ रहने दो न," बोल दिया था, माँ को वह अपने प्यार का अपमान लगा था, पर मैंने वह अपमान नहीं किया था, लहँगे की चुन्नी और उसके अंदर जकड़े मेरे बाल, मैं अपनी गरदन को भी बड़ी मुश्किल से हिला पा रही थी।

30

आज सबकुछ पन्नों पर उतार दिया, पर इतना आसान नहीं था, दो साल चारु रत्न के साथ चलना, कई बार लगा, मैं बदलने लगी हूँ। मतलब चिड़चिड़ी रहने लगी हूँ। मुझे बात-बात पर गुस्सा आता और हर बात मुझे बुरी लगती। लाख सोचने के बाद भी जब कोई कारण नजर नहीं आया, सारी बातें दिमाग में घूमने लगीं तब मैंने जाना; मेरा उपन्यास, मेरे लिखने को लेकर जब भी अर्णव कुछ बोलते, तो मुझे पसंद नहीं आता। मुझे ऐसा लगता कि उन्हें मेरा लिखना पसंद नहीं है। उन्हें मेरे हाथ में कॉपी-पैन देखकर ही गुस्सा आने लगता, बच्चों का होमवर्क पूरा न हो, फ्रिज के ऊपर सामान इकट्ठा हो जाए, दूध कभी निकल जाए, रोटी कभी जल जाए, चाय में चीनी में डालना भूल जाऊँ, उसका एकमात्र कारण उन्हें मेरी डायरी ही नजर आती। ऐसा नहीं है, ये गलतियाँ मैं दो साल से करने लगी। पहले भी ये गलतियाँ होती रहीं, लेकिन इन सबका इल्जाम वे मेरी डायरी पर डालने लगे। शांत रहनेवाली मैं अचानक से उग्र होने लगी,

झगड़ने लगी। अर्णव कहते, मैं बदल गई हूँ। मुझे भी ऐसा ही लगता, मैं बदलने लगी हूँ। कई बार विचार आया, क्या करूँगी लिखकर, अब कम-से-कम कुछ लोगों को संतुष्ट कर पाती हूँ, फिर तो खुद को ही असंतुष्ट कर जाऊँगी। खुद को कुरेदती, खुद से सवाल-जवाब, कभी लगा अर्णव इनसिक्योर हो गए हैं। कहीं मैं लिखने लगी तो उनसे और बच्चों से दूर हो जाऊँगी। उन्हें यही चिंता होगी, पर ऐसी चिंता क्यों? मैंने तो आज तक उनकी हर तरक्की में अपनी खुशी देखी है। अपनी दोनों आँखों से उनके सारे सपने देखे हैं। फिर वह क्यों नहीं देखना चाहते, अपनी आँखों से मेरा सपना? वह मुझे समय तक नहीं देना चाहते, समय तो क्या, मैं अगर फ्री टाइम में भी अपना शौक पूरा करना चाहूँ, तो वह भी पसंद नहीं। मैं आज तक इस भ्रम को पालकर बैठी थी कि मेरी हर खुशी में अर्णव की खुशी है। भ्रम टूटेगा तो मुझे बहुत दुःख होगा। मैं इस भ्रम को बने रहने देना चाहती हूँ। क्या उन्हें अपनी पत्नी पर इतना भी विश्वास नहीं कि अगर वह अपने जीवन में कोई लक्ष्य पा गई तो वह बदलेगी नहीं, बल्कि वह उनके प्रति और ज्यादा कृतज्ञ हो जाएगी। क्यों, यह गलत काम है, जो उनके सामने न करूँ? आज तक मैं वैसे ही चलती आई हूँ, जैसे अर्णव ने चाहा और मैं हमेशा वैसे ही चलना चाहती हूँ। मुझे अच्छा लगता है, उनके कदमों के निशान पर अपने पंजे रखते हुए चलना; उनका पूरक होना। कुछ पता न होने पर उनसे पूछना और इतना ही गर्व महसूस करना, जैसे उन्हें नहीं मुझे पता हो।

क्या यह पुरुष का स्वभाव है, हर आदमी ऐसा ही होता है, पर क्यों ऐसा होता है? वह चाहता है, उसकी पत्नी उसके साथ कमाए, उसके बच्चों को पढ़ाए, पर वह क्यों स्वीकार नहीं करना चाहता कि उसमें भी कोई विशेष गुण हो सकता है? शायद उसके अहंकार को ठेस पहुँचती हो, पर कैसा अहं? पति-पत्नी के बीच जब अहं आ जाता है तो रिश्ते कितने दिन तक चल सकते हैं? क्यों नहीं समझते प्रेम में झुकना या स्वतंत्रता देना, अहं पर चोट नहीं होता। पति-पत्नी एक साथ, जीवन-पथ पर चलते हुए, समानांतर चलते हैं। कोई आगे और कोई पीछे नहीं रह जाता। तभी अच्छा रिश्ता बनता है, जो शास्त्रों के नियम के अनुसार सात जनमों की इच्छावाला नहीं होता, अपनी निजी सोच के अनुसार हम एक-दूसरे के सात जनमों तक, जीवन-साथी बनना चाहते हैं। मैं हमेशा से कहती रही हूँ अर्णव मेरी ताकत हैं। अगर वे मुझे ताकत नहीं देंगे, क्या मैं आगे चल पाऊँगी? उनकी भावनाओं को ठेस पहुँचाकर, उन्हें दुःख पहुँचाकर मुझे कुछ नहीं करना। जैसे

एक सफल पुरुष के पीछे एक महिला का हाथ माना जाता है, उसी तरह सफल महिला के पीछे एक पुरुष का हाथ होता है। दस साल से जिस अर्णव के चाहे कितना भी पीछे मैं चलती आ रही हूँ, लेकिन आज तक मुझे कभी नहीं लगा कि मैं उनके साथ कदम-से-कदम मिलाकर नहीं चल रही हूँ। मैं उस एहसास से दूर नहीं होना चाहती, इसलिए मैंने सोच लिया है कि मैं नहीं लिखूँगी। सच बताऊँ मैं लिखना नहीं छोड़ना चाहती, मैं अपने लेखन से बहुत प्यार करती हूँ, लेकिन अर्णव से भी इतना ही प्रेम करती हूँ, वे मुझसे दूर जाएँ, मैं कभी नहीं चाहती। ऐसे विचार कई बार आए, पर दोबारा शक्ति जोड़कर मैंने फिर लिखा, पर मैं यह नहीं कहूँगी बड़ा हल्का लग रहा है; पर कुछ सवाल, जिनके जवाब घटना के समय नहीं थे, अब मिल गए, जैसे मैंने अपने जीवन को दुबारा जिया हो। यह लिख तो गया है, पर कभी किताब का रूप ले पाएगा या नहीं, नहीं जानती। शायद दीमकों का भोजन ही बने, पर अपनी आत्मा के एक हिस्से को मैंने इसमें कैद कर दिया है। मैं नहीं जानती, कभी अर्णव मेरे लिखने को समझेंगे या नहीं, जिनको मेरी डायरी से परहेज है, वे किताब को कैसे स्वीकारेंगे? अगर नहीं समझेंगे तो ये भी कहीं अलमारी की दराज में पड़ी रहेगी। चाहूँ तो श्रुति या सिद्धार्थ से बोल सकती हूँ, अर्णव कभी जान नहीं पाएँगे, पर मैं उस विश्वास और प्यार को नहीं खोना चाहती, जिसे उन्होंने मेरे अंदर बीज की तरह बोया है। अगर वे न होते तो मैं कम-बुद्धि के संबोधन से बढ़कर पागल तक पहुँच गई होती। चाहे उनके अंदर कितनी भी बुराई क्यों न हों, पर उन्होंने मुझे कभी लगने नहीं दिया कि मैं किसी से कमतर हूँ। जीवन भर यही तो चाहती रही।

आत्मविश्वास लौट रहा है धीरे-धीरे, पर कभी लौटकर खुद को वहीं खड़ा पाती हूँ, जहाँ से चली थी। उनका साथ रहेगा तो एक दिन इस पर विजय जरूर मिलेगी। श्रुति की उम्र बहुत लंबी है, "हैलो, तुझे ही फोन करनेवाली थी। आज मेरी किताब पूरी हो गई।"

"तूने जो अपनी एक कहानी दी थी मुझे 'बिना पंख की तितली', 'वसुंधरा' नाम की मैग्जीन में सिलेक्ट हो गई थी। मैंने तुझे नहीं बताया, मैं तुझे सरप्राइज देना चाहती थी। आज चेक आया है पूरे हजार रुपए का।" आज कितना अच्छा दिन है, इतनी खुशी एक साथ। अपने दम पर कुछ पा लेना उसकी अपनी खुशी है। "किताब पूरी हो गई, अब आगे क्या?" श्रुति के पूछ लेने ने मुझे मायूस नहीं किया।

"कुछ नहीं।"

"छपवाना नहीं है क्या?"

"अर्णव!" कहकर मैं चुप हो गई। मेरे पास दोस्तों की भीड़ नहीं है, पर जो भी हैं, मेरी खामोशी पढ़ सकते हैं।

"कितना अच्छा लड़का है अर्णव? मैं जानती हूँ, वह कभी मना नहीं करेगा। तू बात तो कर।" जाने क्यों मैं ऐसी ही हूँ, मैं चाहती हूँ, सब काम मेरे बिना बोले ही हों। अपनी इस आदत से मैं खुद भी परेशान रहती हूँ, पर कुछ आदतें मैं चाहकर भी नहीं बदल पाती। बात भी नहीं करनेवाली और मुझे शाम को अर्णव के आने का इंतजार है। घड़ी की सुई रुक गई है जैसे। बेल के बजते ही मैं दरवाजे की तरफ ऐसे भागी, वैसे आज तक नहीं भागी। दरवाजे के दूसरी तरफ चिंटू की मम्मी पर बहुत गुस्सा आया, "यह लो कुंदन लड्डू, काशी का रिश्ता तय हो गया।" हो गया तो मैं क्या करूँ, यह भी कोई वक्त है किसी के घर आने का। हमें नहीं चाहिए कोई लड्डू-वड्डू। आजकल यह सब खाता ही कौन है, मैं अपनी आँखें गली के कोने पर टिकाए हूँ। "क्या हुआ, क्या देख रही हो, कोई आनेवाला है?"

जल्दी से उसके हाथ से लड्डू लेते हुए मैंने कहा, "नहीं, कोई नहीं।" आज तो और दिनों से भी ऊपर समय हो गया। बच्चे शोर मचा रहे हैं, फ्रिज में रखे कस्टर्ड के लिए। जल्दी में गेट खुला ही छोड़ दिया। बाहर बहुत गरमी है, कहते हुए अर्णव का आना। मेरा रोम-रोम खिला गया। "कितना लेट आते हो तुम भी, कब से इंतजार कर रही थी।" अर्णव ने घूरती नजरों से मेरी तरफ देखा, वे उस पत्नी को देखकर हैरान थे, जो बरसों पहले इंतजार किया करती थी। आज जब वह पूरा दिन घर में रहता है, तो कुंदन की बैचेनी पढ़ सकता है, उसे अपना सारा घर फैला नजर आता है। उसके खाने की डिमांड पर वह गुस्सा हो जाती है। अर्णव सोफे पर बैठे ही थे, आराध्या रसोई में ओवन पर रखा चेक उठा लाई, "पापा, मम्मी को पैसे मिले हैं।" अच्छा ही है, मैं शायद खुद दिखा भी नहीं पाती। आराध्या को मैं जानती हूँ, वह मेरे बिना बताए भी जानती है कस्टर्ड चेक की खुशी में ही बना है। अर्णव ने मेरी तरफ देखा, "मेरी कहानी मैग्जीन में छपी है।"

"अरे वाह! कुछ मिठाई-विठाई खिलाओ, भाई ऐसे थोड़ी चलेगा?"

"पापा, मम्मा ने कस्टर्ड बनाया है।" मैं रसोई से बच्चों को कस्टर्ड खाते देख रही हूँ। अर्णव मोबाइल से चेक की फोटो ले रहे हैं, पर वे इसका क्या करेंगे, किसी को भेज रहे होंगे शायद, पर किसे? वॉशरूम जाते ही मैंने उनका फोन

उठाया और वाट्सअप खोला। मेरे चेक की फोटो दोस्तों के ग्रुप में झलक रही है।

"मुबारक हो भाई, भाभी राइटर हो गई!"

"राइटर, नहीं हिंदी में लिखनेवालों को लेखक कहते हैं।" वॉशरूम का दरवाजा खुल चुका है। मैं गैस के पास खड़ी, अपने सपनों के सारे दरवाजे, जो धक्के से मैंने बंद कर दिए थे, कभी न खोलने के लिए, वे एक-एक करके चर्र-चर्र की आवाज करते खुलते देख रही हूँ, छोटे रोशनदानों से ताजी ठंडी हवा की ठंडक से मैं तरबतर हूँ।

□□□